JULES VERNE / DER KURIER DES ZAREN

JULES VERNE

DER KURIER DES ZAREN

MICHAEL STROGOFF

VERLEGT BEI
KAISER

Einbandgestaltung: Karl Bauer
Schrift: 10 Punkt Garamond
Druck und Bindearbeit: Gorenjski Tisk, Kranj — Slovenija

Ein Fest im Neuen Palais

„Sire, eine neue Depesche." — „Von woher?" — „Aus Tomsk." — „Über diese Stadt hinaus ist die Leitung unterbrochen?" — „Sie ist seit gestern gestört." — „General, Sie werden von Stunde zu Stunde ein Telegramm von Tomsk einfordern und mich auf dem laufenden halten." — „Zu Ew. Majestät Befehl", antwortete der General Kissoff.

Diese Worte wurden gegen zwei Uhr morgens gewechselt, als ein im Neuen Palais abgehaltenes Fest eben in höchstem Glanze strahlte.

Die Kapellen der Regimenter von Preobrajensky und von Paulowsky spielten zu dieser Soirée die gewähltesten Nummern ihres Repertoires, Polkas, Mazurkas, Schottische und Walzer, ununterbrochen auf. Immer neue Paare von Tänzern und Tänzerinnen rauschten durch die prächtigen Salons dieses Palastes, der sich nur wenige Schritte entfernt von dem „alten Hause aus Stein" erhebt, in welch letzterem sich so viele furchtbare Dramen abgespielt haben und das jetzt nur die flüchtigen Melodien der Quadrillen widerhallen ließ.

Der Oberhofmarschall fand bei Erfüllung seiner delikaten Pflichten sehr beachtenswerte Unterstützung. Die Großfürsten selbst, deren Adjutanten, die Kammerherren vom Dienst und die Hausoffiziere des Palastes unterzogen sich des Arrangements der Tänze. Die von Diamanten strahlenden Großfürstinnen und die Hofdamen in gewähltester Galatoilette gingen den Frauen und Töchtern der höchsten Militär- und Zivilbeamten mit aufmunterndem Beispiele voran. Als das Signal zur Polonäse ertönte, als die Eingeladenen jedes Ranges herbeieilten zu dieser rhythmischen Promenade, welche bei derartigen Festlichkeiten die volle Bedeutung eines Nationaltanzes erlangt, da bot das Gemisch der langen, spitzenüberwebten Roben und der an Ordensschmuck so reichen Uniformen bei dem Glanze der hundert Kronleuchter, deren Lichtmeer die ungeheuren Spiegel noch zu verdoppeln schienen, dem Auge ein entzückendes, kaum zu beschreibendes Bild.

Dazu lieferte der große Salon, das schönste der Gemächer im Neuen Palais, für diese Versammlung hoher und höchster Personen und verschwenderisch geschmückter Frauen einen entsprechend prachtvollen Rahmen. Die reiche Decke mit ihren von der Zeit schon etwas gemilderten Vergoldungen erschien wie besäet mit blitzenden Sternen. Der Brokat der Gardinen und der in schweren Falten herabfallenden Portieren färbte sich mit warmen Tönen, welche sich nur an den schärferen Kanten des kostbaren Stoffs lebhafter heraushoben.

Durch die Scheiben der großen Rundbogenfenster drang das Licht des Innern nur wenig geschwächt, ähnlich dem Widerschein einer Feuersbrunst, nach außen, und stach grell ab von dem nächtlichen Dunkel, das seit wenig Stunden diesen glitzernden Palast umhüllte. Dieser Kontrast mochte auch die Aufmerksamkeit zweier Ballgäste erregen, welche am Tanze keinen Anteil nahmen. In einer der Fensteröffnungen stehend, konnten sie mehrere jetzt nur undeutlich sichtbare Glockentürme wahrnehmen, deren riesige Silhouetten sich am Himmel abzeichneten. Unten bewegten sich schweigend, das Gewehr waagrecht über die Schulter gelegt, zahlreiche Wachposten auf und ab, und auf den Spitzen ihrer Pickelhauben blitzte es dann und wann von dem darauf fallenden Lichte aus dem Palaste. Jene vernahmen wohl auch den Schritt der Patrouillen auf den Steinplatten des Vorplatzes, der gewiß taktgerechter war, als manchmal die Bewegungen der Tanzenden auf dem Parkett des Festsaales. Dann und wann hörte man den Zuruf der Schildwachen von Posten zu Posten und manchmal mischte sich ein hellschmetterndes Trompetensignal harmonisch mit den Akkorden des Orchesters.

Noch weiter unten erschienen dunkle Massen in den ungeheuren, von den Fenstern des Neuen Palais ausstrahlenden Lichtkegeln. Das waren Schiffe, die auf dem Strome herabglitten, dessen Wellen, überstrahlt von den grellen Lichtbündeln mehrerer kleiner Leuchtfeuer, den Fuß der Terrassen des Palastes bespülten.

Die Hauptperson des Balles, der Festgeber des heutigen Abends, dem gegenüber General Kissoff jene nur den Souveränen zukommende Anrede benutzte, erschien einfach in der Uniform eines Offiziers der Gardejäger. Seinerseits lag hierin keine Affektation, sondern die Gewohnheit eines Mannes, der für äußeren Pomp wenig empfindlich ist. Seine Erscheinung kontrastierte demnach mit den prachtvollen Kostümen, die sich um ihn drängten, und ebenso zeigte er sich auch gewöhnlich inmitten seiner Eskorte von Georgiern, Kosaken und Lesghiern, jener prächtigen Reiterleibwache in den brillanten Uniformen des Kaukasus.

Jener hochgewachsene Mann mit freundlichem Gesicht, ruhiger Physiognomie, aber bisweilen sorgenvoller Stirn, ging leutselig von einer Gruppe zur andern, sprach aber wenig und schien selbst weder den heiteren Gesprächen der jüngern Welt eine besondere Aufmerksamkeit zu schenken noch den ernsteren Worten seiner höchsten Staatsbeamten oder der Mitglieder des diplomatischen Korps, welche die Hauptstaaten Europas an seinem Hofe vertraten. Zwei oder drei dieser scharfsichtigen Politiker — geborene Physiognomiker — glaubten auf dem Antlitz ihres hohen Wirts einige Zeichen von Unruhe bemerkt zu haben, deren Ursache ihnen zwar unerklärlich blieb, aber ohne daß einer derselben sich erlaubt hätte, eingehender danach zu forschen. Auf jeden Fall lag es, daran war gar nicht zu zweifeln, in der Absicht des Offiziers der Gardejäger, durch seine Geheimnisse die Festesfreude in keiner

Weise zu beeinträchtigen, und da er einer der seltenen Fürsten war, dem fast eine ganze Welt, sogar im Gedanken, zu gehorchen sich gewöhnt hatte, so wurden auch die Vergnügungen des Balles nicht einen Augenblick unterbrochen.

Indessen erwartete General Kissoff von dem Offizier, dem er das Telegramm aus Tomsk überreicht hatte, die Erlaubnis sich zurückziehen zu dürfen; aber jener verharrte in Schweigen. Er hatte das Blatt angenommen, durchgelesen und mehr und mehr Wolken lagerten sich auf seine Stirn. Unwillkürlich faßte seine Hand nach dem Degengriff, dann erhob er diese wieder bis an die Augen, welche er einen Augenblick bedeckte.

„Wir sind also", begann er wieder, nachdem er den General Kissoff in eine Fensternische geführt, „seit gestern ohne alle Verbindung mit dem Großfürsten?" — „Ohne Verbindung, Sire, und es steht zu befürchten, daß die Depeschen bald nicht einmal die Grenze Sibiriens mehr überschreiten können." — „Aber die Truppen des Amurgebietes sowie die von Transbaikalien haben die Ordre empfangen, sofort nach Irkutsk aufzubrechen?" — „Diesen Befehl enthielt das letzte Telegramm, welches über den Baikalsee hinaus zu senden möglich war." — „Doch mit den Gouvernements Jeniseisk, Omsk, Semipalatinsk und Tobolsk stehen wir seit Beginn des Einfalls stets in direkter Kommunikation?" — „Gewiß, Sire, dahin gelangen unsere Depeschen und wir sind sicher, daß die Tataren zur Stunde den Irtysch und Obi noch nicht überschritten haben." — „Und von dem Verräter Iwan Ogareff hat man noch keine weitere Kunde?" — „Nein", antwortete General Kissoff; „der Polizeichef vermag nicht zu sagen, ob jener die Grenze überschritten hat oder nicht." — „Sein Signalement werde sofort nach Nishny-Nowgorod, Perm, Jekaterinenburg, Kassimow, Tiumen, Ichim, Omsk, Elamsk, Keliwan, Tomsk und überhaupt nach allen Stationen gesandt, mit denen wir noch in telegraphischem Verkehr stehen." — „Ew. Majestät Befehle werden unverzüglich ausgeführt werden", erwiderte der General. — „Kein Wort über alles dieses!"

Nach einem stummen Zeichen ehrfurchtsvoller Ergebenheit verneigte sich der General, mischte sich erst unbefangen unter die Gäste, verließ aber bald die Salons, ohne daß sein Verschwinden irgend welches Aufsehen erregte.

Der Offizier blieb träumerisch noch kurze Zeit stehen, und als er sich den verschiedenen Gruppen von Diplomaten und Militärs wieder näherte, hatte sein Gesicht die einen Augenblick verlorene Ruhe vollständig wiedergefunden.

Die sehr ernste Ursache jener schnell gewechselten Worte war aber keineswegs so unbekannt, als der Gardejägeroffizier und der General Kissoff glauben mochten. Man sprach zwar nicht offiziell davon, aber verschiedene hochgestellte Personen hatten doch mehr oder weniger genaue Berichte erhalten über die Vorgänge jenseits der Grenze.

Was man nur so vom Hörensagen wußte, davon unterhielt man sich nicht, nicht einmal die Mitglieder der Diplomatie untereinander; zwei Eingeladene aber, welche weder eine Uniform noch sonst welche Auszeichnung als berechtigt zu dieser Festlichkeit kennzeichnete, sprachen mit gedämpfter Stimme über diese Angelegenheit und schienen sehr genaue Informationen zu besitzen.

Auf welchem Wege, durch welches Mittel wußten aber diese beiden einfachen Sterblichen das, was andere und selbst sehr einflußreiche Personen kaum mutmaßten? — Niemand hätte das sagen können.

Diese beiden Männer, der eine Engländer, der andere Franzose, waren lange, hagere Gestalten — dieser gebräunt wie die Südländer der heißen Provence, jener rot wie ein Gentleman aus Lancashire. Der abgemessene, kalte, phlegmatische, mit Bewegungen und Worten haushälterische Anglo-Normanne schien nur bei der Auslösung einer Feder zu reden und zu gestikulieren, die von Zeit zu Zeit in ihm wirkte. Der lebhafte, fast ungestüme Gallo-Romane dagegen sprach gleichzeitig mit Lippen, Augen und Händen und schien seine Gedanken auf zwanzigerlei Art mitzuteilen, während seinem Partner nur eine zu Gebote stand, welche stereotypisch in seinem Hirn festsaß.

Diese physischen Unterschiede hätten des oberflächlichen Beobachters Urteil gewiß leicht irreführen können; der Physiognomiker aber, der diese beiden Persönlichkeiten aus der Nähe beobachtete, hätte den physiologischen Kontrast, der sie chrakterisierte, gewiß in die Worte zusammengefaßt, daß der Franzose „ganz Auge" und der Engländer „ganz Ohr" sei.

Es sei hierbei gleich bemerkt, daß diese Vervollkommnung des Gesichts und Gehörs den beiden Männern bei ihrer Beschäftigung sehr zustatten kam, denn der Engländer war ein Korrespondent des „Daily-Telegraph", der Franzose Korrespondent des ... ja, welches oder welcher Journale, das sagte er nicht, und wenn man ihn darum fragte, so antwortete er scherzend, er korrespondiere mit „seiner Cousine Madelaine". Im Grunde war dieser Franzose trotz seines legèren Auftretens ein sehr scharfer Beobachter, und wenn er so in den Tag hinein plauderte, vielleicht um seine eigentliche Absicht desto mehr zu verdecken, so gab er sich doch niemals eine Blöße. Gerade seine Redseligkeit diente ihm dazu, zu schweigen und wahrscheinlich war er eigentlich verschlossener und diskreter als sein Kollege vom „Daily-Telegraph".

Wenn beide diesem in der Nacht vom 15. bis 16. Juli im Neuen Palais gegebenen Feste beiwohnten, so geschah das in ihrer Eigenschaft als Journalisten, und zwar zur größten Erbauung ihrer Leserkreise.

Übrigens geizten ihre Journale nicht mit dem Gelde, jenem bis jetzt sichersten, schnellsten und vollkommensten Mittel, sich zu informieren. Zu ihrer Ehre sei aber hier eingeflochten, daß weder der eine noch der andere je über die Mauer des Privatlebens sah oder horchte, und daß sie nur dann in Tätigkeit traten, wenn politische oder soziale Interessen in's Spiel kamen. Mit einem Worte, sie waren, wie man seit den letzten Jahren zu sagen pflegt, „die großen politischen und militärischen Berichterstatter".

Der französische Korrespondent hieß Alcide Jolivet. Harry Blount war der Name des englischen Reporters. Sie begegneten sich eben zum ersten Male bei dem Feste im Neuen Palais, über welches sie ihren Journalen Bericht erstatten wollten. Die Verschiedenheit ihres Charakters in Verbindung mit einer gewissen Geschäftsvorsicht konnte ihnen nur wenig gegenseitige Sympathie einflößen. Jedoch, sie mieden sich deshalb nicht, ja, sie suchten sich sogar, um einer dem anderen die Neuigkeiten des Tages abzulocken. Sie waren alles in allem zwei Nimrods, die auf dem nämlichen Gebiete jagten. Was der eine fehlte, konnte ja dem anderen zum Schusse gelegen kommen, und ihr Interesse verlangte es, daß sie immer so weit Fühlung behielten, um einander zu sehen und zu hören.

An diesem Abend befanden sich beide auf dem Anstande. Offenbar lag etwas in der Luft.

Die beiden Korrespondenten kamen also in ein Gespräch während des Balles, kurze Zeit nachdem General Kissoff die Salons verlassen hatte, und beide klopften erst gegenseitig auf den Busch.

„Wahrlich, mein Herr, dieses kleine Fest ist reizend!" begann Alcide Jolivet, mit der liebenswürdigsten Miene von der Welt die Unterhaltung mit dieser ausgesprochen französischen Phrase einleitend. — „Ich habe schon telegraphiert: splendid!" antwortete frostig Harry Blount mit besonderer Betonung dieses Wortes, welches jeder Bürger des Vereinigten Königreichs als Ausdruck seiner Bewunderung zu gebrauchen pflegt. — „Ich jedoch", fügte Alcide Jolivet hinzu, „glaubte meiner Cousine ..." — „Ihrer Cousine? ..." wiederholte Harry Blount erstaunt, indem er seinen Kollegen unterbrach. — „Jawohl", fuhr Alcide Jolivet fort, „ich stehe mit meiner

Cousine Madelaine in Briefwechsel, sie hat es gern, schnell alles zu erfahren, meine Cousine! ... Ich glaubte ihr also mitteilen zu müssen, daß die Stirn des Souveräns bei diesem Feste doch von einigen Wölkchen beschattet gewesen sei." — „Mir dagegen schien sie strahlend frei", antwortete Harry Blount, der wahrscheinlich seine Ansicht über diesen Gegenstand zu verbergen suchte. — „Und infolgedessen haben Sie sie auch in den Spalten des ‚Daily-Telegraph' strahlen lassen? — „Gewiß." — „Erinnern Sie sich, Herr Blount", sprach Alcide Jolivet weiter, „was im Jahre 1812 in Zakret vorgekommen ist?" — „So genau, als ob ich dabei gewesen wäre", erwiderte der englische Reporter.

— „Nun", sagte Alcide Jolivet, „so ist Ihnen bekannt, daß man bei einem dem Kaiser Alexander zu Ehren gegebenen Feste diesem die Nachricht brachte, daß Napoleon mit der französischen Vorhut soeben den Niemen überschritten habe. Der Kaiser verließ jedoch das Fest nicht, trotz der Wichtigkeit dieser Nachricht, die ihm seine Herrschaft kosten konnte, und bekämpfte äußerlich jede Unruhe..." — „So wenig wie unser Wirt eine solche zeigte, als ihm General Kissoff die Meldung machte, daß die telegraphischen Verbindungen zwischen der Grenze und dem Gouvernement von Irkutsk unterbrochen seien." — „Ah, Sie kennen diese Einzelheiten?" — „Ich kenne sie." — „Ich muß wohl davon unterrichtet sein, da mein letztes Telegramm bis Udinsk gelangt ist", bemerkte Alcide Jolivet mit einer gewissen Genugtuung. — „Und die meinigen nur bis Krasnojarsk", erwiderte Harry Blount etwas unwirsch. — „So wissen Sie auch, daß schon Befehle an die Truppen von Nicolajewsk abgegangen sind?" — „Jawohl, mein Herr, gleichzeitig als man den Kosaken des Gouvernements Tobolsk telegraphisch die Ordre zugehen ließ, sich zu sammeln." — „Sehr richtig, Herr Blount, auch diese Maßnahmen sind mir vollkommen bekannt, und glauben Sie, meine liebenswürdige Cousine wird schon morgen einiges davon zu erzählen wissen." — „Ganz so wie die Leser des ‚Daily-

Telegraph' davon unterrichtet sein werden, Herr Jolivet."

„Da wird's einen interessanten Feldzug zu verfolgen geben." — „Dem ich mich anschließe, Herr Jolivet." — „O, dann kann sich's treffen, daß wir uns auf einem minder sicheren Terrain, als das Parkett dieses Saales, wieder begegnen." — „Wohl einem minder sicheren, aber auch..." — „Einem weniger glatten!" antwortete Alcide Jolivet.

Jetzt sprangen die Türen der anstoßenden Säle auf. Dort zeigten sich verschiedene große und prächtig servierte Tafeln, schwer beladen mit kostbarem Porzellan und goldenen Gefäßen. Auf der mittelsten, für die Prinzen, Prinzessinnen und die Mitglieder des diplomatischen Corps reservierten, glänzte ein Tafelaufsatz von unschätzbarem Werte aus Londoner Werkstätten und rund um dieses Meisterwerk der Juwelierarbeit spiegelten sich unter dem Glanze der Lüster die unzähligen Stücke des herrlichsten Geschirrs, das jemals die Manufakturen von Sèvres verlassen hatte.

Die Gäste des Neuen Palais begaben sich nach den Speisesälen.

In diesem Augenblicke näherte sich der General Kissoff, der inzwischen zurückgekehrt war, rasch dem Offizier der Gardejäger.

„Nun, wie steht's?" fragte dieser lebhaft. — „Die Telegramme gehen nicht über Tomsk hinaus, Sire." — „Sofort einen Kurier!" Der Offizier verließ den großen Saal und zog sich in ein daneben liegendes großes Gemach zurück. Es war das ein mit Eichenmöbeln sehr einfach ausgestattetes Arbeitskabinett an einer Ecke des Neuen Palais. Einige Bilder, darunter einzelne Gemälde von Horace Vernet, hingen an den Wänden.

Der Offizier riß schnell ein Fenster auf, als habe es seinen Lungen an Sauerstoff gemangelt, und sog auf einem mächtigen Balkon die laue Luft der schönen Julinacht ein.

Vor seinen Augen breitete sich, in sanftes Mondlicht gebadet, eine Art Festungswerk aus, in welchem sich zwischen zwei Kathedralen drei Paläste und ein Arsenal erhoben. Rings um dasselbe die bestimmt unterschiedenen Städte: Kitai-Gorod, Boloi-Gorod und Zemlianoi-Gorod, das ungeheure europäische, tatarische und chinesische Quartier, überragt von Türmen und Minarets, von den Kuppeln der dreihundert Kirchen mit ihren grünen Dächern und dem silbernen Kreuz darauf. Ein kleiner Fluß mit vielgewundenem Laufe glänzte manchmal in den Strahlen des Mondes. Das Ensemble bildete ein wunderbares, verschieden gefärbtes Mosaik, welches ein zehn Stunden langer Rahmen umschloß.

Dieser Fluß war die Moskowa; diese Stadt war Moskau, jenes Festungswerk war der Kreml und jener Offizier der Gardejäger, der mit gekreuzten Armen und träumerischer Stirn nur halb dem Lärmen des Festes zuhörte, das sich aus dem Neuen Palais über die alte Stadt der Moskowiter verbreitete — das war der Zar.

Russen und Tataren

Wenn der Zar so unerwartet und gerade in dem Augenblicke, als das Fest, welches er den Spitzen der Zivil- und Militärbehörden gab, in schönstem Glanze strahlte, die Salons des Neuen Palais verließ, so kam das daher, daß sich jenseits des Ural sehr wichtige Ereignisse vorbereiteten. Es war gar nicht zu bezweifeln: eine furchtbare Invasion drohte die sibirischen Provinzen der russischen Autonomie zu entziehen.

Das asiatische Rußland oder Sibirien bedeckt eine Oberfläche von 560.000 Quadratmeilen und zählt etwa zwei Millionen Einwohner. Es erstreckt sich von dem Gebirgszuge des Ural, der es von dem europäischen Rußland trennt, bis nach dem Gestade des Pazifischen Ozeans. Nach Süden zu schließt es Turkestan und das Chinesische Reich mit einer häufig unbestimmten Grenze ab, im Norden der arktische Ozean von dem Karameere bis zur Behringstraße. Es wird in Gouvernements oder Provinzen geteilt, nämlich die von Tobolsk, Jeniseisk, Irkutsk, Omsk und Jakutsk; ferner umfaßt es zwei Distrikte, die von Okfotsk und von Kamtschatka, und besitzt endlich zwei Länder, welche jetzt dem moskowitischen Szepter untertan sind, das Land der Kirgisen und das Land der Tschuktschen.

Diese ungeheure Strecke von Steppen, in der Längenausdehnung über 110 Grade von Westen nach Osten umfassend, bildet den Deportationsort für Verbrecher, das Exil für diejenigen, welche ein Ukas mit Verbannung belegte.

Zwei Generalgouverneure vertreten die Oberherrschaft des Zaren in diesem weiten Reiche. Der eine residiert in Irkutsk, der Hauptstadt des westlichen Sibiriens. Der Tchuma, ein Nebenfluß des Jenissei, trennt die beiden Hälften des Territoriums.

Noch furcht keine Eisenbahn diese unendlichen Ebenen, unter denen einige ausnehmend fruchtbar sind; kein Schienenweg entlastet die reichen Minen, welche bei ihrer Ausdehnung über große Strecken den Boden Sibiriens unter der Erde kostbarer erscheinen lassen als auf der Oberfläche. Im Sommer reist man daselbst im Tarantaß; im Winter im Schlitten. Eine einzige Verbindung, aber eine elektrische, verknüpft die beiden Grenzen im Westen und im Osten Sibiriens durch einen Draht, der nicht weniger als 8000 Werst (gleich 8536 km) lang ist. Nach Überschreitung des Ural passiert er Jekaterinenburg, Kassimow, Tiumen, Ichim, Omsk, Elamks, Kolyvan, Tomsk, Krasnojarsk, Nishny, Udinsk, Irkutsk, Verkne-Nertschinsk, Strelink, Albazine, Blagowestenks, Radde, Orloneskaga, Alexandrowskoe, Nicolajewsk. Von Irkutsk aus verläuft eine Zweigleitung nach Kjachta an der mongolischen Grenze, von wo aus die Depeschen in weiteren vierzehn Tagen bis Peking befördert werden.

Jene Drahtleitung war zuerst zwischen Jekaterinenburg und Nicolajewsk, nachher vor Tomsk und einige Stunden später zwischen Tomsk und Kolyvan durchschnitten worden.

Eben deshalb hatte der Zar nach der zweiten Mitteilung, welche General Kissoff ihm machte, nur geantwortet: „Sofort einen Kurier!“

Seit kurzer Zeit nun stand der Zar bewegungslos am Fenster seines Kabinetts, als die Huissiers wiederum dessen Türen öffneten. Der erste Chef der Polizei erschien auf der Schwelle.

„Tritt ein“, sagte der Zar kurz, „und teile mir alles mit, was du über Iwan Ogareff weißt.“ — „Es ist das ein sehr gefährlicher Mann, Sire“, erwiderte der hohe Polizeibeamte. — „Er hatte den Rang eines Obersten?“ — „Ja, Sire.“ — „Und war ein intelligenter Offizier?“ — „Gewiß, sehr intelligent, aber unmöglich zu zügeln und von sinnlosem Ehrgeiz, der vor nichts zurückschreckte. Er verwickelte sich sehr bald in verschiedene Intrigen und wurde damals von Sr. kaiserlichen Hoheit dem Großfürsten erst degradiert und später nach Sibirien verwiesen.“ — „Wann ungefähr?“ — „Vor etwa zwei Jahren. Nach sechsmonatiger Verbannung durch Ew. Majestät Gnade erlöst, kehrte er nach Rußland zurück.“ — „Und seit dieser Zeit wandte er sich nicht wieder nach Sibirien?“ — „Doch, Sire, aber diesmal kehrte er freiwillig dahin zurück“, antwortete der Chef der Polizei. Dann fügte er mit etwas zurückgehaltener Stimme hinzu: „Es gab eine Zeit, Sire, da man nicht zurückkehrte, wenn man nach Sibirien ging!“ — „Mag sein, solange ich lebe, soll aber Sibirien ein Land sein, aus dem man auch wiederkehrt!“

Der Polizeichef erwiderte nichts, aber offenbar war er kein Freund von halben Maßregeln. Seiner Ansicht nach durfte keiner, der den Ural unter Bedeckung von Gendarmen überschritten hatte, jemals daran denken, es noch einmal zu tun. Anders war es aber jetzt unter der neuen Regierung, und der Chef der Polizei bedauerte das aufrichtig. Doch er schwieg und wartete es ab, daß der Zar ihn weiter fragen werde.

„Ist Iwan Ogareff", begann der Zar, „nach dieser Reise nach den sibirischen Provinzen, einer Reise übrigens, deren eigentlicher Zweck wohl unerkannt blieb, nicht auch ein zweites Mal nach Rußland gekommen?" — „Gewiß, Sire". — „Und seit dieser Rückkehr hat die Polizei seine Spur verloren?" — „O nein, denn ein Verbannter wird von dem Tage seiner Begnadigung an erst gefährlich!"

Über die Stirn des Zaren flog eine leichte Wolke.

„Und wo befand sich Iwan Ogareff zuletzt?" — „Im Gouvernement von Perm." — „In welcher Stadt?" — „In Perm selbst." — „Was tat er daselbst?" — „Er schien unbeschäftigt und erregte durch seine Lebensweise keinerlei Verdacht." — „Er stand nicht unter polizeilicher Aufsicht?" — „Nein, Sire." — Zu welcher Zeit hat er Perm verlassen?" — „Etwa im März." — „Und wandte sich wohin?" — „Das ist mir unbekannt." — „Seit dieser Zeit weiß man auch nicht, was aus ihm geworden ist?" — „Niemand weiß es." — „Recht schön, aber ich, ich weiß es!" antwortete der Zar. „Geheime Nachrichten, welche die Büros der Polizei nicht passierten, sind an mich gelangt und in Berücksichtigung der Tatsachen, welche sich jetzt jenseits der Grenze vollziehen, habe ich allen Grund, an die Richtigkeit derselben zu glauben!" — „Wollen Sie damit sagen, Sire", rief der Polizeichef, „daß Iwan Ogareff bei der Tataren-Invasion die Hand im Spiele habe?" — „Ja, General, und ich will dir auch sagen, was du noch nicht weißt. Iwan Ogareff überschritt, nachdem er das Gouvernement Perm verlassen, den Ural. Er begab sich nach Sibirien, in die Steppen der Kirgisen, und hat dort nicht ohne Erfolg die Nomadenvölker aufzuwiegeln gesucht. Darauf hat er sich weiter nach Süden, bis nach dem unabhängigen Turkestan begeben. Dort fand er in den Khanaten von Bukhara, Khokhand und Kunduz Häuptlinge, welche bereit waren, ihre Tatarenhorden in die sibirischen Provinzen zu werfen und einen allgemeinen Aufstand gegen die russische Herrschaft in Asien hervorzurufen. Die ganze Bewegung ist sehr geheim geschürt worden, sie bricht aber jetzt wie ein Donnerschlag aus und schon sind alle Wege und Kommunikationsmittel zwischen dem östlichen und dem westlichen Sibirien abgeschnitten. Dazu trachtet Iwan Ogareff, von Rache getrieben, meinem Bruder nach dem Leben!"

Als er so sprach, war der Zar erregter geworden und ging mit raschen Schritten auf und nieder. Der erste Chef der Polizei erwiderte kein Wort, aber er sagte sich, daß Iwan Ogareffs Pläne zur Zeit, als die Selbstherrscher aller Reußen niemals einen Exilierten begnadigten, nicht hätten zur Reife gedeihen können. Still vergingen einige Augenblicke, dann näherte er sich dem Zaren, der sich in einen Fauteuil geworfen hatte.

„Ew. Majestät", sagte er, „haben unzweifelhaft Befehl gegeben, daß dieser Einfall so schnell als möglich zurückgewiesen wird?" — „Ja", antwortete der Zar. „Das letzte Telegramm, das Nishny-Udinsk hat erreichen können, hat auch die Truppen der Gouvernements Jenisseisk, Irkutsk und Jakutsk sowie diejenigen der Amurprovinzen und des Baikalsees in Bewegung setzen müssen. Gleichzeitig ziehen die Regimenter von Perm und Nishny-Nowgorod in Eilmärschen nach der Grenze am Ural; leider brauchen sie aber mehrere Wochen, bevor ein Zusammentreffen mit den Tatarenhorden möglich ist!" — „Und Ew. Majestät Bruder, Se. kaiserliche Hoheit der Großfürst, der in diesem Augenblicke allein im Gouvernement Irkutsk weilt, steht mit Moskau in keiner direkten Verbindung mehr?" — „Nein." — „Er muß aus den letzten Depeschen aber die Maßregeln Ew. Majestät erfahren haben und auch wissen, welche Hilfe er aus den Irkutsk zunächst gelegenen Gouvernements zu erwarten hat?" — „Das ist ihm bekannt", erwiderte der Zar, „er weiß aber nicht, daß Iwan Ogareff sich unter falschem Namen bei ihm zu dienen anbieten wird. Gelang es ihm dann, sein Vertrauen zu gewinnen, so wird er, wenn die Tataren Irkutsk angreifen, die Stadt ausliefern, nebst meinem Bruder, dessen Leben unmittelbar bedroht ist. Das sind die Nachrichten, welche ich erhielt, die aber der Großfürst nicht kennt und folglich sofort erfahren muß!"

„Nun wohl, Sire, ein tüchtiger, mutiger Kurier ..." — „Den erwarte ich." — „Und beeilen muß er sich", fügte der Chef der Polizei hinzu, „denn Sie gestatten mir auszusprechen, Sire, daß dieses ganze Sibirien zur Rebellion sehr geneigt ist!" — „Glaubst du, General, daß die Sträflinge mit den Feinden gemeinschaftliche Sache machen könnten?" rief der Zar, der bei dieser Andeutung des Polizeichefs ganz außer sich geriet.

„Verzeihung, Majestät! ..." entgegnete stammelnd der Chef des Polizeiwesens, denn wirklich war das der Gedanke gewesen, der in seinem unruhigen und mißtrauischen Kopfe aufgestiegen war.

„Ich traue den Verbannten mehr Vaterlandsliebe zu!" erwiderte der Zar. — „In Sibirien befinden sich auch andere Sträflinge als die politischen Verbannten", antwortete der Polizeichef. — „Die Verbrecher! O, General, die überlasse ich dir! Das ist der Auswurf des menschlichen Geschlechts; diese haben überhaupt kein Vaterland. Die Erhebung, oder vielmehr der Einfall, ist aber nicht gegen den Kaiser gerichtet, sondern gegen Rußland, gegen die Heimat, welche die Verbannten doch noch einmal wiederzusehen hoffen, und die sie wiedersehen werden! ... Nein, nein, nie wird ein Russe sich auch nur eine Stunde lang mit einem Tataren verbinden, um die moskowitische Macht zu untergraben und zu schwächen!"

Der Zar war berechtigt, an den Patriotismus derjenigen zu glauben, die seine Politik zeitweilig verbannt hatte. Jene Milde, der Grundzug seiner Justiz, wenn er dieselbe selbst handhabte, die weitgehenden Erleichterungen bei Ausführung der früher so schrecklichen Ukasse garantierten ihm, daß er sich hierin nicht täusche. Aber auch ohne diese mächtige Beihilfe zu einem Erfolge der Tataren-Invasion gestaltete sich die Sachlage überaus ernst, denn es stand mindestens zu befürchten, daß sich ein großer Teil der Kirgisenbevölkerung den Angreifern anschließen werde.

Bis zu welchem Punkte in Sibirien hatten die russischen Truppen zurückweichen müssen? — Niemand vermochte das zu sagen. Die Verbindungen waren gestört. Hatten den Draht zwischen Kolyvan und Tomsk aber nur einige Reiter aus der Vorhut der Tatarenarmee zerschnitten oder überzog schon der Emir selbst die Provinzen von Jenisseisk? Stand das ganze südliche Westsibirien in Flammen? Reichte die Empörung schon bis nach den Gebieten im Osten? — Keiner wußte es. Der einzige Kundschafter, der weder die Kälte noch die Hitze fürchtet, weder die Rauhheit des Winters, noch die verdorrende Glut des Sommers, und der dahinfliegt mit der rasenden Schnelligkeit des Blitzes, der elektrische Funke, konnte nicht mehr durch die Steppen laufen, war außerstande, den Großfürsten zu benachrichtigen von der Gefahr, die ihm in Irkutsk durch den Verrat Iwan Ogareff's drohte.

Nur ein Kurier konnte den unterbrochenen Strom einigermaßen ersetzen. Dieser Mann bedurfte einer gewissen Zeit, um die 5200 Werst von Moskau bis Irkutsk zurückzulegen. Er mußte, um die Haufen der Rebellen und der Feinde zu durchbrechen, einen sozusagen übermenschlichen Mut und ebensolche Klugheit entwickeln. Doch mit Kopf und Herz kommt man ja weit!

„Werde ich diesen Kopf und dieses Herz finden?“ fragte sich der Zar.

Michael Strogoff

Bald öffnete sich die Tür des kaiserlichen Kabinetts und der Huissier meldete den General Kissoff.

„Nun, der verlangte Kurier?“ fragte rasch der Zar. — „Ist schon da, Sire“, antwortete der General. — „Du hast einen geeigneten Mann gefunden?“ — „Ich wage, mich Ew. Majestät dafür zu verbürgen.“ — „Stand er in Palastdiensten?" — „Ja, Sire." — „Du kennst ihn?" — „Persönlich; und mehrmals hat er schon schwierige Missionen zur Zufriedenheit ausgeführt." — „Im Auslande?" — „Gerade in Sibirien." — „Woher ist er?" — „Aus Omsk, also selbst ein Sibirier." — „Er besitzt kaltes Blut, Intelligenz und Mut?" — „Gewiß, Sire, er besitzt alle Eigenschaften, auch da zu reüssieren, wo andere vielleicht scheitern könnten." — „Wie alt?" — „Dreißig Jahre." — „Er ist ein gesunder, kräftiger Mann?" — „Sire, er vermag Frost, Hunger, Durst und Anstrengung bis zum Äußersten zu ertragen." — „Sein Name?" — „Michael Strogoff." — „Er ist bereit abzureisen?" — „Im Saale der Garden erwartet er Ew. Majestät Befehle." — „Er soll hierher kommen", sagte der Zar. Einige Augenblicke später trat Michael Strogoff in das Kabinett des Kaisers.

Michael Strogoff war hochgewachsen, kräftig, hatte breite Schultern und eine volle Brust. Sein mächtiger Kopf zeigte die besten Merkmale der kaukasischen Rasse. Auf seinem nicht eben kleinen Kopf mit breiter Stirn kräuselte sich üppiges Haar, das in Locken herabfiel, wenn er es mit der moskowitischen Mütze bedeckte. Seine tiefblauen Augen mit geradem, offenem und sicherem Blicke glänzten unter dem vollen Bogen der durch ihre Muskeln etwas zusammengezogenen Augenbrauen und verrieten seinen Mut, „jenen Mut ohne Zorn, den die Helden besitzen". Seine nicht zu kleine Nase beherrschte einen symmetrischen Mund mit ein wenig hervorspringenden Lippen, jenem Zeichen eines edelmütigen und guten Charakters.

Michael Strogoff besaß das Temperament des entschiedenen Mannes, der seinen Entschluß schnell zu fassen gewöhnt ist, der nicht in der Ungewißheit die Nägel zernagt, sich nicht im Zweifel hinter dem Ohr kraut und nicht unentschlossen mit den Füßen stampft. Karg in Bewegungen und Worten, stand er vor seinem Vorgesetzten still wie ein Soldat; wenn er jedoch ging, so zeigte seine Haltung eine große Leichtigkeit, eine auffallende Sicherheit der Bewegungen — ein Zeichen des Selbstvertrauens und der Lebhaftigkeit seines Geistes. Er gehörte zu den Leuten, die immer etwas vorzuhaben scheinen und die Ausführung nicht zu verzögern pflegen.

Gewiß, wenn einer die Reise von Moskau nach Irkutsk glücklich vollenden, in jenem empörten Gebiete alle Hindernisse besiegen, alle Gefahren überwinden konnte, so war es Michael Strogoff.

Ein für das Gelingen jenes Vorhabens sehr günstiger Umstand war es, daß Michael Strogoff das zu durchziehende Land vollkommen kannte und die verschiedenen Sprachen desselben verstand; nicht weil er jenes schon bereist hatte, sondern weil er, wie erwähnt, von Geburt selbst Sibirier war.

Sein Vater, der vor zehn Jahren verstorbene Peter Strogoff, bewohnte die in dem gleichnamigen Gouvernement gelegene Stadt Omsk, woselbst seine Mutter, Marfa Strogoff, noch jetzt lebte. Dort, in jenen wilden Steppen der Provinzen Omsk und Tobolsk, war es, wo der furchtbare sibirische Jäger seinen Sohn Michael „verstählt" hatte, wie der landläufige Ausdruck hieß. Sommer und Winter, im glühenden Sonnenbrande wie in der grimmigsten Kälte, streifte er über die endlosen Ebenen, durch die Lärchen- und Weidengebüsche, durch die düstern Kiefernwälder, legte seine Fallen aus, verfolgte das kleinere Wild mit dem Gewehr, das große mit dem Spieß und dem Waidmesser. Unter großem Wilde verstand man hierbei aber den sibirischen Bären, eine furchtbare und sehr wilde Art, welche an Größe ihren Verwandten in den Polargegenden vollständig gleichkommt. Peter Strogoff hatte mehr als neununddreißig Bären erlegt, das will sagen, daß auch schon der vierzigste unter seiner Hand gefallen war — und man weiß ja, wenn den Jagdgeschichten aus Rußland einigermaßen zu trauen ist, wieviele Jäger bis zum neununddreißigsten Bären glücklich davonkamen und beim vierzigsten unterliegen mußten!

Peter Strogoff hatte diese Unglückszahl also überschritten, ohne auch nur eine Schramme davonzutragen. Von da ab unterließ es der damals elfjährige Michael Strogoff niemals, seinen Vater bei den Jagdausflügen zu begleiten, wobei er die „Ragatina" trug, eine Art Gabelspieß, um seinem Vater, der meist nichts als ein Messer bei sich führte, im Notfall zu Hilfe zu kommen. Mit dem vierzehnten Jahre hatte Michael Strogoff seinen ersten Bären erlegt, und zwar ganz allein, was nicht so gar viel heißen will; nachdem er diesen aber abgezogen, hatte er auch das Fell des riesigen Tieres bis nach dem mehrere Werst entfernten väterlichen Hause geschleppt — was bei dem Kinde eine ungewöhnliche Kraft voraussetzen ließ.

Er war mit einem Wort ein ganzer Mann von Eisen. Er hielt leicht vierundzwanzig Stunden aus, ohne etwas zu essen, zehn Nächte, ohne zu schlafen, und begnügte sich mit einem Lager in der freien Steppe, wo tausend andere sich zum Tode erkältet hätten. Begabt mit unendlich feinen Sinnen, durch die weiße Ebene geführt von einem reinen Delawareninstinkt, wenn auch der Nebel den ganzen Horizont verhüllte, und das selbst in höheren Breiten, wo die Polarnacht schon mehrere Tage anhält, fand er doch immer seinen richtigen Weg, wo andere nicht mehr gewußt hätten, wohin sie den Fuß setzen sollten. Er wußte sich nach kaum bemerkenswerten Anzeichen zu richten, nach der Lage der Eisnadeln, der Stellung der dünnsten Baumzweige, nach schwachen Gerüchen, welche von außerhalb der Grenze des Horizontes herkamen, nach der Spur der Blätter im Walde, nach den schwächsten Geräuschen in der Luft oder nach entfernten Detonationen, wie nach dem Zuge der Vögel in der dunstigen Atmosphäre — nach tausend Einzelheiten, welche für den Kenner ebensoviele Wahrzeichen sind.

Eine einzige Leidenschaft besaß Michael Strogoff, die Liebe zu seiner alten Mutter Marfa, welche nicht zu bewegen gewesen war, das alte Haus der Strogoffs in Omsk, an der Grenze von Irtysch, zu verlassen, in dem sie so lange Zeit mit dem alten Jäger vereint gelebt hatte. Als der Sohn sie verließ, geschah es, um seinem Triebe nach einem größeren Wirkungskreise zu genügen; aber er versprach ihr dabei, stets zeitweilig zu ihr zurückzukehren, sobald die Umstände es erlaubten — ein Versprechen, das mit religiöser Strenge eingehalten wurde.

Es war beschlossen worden, daß Michael Strogoff mit seinem zwanzigsten Jahre in den persönlichen Dienst des Kaisers von Rußland eintreten sollte, und zwar in das Korps der Kuriere des Zaren. Der kühne, intelligente, eifrige und sich wacker aufführende junge Sibirier fand die erste Gelegenheit, sich auszuzeichnen, bei einer Sendung nach dem Kaukasus, mitten durch das von einigen unruhigen Nachfolgern Schamyl's aufgewühlte Land; später bei einer wichtigen Mission, welche ihn bis Petropolawsk in Kamtschatka, nach den äußersten Grenzen des asiatischen Rußland, führte. Während dieser so weiten Reise legte er wiederholt Proben seiner ausgezeichneten Eigenschaften, seiner Kaltblütigkeit, Klugheit und seines Mutes ab, welche ihm die Anerkennung und das Wohlwollen seiner Vorgesetzten erwarben und seine Karriere beschleunigten. Den ihm nach so mühseligen Expeditionen mit Recht zukommenden Urlaub versäumte er nie seiner alten Mutter zu widmen — und wenn er auch Tausende von Wersten entfernt war von ihr und der Winter alle Wege fast ungangbar machte. Jetzt hatte Michael Strogoff, der im Süden des Reichs vielfach beschäftigt wurde, die alte Marfa zum ersten Male seit drei Jahren — für ihn drei Jahrhunderte — nicht gesehen! In wenigen Tagen sollte er seinen reglementsmäßigen Urlaub antreten und hatte auch schon alle Vorbereitungen zur Reise nach Omsk getroffen, als die uns schon bekannten Ereignisse eintraten.

Michael Strogoff wurde vor den Zaren geführt, in vollständiger Unkenntnis dessen, was derselbe von ihm verlangen würde.

Einige Augenblicke betrachtete ihn der Zar ohne ein

Wort zu reden mit durchdringendem Blicke, während Michael Strogoff unbeweglich stehenblieb.

Dann wendete sich der Zar, offenbar befriedigt von dieser Vorprüfung, nach seinem Schreibtische, machte dem Chef der Polizei ein Zeichen, sich dahin zu setzen, und diktierte ihm mit leiser Stimme einen Brief von wenigen Zeilen.

Nach Vollendung des Schreibens durchlas es der Kaiser noch einmal mit größter Aufmerksamkeit und unterzeichnete es, nachdem er seinem Namen noch die Worte: „Byt po semu", welche „So geschehe es" bedeuten und eine gewöhnliche Bestätigungsformel der russischen Kaiser ausmachen, vorgesetzt hatte. Der Brief ward dann in ein Kuvert gesteckt und mit einem Siegel mit dem kaiserlichen Wappen verschlossen. Der Zar hob das Schriftstück auf und winkte Michael Strogoff, sich zu nähern.

Dieser tat dann einige Schritte vorwärts und blieb wieder unbeweglich vor seinem Kaiser stehen.

Noch einmal sah der Zar ihm durchdringend, Auge in Auge, in's Gesicht. Dann begann er: „Dein Name?" — „Michael Strogoff, Sire." — Deine Stellung?" — „Kapitän bei den Kurieren des Zaren." — „Du kennst Sibirien?" — „Ich stamme daher." — „Du bist geboren?" — „In Omsk." — „Hast du Verwandte in Omsk?" — „Meine alte Mutter."

Der Zar unterbrach einen Augenblick die Reihe seiner Anfragen. Dann fuhr er fort, indem er dem Kurier den Brief zeigte, den er in der Hand hielt: „Hier ist ein Brief, den ich dich, Michael Strogoff, beauftrage, dem Großfürsten eigenhändig — keinem, keinem anderen! — zu überliefern." — „Ich werde ihn besorgen, Sire." — „Der Großfürst befindet sich in Irkutsk." — „Ich werde nach Irkutsk gehen."

„Es handelt sich hier aber darum, ein von Rebellen unsicher gemachtes, von den Tataren überfallenes Land zu durchreisen, in welchem jene Meuterer ein Interesse haben könnten, diesen Brief abzufangen." — „Ich werde hindurchkommen." — „Und wirst dich vor allem vor einem Verräter, Iwan Ogareff, zu hüten haben, dem du auf dem Wege vielleicht begegnen könntest." — „Ich werde ihm auszuweichen wissen." — „Kommst du über Omsk?" — „Mein Weg führt mich dahin." — „Wenn du deine Mutter sehen wolltest, würdest du Gefahr laufen, erkannt zu werden. Du darfst deine Mutter nicht besuchen!"

Michael Strogoff zögerte einen Augenblick mit seiner Antwort.

„Ich werde sie nicht sehen", sagte er.

„Schwöre mir, daß nichts dich vermögen wird, dir zu entlocken, wer du bist und wohin du gehst." — „Ich schwöre es." — „Michael Strogoff", fuhr der Zar fort, indem er dem jungen Kurier das Schreiben einhändigte, „so nimm diesen Brief, von dem das Heil Sibiriens und vielleicht das Leben meines Bruders, des Großfürsten, abhängt." — „Dieser Brief wird in die Hand Sr. Hoheit des Großfürsten gelangen." — „Du wirst also auf jeden Fall durchzudringen suchen?" — „Ich dringe hindurch überall, bis man mich tötet." — „Ich bedarf aber deines Lebens." — „Ich werde auch lebend durch Sibirien kommen", antwortete Michael Strogoff.

Der Zar schien mit der einfachen und ruhigen Sicherheit der Antworten Michael Strogoffs zufrieden. „So geh' also, Michael Strogoff", sagte er, „geh' mit Gott für Rußland, für meinen Bruder und für mich!"

Michael Strogoff grüßte militärisch, verließ sofort das Kabinett des Kaisers und wenige Minuten später das Neue Palais.

„Ich glaube, du hast eine glückliche Hand gehabt, General", sagte der Zar. — „Ich glaube es, Sire", antwortete General Kissoff, „und Ew. Majestät können versichert sein, daß Michael Strogoff alles tun wird, was ein Mann zu leisten vermag." — „In der Tat, das schien ein ganzer Mann zu sein!" bemerkte der Zar.

Von Moskau nach Nishny-Nowgorod

Die Entfernung, welche Michael Strogoff von Moskau nach Irkutsk zurückzulegen hatte, betrug 5200 Werst. Als noch kein Telegraphendraht den Zwischenraum zwischen den Bergen des Urals und der Ostküste Sibiriens überspannte, wurde der Depeschendienst durch Kuriere versehen, deren schnellster mindestens achtzehn Tage bedurfte, um sich von Moskau nach Irkutsk zu begeben. Das war aber nur eine Ausnahme, gewöhnlich dauerte die Reise durch das asiatische Rußland vier bis fünf Wochen.

Als ein Mann, der weder Frost noch Schnee fürchtete, hätte es Michael Strogoff vorgezogen, während der rauhen Winterszeit zu reisen, welche es erlaubt, die ganze Strecke zu Schlitten zurückzulegen. Dann sind alle Schwierigkeiten, mit denen man sonst des Fortkommens wegen zu kämpfen hat, bei der Nivellierung der endlosen Steppen durch den Schnee, merklich vermindert. Kein Wasserlauf tritt hindernd in den Weg. Überall die glatte Eisfläche, auf welcher der Schlitten leicht und schnell dahingleitet. Zwar sind zu dieser Zeit gelegentlich wohl verschiedene Naturerscheinungen zu fürchten, wie andauernde dicke Nebel, sehr strenge Kälte, lange andauerndes, furchtbares Schneetreiben, dessen Wirbel manchmal ganze Karawanen verwehen oder begraben. Es kommt wohl auch vor, daß von Hunger gequälte Wölfe die Ebenen zu Tausenden bedecken. Doch immer wäre es noch besser gewesen, sich diesen Gefahren auszusetzen, denn bei solch hartem Winter mußten die tatarischen Eindringlinge sich vorzugsweise in den Städten aufhalten, ihre Marodeure hätten die Steppen nicht unsicher gemacht, jede Truppenbewegung wäre unausführbar gewesen und Michael Strogoff leichter durchgekommen. Indes, er konnte weder Zeit noch Stunde selbst wählen.

Dazu kamen ihm nicht die gewöhnlichen Verhältnisse eines Kuriers des Zaren zustatten. Im Gegenteil, niemand durfte während seiner Fahrt diese Eigenschaft vermuten. In einem von Feinden überschwemmten Lande wimmelt es auch von Spionen. Ward er erkannt, so war auch seine Mission kompromittiert. Auch als General Kissoff ihm eine bedeutende Summe einhändigte, welche zur Reise hinreichen und dieselbe nach Möglichkeit erleichtern mußte, gab er ihm keinerlei schriftliche Ordre mit der Bezeichnung: „Spezialdienst des Kaisers", das Sesam, dessen Kräfte nie versagen. Er begnügte sich, ihm nur einen „Podaroshna" auszustellen.

Dieser Podaroshna lautete auf den Namen eines Kaufmanns, Nikolaus Korpanoff, wohnhaft in Irkutsk. Er berechtigte denselben, sich gegebenenfalls von einer oder mehreren Personen begleiten zu lassen, und daneben enthielt er die ausdrückliche Bemerkung, daß er selbst dann gültig sei, wenn das Gouvernement von Moskau auch jedem anderen den Austritt aus Rußland verbieten sollte.

Der Podaroshna war nichts anderes als ein Erlaubnisschein, Postpferde zu requirieren; Michael Strogoff aber sollte davon nur Gebrauch machen in dem Falle, wenn dieser Schein keinen Verdacht bezüglich seiner Eigenschaft hervorrufen konnte, d. h. solange er sich auf europäischem Boden befand. Hieraus folgte, daß er in Sibirien, wenn er die aufständischen Provinzen durchreiste, sich nicht als Gebieter den Postrelais gegenüber benehmen, noch sich von anderen Pferde verschaffen, noch endlich Transportmittel für seine eigene Person requirieren konnte. Michael Strogoff durfte das nicht vergessen; er war nicht mehr ein Kurier, sondern ein einfacher Kaufmann, Nikolaus Korpanoff, der sich von Moskau nach Irkutsk begab und als solcher allen Zufälligkeiten einer gewöhnlichen Reise unterworfen war.

Unbemerkt durchzukommen — ob mehr oder weniger schnell — aber jedenfalls durchzukommen, darin lag seine Aufgabe.

Vor dreißig Jahren bestand die Eskorte eines Reisenden von Stand aus nicht weniger als zweihundert berittenen Kosaken, zweihundert Mann Fußvolk, fünfundzwanzig Wagen, zwei tragbaren Booten und zwei Stück Kanonen. Das war das nötige Material bei einer Reise durch Sibirien.

Michael Strogoff freilich sollte weder Reiter noch Fußsoldaten oder Saumtiere haben. Er reiste zu Wagen, zu Pferde, wenn das möglich war; zu Fuß, wenn es nicht anders anging.

Am Morgen des 16. Juli begab sich Michael Strogoff ohne jede Uniform, aber mit einem Reisesack, den er auf dem Rücken trug, bekleidet mit einem gewöhnlichen russischen Anzug, einem an der Taille geschlossenen Oberrock, dem herkömmlichen Mujik, weiten Beinkleidern und an den Knöcheln anschließenden Stiefeln, nach dem Bahnhofe, um den nächsten Zug zu benutzen. Er führte, wenigstens dem Anscheine nach, keine Waffen bei sich, unter dem Gürtel aber stak ein Revolver und in seiner Tasche einer jener langen Dolche, welche das Mittel zwischen dem Messer und dem Yatagan bilden und mit dem ein sibirischer Jäger einen Bären sauber auszuweiden imstande ist, ohne dessen kostbares Fell zu beschädigen.

Auf dem Bahnhofe in Moskau war ein ansehnliches Menschengedränge. Der Zug, den Michael Strogoff benutzte, sollte ihn nach Nishny-Nowgorod führen. Dort war zu jener Zeit das Ende des Schienenweges, der Moskau mit St. Petersburg verbindet und bis zur Grenze Rußlands fortgeführt werden sollte. Die Strecke bis dahin maß etwa 400 Werst, welche der Zug in ungefähr zehn Stunden zurücklegen mußte. In Nishny-Nowgorod angelangt, wollte Michael Strogoff je nach den Umständen entweder zu Lande weiterreisen oder die Wolgadampfboote benutzen, um die Berge des Ural so schnell als möglich zu erreichen.

Michael Strogoff machte es sich in seiner Ecke so bequem wie ein braver Bürger, den seine Geschäfte nicht übermäßig beunruhigen und der sich die Zeit durch Schlafen zu vertreiben sucht. Da er in dem Coupé aber nicht allein war, schlief er auch nur mit einem Auge, hörte aber dabei mit beiden Ohren.

Der Aufstand der Kirgisenhorden und der Einfall der Tataren machte doch schon einigermaßen von sich reden. Die Leute, mit denen der Zufall ihn zusammenwürfelte, plauderten ebenfalls davon, doch immer noch mit einer gewissen Zurückhaltung.

Diese Reisenden waren ebenso wie die meisten Insassen des Zuges Kaufleute, die sich zur großen Messe nach Nishny-Nowgorod begaben, eine erklärlicherweise sehr gemischte Gesellschaft, welche aus Juden, Türken, Kosaken, Russen, Georgiern, Kalmücken und anderen bestand, die sich indessen alle der Nationalsprache bedienten.

Man besprach das Für und Wider der ernsthaften Ereignisse, welche sich eben jenseits des Ural abspielten; auch schienen diese Kaufleute zu fürchten, daß die russische Regierung sich veranlaßt sehen könnte, einige beschränkende Maßregeln, mindestens in den Nachbarprovinzen der asiatischen Grenze, zu ergreifen — Maßregeln, unter denen der Handel ohne Zweifel leiden mußte.

Diese unverbesserlichen Egoisten betrachteten den Krieg nur von dem Standpunkte ihrer bedrohten Interessen. Die Anwesenheit eines einfachen Soldaten in Uniform hätte gewiß hingereicht, die Zungen dieser Handelsleute zu zügeln. In dem von Michael Strogoff benutzten Coupé ließ nichts die Gegenwart einer Militärperson vermuten, und der Kurier des Zaren, der sein Inkognito bewahren mußte, hütete sich wohl, seinen wahren Charakter zu verraten. Er horchte gespannt.

„Man spricht von einer Preissteigerung des Karawanentees“, sagte ein Perser, den man an seiner mit Astrachan besetzten Mütze und dem abgetragenen braunen und weitfaltigen Rocke erkannte. — „O, der Tee hat auch keine Baisse zu fürchten“, erwiderte ein alter Jude mit verschmitzten Zügen. „Was davon in Nishny-Nowgorod am Markte ist, wird nach Westen hin willigen

Absatz finden; leider steht es mit den Teppichen aus Bukhara aber anders." — „Wie? Sie erwarten eine Sendung aus Bukhara?" fragte ihn der Perser. — „Das zwar nicht. wohl aber aus Samarkand, und Warensendungen von dorther sind eher noch mehr gefährdet. Verlassen Sie sich einmal auf Zufuhren aus einem Lande, das durch die Khans von Khiva bis zur chinesischen Grenze in helle Empörung gebracht ist." — „Gut!" meinte der Perser, „wenn die Teppiche nicht ankommen, so ist das von den Verrätern noch weniger zu erwarten, denke ich." — „Und der Profit? heiliger Gott Israels", rief der Jude, „rechnen Sie den für nichts?" — „Sie haben recht", mischte sich ein anderer Reisender in das Gespräch, „asiatische Artikel werden am Platze empfindlich fehlen; die Teppiche aus Samarkand ebenso wie die Wollwaren, die Seifen, Öle und die Schals aus dem Morgenlande." — „Ei, nehmen Sie sich in acht, Väterchen", antwortete ein russischer Reisender mit spöttelnder Miene, „Sie werden sich furchtbare Fettflecke in ihre Schals bringen, wenn Sie sie mit den Seifen und Ölen zusammenpacken!" — „Das kommt Ihnen wohl sehr komisch vor!" versetzte etwas spitz der Kaufmann, der solche Scherze nicht besonders liebte. — „Nun, und wenn man sich die Haare ausraufen und Asche auf's Haupt streuen wollte", fuhr jener Reisende fort, „würde das den Lauf der Dinge ändern? Nein! Um keinen Deut mehr als den Transport der Messegüter." — „Man erkennt es, daß Sie kein Kaufmann sind", bemerkte der kleine Jude. — „Meiner Treu, nein, würdiger Nachkomme Abrahams! Ich verkaufe weder Hopfen noch Teer, Honig oder Wachs, weder Hanfsamen noch Pökelfleisch, Kaviar, Holz, Wolle, Bänder, nicht Hanf oder Leinen, keine Maroquins oder Pelzwaren!..." — „Aber kaufen Sie vielleicht davon?" fragte der Perser, den Redestrom des Reisenden unterbrechend. — „So wenig als möglich und nur für meinen Privatbedarf", antwortete jener mit den Augen zwinkernd.

„Das ist ein Spaßvogel", raunte der Jude dem Perser

zu. — „Oder ein Spion!“ erwiderte dieser mit gedämpfter Stimme. „Hüten wir uns und sprechen wir nicht mehr als nötig. Die Polizei ist bei jetzigen Zeiten nicht sehr zart, und man weiß nie, mit wem man zusammensitzt..“

In einer anderen Ecke der Wagenabteilung sprach man etwas weniger über Handelsgeschäfte, aber etwas mehr von dem Einfalle der Tataren und dessen möglichen Folgen.

„Man wird in Sibirien die Pferde requirieren“, äußerte sich ein Reisender, „und die Kommunikationen zwischen den verschiedenen Provinzen Zentralasiens werden sehr erschwert sein!“ — „Bestätigt es sich“, fragte sein Nachbar, „daß die Kirgisen der Mittleren Horde mit den Tataren gemeinschaftliche Sache gemacht haben?“ — „Man sagt es“, antwortete der Reisende halblaut, „wer kann sich aber in diesem Lande rühmen, etwas Bestimmtes zu wissen?“ — „Ich hörte schon von Truppenzusammenziehungen an der Grenze sprechen. Die Donischen Kosaken sollen bereits längs der Wolga versammelt sein und man will sie den aufrührerischen Kirgisen entgegenwerfen.“ — „Wenn die Kirgisen dem Ufer des Irtysch gefolgt sind, wird auch die Straße nach Irkutsk unsicher sein“, bemerkte der Nachbar. „Übrigens wollte ich gestern ein Telegramm nach Krasnojarsk senden, das hat aber nicht bis dahin gelangen können. Es steht zu befürchten, daß die Tatarenhaufen binnen kurzem das ganze östliche Sibirien isoliert haben werden!“

„In Summa, Väterchen“, sprach sich der erste Frager aus, „diese Handelsleute da haben alle Ursache, wegen ihrer Geschäftsabwicklung besorgt zu sein. Nach Requisition der Pferde werden die Schiffe an die Reihe kommen, dann die Wagen und überhaupt alle Transportmittel, bis es endlich nicht mehr erlaubt sein wird, im ganzen Reiche einen Fuß zu bewegen.“ — „Ich fürchte sehr, in Nishny-Nowgorod wird die Messe nicht so brillant enden, wie sie begonnen hat“, antwortete der Zweite kopfschüttelnd. „Aber die Sicherheit und Integrität des russischen Gebietes geht über alles! Geschäfte sind eben doch nur Geschäfte!"

Wenn in diesem Coupé der Gegenstand der Unterhaltung nicht sehr wechselte, so war das auch nicht mehr der Fall in den anderen Wagen des Zuges; ein strenger Beobachter würde aber in allen Reden der Reisenden unschwer eine ungemeine Zurückhaltung entdeckt haben. Wagten diese sich einmal auf das Gebiet der Tatsachen, so gingen sie niemals so weit, weder die Absichten der moskowitischen Regierung vorauszusehen, noch deren Maßnahmen zu kritisieren.

Dieselbe Beobachtung machte auch ein Reisender in einem der vorderen Wagen des Zuges. Dieser — offenbar ein Ausländer — hatte seine Augen überall und warf zwanzigerlei Fragen auf, welche nur ausweichende Beantwortung fanden. Fortwährend betrachtete er dabei auch durch das Wagenfenster, dessen Scheibe er stets zum großen Unbehagen seiner Reisegefährten niedergelassen hielt, die Gegend bis zum fernen Horizont. Er erkundigte sich nach den Namen der unbedeutendsten Ortschaften, ihrer Lage, ihren Handelsbeziehungen und Gewerbsverhältnissen, nach den Einwohnerzahlen, der mittleren Sterblichkeit beider Geschlechter und alles, was er erfahren konnte, schrieb er in ein mit Bemerkungen überladenes Notizbuch.

Unsere Leser erkannten in ihm wohl schon den Korrespondenten Alcide Jolivet, der so viele Fragen in der Hoffnung stellte, unter den Antworten doch dann und wann etwas Interessantes „für seine Cousine" zu erhaschen. Natürlich sah man ihn deshalb für einen Spion an und sprach vor ihm keine Silbe bezüglich der Tagesereignisse.

Als er sich überzeugt, daß er über den Tatareneinfall hier nichts zu erfahren vermöge, schrieb er in das Notizbuch: „Die Reisenden absolut diskret. Schießen über Politik nur sehr schwer los."

Während aber Alcide Jolivet seine Reiseeindrücke mit peinlicher Gewissenhaftigkeit schriftlich fixierte, lag sein Kollege, der in demselben Zuge saß und in derselben Absicht reiste, in einem andern Coupé ganz der nämlichen Beschäftigung ob. Beide waren sich am Morgen im Bahnhofe zu Moskau nicht begegnet, und keiner wußte von des anderen Aufbruche nach dem voraussichtlichen Kriegsschauplatze, um den Ereignissen näherzustehen.

Dabei hatte der allzeit schweigsame Harry Blount bei seinen Reisegefährten nicht denselben Verdacht erweckt wie Alcide Jolivet. Ihn hatte man nicht für einen Spion gehalten, und seine Nachbarn plauderten vor ihm ohne jede Zurückhaltung, wobei sie sich sogar weiter gehen ließen, als man es von ihrer anerzogenen Zaghaftigkeit erwartet hätte. Der Korrespondent des „Daily-Telegraph" konnte also beobachten, wie sehr die Ereignisse des Tages alle nach Nishny-Nowgorod ziehenden Kaufleute berührten und wie stark der Handel mit Zentralasien dadurch bedroht war.

Er zögerte also nicht, seinem Notizbuch die ganz gerechtfertigte Bemerkung einzuverleiben: .

„Die Reisenden sehr beunruhigt. Der Krieg steht in Aussicht und man behandelt dieses Thema mit einer Freimütigkeit, welche zwischen Weichsel und Wolga erstaunlich zu nennen ist."

Die Leser des „Daily-Telegraph" mußten demnach ebenso gut unterrichtet werden, wie die „Cousine" Alcide Jolivet's.

Weiter, da Harry Blount an der linken Seite des Zuges saß, hatte er nur den einen Teil der hier ziemlich hügeligen Landschaft überblicken können, ohne daß er es der Mühe wert erachtete, sein Auge einmal nach der rechten Seite, welche vollkommen eben war, zu wenden, und somit fügte er seiner Notiz kurz und bündig hinzu:

„Zwischen Moskau und Wladimir Bergland."

Auf der Station Wladimir verweilte der Zug einige Minuten, die dem Reporter des „Daily-Telegraph" hinreichend erschienen, ein umfassende Skizze dieser alten Hauptstadt Rußlands zu entwerfen.

Im Bahnhofe zu Wladimir kamen neue Passagiere. Unter anderen erschien auch ein junges Mädchen an der Tür von Michael Strogoffs Coupé.

Vor dem Kurier des Zaren war noch ein Platz leer. Das junge Mädchen nahm diesen ein, nachdem sie eine bescheidene, rotlederne Reisetasche, scheinbar ihr ganzes Gepäck, neben sich gestellt hatte. Dann setzte sie sich mit niedergeschlagenen Augen und ohne ihren zufälligen Reisegefährten auch nur einmal angesehen zu haben, für eine mehrstündige Fahrt zurecht.

Michael Strogoff konnte sich nicht enthalten, seine neue Nachbarin teilnehmend zu betrachten. Da sie einen Rücksitz einnahm, bot er ihr seinen Platz an, wenn sie diesen vorziehe, aber sie lehnte das mit einer leichten Verbeugung dankend ab.

Das junge Mädchen mochte sechzehn bis siebzehn Jahre zählen. Ihr wirklich hübscher Kopf verriet den rein slawischen Typus — einen etwas strengen Typus, nach welchem sie einst mehr schön als hübsch werden mußte, wenn einige Jahre die Züge ihres Gesichtes weiter befestigt haben würden. Aus einer Art Fanchon quoll ihre eine Fülle goldblonden Haares. Ihre braunen Augen erstrahlten von einem ungemein sanften Blicke. Die gerade Nase verband mit beweglichen Flügeln ihre etwas schmalen und blassen Wangen. Ihr sehr fein geschnittener Mund schien seit längerer Zeit alles Lächeln verlernt zu haben.

Die junge Reisende war, soweit man das unter dem faltigen Pelze, den sie trug, erkennen konnte, groß und schlank. Obwohl sie noch im vollen Sinne des Wortes als „ein sehr junges, unschuldiges Kind" erschien, so war doch ihre Stirn gut entwickelt und die bestimmte Form der unteren Partien des Gesichts ließ auf eine ungewöhnliche Energie schließen — Einzelheiten, welche Michael Strogoff nicht entgingen. Offenbar hatte das junge Mädchen früher schon manches gelitten und auch die Zukunft schien ihr nicht in rosigem Lichte zu winken; aber ebenso sicher hatte sie gegen die Widerwärtigkeiten des Lebens so wohl anzukämpfen gewußt, als sie die Entschlossenheit besaß, es auch in Zukunft zu tun.

Die Kleidung der jungen Reisenden zeichnete sich durch die größte Einfachheit und Sauberkeit aus. Von reichem Herkommen konnte sie offenbar nicht sein; aber man hätte vergeblich nach einer Spur von Nachlässigkeit an ihr gesucht. Ihr ganzes Gepäck barg jene rote Tasche, die sie aus Mangel an Platz auf den Knien hielt.

Michael Strogoff glaubte an manchen Details ihres Kostüms die Tracht der Livländerinnen zu erkennen und setzte also voraus, daß seine Nachbarin in den baltischen Provinzen zu Hause sei.

Doch wohin ging dieses Kind allein in diesem Alter ohne Unterstützung des Vaters oder der Mutter, ohne den Schutz eines Bruders? Kam sie wirklich schon nach Zurücklegung einer längeren Reise aus den westlichen Provinzen des Reiches? Begab sie sich nur nach Nishny-Nowgorod oder lag ihr Ziel noch über den östlichen Grenzen? Erwartete sie ein Anverwandter, ein Freund bei Ankunft des Zuges? War es nicht vielmehr wahrscheinlich, daß sie sich nach Verlassen des Waggons in der Stadt ebenso vereinsamt befinden werde wie in diesem Coupé, wo sich, ihrer Ansicht nach, keine Seele um sie kümmerte?

Michael Strogoff beobachtete sie mit zurückhaltendem Interesse und suchte nicht einmal ein Gespräch anzuknüpfen, wiewohl die Fahrt bis Nishny-Nowgorod noch mehrere Stunden dauerte.

Nur einmal, als der Nachbar des jungen Mädchens — jener Kaufmann, welcher so unvorsichtig Öle und Schals durcheinanderwarf — im Einschlafen seine Nachbarin mit dem großen, auf den Schultern hin und her taumelnden Kopfe zu belästigen drohte, weckte er diesen etwas barsch auf und gab ihm zu verstehen, daß er gerade sitzen und sich etwas rücksichtsvoller betragen solle.

Der Kaufmann, von etwas grobem Schrot und Korn, knurrte einige Worte „von Leuten, die sich in Sachen mischen, welche sie nichts angehen"; Michael Strogoff warf ihm aber einen so vielversprechenden Blick zu, daß der Schlaftrunkene sich nach der anderen Seite neigte und die junge Reisende von seiner unliebsamen Nachbarschaft befreite.

Diese richtete das Auge einen Moment auf den jungen Mann mit einem Blicke, der ihm einen stummen, bescheidenen Dank ausdrückte.

Es sollte aber noch ein Umstand eintreten, der Michael Strogoff den Charakter des jungen Mädchens noch klarer erkennen ließ.

Etwa zwölf Werst vor Nishny-Nowgorod erhielt der Zug bei einer sehr kurzen Kurve des Geleises einen sehr heftigen Stoß. Dann lief er noch eine Minute neben der Böschung eines Dammes hin.

Ein tüchtiges Schütteln der Passagiere, Geschrei, Verwirrung, allgemeine Unordnung in den Waggons bezeichneten die ersten Folgen des Unfalls. Man konnte wohl noch ein schweres Unglück befürchten. Noch bevor der Zug zum Stehen kam, sprangen schon die Waggontüren auf, die entsetzten Reisenden suchten ihr Heil in der Flucht und stürzten aus den Coupés.

Michael Strogoff dachte zunächst an seine Nachbarin; doch während die übrigen Insassen sich schreiend und stoßend hinausdrängten, hielt das junge Mädchen, deren Gesicht kaum etwas blässer geworden war, ruhig auf ihrem Platze aus. Sie wartete. Michael Strogoff ebenfalls. Sie hatte gar keinen Versuch gemacht, den Waggon zu verlassen. Kein Laut kam über ihre Lippen. Beide blieben ganz ruhig.

Inzwischen war jede Gefahr vorüber. Ein Radreifensprung am Gepäckwagen hatte erst den Stoß und dann das Anhalten des Zuges veranlaßt, doch hätte nicht viel gefehlt, daß er infolge einer Entgleisung von dem hohen Damme in die Tiefe gestürzt wäre. Es entstand eine Stunde Aufenthalt. Endlich, nach Freilegung der Fahrbahn, setzte der Train seinen Weg fort und gelangte um halb neun Uhr abends nach Nishny-Nowgorod.

Bevor jemand die Waggons verlassen durfte, erschienen wieder die unvermeidlichen Polizisten und inquirierten die Reisenden.

Michael Strogoff wies seinen auf den Namen Nikolaus Korpanoff lautenden Podaroshna vor, der ihn genügend legitimierte.

Auch die andern Insassen des Coupés, welche alle nur nach Nishny-Nowgorod gingen, schienen zu ihrem Glücke unverdächtig.

Das junge Mädchen für ihre Person brachte keinen eigentlichen Reisepaß hervor, der ja im Innern Rußlands jetzt nicht mehr verlangt wird, sondern einen Schein mit besonderem Siegel, welcher ganz spezieller Art zu sein schien.

Der Beamte las ihn aufmerksam durch. Dann sagte er nach sorgfältiger Musterung derjenigen, deren Signalement der Schein enthielt: „Du bist aus Riga?“ — „Ja“, erwiderte das junge Mädchen. — „Und willst nach Irkutsk?“ — „Ja.“ — „Auf welchem Wege?“ — „Auf der Straße über Perm.“ — „Gut“, antwortete der Inspektor. „Vergiß in Nishny-Nowgorod nicht, deinen Schein durch das Polizeiamt visieren zu lassen.“ Das junge Mädchen verneigte sich bejahend.

Als er diese Fragen und Antworten hörte, empfand Michael Strogoff gleichzeitig eine gewisse Bewunderung und ein ehrliches Mitleid. Wie! Dieses Kind war auf der Reise nach dem entlegenen Sibirien, und noch dazu jetzt, wo zu den gewöhnlichen Unzuträglichkeiten noch alle Gefahren eines von Feinden überschwemmten, aufrührerischen Landes hinzutraten! Wie würde sie ankommen? — was aus ihr werden? ...

Nach Schluß der Inspektion wurden die Waggontüren geöffnet, doch bevor Michael Strogoff nur eine Bewegung gegen sie machen konnte, war die junge Livländerin bereits ausgestiegen und unter der Menge, welche die Bahnsteige bedeckte, verschwunden.

Eine Verordnung mit zwei Artikeln

Nishny-Nowgorod, Unter-Nowgorod, am Zusammenfluß der Wolga und Oka, ist die Hauptstadt des gleichnamigen Gouvernements. Hier mußte Michael Strogoff den Schienenweg verlassen, der zu jener Zeit über die Stadt noch nicht hinausreichte. Je weiter er vorwärts kam, desto langsamer und gleichzeitig desto unsicherer wurden die Kommunikationsmittel.

Die sonst ziemlich, düstere, einsame Stadt war jetzt der Schauplatz der lebhaftesten Bewegung. Zehn verschiedene Rassen europäischer und asiatischer Kaufleute fraternisierten hier, solange gegenseitige Handelsgeschäfte im Spiel waren.

Trotz der vorgeschrittenen Stunde, zu welcher Michael Strogoff den Bahnhof verließ, regte sich doch in den beiden durch das Bett der Wolga getrennten Stadtteilen Nishny-Nowgorods noch ein ungeheures Leben. Von jenen Teilen ist die obere, auf einem abschüssigen Felsen erbaute Stadt von einer jener Festungsanlagen verteidigt, die man in Rußland ganz allgemein „Kreml" zu nennen pflegt.

Wäre Michael Strogoff genötigt gewesen, sich in Nishny-Nowgorod längere Zeit aufzuhalten, so hätte er wohl Mühe gehabt, ein Hotel oder doch eine halbwegs passende Herberge zu finden — alles war überfüllt. Da er indes nur den nächstabgehenden Wolgadampfer benutzen konnte, so mußte er sich über die Abfahrtszeit des Dampfbootes unterrichten; deshalb begab er sich sofort nach den Büros der Gesellschaft, deren Schiffe den Dienst zwischen Nishny-Nowgorod und Perm versehen.

Dort erfuhr er zu seinem großen Mißvergnügen, daß der „Kaukasus" — so hieß das reisefertige Schiff — erst zu Mittag nächsten Tages abgehen werde. Siebzehn Stunden Aufenthalt! Das war unangenehm für einen Mann, der es eilig hatte, und doch mußte er sich darein finden.

Michael Strogoff schlenderte also durch die Stadt und suchte dabei ohne Übereilung ein Unterkommen, in dem er die Nacht zubringen könnte. Es gelüstete ihn aber weit mehr nach einem tüchtigen Abendimbiß als nach einem Bette. Beides fand er noch unter dem Schilde der „Stadt Konstantinopel".

Nach beendigter Mahlzeit nahm Michael Strogoff, statt sich nach seinem Zimmer zu begeben, ganz maschinenmäßig die unterbrochene Promenade durch die Stadt wieder auf. Trotz der noch andauernden langen Dämmerung lichteten sich doch schon die Mengen, die Straßen wurden allmählich öder und jedermann suchte sein Lager.

Warum Michael Strogoff sich nicht gemächlich ins Bett begab, wie man es nach einem auf der Eisenbahn hingebrachten Tage wohl erwarten sollte? Dachte er vielleicht noch an die junge Livländerin, seine Reisegenossin während einiger flüchtiger Stunden? Hoffte er etwa, ihr zu begegnen und im Notfall sich zu ihrem Beschützer aufzuwerfen? Nein. Eine Begegnung war nur schwierig zu erwarten. Und was seinen Schutz betraf ... mit welchem Rechte durfte er ihn anbieten?

„Allein", sprach er so für sich hin, „allein inmitten dieser Nomaden! Und doch verschwinden die jetzigen Gefahren noch gegen die, welche die Zukunft birgt. Sibirien! Irkutsk! Das, was ich für Rußland, für den Zaren wagen will, das unternimmt sie für ... Ja, für wen? Für was ... Sie hat einen Paß zur Überschreitung der Grenze! Und das Land hinter derselben ist in Empörung; Tatarenhorden jagen durch die Steppen! ..."

Michael Strogoff blieb einen Augenblick, wie überlegend, stehen.

„Unzweifelhaft", dachte er bei sich, „faßte sie den Plan zu dieser Reise vor dem Einfalle. Vielleicht weiß sie nicht einmal, was jetzt vorgeht. Doch nein, die Kaufleute haben ja vor ihr von den Unruhen in Sibirien gesprochen, und sie schien darüber nicht im mindesten betroffen ... Sie verlangte keine näheren Erklärungen ... Aber dann wußte sie davon auch schon vorher ... und trotzdem brach sie auf? Das arme Kind! Der Grund dieser gefahrvollen Reise muß ein sehr zwingender sein! Doch so entschlossen sie auch sein mag — und sie ist es ganz gewiß — die Kräfte werden ihr unterwegs ausgehen, und sie wird, von etwaigen Gefahren und Hindernissen ganz zu schweigen, die Anstrengungen einer solchen Reise gar nicht zu ertragen imstande sein! ... O, sie wird niemals bis Irkutsk gelangen!"

Michael Strogoff ging hierbei immer aufs Geratewohl weiter. Bei seiner ausreichenden Lokalkenntnis konnte ihm die Wiederauffindung seiner Herberge ja nicht schwer fallen.

Nach einstündigem Umherwandeln setzte er sich von ungefähr auf eine Bank an einer Art Holzhütte, die sich inmitten vieler anderer auf einem großen Platze erhob.

Etwa fünf Minuten mochten verstrichen sein, als sich eine Hand schwer auf seine Schultern legte.

„Was treibst du hier?" rief ihn die rauhe Stimme eines hochgewachsenen Mannes an, dessen Annäherung ihm entgangen war. „Ich ruhe aus", erwiderte Michael Strogoff. — „Hast wohl die Absicht, die ganze Nacht hier auf der Bank zu bleiben?" fragte der Mann. — „Wenn mir das paßt, gewiß!" versetzte Michael Strogoff. — „Tritt heran, daß ich dich erkenne!"

Michael Strogoff, der sich noch rechtzeitig erinnerte, daß er auf keinen Fall eine Unklugheit begehen dürfe, wich unwillkürlich aus. — „Mich hat keiner nötig, zu erkennen", erwiderte er. Ganz ruhig trat er etwa zehn Schritte von dem Anfragenden zurück.

Bei genauerer Betrachtung überzeugte er sich, daß er es mit einer Art Zigeuner zu tun hatte, wie man sie häufig bei allen Messen und Märkten trifft, und deren Berührung nach keiner Seite hin angenehm ist. Weiter erkannte er auch noch trotz der zunehmenden Dunkelheit einen geräumigen Wagen, die gewöhnliche Wohnung dieser Zigeuner oder Tsiganen, die sich in Rußland überall in Massen umhertreiben, wo einige Kopeken zu erhaschen sind.

Der Zigeuner war inzwischen einige Schritte vorgetreten und schickte sich eben an, Michael Strogoff weiter auszufragen, als sich die Tür der Bude öffnete. Ein Weib, welches kaum zu sehen war, trat rasch heraus und eiferte in einem rohen Dialekt, den Michael Strogoff als ein Gemisch von mongolischer und sibirischer Sprache erkannte: „Wieder ein Spion! Laß ihn und komm zum Essen."

In derselben Sprache, aber mit wesentlich abweichendem Akzente, antwortete der Zigeuner einige Worte, etwa des Inhalts: „Du hast recht, Sangarre; übrigens werden wir morgen weg sein!" — „Schon morgen?" entgegnete das Weib halblaut und offenbar einigermaßen überrascht. — „Jawohl, Sangarre, morgen, unser Vater selbst sendet uns weg ... wohin wir wollen!" — Hiernach zogen sich beide in die Bude zurück, deren Tür von innen sorgfältig geschlossen wurde.

„Recht nett", sagte sich Michael Strogoff: „wenn diese Zigeuner aber hoffen, nicht verstanden zu werden, so rate ich ihnen, sich in meiner Gegenwart einer anderen Sprache zu bedienen."

Als geborener Sibirier, der seine ganze frühe Jugend in der Steppe verlebt hatte, kannte Michael Strogoff, wie erwähnt, fast alle gebräuchlichen Mundarten von der Tatarei bis zum Eismeere. Um die zwischen dem Zigeuner und dem Weibe gewechselten Worte selbst bekümmerte er sich blutwenig. Welches Interesse konnte er daran haben?

Bei der schon vorgeschrittenen Nachtstunde gedachte er nun, auch nach der Herberge zurückzukehren, um sich einige Ruhe zu gönnen. Er folgte auf seinem Rückwege dem Laufe der Wolga, deren Wasser unter der dunklen Masse unzähliger Fahrzeuge fast verschwand. An der Richtung des Flusses erkannte er genauer den eben verlassenen Ort. Diese Haufen von Fuhrwerken und Buden standen auf eben dem geräumigen Platze, auf dem alljährlich die große Messe von Nishny-Nowgorod abgehalten wurde — ein Erklärungsgrund für die Anwesenheit einer ganzen Menge von Gauklern und Zigeunern, welche der Wind von allen Ecken der Welt hier zusammengeweht hatte.

Eine Stunde später ruhte Michael Strogoff in etwas unruhigem Schlummer auf einem jener russischen Betten, welche dem Ausländer so hart vorkommen, und erwachte am anderen Morgen, am 17. Juli, bei hellem Tage.

Noch hatte er fünf Stunden in Nishny-Nowgorod auszuhalten, die ihm ein Jahrhundert dünkten. Womit konnte er diesen Vormittag anders hinbringen, als mit einer Wanderung durch die Straßen wie am Tage vorher? Hatte er sein Frühstück verzehrt, seinen Reisesack geschnallt, den Podaroshna von der Polizei visiert erhalten, so konnte er sofort abreisen. Er war aber nicht der Mann dazu, bei Sonnenschein sich im Bette zu wälzen; deshalb stand er auf, kleidete sich an, verbarg den Brief mit dem kaiserlichen Siegel sorgsam tief in der inneren Tasche seines Überkleides, um welches er den Gürtel schnallte. Dann schloß er seinen Reisesack und warf ihn über den Rücken. Da er nicht noch einmal nach „Stadt Konstantinopel" zurückkehren wollte und an dem Ufer der Wolga zu frühstücken gedachte, um nahe dem Dampfschifflandungsplatze zu sein, bezahlte er seine Rechnung und verließ das Gasthaus.

Aus übergroßer Sorge begab sich Michael Strogoff nochmals nach den Büros der Steamer und versicherte sich, daß der „Kaukasus" zur angegebenen Stunde abfahren werde. Da stieg ihm zum ersten Male der Gedanke auf, daß die junge Livländerin, da sie ja ebenfalls über Perm reisen mußte, sich höchstwahrscheinlich auch auf dem „Kaukasus" einschiffen würde, in welchem Fall Michael Strogoff sicher mit ihr zusammentreffen mußte.

Michael Strogoff gelangte nach Überschreitung einer von Kosakenpiquets bewachten Schiffbrücke über die

Wolga, nach dem nämlichen Platze, wo er am Abend vorher den kleinen Auftritt neben der Zigeunerbude erlebt hatte. Die Messe von Nishny-Nowgorod, mit der sich nicht einmal die Leipziger Messe vergleichen kann, wird ein wenig außerhalb der Stadt abgehalten. Auf weiter Ebene jenseits der Wolga erhebt sich der provisorische Palast des Generalgouverneurs, in welchem derselbe auf hohen Befehl während der ganzen Dauer der Messe seinen Sitz hat.

Diese Ebene war jetzt bedeckt mit symmetrisch verteilten Holzbauten und langen, breiten Gängen dazwischen, auf denen die Menschenmenge bequem auf- und abfluten konnte. Eine gewisse Anzahl Buden der verschiedensten Größe und Form bildete allemal ein besonderes Quartier für je einen bestimmten Handelszweig. Da gab es Quartiere für den Handel mit Eisenwaren, Quartiere für die Rauhwaren, für Wolle, Holzwaren, Gewebe, getrocknete Fische usw. Manche dieser Bauwerke zeigten sich auch aus dem sonderbarsten Materiale errichtet, so die einen aus kleinen Teekistchen in Form von Ziegelsteinen, andere aus bruchsteinartig angeordnetem Salzfleische; — es galt das als Musterkarte für die Waren, welche die Inhaber der Messemagazine ihrer Kundschaft anboten. Eine etwas sonderbare, fast amerikanische Reklame!

Der Menschenzudrang in diesen Budenreihen, über denen die früh um vier Uhr aufgegangene Sonne schon hoch am Himmel stand, war ein ungeheurer. Russen, Sibirier, Deutsche, Kosaken, Turkomanen, Perser, Georgier, Griechen, Ottomanen, Hindus, Chinesen, eine unentwirrbare Mischung von Europäern und Asiaten — alles plauderte, erörterte, stritt und feilschte daselbst. Träger, Pferde, Kamele, Esel, Boote und Fuhrwerke, was nur je zum Warentransport dienen konnte, war auf und an diesem Messeplatz angehäuft. Pelzwerke, Edelsteine, Seidenstoffe, indische Kaschmirs, türkische Teppiche, kaukasische Waffen, Gewebe aus Isphahan, Rüstungen aus Tiflis, Karawanentee, europäische Bronzen, Schweizer Uhren, Sammet und Seide aus Lyon, englische Baumwollwaren, Sattler- und Wagenbauerarbeiten, Früchte, Gemüse, Mineralien vom Ural, Malachite, Lasursteine, Parfums, Arzneipflanzen, Holz, Pech, Tauwerk, Horn, Kürbisse, Wassermelonen usw., alle Erzeugnisse Indiens, Chinas, Persiens, die vom Kaspischen und die vom Schwarzen Meer, aus Amerika und Europa, waren auf diesem einen Punkte der Erde angehäuft.

Da waren Kaufleute aus Innerasien, die ein ganzes Jahr daran gesetzt hatten, ihre Waren über die endlosen Ebenen zu bringen und welche vor Verlauf eines weiteren Jahres ihre Läden und Comptoirs gar nicht wieder sehen konnten.

Auf den Plätzen zwischen den Quartieren dieser improvisierten Stadt tummelte sich eine ganze Menge wandernder Künstler. Seiltänzer und Akrobaten betäubten mit dem Spektakel ihrer Orchester und dem Ausrufen ihrer Vorstellungen; Zigeuner aus den Gebirgen, welche den gedankenlosen Müßiggängern aus dem stets wechselnden Publikum wahrsagten oder ihre ergreifendsten Weisen sangen und ihre originellsten Tänze produzierten; Schauspieler von auswärtigen Gesellschaften, welche die Dramen Shakespeares aufführten, aber zugestutzt nach dem Geschmacke der Menge, die in hellen Haufen herzuströmte. In den langen Zwischengängen trieben sich Bärenführer mit ihren vierbeinigen Künstlern ganz sorglos umher; endlich in der Mitte des großen Zentralplatzes, umrahmt von einem vierfachen Kreise enthusiastischer Kunstliebhaber, ein Chor „Seeleute der Wolga“, die auf dem Boden saßen, wie auf dem Verdeck ihrer Barken, und unter dem Taktstocke eines Orchesterdirigenten, eines wirklichen Untersteuermanns dieses imaginären Schiffes, gleichzeitig Ruderbewegungen nachahmten.

Da, welch' eigentümliche und reizende Sitte! Über den Köpfen dieses Menschenknäuels flogen ganze Wolken von Vögeln aus den Käfigen, in denen man sie zu Markte gebracht hatte, davon. Nach einem in Nishny-

Nowgorod sehr beliebten Gebrauche öffneten die Kerkermeister der Vögel gegen einige von gutmütigen Seelen gespendete Kopeken ihren gefiederten Gefangenen die Pforten und diese flatterten zu Hunderten mit freudigem Gezwitscher hinaus.

Das etwa war das Bild dieses Platzes; so blieb es auch während der sechs Wochen, solange die berühmte Messe zu Nishny-Nowgorod gewöhnlich dauert. Nach dieser geräuschvollen Periode erstirbt der ungeheure Lärm wie durch einen Zauber; die obere Stadt gewinnt ihren offiziellen Charakter wieder, die untere versinkt zu ihrer gewöhnlichen Eintönigkeit.

Es verdient wohl bemerkt zu werden, daß England und Frankreich bei der damaligen Nishny-Nowgoroder Messe durch zwei hervorragende Mustererzeugnisse der modernen Zivilisation vertreten waren, — durch die Herren Harry Blount und Alcide Jolivet.

Die beiden Korrespondenten hatten sich nämlich zunächst hier eingefunden, um zum Besten ihrer Leserkreise Eindrücke zu sammeln, und nutzten auch die wenigen freien Stunden nach besten Kräften aus, denn sie wollten ebenfalls mit dem Dampfer „Kaukasus“ weiterreisen.

Sie begegneten sich gerade auf dem Messeplatze, ohne sonderlich darüber zu erstaunen, denn der nämliche Instinkt mußte sie ja auf ein und dieselbe Spur leiten. Diesmal wechselten sie aber keine Silbe miteinander, sondern beschränkten sich auf eine gegenseitige, etwas kühle Begrüßung.

Alcide Jolivet, ein Optimist von Haus aus, glaubte zu finden, daß hier alles nach Wunsch und Ordnung gehe, und da der Zufall ihm ein gutes Unterkommen und eine schmackhafte Tafel beschert hatte, bereicherte er sein Notizbuch um einige für die Stadt Nishny-Nowgorod sehr empfehlende Anmerkungen.

Harry Blount dagegen, der erst lange Zeit nach einem Abendbrote umhergetrollt war, hatte endlich gar unter freiem Himmel übernachten müssen. Er sah demnach alles von einem ganz anderen Gesichtspunkte aus und überlegte sich schon einen geharnischten Artikel über die Stadt, in der die Hoteliers die Reisenden von der Tür wiesen.

Michael Strogoff ging schon seit etwa zwei Stunden zwecklos durch die Straßen der Stadt, um immer wieder nach dem Messeplatze zurückzukehren. Als er sich da so durch die Menge wand, bemerkte er an allen Kaufleuten aus den benachbarten asiatischen Ländern eine offenkundige Unruhe. Die Geschäfte lahmten sichtlich. Zwar setzten die verschiedenen Taschenspieler, Seiltänzer und Equilibristen ihr Geschrei keineswegs aus; das begreift sich wohl, da sie ja mit keinem Risiko bei irgendeiner Spekulation beteiligt waren; die Händler aber zauderten, sich mit den Kaufleuten aus Zentralasien einzulassen, deren Heimat durch den Tatarenangriff bedroht erschien.

Hier noch ein anderes Symptom, welches nicht mindere Beachtung verdiente. In Rußland erblickt man den Soldaten überall. Die Mitglieder des Heeres mischen sich mit Vorliebe unter die Menge, und vor allem finden die Polizeibeamten gerade zur Zeit der Messe zu Nishny-Nowgorod eine allzeit bereite Hilfe an den zahlreichen Kosaken, welche mit der Lanze auf der Schulter für Aufrechterhaltung der Ordnung unter dieser Masse von 300.000 Fremdlingen sorgen.

Heute fehlte es auf dem Messeplatze sichtlich an Soldaten, an Kosaken wie an anderen. Ohne Zweifel blieben sie im Hinblick auf ein plötzliches Ausrücken in ihren Kasernen.

Wenn aber keine Soldaten zu sehen waren, so lag das doch anders bezüglich der Offiziere. Schon seit dem Tage vorher flogen die Feldjäger und Adjutanten aus dem Palaste des Gouverneurs nach allen Richtungen der Windrose. Überall verriet sich eine ungewöhnliche Bewegung, welche man sich allein durch den Ernst der Ereignisse erklären konnte. Die Stafetten jagten einander auf den Straßen der Provinz, sowohl in der Richtung von Wladimir als nach dem Ural zu. Zwischen Moskau und St. Petersburg wechselten die Telegramme unaufhörlich. Die Lage Nishny-Nowgorods, unfern der sibirischen Grenze, erheischte offenbar durchgreifende Vorsichtsmaßregeln. Man durfte nicht vergessen, daß die Stadt im 14. Jahrhundert zweimal von den Vorfahren jener Tataren eingenommen worden war, welche Feofar-Khans Ehrgeiz jetzt durch die Kirgisensteppen jagte.

Michael Strogoff befand sich gerade auf dem großen Mittelplatze, als sich das Gerücht verbreitete, der Polizeipräfekt sei soeben durch Estafette zum Generalgouverneur berufen worden. Eine wichtige, von Moskau eingegangene Depesche solle die Veranlassung hierzu sein.

Der Chef der Polizei begab sich also nach dem Palaste des Generalgouverneurs, und bald zirkulierte auch die Neuigkeit, wie infolge einer allgemeinen Ahnung, daß eine eingreifende, ganz unerwartete und außergewöhnliche Maßnahme in Aussicht stehe.

Michael Strogoff lauschte auf das Gerücht, um im Notfall davon Nutzen zu ziehen.

„Man will die Messe schließen!“ rief der eine. — „Das Regiment Nishny-Nowgorod hat den Befehl zum Ausrücken erhalten!“ meinte ein anderer. — „Man sagt, die Tataren bedrohen schon Tomsk!“ — „Da kommt der Polizeipräfekt!“ scholl es von allen Seiten.

Ein wüstes Geschrei hatte sich plötzlich erhoben, legte sich dann allmählich und machte einer lautlosen Stille Platz. Jeder fühlte, daß jetzt eine wichtige Mitteilung seitens des Generalgouvernements erfolgen werde.

Der Chef der Polizei hatte eben, gefolgt von einem Troß Beamter, den Palast des Regierungsstellvertreters verlassen. Eine Abteilung Kosaken begleitete ihn und brach ihm durch rücksichtslos ausgeteilte und geduldig hingenommene Rippenstöße Bahn durch die Menge.

Der Polizeipräfekt gelangte so nach der Mitte des zentralen Platzes, wo jedermann sehen konnte, daß er ein Papier in der Hand hielt.

Dort angekommen, verlas er mit lauter Stimme:

„Verordnung des Gouverneurs von Nishny-Nowgorod.

„1. Kein russischer Untertan darf, es sei aus welchem Grunde es wolle, das Land verlassen.

2. Alle Fremden asiatischer Herkunft haben binnen vierundzwanzig Stunden das Land zu verlassen."

Bruder und Schwester

In viele Privatinteressen mochten diese Verordnungen sehr unangenehm eingreifen; die Umstände rechtfertigten sie gewiß vollkommen.

„Kein russischer Untertan darf jetzt das Land verlassen" — wenn sich Iwan Ogareff jetzt noch hier aufhielt, mußte er verhindert oder es ihm mindestens ungemein erschwert werden, sich Feofar-Khan wieder anzuschließen, womit letzterem der beachtenswerteste Unterbefehlshaber entzogen wurde.

„Alle Fremden asiatischer Herkunft haben binnen vierundzwanzig Stunden das Land zu verlassen"; damit schaffte man sich gründlich alle jenen Händler aus Innerasien vom Halse, alle Zigeuner und anderes Gesindel, welches mit den Tataren und Mongolen mehr oder weniger verwandt ist und das die Messe hier zusammengehäuft hatte. So viele Köpfe, so viele Spione; ohne Zweifel erschien ihre Vertreibung bei der jetzigen Sachlage dringend angezeigt.

Man begreift aber leicht den Eindruck dieser beiden Donnerschläge, welche auf die Stadt Nishny-Nowgorod niederfielen, die von denselben offenbar empfindlicher als jede andere getroffen wurde. Jedes Privatinteresse mußte dem öffentlichen Wohle weichen.

Zwar erhob sich zuerst gegen diese unerhörten Maßregeln ein Murmeln der Entrüstung, die Kosaken und

Polizisten wußten dasselbe aber bald zum Schweigen zu bringen.

Fast augenblicklich begann nun, was man etwa die Abrüstung dieses ungeheuren Lagers nennen könnte. Die vor und über den Buden ausgespannten Planen falteten sich zusammen, die fremden Theater gingen in Stücke, Tänze und Gesänge hörten auf, die Ausrufer verstummten, die Feuer verloschen, die Seile der Equilibristen glitten herab, die abgetriebenen alten Pferde der wandelnden Wohnungen kamen aus den Ställen wieder an die Deichseln. Beamte und Soldaten mit der Knute oder einem Stocke in der Hand trieben die Säumigen an und zögerten sogar nicht, die Zelte gleich selbst abzureißen, wenn sich auch die halbzerlumpten Insassen noch darin befanden. Offenbar mußte unter dem Einflusse dieser Maßregeln der Messeplatz von Nishny-Nowgorod bald vollständig geräumt sein, und dem geräuschvollen Leben das Schweigen der Wüste folgen.

Und — um es noch einmal zu wiederholen, denn darin lag eine weitere Erschwerung bei dieser Verordnung — allen jenen Nomaden, welche der Ausweisungsbefehl direkt anging, waren selbst die Steppen Sibiriens verboten, und diese mußten sich nach dem Süden des Kaspischen Meeres, nach Persien, der Türkei oder nach Turkestan wenden. Die Posten des Urals und der Berge, welche gewissermaßen eine Verlängerung dieses Flusses längs der russischen Grenze darstellten, hätten ihnen den Übertritt verwehrt. Sie hatten also eine Strecke von tausend Werst zu durchziehen, bevor sie den Fuß auf freien Boden setzen konnten.

Eben als der Polizeipräfekt jene Verordnung verlesen hatte, wurde Michael Strogoff durch eine Erinnerung, welche sich seiner bemächtigte, sonderbar erregt.

„Ein ungewöhnlicher Zufall!“ dachte er. „Welche Übereinstimmung zwischen dieser Verordnung bezüglich der Vertreibung der Fremden von asiatischer Herkunft und den in vergangener Nacht von den beiden Tsiganen gewechselten Worten! ‚Der Vater selbst ist es, der uns wegschickt . . . wohin wir wollen', hatte der Alte gesagt. Aber ‚der Vater', das ist der Kaiser! Man bezeichnet ihn bei diesem Volke niemals anders. Wie konnten diese Leute die gegen sie ergriffenen Maßregeln voraussehen, so als hätten sie dieselben gekannt, und wohin wollten sie nun ziehen? Das scheinen mir verdächtige Leute, denen die Verordnung des Generalgouverneurs weit mehr nützlich als schädlich sein wird."

Diese ganz zeitgemäße Reflexion wurde aber in Michael Strogoffs Geist durch eine andere Gedankenreihe, welche sich plötzlich ihm aufdrängte, unterbrochen. Er vergaß die Tsiganen, ihre verdächtigen Äußerungen, die sonderbare Übereinstimmung mit dem Inhalte der Verordnung . . . dafür trat das Bild und das Schicksal der jungen Livländerin lebhaft vor sein Auge.

„Das arme Kind!" rief er ganz wider Willen, „nun wird sie die Grenze nicht überschreiten können!"

In der Tat, das junge Mädchen aus Riga war ja Livländerin, also Russin, und durfte demnach das russische Gebiet nicht verlassen. Ihr vor diesen neuesten Maßregeln ausgestellter Schein konnte jetzt unmöglich noch Gültigkeit haben. Alle Wege nach Sibirien wurden ihr nun unerbittlich verschlossen, und welche Ursache sie auch haben mochte, sich nach Irkutsk zu begeben, jetzt mußte es ihr unmöglich werden, dasselbe zu erreichen.

Dieser Gedankengang beschäftigte Michael Strogoff nicht wenig. Er sagte sich zuerst so ganz oben hin, daß er, ohne bezüglich der wichtigen ihm anvertrauten Mission etwas zu verletzen, vielleicht imstande sein könnte, dem guten Kinde einigermaßen behilflich zu sein, und er freute sich fast über diese Idee. Bekannt mit den Gefahren, denen er persönlich entgegenging, konnte er, der energische und kraftvolle Mann, gar nicht verkennen, daß dieselben in einem Lande, dessen Wege und Stege er zwar aus dem Grunde kannte, für jenes junge Mädchen doch ungleich furchtbarer werden mußten. Da er sich nach Irkutsk begab, hatte er ja denselben Weg vor sich wie jene; auch sie würde durch die Horden der Feinde zu dringen suchen müssen, wie er es selbst versuchen wollte. Wenn ihr, wie höchst wahrscheinlich, nur die für eine Reise unter gewöhnlichen Umständen berechneten Hilfsmittel zu Gebote standen, wie sollte sie damit unter Verhältnissen auskommen, welche eine solche Reise nicht nur weit gefährlicher, sondern auch weit kostspieliger machten?

„Nun gut", schloß er seine Selbstbetrachtung, „da sie den Weg nach Perm einschlägt, ist es ja fast unmöglich, daß ich ihr nicht begegnen sollte. Dann werde ich über sie wachen können, ohne daß sie es weiß, und da sie es nicht minder eilig als ich zu haben scheint, nach Irkutsk zu gelangen, wird sie mir keine Ursache zur Verzögerung werden."

Doch ein Gedanke erzeugt ja immer einen andern. Michael Strogoff hatte bis jetzt nichts anderes im Sinne gehabt als ein gutes Werk zu tun, einen Liebesdienst zu erweisen. Da kam ihm plötzlich ein anderer Gedanke, der die ganze Frage in einem wesentlich anderen Lichte erscheinen ließ.

„Ja", sagte er sich, „ich könnte ihrer vielleicht doch noch mehr bedürfen als sie meiner Hilfe. Ihre Gegenwart kann mir nicht unnütz sein und wird dazu beitragen, jeden Verdacht wegen meiner Person zu zerstreuen. Unter einem Manne, der ganz allein durch die Steppen zieht, könnte man weit eher einen Kurier des Zaren vermuten. Begleitete mich dagegen jenes junge Mädchen, so müßte ich ja in aller Augen weit mehr als der Kaufmann Nikolaus Korpanoff meines Podaroshna erscheinen. Nun wohl, sie muß mich also begleiten, ich muß sie wiederfinden! Unmöglich kann sie sich seit gestern abend einen Wagen verschafft haben, um Nishny-Nowgorod zu verlassen. Ich will sie suchen, und Gott leite meine Schritte."

Michael Strogoff verließ den großen Platz, wo der durch die Ausführung jener Verordnung erzeugte Tumult eben den höchsten Grad erreicht hatte. Die Einsprüche der vertriebenen Fremden, das Rufen der Agenten und der Kosaken, welche sich einmengten, mischte sich zu einem unbeschreiblichen Getöse. Hier konnte sich die Gesuchte unmöglich aufhalten.

Es war jetzt neun Uhr morgens. Der Dampfer sollte erst zu Mittag abgehen. Michael Strogoff konnte also wohl zwei Stunden verwenden, diejenige zu suchen, welche er so dringend als Begleiterin auf seiner Reise wünschte.

Von neuem überschritt er die Wolga und lief durch die Quartiere am anderen Ufer, wo die Menschenmenge minder beträchtlich war. Er durchforschte, man konnte sagen, Straße für Straße, die obere und die untere Stadt. Er trat in die Kirchen, jenen natürlichen Zufluchtsort aller Weinenden und Leidenden. Nirgends traf er auf eine Spur der jungen Livländerin.

„Und dennoch", redete er sich ein, „kann sie Nishny-Nowgorod nicht verlassen haben. Ich muß weitersuchen!"

So irrte Michael Strogoff zwei Stunden lang umher. Er eilte weiter ohne auszuruhen, er empfand keine Ermüdung, er gehorchte einem ihn ganz beherrschenden Gefühle, das ihm keine Zeit ließ, lange nachzudenken. Alles vergeblich!

Da fiel ihm ein, daß das junge Mädchen vielleicht noch ohne Kenntnis war von der ergangenen Verordnung — zwar ein unwahrscheinlicher Umstand, denn ein solcher Blitzschlag konnte sich gar nicht entladen, ohne von allen gehört zu werden. Da sie ein offenbares Interesse haben mußte an allem, was Sibirien betraf, wie hätten ihr die Maßnahmen des Gouverneurs entgehen können, Maßnahmen, welche sie so direkt angingen?

Kannte sie dieselben indessen nicht, so mußte sie ja in wenigen Stunden nach dem Landungsplatze kommen, wo ein unbarmherziger Beamter schon ihre Weiterreise hindern werde. Unbedingt mußte Michael Strogoff sie noch vorher sehen und sprechen, um mit seiner Hilfe diesem Schachzuge zu entgehen. Doch alle Nachforschungen schienen vergeblich, und schon gab er alle Hoffnung auf, sie je wiederzufinden.

Die elfte Stunde kam heran. Michael Strogoff dachte daran — was unter anderen Verhältnissen ganz unnötig gewesen wäre —, seinen Podaroshna im Büro der Polizei zu präsentieren. Die Verordnung konnte ihn offenbar nicht treffen, da dieser Fall für ihn vorhergesehen war; aber er wollte sich überzeugen, daß seinem Austritt aus der Stadt nichts im Wege stehe.

Der Kurier mußte deshalb nach der andern Seite des Flusses zurückkehren, nach dem Quartiere, in dem sich die Büros des Polizeipräfekten zur Zeit befanden.

Dort war ein großer Andrang von Menschen, denn wenn die Ausländer auch den Befehl erhalten hatten, die Provinzen zu verlassen, so ersparte ihnen das doch keineswegs gewisse Formalitäten vor der Abreise. Ohne dem hätte auch jeder bei dem Tatareneinfalle mehr oder weniger beteiligte Russe unter dem Schutze einer beliebigen Verkleidung das Land verlassen können, was die Verordnung ja gerade verhindern wollte. Man wies mit einem Worte die Leute fort, zwang sie aber auf der anderen Seite, sich die Erlaubnis zur Abreise erst zu beschaffen.

Der Hof und die Büros des Polizeiamtes waren also von Gauklern, Bänkelsängern, Zigeunern und Tsiganen, außer diesen aber von Kaufleuten aus Persien, der Türkei, Turkestan und China buchstäblich vollgepfropft.

Jeder beeilte sich, da die Transportmittel bei dieser Masse Ausgetriebener bald mangeln mußten, so daß Säumige leicht in die Lage kommen konnten, die festgesetzte Frist zu überschreiten und infolgedessen sich einer Intervention der Beamten des Gouverneurs auszusetzen.

Michael Strogoff vermochte dank seiner kräftigen Ellenbogen durch den Hof zu dringen. Aber in die Expeditionen und bis zu den Schaltern der Beamten zu gelangen, das war ein weit schwereres Stück Arbeit. Indessen ein Wort, das er einem Inspektor ins Ohr flüsterte, und einige rechtzeitig in dessen Hand gedrückte Rubel besaßen die Macht, ihm den Durchgang zu erzwingen. Nachdem er den Kurier in einen Wartesaal geleitet, meldete ihn der Agent bei einem Oberbeamten an. Michael Strogoff mußte also mit der Polizei bald in Ordnung und frei in seinen Bewegungen sein.

Inzwischen sah er sich von ungefähr etwas um. Und was erblickte er? Da, mehr hingesunken als sitzend auf einer Bank, ein junges Mädchen, ein Opfer der stummen Verzweiflung, deren Gesicht er nicht einmal ganz sehen konnte, da sich nur das Profil desselben von der weißgetünchten Mauer abhob.

Michael Strogoff täuschte sich nicht; er hatte die junge Livländerin wiedererkannt.

Unbekannt mit der Verordnung des Gouverneurs war sie nach der Polizei gekommen, ihren Schein visieren zu lassen! . . . Man hatte ihr das Visum versagt. Ohne Zweifel war sie legitimiert, nach Irkutsk zu reisen, jene Verordnung war aber einmal bekanntgegeben, sie machte alle früher ausgestellten Legitimationen ungültig und verschloß alle Wege nach Sibirien.

Michael Strogoff, in seiner Freude, sie endlich wiedergefunden zu haben, näherte sich dem jungen Mädchen. Diese sah ihn einen Moment an, und über ihr Gesicht flog ein leichter Schimmer, als sie den Reisegefährten wiedererkannte. Sie erhob sich fast instinktmäßig und wollte, so wie ein Schiffbrüchiger sich an jedes Trümmerstück klammert, ihn um seine Hilfe ansprechen . . .

In diesem Augenblick berührte der Agent Michael Strogoffs Schulter. „Der Polizeipräfekt erwartet Sie“, sagte er. — „Gut“, erwiderte Michael Strogoff. Und ohne ein Wort zu der zu sprechen, welche er so lange in der ganzen Stadt gesucht hatte, ohne sie durch irgend eine Bewegung, welche ihn selbst oder auch sie hätte kompromittieren können, zu beruhigen, folgte er dem Agenten durch die gedrängten Massen.

Als die junge Livländerin den verschwinden sah, von

dem sie allein einige Unterstützung erwartet hätte, sank sie auf die Bank zurück.

Kaum drei Minuten verstrichen, als Michael Strogoff in Begleitung eines Agenten wieder im Saale erschien. In der Hand hielt er seinen Podaroshna, der ihm den Weg nach Sibirien öffnete.

Er ging auf die junge Livländerin zu, streckte ihr die Hand entgegen und sagte: „Schwester . . .!“ Sie verstand ihn; sie erhob sich, als ob eine plötzliche Eingebung ihr nicht erlaubte, zu zaudern.

„Sei ruhig, Schwester“, wiederholte Michael Strogoff, „wir sind autorisiert, unsere Reise nach Irkutsk fortzusetzen. Kommst du?“ — „Ich folge dir, Bruder“, antwortete das junge Mädchen und legte ihre Hand in die Michael Strogoffs.

Auf der Wolga stromabwärts

Kurz vor zwölf Uhr rief die Glocke des Dampfbootes zu dem Landungsplatze an der Wolga eine große Menschenmenge zusammen, weil sich daselbst nicht nur die einfanden, welche wirklich abreisten, sondern auch die, welche hatten abreisen wollen. Die Kessel des „Kaukasus“ besaßen schon hinreichende Dampfspannung. Über dem Schlote kräuselten sich nur leichte Rauchwirbel, während aus dem Dampfrohre und um die Sicherheitsventile der weiße Dampf brodelte.

Selbstverständlich überwachte die Polizei die Abfahrt des Steamers und schritt unerbittlich gegen die Reisenden ein, welche sich nicht als ausreichend legitimiert zum Verlassen der Stadt erwiesen.

Rechtzeitig ertönte das letzte Glockensignal; die Taue wurden gelöst, die mächtigen Räder des Dampfers peitschten das Wasser mit ihren beweglichen Schaufeln und schnell glitt der „Kaukasus“ zwischen den beiden Stadtteilen, welche Nishny-Nowgorod bilden, dahin.

Michael Strogoff und die junge Livländerin hatten

sich mit eingeschifft und waren ohne Schwierigkeiten an Bord gekommen. Man erinnert sich, daß der auf den Namen Nikolaus Korpanoff ausgestellte Podaroshna den Kaufmann berechtigte, sich auf der Reise durch Sibirien begleiten zu lassen. Unter dem Schutze der kaiserlichen Polizei reisten hier also Bruder und Schwester.

Still saßen beide auf dem Hinterdeck und sahen die durch den Erlaß des Gouverneurs so aufgeregte Stadt ihren Augen entfliehen.

Michael Strogoff hatte kein Wort zu dem jungen Mädchen gesprochen, keine Frage an sie gestellt. Er wartete es ab, daß sie reden würde, wenn es ihr passend erschien. Ihr war es ja von Wichtigkeit, diese Stadt zu verlassen, in der sie ohne das wunderbare Dazwischentreten ihres unerwarteten Beschützers gefangen zurückgeblieben wäre. Sie sprach zwar nicht, aber ihre Augen dankten ihm.

Der Steamer besaß übrigens sehr bequeme Einrichtungen für die Passagiere, welche je nach Gefallen oder nach ihren Mitteln in drei verschiedenen Klassen befördert wurden. — Michael Strogoff hatte zwei Kabinen erster Klasse belegt, um seiner Begleiterin zu gestatten, sich in die ihrige zurückzuziehen und allein zu sein, soviel es ihr beliebte.

Heute war der „Kaukasus" von Passagieren aller Art überfüllt. Eine große Anzahl asiatischer Handelsleute mochte es für geraten erachtet haben, Nishny-Nowgorod mit erster Gelegenheit zu verlassen. In der für die erste Klasse reservierten Abteilung des Dampfers begegnete man Armeniern in langen Gewändern und mitraähnlichen Kopfbedeckungen, Juden mit ihren hohen konischen Mützen, reichen Chinesen in Landestracht, mit sehr weitem, blauem, violettem oder auch schwarzem, an der Vorder- und Rückseite offenem Oberkleide und bedeckt von einem zweiten, weitärmeligen Überwurf, der in seinem Schnitte an den Talar der Popen erinnerte, Türken mit dem nationalen Turban, Inder mit viereckiger Mütze, einem einfachen Stricke als Gürtel, endlich

Tataren mit buntgestickten Stiefeln und über der Brust reichverzierten Kleidern. Diese Kaufleute mußten alle im Schiffsraume oder auf dem Verdeck ihr umfängliches Gepäck unterbringen, dessen Transport ihnen gewiß teuer zu stehen kam, da sie vorschriftmäßig nur zwanzig Pfund Freigepäck mitführen durften.

Im Vorderteile des „Kaukasus" befanden sich noch weit zahlreichere Passagiere, nicht allein Ausländer, sondern auch Russen, denen die Verordnung nach den Heimatstädten der Provinz zurückzukehren nicht verbot.

Zwei Stunden nach der Abfahrt des „Kaukasus" wandte sich die junge Livländerin an Michael Strogoff und fragte: „Du gehst nach Irkutsk, Bruder?" — „Ja, Schwester", erwiderte der junge Mann. „Wir haben beide den nämlichen Weg. Wo ich hindurchkomme, wirst auch du hindurchkommen."

„Morgen, Bruder, sollst du erfahren, warum ich die Küste der Ostsee verließ, um nach jenseits der Berge des Urals zu ziehen." — „Ich frage nach nichts, Schwester." — „Du sollst alles wissen", antwortete das junge Mädchen, auf deren Lippen ein schmerzliches Lächeln spielte. „Eine Schwester darf ihrem Bruder nichts verheimlichen. Heute könnte ich aber nicht! . . Die Anstrengung, die Verzweiflung haben meine Kräfte verzehrt."

„Willst du in deiner Kabine ausruhen?" fragte Michael Strogoff. — „Ja . . . ja . . . und morgen . . ." — „So komm . . .!"

Er brach den Satz ab, so als hätte er ihn mit dem ihm noch unbekannten Namen seiner Begleiterin schließen wollen. „Nadia", sagte sie und reichte ihm die Hand.

„Komm, Nadia, und verfüge über deinen Bruder Nikolaus Korpanoff ohne alle Umstände."

Er geleitete das junge Mädchen nach ihrer Kabine nahe dem Salon des Hecks.

Michael Strogoff kehrte nach dem Deck zurück und mischte sich, begierig zu hören, doch ohne sich an den Gesprächen zu beteiligen, unter die Gruppen der Passagiere, aus deren Worten er das oder jenes zu vernehmen hoffte, was seine Reiseprojekte vielleicht zu beeinflussen imstande wäre.

Die Ausländer auf dem Dampfer konnten offenbar nur von den Tagesereignissen, jener Verordnung und ihren Folgen sprechen. Die armen Leute, welche kaum die Strapazen einer Reise durch das innere Asien hinter sich hatten, sahen sich gezwungen, wieder umzukehren, und wenn sie ihrem Zorn nicht in lautem Ausbruche Luft machten, so lag die Ursache nur darin, daß sie das nicht wagten. Möglicherweise befanden sich zur Überwachung der Reisenden auch auf dem „Kaukasus" geheime Polizisten; da galt es, die Zunge im Zaum zu halten, denn diese Austreibung war der Einsperrung in einer Festung doch immer noch vorzuziehen.

Konnte Michael Strogoff aber von dieser Seite nichts vernehmen oder schwiegen die Leute wohl auch ganz und gar — denn man kannte ihn ja nicht —, so traf sein Ohr dafür der Laut einer Stimme, welche ziemlich unbesorgt zu sein schien, ob sie gehört wurde oder nicht.

Der Mann mit der hellen Stimme sprach russisch, aber mit fremdem Akzente, und sein mehr zugeknöpfter Nachbar antwortete ihm in derselben Mundart, welche offenbar auch seine Muttersprache nicht war.

„Wie!" rief der erste, „wie, auf diesem Schiffe, Herr Kollege, Sie, den ich bei dem Feste des Kaisers in Moskau und dann erst in Nishny-Nowgorod wiedersah?" — „Gewiß, ich selbst!" entgegnete trocken der andere. — „Nun, frei heraus gesagt, ich erwartete nicht, daß Sie mir so unmittelbar, so auf den Fersen folgen würden." — „Ich folge Ihnen nicht, mein Herr, ich gehe Ihnen voraus." — „Vorausgehen! Vorausgehen! Wir wollen wenigstens sagen, wir marschieren gleichen Schrittes in der Front, wie zwei Soldaten bei der Parade, und vorläufig könnten wir übereinkommen, keiner dem andern zuvorzukommen." — „Ich werde es doch tun!" — „Das wird sich erst auf dem Kriegsschauplatze zeigen; doch bis dahin können wir, zum Teufel, doch Reisegenossen sein. Später werden wir noch Zeit genug finden, gelegentlich Rivalen zu werden." — „Feinde!" — „Meinetwegen auch Feinde! Ihre Worte, Herr Kollege, besitzen eine Klarheit des Ausdrucks, welche mich höchst angenehm berührt. Bei Ihnen weiß einer doch, woran er ist." — „Nun, was ist daran so schlimm?" — „O, nichts, gar nichts! Erlauben Sie, daß auch ich mir die Freiheit nehme, unseren gegenseitigen Standpunkt festzustellen." — „Nach Belieben." — „Sie gehen nach Perm ... wie ich?" — „Wie Sie." — „Und begeben sich von Perm aus wahrscheinlich nach Jekaterinenburg, auf dem besten und sichersten Wege zur Überschreitung des Uralkammes." — „Wahrscheinlich." — „Nach Überschreitung der Grenze werden wir in Sibirien, also inmitten des überfallenen Gebietes sein." — „So ist es." — „Nun dann, aber auch erst dann wird es Zeit sein, zu sagen: ‚Jeder für sich und Gott mit ...'" — „Gott mit mir!" — „Gott mit Ihnen! Ganz allein! Sehr schön! Da wir indes noch acht neutrale Tage vor uns haben und es unterwegs voraussichtlich keine Neuigkeiten regnen dürfte, so lassen Sie uns Freunde sein, bis wir zu Rivalen werden." — „Zu Feinden!" — „Jawohl, das ist richtiger: Zu Feinden! Bis dahin können wir aber in Übereinstimmung handeln und brauchen uns gegenseitig nicht zu verzehren! Ich verspreche Ihnen überdies, alles für mich zu behalten, was ich etwa sehe ..." — „Und ich alles, was ich etwa höre." — „Abgemacht?" — „Abgemacht!" — „Ihre Hand darauf?" — „Hier ist sie!" Und die Hand des ersten Sprechers, d. h. fünf weit offene Finger, schüttelten kräftig die beiden Finger, welche der zweite phlegmatisch hinhielt.

„Was ich noch sagen wollte", begann der erste, „es gelang mir noch, den Inhalt der Verordnung diesen Morgen um 10.17 Uhr an meine Cousine zu telegraphieren." — „Und ich habe dem ‚Daily-Telegraph' dieselbe Nachricht um 10.13 Uhr gesendet." — „Bravo, Herr Blount!" — „Zu gütig, Herr Jolivet!" — „Bis ich mich revanchiere!" — „Dürfte Ihnen schwer fallen!" — „Man versucht eben alles!"

Bei diesen Worten grüßte der französische Korrespondent vertraulich den englischen Reporter, der ihm mit vollem britannischem Stolze dankte.

Diese beiden Neuigkeitsjäger, welche ja weder Russen noch Fremde von asiatischer Herkunft waren, traf die Verordnung des Generalgouverneurs nicht. Sie reisten also ab, und wenn sie Nishny-Nowgorod zu derselben Stunde verließen, so geschah das, weil der nämliche Instinkt sie vorwärtstrieb. Ganz natürlich bedienten sie sich also derselben Fahrgelegenheit und folgten bis zu den sibirischen Steppen demselben Wege. Ob als einfache Reisegefährten, als Freunde oder Feinde, noch hatten sie acht Tage „bis zum Beginn der Jagd“ vor sich.

Jedenfalls saßen beide, der Franzose immer offenherzig bis zur Schwatzhaftigkeit, der Engländer immer verschlossen, an derselben Tafel und probierten, zu sechs Rubel die Flasche, einen sogenannten echten Cliquot, offenbar den Abkömmling des frischen Birkensaftes der Umgegend.

Als Michael Strogoff Alcide Jolivet und Harry Blount so reden hörte, sprach er für sich: „Das sind neugierige und indiskrete Leute, denen ich auf der Reise jedenfalls noch ferner begegne. Mir scheint es geboten, sich diese drei Schritt vom Leibe zu halten.“

Die junge Livländerin erschien nicht bei Tische. Sie schlummerte in ihrer Kabine und Michael Strogoff wollte sie nicht wecken lassen. Der Abend kam heran, ohne daß sie wieder auf Deck erschienen wäre.

Mit der langen Dämmerung gewann die Atmosphäre eine wohltuende Frische, an welcher sich nach der Hitze des Tages alle gern erquickten. Selbst in vorgeschrittener Nachtstunde dachten die meisten gar nicht daran, die Salons oder Kabinen aufzusuchen. Auf die Bänke gestreckt, atmeten sie behaglich in dem Luftzuge, den die schnelle Bewegung des Schiffes erregte. Der Himmel verfinsterte sich in dieser Jahreszeit und in diesen Breiten zwischen Abend und Morgen nicht allzu sehr und erleichterte es dem Steuermann, zwischen den vielen

Schiffen, welche die Wolga stromauf und stromab befuhren, hindurchzugleiten.

Eine eigentümliche Unruhe hielt Michael Strogoff wach. Er ging, doch meist nur auf dem Hinterdeck, auf und ab. Einmal jedoch streifte er auch über den Maschinenraum hinaus. Er befand sich damit in der für die Passagiere zweiter und dritter Klasse bestimmten Abteilung.

Dort schlief alles nicht nur auf den Bänken, sondern auch auf Ballen und Gepäckstücken, selbst auf dem Brettboden des Verdecks. Nur die Matrosen der Wache standen auf dem Vorderkastell. Zwei Laternen, eine grüne und eine rote, vom Backbord und vom Steuerbord, warfen einige schiefe Strahlen auf die Wand des Dampfers.

Auf dem Vorderdeck angelangt, wollte er schon die Stufen nach dem Vorderkastell hinaufsteigen, als er neben sich sprechen hörte. Er hielt an. Die Stimmen schienen aus einer Gruppe Passagiere zu kommen, welche mit allerhand Shawls und Decken verhüllt dasaß, die er aber bei der Dunkelheit nicht weiter zu erkennen vermochte. Nur manchmal gelang es ihm ein wenig, wenn dem Rauchfange des Dampfers zwischen den schwarzen Wolken einige rötliche Flammen entstiegen; dann schien es, als wirbelten Funken mitten durch die Gruppe oder als erglänzten Tausende von Metallflitterchen in dem ungewissen Lichte.

Michael Strogoff wollte schon weitergehen, als er einige Worte deutlicher vernahm und noch dazu in dem auffallenden Idiome, das schon auf dem Messeplatze in vergangener Nacht an sein Ohr gedrungen war.

Unwillkürlich drängte es ihn, zu lauschen. In dem Schatten des Vorderkastells konnte er nicht gesehen werden, so wenig wie er die miteinander redenden Fahrgäste eigentlich sehen konnte. Er mußte sich demnach begnügen, zu horchen.

Die anfänglich gewechselten Worte besaßen — wenigstens für ihn — keine besondere Bedeutung, doch genügten sie ihm, um unzweifelhaft die Stimmen der Frau und des Mannes wiederzuerkennen, die er schon in Nishny-Nowgorod gehört hatte. Er verdoppelte seine Aufmerksamkeit. Es schien nicht unmöglich, daß jene Tsiganen, von deren Gespräch er einige Brocken aufgefangen, jetzt nach der Austreibung samt ihren Landsleuten an Bord des „Kaukasus“ Passage genommen hätten.

Wie gut es war, daß er horchte, ergab sich aus folgenden in tatarischer Mundart gewechselten Worten:

„Man sagt, es sei ein Kurier auf dem Wege von Moskau nach Irkutsk.“ — „Das sagt man wohl, Sangarre, aber dieser Bote wird entweder zu spät oder auch gar nicht ankommen!“

Michael Strogoff fühlte, wie diese ihn persönlich so nahe angehende Antwort ihn durchzuckte. Er versuchte sich zu vergewissern, ob der Mann und die Frau, welche eben sprachen, dieselben seien, die er unter ihnen vermutete; aber die tiefe Dunkelheit vereitelte seine Bemühungen.

Bald nachher war Michael Strogoff unbemerkt wieder nach dem Hinterdeck gelangt und setzte sich, den Kopf in die Hände gestützt, nieder. Man hätte meinen sollen, er schliefe.

Er schlief aber weder noch dachte er überhaupt daran. Er überlegte sich vielmehr, nicht ohne eine gewisse Besorgnis, was er gehört hatte.

„Wer in aller Welt weiß von meiner Abreise und wer hat ein Interesse daran, sie zu kennen?“

Die Kama stromaufwärts

Am Morgen des 18. Juli kam der „Kaukasus“ um sechs Uhr vierzig Minuten an dem Landeplatze für Kasan, sieben Werst von dieser Stadt, wohlbehalten an.

Kasan liegt am Zusammenflusse der Wolga und der Kazanka. Ein Hauptort des Gouvernements, ist es gleichzeitig Sitz einer Universität und eines griechischen Erzbischofs. Die gemischte Bevölkerung dieser Provinzialhauptstadt besteht aus Tscheremissen, Mordwinen, Tschuwaken, Wolsaken, Wipulitschen und Tataren, von denen der letzte Stamm sich den asiatischen Charakter am reinsten bewahrt hat.

Trotz der großen Entfernung der Stadt vom Landungsplatze drängte sich eine ungeheure Menge auf dem Kai. Man war gespannt auf Neuigkeiten. Der Gouverneur der Provinz hatte eine gleichlautende Verordnung erlassen, wie sein Kollege in Nishny-Nowgorod. Da sah man Tataren in kurzärmeligem Kaftan und mit spitzen Mützen, deren breite Krempen an den gewöhnlichen Hut des Pierrot erinnerten. Andere in langem Überrock und auf dem Kopfe ein kleines Scheitelkäppchen, wie es die polnischen Juden tragen. Frauengestalten mit glitzerndem Schmucke auf der Brust und einem sich halbmondförmig erhebenden Diadem auf dem Kopfe, standen plaudernd in Gruppen beieinander.

Polizei-Offizianten inmitten der Volksmenge und Kosaken, die Lanze in der Faust, hielten auf Ordnung und schafften Raum, sowohl für die Passagiere, die den „Kaukasus" hier verließen, als auch für andere, welche hier das Schiff bestiegen, alles aber erst nach sorgfältiger Musterung jedes einzelnen.

Gleichgültig betrachtete Michael Strogoff dieses Ab- und Zuströmen, das man an jedem Dampfschifflandungsplatze ebenso sieht. Der „Kaukasus" sollte behufs Einnahme neuen Brennmaterials in Kasan eine Stunde halten.

Ans Land zu gehen kam Michael Strogoff gar nicht in den Sinn. Er hätte die bis jetzt noch nicht wieder erschienene junge Livländerin nicht auf dem Schiffe allein lassen können.

Die beiden Journalisten hatten sich schon mit Tagesanbruch erhoben, wie sich's eben für eifrige Jäger schickt. Sie begaben sich an das Ufer und mischten sich, jeder auf eigene Faust, unter die Menge. Michael Strogoff beobachtete sowohl Harry Blount mit dem Notizbuche in der Hand, wie er entweder einige Erscheinungen flüchtig skizzierte oder Bemerkungen eintrug, als auch Alcide Jolivet, der im Vertrauen auf die Treue seines Gedächtnisses nur plaudernd umherlief.

Längs der Ostgrenze Rußlands schwirrte das Gerücht durch die Luft, daß die Empörung und der Einfall sehr gefährliche Dimensionen annähmen. Schon wurden die Verbindungen zwischen Sibirien und dem Reiche ungemein schwierig. Michael Strogoff erfuhr das, ohne den „Kaukasus“ verlassen zu haben, von verschiedenen Neuankömmlingen.

Erfüllten ihn diese Nachrichten auch mit einer gewissen Unruhe, so erweckten sie doch gleichzeitig desto gebieterischer das Verlangen, die Uralkette zu überschreiten, um selbst über die Bedeutung der Ereignisse urteilen und Vorbereitungen zur Beseitigung etwaiger Hindernisse treffen zu können. Fast hätte er einen Eingeborenen aus Kasan um weitere Einzelheiten gefragt, als seine Aufmerksamkeit plötzlich abgelenkt wurde.

Unter den Reisenden, welche den „Kaukasus“ verließen, erkannte Michael Strogoff jene Tsiganen, die gestern noch auf der Messe in Nishny-Nowgorod waren. Auf dem Verdecke standen der alte Zigeuner und das Weib, die ihn einen Spion genannt hatte. Mit ihnen, und jedenfalls unter ihrer Führung, schifften sich etwa zwanzig Tänzerinnen und Sängerinnen im Alter von fünfzehn bis zwanzig Jahren aus, deren elende Lumpen nur notdürftig den Flitterstaat darunter verhüllten.

Diese glitzernden Stoffe, auf welche eben die Strahlen der Sonne fielen, erinnerten Michael Strogoff lebhaft an den Eindruck der vergangenen Nacht. Es war der nämliche Zigeunerputz, der im Dunklen aufblitzte, wenn aus dem Rauchfang des Steamers einige Flammen emporlohten.

„Offenbar“, so sagte er sich, „hielt sich dieser Tsiganentrupp tagsüber unter dem Verdeck auf und wollte sich während der Nacht unter dem Vorderkastell verkriechen. Hielten die Leute es für gut, möglichst wenig gesehen zu werden? Das ist aber doch sonst ihre Art nicht!“

Wider Willen näherte sich Michael Strogoff der Austrittstelle des Steamers, gerade als die Zigeunertruppe diesen verließ, um nicht wiederzukehren.

Dort stand der Alte in sehr demütiger, mit der natürlichen Unverschämtheit seiner Stammesgenossen wenig übereinstimmender Haltung. Er sah aus als meide er es möglichst gesehen zu werden, statt die Blicke anderer auf sich zu lenken. Sein schäbiger Hut saß tief in dem runzeligen Gesicht. Über seinem breiten Rücken bauschte sich trotz der Wärme der Sonne ein weiter Kittel. Es wäre schwierig gewesen, unter dieser erbärmlichen Hülle seine Figur deutlich zu erkennen.

Neben ihm stand die Tsiganerin Sangarre, eine große Frau von dreißig Jahren mit braunem Teint, guter Konstitution, prächtigen Augen und üppigem Haar in stolzer Haltung. Einige der jungen Tänzerinnen waren von auffallender Schönheit, und alle zeigten die ausgesprochenen Merkmale ihrer Rasse.

Eine von jenen sang ein Liedchen von eigentümlichem Rhythmus vor sich hin, dessen erste Verse man etwa so übersetzen könnte:

Am braunen Hals die Koralle blinkt,
Die goldene Nadel im Haar;
Ich ziehe, wo immer das Glück mir winkt,
Zum Lande der ...

Die lustige Dirne sang gewiß weiter, doch Michael Strogoff hörte sie nicht mehr.

Es schien, als ob der durchdringende Blick Sangarres mit besonderer Aufmerksamkeit auf ihm hafte, und als wollte die Zigeunerin seine Züge ihrem Gedächtnis unauslöschlich einprägen.

Einige Minuten später verließ dann auch Sangarre den „Kaukasus“, als der Alte mit seiner Truppe schon am Lande war.

Wenn Kasan mit Recht „das Tor Asiens“ genannt wird, wenn man diese Stadt als den Mittelpunkt des Handels von Sibirien und Bukhara ansieht, so kommt das von den zwei hier zusammenlaufenden Straßenzügen her, welche über die Pässe des Uralwalles führen. Michael Strogoff hatte mit guter Absicht den über Perm, Jekaterinenburg und Tiumen vorgezogen. Er bildet die große Poststraße, besitzt reichliche, vom Staate unterhaltene Stationen mit Relais und setzt sich über Tschim bis Irkutsk fort.

Daneben verbindet freilich eine zweite Straße Kasan und Tschim mit Vermeidung des kleinen Umweges über Perm, welche über Jelabuga, Menzelinsk, Birsk, Zlatoutse, wo sie Europa verläßt, und über Tschelabinsk, Kadrinsk und Kurganne führt. Mag sie auch etwas kürzer sein als jene, so hält der Mangel an Posthäusern, der schlechte Zustand der Wege und die Seltenheit von Dörfern diesem Vorteil gewiß die Waage. Michael Strogoff mußte mit seiner Wahl um so zufriedener sein, da ihm, wenn die Zigeuner den zweiten Weg von Kasan nach Tschim einschlugen, alle Chancen blieben, vor ihnen anzukommen.

Eine Stunde später läutete die Glocke auf dem Vorderdeck des „Kaukasus“, rief die neuen Passagiere herzu und die alten zurück. Es mochte bald acht Uhr sein. Die Einnahme von Brennmaterial war beendet. Das Schiff konnte jeden Augenblick abfahren.

Die Reisenden von Kasan nach Perm hatten ihre Plätze an Bord schon eingenommen.

Da fiel es Michael Strogoff auf, daß von den beiden Journalisten nur der eine, Harry Blount, nach dem Dampfer zurückgekehrt war.

Sollte Alcide Jolivet die Abfahrt versäumen?

Aber gerade in dem Augenblick, als man die Taue löste, erschien Alcide Jolivet in vollem Laufe. Schon war der Steamer etwas abgestoßen und die Landungsbrücke auf den Kai zurückgerollt, der leichtfüßige Held der Feder bekümmerte sich darum nicht viel, mit der Gewandtheit eines Clowns setzte er über die Lücke und fiel auf dem Deck des „Kaukasus", fast in die Hände seines Kollegen, nieder.

„Ich glaubte schon, der ‚Kaukasus' sollte ohne Sie weitergehen", sagte dieser mit einem Gesicht, das halb einer Feige und halb einer Weintraube ähnelte. — „Was da!" antwortete Alcide Jolivet, „ich hätte Sie schon einzuholen gewußt und sollte ich deshalb auch auf Kosten meiner Cousine ein Extraschiff chartern oder mit Extrapost, per Pferd und Werst für zwanzig Kopeken, nachreisen. Was meinen Sie? Vom Landungsplatze bis zum Telegraphenbureau ist's eine tüchtige Strecke." — „Sie waren beim Telegraphen?", fragte Harry Blount, dessen Lippen sich dabei zusammenzogen. — „Ja, ich bin dahin gegangen!" erwiderte Alcide Jolivet mit dem liebenswürdigsten Lächeln. — „Nun, er ist bis Kolyvan noch in Ordnung?" — „Das weiß ich nicht, kann Ihnen dafür aber versichern, daß er z. B. von Kasan nach Paris noch bestens in Gang ist." — „Sie gaben eine Depesche auf ... an Ihre Cousine? ..." — „Mit reinem Feuereifer"! — „Sie haben also gehört ..." — „Erlauben Sie, Väterchen, um wie die Russen zu sprechen", antwortete Alcide Jolivet, „ich bin wirklich ein gutes Kind und mag kein Geheimnis vor Ihnen haben. Die Tataren, Feofar-Khan an der Spitze, sind über den Semipalatinsk hinausgedrungen und schwärmen in hellen Haufen längs der Ufer des Irtysch. Benutzen Sie das nach Gefallen!"

Wie! Eine so wichtige Neuigkeit, und Harry Blount kannte sie noch nicht, während sein Rivale, der sie von irgendeinem Einwohner aus Kasan haben mochte, sie schon telegraphisch nach Paris gemeldet hatte! Die englische Zeitung war um zwei Pferdelängen geschlagen! Der arme Harry Blount wandelte, die Hände auf dem Rücken gekreuzt, nach dem Hinterdeck und setzte sich dort nieder, ohne eine Silbe zu sprechen.

Gegen zehn Uhr morgens verließ die junge Livländerin ihre Kabine und erschien auf dem Verdeck.

Michael Strogoff ging ihr entgegen und bot ihr die Hand.

„Sieh dich hier um, Schwester", mahnte er, als beide nach dem Vorderteile des Schiffes gelangt waren. Die Umgegend lohnte wirklich eine aufmerksamere Betrachtung.

Der „Kaukasus" erreichte jetzt den Zusammenfluß der Wolga und Kama.

Die Kama endigte in weitgeöffneter Mündung, umrahmt von lieblich bewaldeten Ufern. Einige weiße Segel belebten das reinliche Wasser, auf dem die Sonne in vollem Glanze lag. Mit Espen, Erlen und dann und wann mit mächtigen Eichen geschmückte Hügel schlossen den Horizont in harmonischer Linie ab, die bei dem blenden Mittagslichte da und dort mit den Tiefen des Himmels zu verschmelzen schien.

Und doch schien es, als blieben diese Naturschönheiten ohne allen Eindruck auf den Gedankengang des jungen Mädchens. Sie hatte nur eins im Auge: ihr Reiseziel zu erreichen! — Die Kama bildete für sie nur einen leichteren Weg, dahin zu gelangen. Wie glänzten ihre Augen in schönem Feuer auf, wenn sie diese nach Westen richtete, so als wollte sie den fernen Horizont durchbohren.

Nadia hatte die Hand in der ihres Gefährten gelassen und fragte, indem sie sich zu ihm hinwendete: „Wie weit sind wir jetzt von Moskau weg?" — „Neunhundert Werst", antwortete Michael Strogoff. — „Neunhundert auf siebentausend!" seufzte das junge Mädchen.

Die Zeit zum Frühstücken war gekommen; das Läuten einer Glocke meldete es den Reisenden. Nadia folgte Michael Strogoff nach den Restaurationsräumen des Steamers. Sie berührte die auf einer seitlichen Tafel servierten Vorspeisen nicht, unter denen sich Caviar, Hering in Stücken, anishaltiger Kornbranntwein und dergleichen zur Anregung des Appetites befand, eine Sitte, der man in allen nördlichen Ländern, in Rußland ebenso wie in Schweden und Norwegen, begegnet. Nadia aß nur wenig, etwa wie ein armes Mädchen, deren beschränkte Mittel sie nicht weitergehen ließen. Michael Strogoff glaubte sich also auch mit den Gerichten zufriedengeben zu sollen, welche seiner Gefährtin genügten, nämlich ein wenig „Kulbat“, eine Art Pastete aus Reis, Eidotter und geklopftem Fleisch, Rotkohl mit Kaviar und als Getränk Tee.

Diese Mahlzeit war weder lang noch kostspielig, und kaum zwanzig Minuten, nachdem sie sich zu Tisch gesetzt hatten, betraten Michael Strogoff und Nadia wieder das Deck des „Kaukasus“.

Sie setzten sich auf dem Hinterdeck nieder, und Nadia begann ohne alle Umschweife, aber mit leiser Stimme, um nur von ihrem Nachbar gehört zu werden: „Bruder, ich bin die Tochter eines Verbannten. Ich heiße Nadia Fedor. Vor kaum einem Monat starb in Riga meine Mutter, und ich begebe mich jetzt nach Irkutsk, um meinen Vater aufzusuchen und sein Exil zu teilen.“ — „Auch ich gehe nach Irkutsk“, antwortete Michael Strogoff, „und werde es als eine Gnade des Himmels betrachten, Nadia Fedor frisch und gesund in die Arme ihres Vaters zu führen.“

„Ich danke, Bruder!“ erwiderte Nadia.

Michael Strogoff fügte noch hinzu, daß er für Sibirien einen speziellen Podaroshna erhalten habe und ihrer Reise seitens der russischen Behörden kein Hindernis im Wege stehen werde.

„Ich besaß“, fuhr Nadia fort, „einen Paß, der mir erlaubte, nach Irkutsk zu gehen; ihn hat der Erlaß des Generalgouverneurs zu Nishny-Nowgorod ungültig gemacht, und ohne dich, Bruder, hätte ich die Stadt, in der du mich wiederfandest und in welcher ich umgekommen wäre, nicht verlassen können.“

„Und allein, Nadia“, bemerkte Michael Strogoff, „ganz allein wolltest du dich durch die Steppen Sibiriens wagen?“ — „Es war meine Pflicht, Bruder.“ — „Wußtest du aber nicht, daß das empörte und von Feinden überschwemmte Land kaum zu passieren ist?“ —

„Der Tatareneinfall war, als ich Riga verließ, noch nicht bekannt", erwiderte die junge Livländerin. „In Moskau erst erfuhr ich diese Neuigkeiten." — „Und setztest trotzdem deine Reise fort?" — „Es war meine Pflicht."

Aus diesem Worte sprach der ganze Charakter des mutigen jungen Mädchens.

Sie sprach dann von ihrem Vater, Wassili Fedor. Er war in Riga ein geschätzter Arzt, betrieb seine Kunst mit Erfolg und lebte glücklich im Kreise der Seinen. Nach seinem Beitritt zu einer ausländischen geheimen Gesellschaft aber erhielt er den Befehl zugestellt, nach Irkutsk zu gehen und die Gendarmen, welche jene Ordre überbrachten, geleiteten ihn ohne Verzug über die Grenze.

Wassili Fedor ließ man kaum Zeit, sein damals schon leidendes Weib und seine hilflos zurückbleibende Tochter zu umarmen, und er vergoß heiße Tränen beim Abschiede von den beiden ihm so teuren Wesen.

Seit zwei Jahren bewohnte er nun die Hauptstadt Ostsibiriens und hatte dort, aber fast ohne pekuniären Vorteil, seine Praxis weiter betreiben können. Und doch wäre er wohl so glücklich gewesen, wie das einem Verbannten überhaupt möglich ist, hätte er Weib und Kind um sich haben können. Frau Fedor vermochte es ihrer Schwächlichkeit wegen aber auch schon damals nicht, Riga zu verlassen. Zwanzig Monate nach der Abreise des Gatten hauchte sie in den Armen der Tochter, welche nun ganz verwaist dastand, ihre Seele aus. Nadia Fedor ging die Behörden nun um die bald zugestandene Erlaubnis an, ihren Vater in Irkutsk aufzusuchen. Sie schrieb diesem, daß sie abreisen werde. Kaum vermochte sie die Mittel zu dieser weiten Reise aufzubringen, zauderte aber doch nicht, sie zu unternehmen. Sie tat, was sie konnte! ... Gott würde das Übrige tun!

Indes arbeitete sich der „Kaukasus" gegen den Strom vorwärts. Die Nacht brach an und die Luft kühlte sich erquickend ab. Zu Tausenden sprangen die Funken aus dem Rauchfange der Fichtenholzfeuerung des Dampfers, und zu dem Murmeln der an seinem Vordersteven gebrochenen Wellen gesellte sich das Geheul der Wölfe, die sich am rechten Kama-Ufer umhertrieben.

Tag und Nacht im Tarantaß

Am folgenden Tage, dem 19. Juli, legte der „Kaukasus“ am Landungsplatze in Perm an, der letzten Station, die er an der Kama berührte.

Das Gouvernement, dessen Hauptstadt Perm bildet, ist eines der umfänglichsten in ganz Rußland und greift über das Uralgebirge hinweg bis nach Sibirien hinüber. Marmorbrüche, Salinen, Platin- und Goldlager sowie Steinkohlengruben werden dort in großem Maßstabe ausgebeutet.

In Perm pflegen die Reisenden ihre bei der langen Fahrt durch die Steppen meist mehr oder weniger beschädigten Wagen zu veräußern; andererseits kauft hier, wer von Europa nach Asien gehen will, im Sommer Wagen, im Winter Schlitten, bevor er sich für mehrere Monate in die verlassene Steppenwüste wagt.

Michael Strogoff hatte schon sein umfassendes Reiseprogramm entworfen und brauchte dasselbe nur zu erfüllen.

Gewöhnlich besteht zwar ein Postverkehr, der die Uralkette ziemlich schnell überschreitet; unter dem Druck der augenblicklichen Verhältnisse hatte man diesen aber einstellen müssen. Auch ohnedem hätte Michael Strogoff, dem es auf die größte Eile ankam, auf dieses Beförderungsmittel verzichtet, und würde es, um von niemand abhängig zu sein, vorgezogen haben, selbst einen Wagen zu kaufen und auf jeder Station die Pferde zu wechseln, wobei er durch splendide „na vodku“ (Trinkgelder) den Eifer der Postillone anzuspornen hoffen durfte.

Zum Unglück hatten infolge der gegen die Fremden asiatischer Herkunft ergriffenen Maßnahmen schon sehr viele Reisende Perm verlassen, weshalb Transportmittel sehr selten geworden waren. Michael Strogoff kam also in die Lage, sich mit dem von anderen Verschmähten begnügen zu müssen. Bezüglich der Bespannung konnte der Kurier des Zaren außerhalb Sibiriens wohl seinen Podaroshna ins Treffen führen, auf welchen hin ihn die Postmeister ohne Widerspruch und vor allen Übrigen befriedigen würden. Einmal außer dem europäischen Reiche aber sah er sich gleich jedem andern auf die Hilfe der blinkenden Silberrubel beschränkt.

An welche Art Wagen sollten aber die Pferde gespannt werden, an einen Tarantaß oder einen Teleg?

Der Teleg ist ein vollkommen offenes, vierräderiges Wägelchen und durchweg aus Holz konstruiert. Räder, Achsen, Schlußnägel, Sitze und Deichsel, alles stammt von den Bäumen der Nachbarschaft her, wobei die Verbindung der einzelnen Teile eines solchen Teleg nur durch haltbare Stricke hergestellt ist. Es gibt nichts Primitiveres, nichts, was so sehr alles Komforts entbehrt, aber auch nichts, was unterwegs im Fall einer Beschädigung leichter wieder instandzusetzen wäre. An Tannen fehlt es längs der russischen Grenze nicht, und die Schlußnägel wachsen in den Wäldern. Mittels solcher Telegs, denen alle Wege gut genug sind, werden die unter dem Namen „Perekladnoi" bekannten Extraposten befördert. Manchmal reißen zwar die Seile, welche das Ganze zusammenhalten, und während der Hinterteil irgend wo ruhig steckenbleibt, kommt nur der Vorderteil des Fuhrwerks bei dem nächsten Relais auf zwei Rädern an; aber man ist auch mit dieser Errungenschaft schon zufrieden.

Michael Strogoff hätte sich ebenfalls zu einem solchen Teleg bequemen müssen, wenn es ihm nicht gelungen wäre, noch einen Tarantaß aufzutreiben.

Es glaube aber niemand, daß ein derartiges Gefährt auf der obersten Staffel der Wagenbaukunst stehe.

Federn z. B. gehen ihm ebenso ab, wie dem Teleg; wegen Mangels an Eisen ist auch bei ihm das Holz nicht gespart; aber seine am Ende jeder Achse acht bis neun Fuß voneinander entfernten Räder sichern ihm wenigstens auf den holperigen und oft sehr unebenen Straßen ein gewisses Gleichgewicht. Ein Schirm schützt die Insassen vor dem aufspritzenden Kote des Weges, eine starke Lederdecke, welche, herabgezogen, das Gefährt fast hermetisch verschließt vor dem Sonnenbrande und den nicht seltenen Windstößen im Sommer. Im übrigen ist der Tarantaß ebenso solid gebaut und leicht reparierbar wie der Teleg, und andererseits weniger dem Unfall ausgesetzt, einen Teil im Schlamme steckenzulassen.

Michael Strogoff gelang es nur mit großer Mühe, einen solchen Tarantaß aufzufinden; vielleicht gab's in der ganzen Stadt Perm jetzt keinen zweiten mehr. Trotzdem feilschte er der Form wegen bei dessen Einkauf nicht wenig, um seiner Rolle als einfacher Kaufmann Nicolaus Korpanoff auch hier treu zu bleiben.

Nadia folgte ihrem Reisegefährten bei seinen Bemühungen um ein Fuhrwerk. Trotz ihres verschiedenen Zweckes hatten doch beide dieselbe Eile, an das Ziel zu gelangen und demnach baldigst abzureisen. Man könnte sagen, daß sie ein und derselbe Wille drängte.

„Schwester“, begann Michael Strogoff, „ich hätte für dich gerne eine bequemere Fahrgelegenheit gesucht.“ — „Du sagst das zu mir, Bruder, zu mir, die ich im Notfalle auch zu Fuß aufgebrochen wäre, um meinen Vater zu finden.“ — „An deinem Mute, Nadia, zweifele ich nicht, aber es gibt physische Anstrengungen, denen ein Weib nicht gewachsen ist.“ — „Ich würde sie aber ertragen, welcher Art sie auch seien!“ entgegnete das junge Mädchen. „Wenn du eine Klage über meine Lippen kommen hörst, so verlaß mich und setze deinen Weg allein fort!“

Eine halbe Stunde später standen, nach Vorzeigung des Podaroshna, drei Postpferde vor dem Tarantaß angeschirrt. Diese langhaarigen Tiere ähnelten fast den Bären. Sie waren, wie die sibirische Rasse überhaupt, klein, aber feurig. Der Postillon, der Jemschik, hatte sie folgendermaßen angespannt: das eine, etwas größere, stand zwischen einer Gabeldeichsel mit einem Bogen am vorderen Ende, der mit Schellen und Glöckchen behangen war, das ist der russische „duga“; die beiden andern waren einfach mittels Seilen an das Fußgestell des Tarantaß gekoppelt. Von Zaum und Gebiß keine weitere Spur; als Zügel diente einfache Hanfschnur.

Weder Michael Strogoff noch die junge Livländerin führten viel Gepäck mit sich. Die Hauptbedingung der Schnelligkeit, mit der der eine reisen mußte, und die mehr als bescheidenen Mittel der anderen hatten jede Überbelastung mit Kollis von vornherein verhindert. Jetzt kam ihnen das sehr zustatten, denn der Tarantaß hätte entweder das Gepäck oder die Reisenden nicht aufnehmen können. Er war, den Postillon ungerechnet, nur für zwei Personen eingerichtet, und jener hielt sich auf seinem Sitze auch nur wie durch ein Wunder im Gleichgewicht aufrecht.

Dieser Jemschik wechselt übrigens bei jedem Relais. Der Führer des Tarantaß auf der ersten Strecke war ein geborener Sibirier, gleich seinen Rossen, auch nicht minder behaart wie diese und trug die im übrigen langen Haare über der Stirn viereckig beschnitten, einen breitkrempigen Hut, roten Gürtel und einen Capot mit kreuzweisen Schnüren an Knöpfen mit dem kaiserlichen Abzeichen.

Als der Jemschik mit seiner Bespannung ankam, musterte er die Reisenden des Tarantaß erst mit prüfendem Blicke. Kein Gepäck! — Aber wo, zum Teufel, hätte er solches unterbringen wollen? — Magere Aussichten! Er machte eine nicht mißzudeutende Bewegung.

„Ein Paar Raben“, sagte er halb für sich und unbekümmert darum, ob er verstanden wurde oder nicht, „Raben für sechs Kopeken die Werst.“ — „Nein, Adler“, antwortete Michael Strogoff, der seinen Postillonsjargon recht wohl verstand, „Adler, hörst du, zu neun Kopeken die Werst, ohne das Trinkgeld!“

Ein lustiger Peitschenknall antwortete ihm. Der „Rabe“ bedeutet in der Sprache der russischen Postillone den geizigen oder unbemittelten Reisenden, der bei den Bauernrelais die Pferde nur mit zwei oder drei Kopeken per Werst bezahlt. Ein „Adler“ dagegen ist der Reisende, der auch vor hohen Preisen nicht zurückschreckt und reichliche Trinkgelder wegwirft. Deshalb kann auch der Rabe nicht Anspruch machen, ebenso schnell dahinzufliegen wie der König der Vögel.

Nadia und Michael Strogoff nahmen sofort ihre Plätze in dem Tarantaß ein. Einiger wenig umfänglicher Proviant, der in den Sitzkästen untergebracht wurde, gewährte ihnen die Sicherheit, auch eine Verzögerung erleiden zu können, wenn sie einmal die durch Fürsorge des Staates wohlversehenen Posthäuser nicht sogleich erreichen sollten. Die Wagendecke wurde übergezogen zum Schutz gegen die unausstehliche Hitze, und gegen Mittag verließ der Tarantaß, von drei schnaubenden Rossen gezogen, Perm, und flog, in eine dichte Staubwolke gehüllt, dahin.

Die Manier, wie der Jemschik seine Pferde im Gang hielt, hätte jedem Reisenden, der nicht geborener Russe oder Sibirier ist, höchlichst verwundern müssen. Das etwas größere Pferd in der Gabel hielt ungestört, wie abschüssig der Weg auch war, einen gestreckten Trab von untadelhafter Regelmäßigkeit ein. Die beiden Seitenpferde schienen eine andere Gangart als Galopp gar nicht zu kennen und sprangen ganz nach Laune nebenher. Der Jemschik schlug sie niemals, sondern trieb sie nur durch den scharfen Knall seiner Peitsche an. Wieviele Schmeichelnamen verschwendete er aber, wenn sie sich als gelehrige und einsichtige Tiere erwiesen, die Namen der Heiligen gar nicht zu rechnen, welche er für sie borgte! Die Schnur, die ihm als Zügel diente, wäre gegenüber den ausgelassenen Tieren wohl ganz nutzlos gewesen, aber „na pravo“, rechts, oder „na levo“, links, diese von einer rauhen Kehlstimme gesprochenen Worte taten hier mehr Wirkung als Zügel und Zaum.

Und welche Liebesnamen gebrauchte gelegentlich der würdige Rosselenker!

„Vorwärts, meine Tauben!“ rief der Jemschik, „vorwärts meine artigen Schwalben! Fliegt zu, meine Turteltäubchen! Immer dran, mein Vetter zur Linken! Greif’ aus, Väterchen zur Rechten!“

Wenn sie aber nachließen im Laufe, traten an diese Stelle ebenso vielseitige Verwünschungen, deren Wert die Tiere recht wohl zu kennen schienen.

„Lauf zu, du Höllenschnecke, du! Weh dir, du Blindschleiche! Ich erwürge dich bei lebendigem Leibe, du Schildkröte! Du sollst noch in jener Welt verdammt sein!“

Was man aber auch denken möge über diese Art der Pferdeführung, welche mehr die Solidität der Kehle als die Kraft der Arme des Kutschers in Anspruch nahm, jedenfalls flog der Tarantaß nur so dahin und bewältigte zwölf bis vierzehn Werst in der Stunde.

Michael Strogoff war ebenso an diese Art Wagen, wie an dessen Beförderung gewöhnt. Weder das Schütteln noch das Hüpfen des Gefährtes belästigte ihn. Er wußte, daß ein russisches Gespann weder Feldsteine noch Gleise oder tiefe Löcher vermeidet, so wenig wie umgestürzte Baumstämme oder Gräben, die den Weg sperren. Ihm war das nicht neu. Seine Gefährtin freilich lief Gefahr, durch dieses Stoßen des Tarantaß verletzt zu werden, doch sie beklagte sich nicht.

Die erste Zeit der Fahrt verhielt sich Nadia, als sie so schnell dahingerissen wurde, ganz stumm. Endlich, immer von dem Gedanken: Ankommen, nur ankommen! verfolgt, begann sie: „Von Perm nach Jekaterinenburg rechnete ich dreihundert Werst, Bruder. Habe ich mich geirrt?“ — „Gewiß nicht, Nadia“, erwiderte Michael Strogoff, „und in Jektaterinenburg werden wir den Fuß des jenseitigen Uralabhanges erreicht haben.“ — „Wie lange wird die Fahrt durch die Berge dauern?“ —

„Achtundvierzig Stunden, da wir Tag und Nacht reisen — ich sage Tag und Nacht, denn ich darf keinen Augenblick verlieren und muß ohne Säumen nach Irkutsk eilen.“

„Ich werde dich nicht aufhalten, Bruder, nicht eine Stunde; wir wollen Tag und Nacht fahren.“ — „Nun, Nadia, wenn uns der Einfall der Tataren nicht die Wege verlegt, so können wir vor Verlauf einer Woche angekommen sein.“ — „Du hast diese Reise schon einmal gemacht?“ — „Schon mehrere Male.“ — „Im Winter würden wir schneller und sicherer vorwärts kommen, nicht wahr?“ — „Schneller gewiß, doch würdest du unter der Kälte und dem Schnee schwer gelitten haben.“ — „Warum? Der Winter ist ja des Russen Freund.“ — „Jawohl, Nadia, aber es gehört doch ein gewisses Temperament dazu, diese Freundschaft auszuhalten. Wiederholt habe ich die Kälte in den Steppen Sibiriens bis unter vierzig Grad herabgehen sehen. Ich habe trotz meiner Kleidung aus Rentierfell mein Herz sich mit Eis überziehen, meine Glieder sich zusammenkrümmen, meine Füße unter dreifacher wollener Umhüllung erfrieren sehen! Ich sah die Pferde meines Schlittens bedeckt mit einem Eispanzer und ihren Atem vor den Nüstern erstarren. Ich sah es, wie der Branntwein in meiner Kürbisflasche zu Stein wurde, so daß kein Messer ihn schneiden konnte! ... Mein Schlitten aber flog dahin wie ein Orkan! Da gab es keine Hindernisse auf der geglätteten und unübersehbar weißen Ebene! Keine Wasserläufe, durch die man sonst eine passierbare Furt suchen mußte! Keine Seen, welche Schiffe nötig machten! Allüberall das harte Eis, die freie, sichere Straße. Aber um den Preis welcher Leiden, Nadia! Die allein könnten sie melden, welche nicht wiederkamen und deren Leichname der wehende Schnee begrub!“

„Und doch bist du zurückgekehrt, Bruder!“ sagte Nadia. — „Ja, aber ich bin Sibirier, und schon als Kind, wenn ich meinem Vater bei seinen Jagdzügen folgte, gewöhnte ich mich an all diese harten Proben. Als du, Nadia, mir aber sagtest, daß der Winter dich nicht zurückgehalten hätte, daß du abgereist wärst mit dem Vorsatze, gegen das fürchterliche, unwirtliche Klima Sibiriens anzukämpfen, da sah ich dich schon im Geiste verloren im Schnee niedersinken, um niemals wieder aufzustehen!" — „Wie oft bist du im Winter durch die Steppe gekommen?" fragte die junge Livländerin. — „Dreimal, Nadia, wenn ich nach Omsk ging." — „Und was tatest du in Omsk?" — „Ich besuchte meine Mutter, welche mich erwartete." — „Und ich, ich gehe nach Irkutsk, wo mein Vater meiner harrt. Ich will ihm die letzten Worte meiner Mutter bringen! Glaubst du nun, Bruder, daß mich nichts hätte zurückhalten können?" — „Du bist ein braves Kind, Nadia", antwortete Michael Strogoff, „und Gott würde dir geholfen haben!"

Diesen Tag über wurde der Tarantaß durch die bei jedem Relais wechselnden Jemschiks sehr schnell weiterbefördert. Die Adler der Berge hätten ihren Namen durch jene „Adler" der Landstraße nicht als entehrt ansehen können. Der hohe Preis für jedes Pferd, die reichlich gespendeten Trinkgelder dienten den Reisenden als ganz besonders wirksame Empfehlung. Den Postmeistern mochte es nach Veröffentlichung jener Verordnung wohl auffallen, daß ein junger Mann nebst seiner Schwester, beide offenbar Russen, dennoch frei durch Sibirien reisen konnten; indes waren ihre Papiere in Ordnung und gaben ihnen das Recht, zu passieren.

Übrigens waren Michael Strogoff und Nadia nicht die einzigen Reisenden auf der Straße von Perm nach Jekaterinenburg. Schon von den ersten Relais ab hatte der Kurier des Zaren bemerkt, daß ein Wagen ihm vorausging, ohne sich, da an Pferden kein Mangel eintrat, darüber besondere Sorge zu machen.

Im Verlaufe dieses Tages ward nur einige Male angehalten, um die nötigen Mahlzeiten einzunehmen. Die Posthäuser boten Unterkunft und Stärkungsmittel; auch wenn man kein Relais erreicht hätte, wäre das Haus jedes russischen Bauern nicht minder gastlich geöffnet gewesen. In diesen einander überaus ähnlichen Dörfern mit ihren weißen steinernen Kapellen und grünlichen Dächern kann der Reisende wohl an jede Tür klopfen, sie wird sich gewiß öffnen. Dann erscheint der Mujik lächelnden Gesichts und gibt seinem Gaste die Hand. Man bietet ihm Brot und Salz an, rückt den „Samowar" übers Feuer und er wird sich bald ganz heimisch fühlen. Die Familie würde im Notfalle das Haus räumen, um ihm Platz zu machen. Der ankommende Fremdling ist der Verwandte aller, er ist der, „den Gott selbst sendet."

Bei der Ankunft gegen Abend fragte Michael Strogoff, von einem unbestimmbaren Instinkte getrieben, den betreffenden Postmeister, vor wieviel Stunden der ihm vorausgehende Wagen das Relais passiert habe.

„Vor zwei Stunden, Väterchen", berichtete der Postmeister. — „Es ist eine Berline?" — „Nein, ein Teleg." — „Wieviel Reisende?" — „Zwei." — „Sie haben es eilig?" — „Es sind Adler!" — „Laßt schleunigst anspannen." — Michael Strogoff und Nadia, entschlossen, sich keine Stunde lang aufzuhalten, fuhren die ganze Nacht hindurch.

Noch hielt sich die Witterung zwar gut, doch fühlte man, daß die drückender gewordene Luft sich allmählich mit Elektrizität sättigte. Kein Wölkchen unterbrach die Strahlen der Sonne, und es schien, als stiege ein warmer Dunst aus dem Erdboden auf. Es stand zu befürchten, daß in den Bergen ein dort meist sehr heftiges Unwetter ausbrechen werde. Michael Strogoff, der gewöhnt war, alle atmosphärischen Vorzeichen zu deuten, fühlte einen nahen Kampf der Elemente voraus, der ihn mit einiger Besorgnis erfüllte. Die Nacht verging ohne Zwischenfall. Trotz der Stöße des Tarantaß vermochte Nadia einige Stunden zu schlummern. Die halb zurückgeschlagene Wagendecke gestattete etwas Luft zu schöpfen, nach der die Lungen in dieser erstickenden Atmosphäre begierig verlangten.

Michael Strogoff durchwachte die ganze Nacht; er mißtraute den Jemschiks, weil sie so leicht auf ihrem Sitze einschlafen. Keine Stunde wurde auf den Relais verloren, keine Stunde unterwegs.

Am folgenden Tage, dem 20. Juli, zeigten sich gegen acht Uhr morgen die ersten Wellenlinien der Uralberge im Osten. Diese mächtige Kette, die Grenzmauer zwischen dem europäischen Rußland und Sibirien, lag jedoch noch in weiter Ferne und vor Ende des Tages durfte man sie kaum zu erreichen hoffen.

Im Laufe dieses Tages blieb der Himmel durchgängig bedeckt und infolgedessen auch die Luftwärme erträglicher, doch wurde die Witterung immer gewitterschwüler.

Mit solchen Aussichten erschien es eigentlich ratsamer, sich nicht mitten in der Nacht in die Berge zu wagen, und Michael Strogoff würde es gewiß unterlassen haben, wenn er Zeit zum Verweilen gehabt hätte; als ihn der Jemschik des letzten Relais aber auf einen fern im Gebirge verrollenden Donner aufmerksam machte, fragte er nur: „Ein Teleg fährt uns noch immer voraus?“ — „Ja.“ — „Welchen Vorsprung mag er jetzt etwa haben?“ — „Ungefähr eine Stunde.“ — „Vorwärts! — Das dreifache Trinkgeld, wenn wir morgen früh in Jekaterinenburg sind.“

Ein Unwetter in den Uralbergen

Die Uralkette erstreckt sich auf einer Länge von nahe 3000 Werst zwischen Europa und Asien hin. Ob man den Namen Ural gebraucht, der tatarischen Ursprungs ist, oder die Bezeichnung „Poyas“ aus russischem Sprachstamme, immer sind beide Namen treffend, denn in den betreffenden Sprachen bedeuten diese Worte gleichmäßig den „Gürtel“. Mit dem einen Fuße an der unwirtlichen Küste des Arktischen Ozeans netzen sie den andern am lieblichen Gestade der Kaspisee.

Das war die Grenze, welche Michael Strogoff überschreiten mußte, um von Rußland nach Sibirien zu gelangen, und indem er, wie erwähnt, die Straße einschlug, die auf der östlichen Abdachung des Ural von Perm nach Jekaterinenburg führt, tat er deshalb sehr wohl daran, weil das der leichtere und sicherere Weg ist, der auch dem Verkehr des gesamten zentralasiatischen Handels dient.

Eine Nacht konnte, im Falle daß kein Hindernis eintrat, wohl zum Passieren der Berge ausreichen. Leider kündigte das erste Grollen des Donners ein Unwetter an, das bei dem dermaligen Zustand der Atmosphäre furchtbar zu werden drohte. Die elektrische Spannung war so groß, daß sie sich nur durch heftige Entladungen ausgleichen konnte.

Michael Strogoff achtete darauf, daß seine junge Begleiterin bestmöglich versorgt war. Die Wagendecke, die ein schärferer Windstoß leicht hätte wegreißen können, wurde durch über und hinter ihr gekreuzte Stricke besser gesichert. Man verdoppelte die Zugstränge der Pferde und polsterte aus übergroßer Vorsicht das Stoßeisen der Naben mit Stroh aus, sowohl um die Haltbarkeit der Räder zu vergrößern, als auch um die Stöße zu mildern, die in einer so dunklen Nacht doch einmal nicht zu vermeiden sein würden. Endlich verband man noch den Vorder- und den Hinterteil des Gefährtes, deren Achsen einfach an den Kasten des Tarantaß angepflöckt waren, miteinander durch eine mittels Bolzen und Schraubenmuttern befestigte Stange.

Nadia nahm ihren Platz im Wagen wieder ein, und Michael Strogoff setzte sich neben sie. Vor der vollkommen niedergelassenen Wagendecke hingen zwei Ledervorhänge herab, welche die Insassen bis zu gewisser Grenze vor dem Regen und Sturme schützen mußten.

An der linken Seite des Kutschersitzes wurden zwei große Laternen angebracht, deren fahler Schein mit seinen schiefen Strahlen den Weg nicht gerade sonderlich erhellte; sie bezeichneten aber Stellung und Richtung des Fuhrwerks, und wenn sie auch die Dunkelheit nur wenig zerstreuten, so dienten sie doch zum Schutze gegen das Zusammenstoßen mit einem etwa entgegenkommenden Wagen.

Man erkennt hieraus, daß keine Vorsichtsmaßregel versäumt wurde, und gegenüber einer so drohenden Nacht waren sie gewiß am Platze.

„Wir sind bereit, Nadia", begann Michael Strogoff. — „So wollen wir fahren", antwortete das junge Mädchen.

Der Jemschik erhielt Befehl, und der Tarantaß schwankte die ersten Vorberge des Urals hinan.

Es war acht Uhr und die Sonne nahe ihrem Untergange. Dennoch wurde es, trotz der in jenen Breiten länger andauernden Dämmerung, schon recht dunkel. Enorme Dunstmassen schienen die Wölbung des Himmels herabzudrücken, doch bewegte sie bis jetzt noch kein Lufthauch. Die Straße führte diesen gewaltigen, dichten und ihrer Kondensierung offenbar nahen Wolken gerade entgegen. Binnen kurzem mußten Straße und Dunstmassen einander begegnen, und lösten die Wolken sich dann nicht in Regen auf, so drohten sie mit einem Nebel, durch welchen der Tarantaß nicht vorzudringen wagen durfte, ohne Gefahr zu laufen, in einen Abgrund zu stürzen.

Die Kette der Uralberge erreicht übrigens nur eine mittlere Höhe; ihr bedeutendster Gipfel übersteigt noch nicht 5000 Fuß. Der ewige Schnee ist daselbst unbekannt, und die Schneemassen, welche der sibirische Winter über das Gebirge schüttet, schmelzen vollständig bei der Sonnenwärme des Sommers. Pflanzen und Bäume gedeihen noch in beträchtlicher Höhenlage. Die Ausbeutung der Eisen- und Kupferminen, der Lagerstätten kostbarer Edelsteine versammelt hier eine ansehnliche Menge fleißiger Hände. So begegnet man denn auch den „Zarody" genannten Dorfschaften ziemlich häufig und der durch die gewaltigen Engpässe geführte Weg ist für die Postwagen in gut fahrbarem Zustande.

Was aber bei guter Witterung und vollem Tageslichte leicht ist, bietet Schwierigkeiten und Gefahren, sobald die Elemente miteinander kämpfen und man sich in diesem Gewühl befindet.

Zur Zeit der Abfahrt fiel noch kein Regen. Michael Strogoff hatte die das Wageninnere schützenden Ledervorhänge aufgehoben, sah hinaus und achtete scharf auf beide Seiten des Weges, die der zitternde Laternenschein mit phantastischen Schattenbildern belebte.

Unbeweglich, mit gekreuzten Armen schaute Nadia ebenfalls hinaus, während ihr Begleiter, mit halbem Körper aus dem Wagen herausgelehnt, den Himmel und die Erde musterte.

Die Atmosphäre war ganz still, aber drohend ruhig. Kein Luftteilchen rührte sich vom Platze. Man hätte sagen mögen, daß die halberstickte Natur nicht mehr atmete und ihre Lungen, d. h. jene düsteren, dichten Wolken, aus irgendwelchem Grunde gelähmt, nicht mehr funktionieren konnten. Das Schweigen wäre ein absolutes gewesen ohne das Knirschen der Räder des Tarantaß, die die Kiesel der Straße zerrieben, ohne das Seufzen der Naben und überhaupt des Holzwerkes am Gefährte, ohne den keuchenden Atem des Gespanns und das Aufschlagen der Hufe auf die Steine, die dabei lebhafte Funken sprühten.

Übrigens war die Straße vollkommen öde. Der Tarantaß begegnete weder einem Fußgänger noch einem Reiter oder einem Wagen bei dieser drohenden Nacht in den engen Schluchten des Urals. Kein Feuer eines Köhlers rauchte im Walde, keine Lagerstätte von Arbeitern eines Steinbruchs ward sichtbar, keine einzige im Gehölz verlorene Hütte. Es bedurfte solcher Gründe, welche kein Zweifeln und kein Zaudern erlauben, um eine Fahrt durch die Gebirgskette unter den gegebenen Verhältnissen zu unternehmen. Michael Strogoff hatte nicht gezaudert. Ihm war das wohl unmöglich; aber — und das fing doch an ihm eine sonderbare Besorgnis einzuflößen —, wer in aller Welt konnten die beiden Reisenden in dem seinem Tarantaß vorausgehenden Teleg sein; welch' gewichtige Gründe hatten sie, ebenso tollkühn zu handeln?

Eine Zeitlang versank Michael Strogoff in tiefes Sinnen. Gegen elf Uhr begannen die Blitze den Himmel zu erleuchten und setzten dann nicht mehr aus. Bei ihrem schnellen Scheine sah man die Silhouetten mächtiger Kiefern auftauchen und verschwinden, die an verschiedenen Stellen die Straße gruppenweise flankierten. Näherte sich der Tarantaß dem Rande der Straße, dann beleuchteten die brennenden Wolken tiefe Abgründe neben jener. Von Zeit zu Zeit verriet ein heftiges Rollen und Stoßen, daß der Wagen eine Brücke aus Baumstämmen passierte, welche, kaum zugehauen, eine Höhlung des Weges überdeckten. Je höher sie hinauf kamen, desto mehr ertönte ein monotones Brausen in der Luft. Dazu mischten sich die aufmunternden Rufe des Jemschik, der bald Schmeichelworte, bald Schmähreden an seine Tiere verschwendete, welche mehr durch die Schwere der Atmosphäre als durch den Weg selbst ermattet schienen. Auch die Schellen des Deichselbogens vermochten sie nicht mehr aufzumuntern, und manchmal knickten sie fast zusammen.

„Wann werden wir auf dem Gipfel des Kammes anlangen?" fragte Michael Strogoff den Jemschik. — „Um ein Uhr früh . . ., wenn wir überhaupt hinkommen!" antwortete dieser mit ungläubigem Kopfschütteln. — „Sag doch, Freund, das ist doch nicht dein erstes Gewitter hier in den Bergen, nicht wahr?" — „Nein, und gebe Gott, daß es auch nicht mein letztes ist." — „Hast du Furcht?" — „Ich habe keine Furcht, aber ich wiederhole, daß du unrecht handeltest, abzufahren." — „Ich hätte noch mehr unrecht gehandelt, wenn ich blieb." — „Na, dann vorwärts, meine Täubchen!" erwiderte der Jemschik, als ein Mann, der nicht da war zu diskutieren, sondern zu gehorchen.

In diesem Augenblicke ließ sich ein entferntes Geräusch vernehmen; es glich einem tausendfachen gellenden und betäubenden Pfeifen in der bisher noch halb ruhigen Atmosphäre. Bei dem blendenden Scheine eines Blitzes, dem ein entsetzlicher Donnerschlag folgte, bemerkte Michael Strogoff einige große Kiefern, die auf einem kahlen Gipfel schwankten. Der Sturm brach los, jagte aber bis jetzt nur die höheren Luftschichten durcheinander. Ein trockenes Geknatter ließ erkennen, daß einige alte oder schlecht bewurzelte Bäume schon dem ersten Anprall der Windsbraut nicht hatten Widerstand leisten können. Eine Lawine gebrochener Stämme rollte bald über die Straße, schlug hüpfend auf die Felsenvorsprünge und verlor sich, zweihundert Schritte vor dem Tarantaß, in den Tiefen zur Linken.

Stutzend hielten die Pferde still.

„Immer vorwärts, meine Turteltäubchen!" rief der Jemschik, und munter knallte seine Peitsche zwischen dem Rollen des Donners.

Michael Strogoff ergriff Nadias Hand. „Schläfst du, Schwester?" fragte er. — „Nein, Bruder." — „Sei bereit für alles. Jetzt kommt das Unwetter!" — „Ich bin bereit!"

Michael Strogoff hatte kaum Zeit, die Ledervorhänge zu schließen. Wild tobte der Sturmwind heran. Der Jemschik war mit einem Sprunge von seinem Sitze herab und eilte, die Pferde am Kopfe zu halten, denn dem ganzen Gespann drohte eine schreckliche Gefahr.

Unbeweglich stand der Tarantaß an einer Biegung des Weges, durch welche der Sturm hereintobte. Der Wagen mußte also dem Winde gerade entgegen gehalten werden, denn ergriff jener ihn von der Seite, so wäre er unfehlbar umgeworfen und in den benachbarten Abgrund geschleudert worden. Von den Windstößen zurückgedrängt, bäumten sich die Pferde, ohne daß es ihrem Führer gelang, sie wieder zur Ruhe zu bringen. Auf die Schmeichelworte folgten die kräftigsten Flüche. Nichts half. Die armen, von den elektrischen Entladungen geblendeten, von dem schrecklichen, Artilleriesalven ähnlichen Donner betäubten Tiere drohten die Stränge zu zerreißen und durchzugehen. Der Jemschik war nicht mehr Herr seines Gespannes.

Da sprang Michael Strogoff aus dem Tarantaß und kam dem Kutscher zur Hilfe. Seiner außergewöhnlichen Körperkraft gelang es, wenn auch nicht ohne Mühe, die Tiere zu bändigen.

Aber die Wut des Orkans verdoppelte sich. Die Straße erweiterte sich an der eben erreichten Stelle tonnenartig, so daß sich der Wind hineinpreßte, etwa wie in die Zugrohre, welche man auf dem Verdeck der Dampfer sieht. Gleichzeitig begann eine Lawine von Steinen und Baumstämmen den Abhang herabzupoltern.

„Hier können wir nicht bleiben", sagte Michael Strogoff. — „Wir werden auch gar nicht länger hier sein!" rief der Jemschik, während er ganz bestürzt sich mit aller Macht gegen die mit entsetzlicher Wucht einherstürmenden Luftmassen stemmte. „Der Sturm war schon sehr nahe daran, uns bergab zu befördern und das auf dem kürzesten Wege." — „Nimm das Handpferd beim Zügel, Memme!" antwortete Michael Strogoff; „für das linke werde ich stehen!"

Ein neuer heftiger Windstoß unterbrach Michael Strogoff. Der Kutscher und er mußten sich fast bis zur Erde niederbeugen, um nicht umgeweht zu werden; aber trotz ihrer eigenen und der Anstrengung der Pferde, die sie jetzt direkt gegen den Wind hielten, rollte der Wagen doch eine kleine Strecke zurück, und hätte ihn dann nicht ein querliegender Baumstamm aufgehalten, so wäre er wohl vom Wege abgedrängt worden.

„Fürchte dich nicht, Nadia!" rief Michael Strogoff. — „Ich habe keine Furcht", erwiderte die junge Livländerin, ohne daß ihre Stimme irgendeine besondere Erregtheit verraten hätte.

Einen Augenblick verstummte das Rollen des Donners und der brausende Sturm verlor sich weiter unten in den Tiefen des Hohlweges.

„Willst du wieder hinunterfahren?" fragte der Jemschik. — „Nein, wir müssen hinauf; es gilt nur, diese

Wendung des Weges zu überwinden, höher oben kommen wir unter den Schutz der Bergwand." — „Aber die Pferde wollen nicht vorwärts." — „Mach es wie ich, ziehe sie!" — „Diese Windstöße werden sich wiederholen." — „Wirst du gehorchen?" — „Du willst es." — — „Der ‚Vater' selbst befiehlt es!" setzte Michael Strogoff hinzu, der zum ersten Male den jetzt in drei Weltteilen allmächtigen Namen des Kaisers gebrauchte. — „Dann also vorwärts, meine Schwalben!" rief der Jemschik und ergriff das Pferd zur Rechten, während Michael Strogoff die Zügel des linken packte.

So geleitet, kamen die Tiere langsam wieder in Gang. Sie konnten nicht mehr seitwärts ausbiegen, und das Mittelpferd in der Gabeldeichsel, das nun nicht weiter gezerrt wurde, konnte die Mitte der Straße einhalten. Menschen und Tiere aber vermochten dem Sturme gerade entgegen nicht drei Schritte vorwärts zu tun, ohne davon einen oder zwei wieder zu verlieren. Sie glitten aus, fielen und erhoben sich wieder. Auch das ganze Gefährt schwebte jeden Augenblick in Gefahr, außer Ordnung zu kommen. Wäre die Wagendecke nicht so besonders sorgsam befestigt gewesen, so hätte sie der erste Anprall des Sturmes gewiß schon entführt.

Michael Strogoff und der Jemschik brauchten mehr als zwei Stunden, diese kaum eine halbe Werst lange Wegstrecke zurückzulegen, welche der Geißel des Orkanes so sehr preisgegeben war. Und dazu lag die Gefahr nicht allein in diesem fessellosen Sturmwinde, sondern vorzüglich auch in jenem Hagel von Geröll und geknickten Stämmen, welchen der Berg um sie herum niederschüttete.

Plötzlich zeigte sich in dem Bette eines Wildbachs ein größerer Steinblock, der mit wachsender Schnelligkeit in der Richtung auf den Tarantaß herabstürzte.

Der Jemschik schrie entsetzt laut auf. Michael Strogoff wollte die Pferde mit einem wuchtigen Peitschenhiebe antreiben. Nur wenige Schritte, und das Felsstück wäre hinter ihnen niedergeschlagen. In einer Zwanzigstelsekunde sah es Michael Strogoff ein, daß der Tarantaß getroffen, seine Gefährtin zerschmettert werden müßte! Er fühlte, daß er sie lebend nicht mehr herauszuholen vermöchte....

Da sprang er schnell hinter den Wagen, aus der Gefahr schöpfte er eine fast übermenschliche Kraft, stemmte den Rücken gegen die Achse, die Füße fest auf den Boden und drängte das schwerfällige Fuhrwerk einige Schritte vorwärts.

Der gewaltige Block flog vorüber, streifte dem jungen Manne fast die Brust und benahm ihm den Atem wie eine vorbeisausende Kanonenkugel. Knisternd und funkensprühend zersprangen die Steine auf der Straße.

„Bruder!" hatte die zu Tode erschrockene Nadia gerufen, welche die ganze Szene beim Leuchten eines Blitzes mitangesehen hatte. — „Nadia!" antwortete Michael Strogoff, „keine Furcht, Nadia!" — „Um meinetwillen könnte ich mich niemals fürchten." — „Gott ist mit uns, Schwester!" — „Mit mir gewiß, Bruder, da er mich auf deinen Weg geleitet hat!" sagte halblaut das junge Mädchen.

Der Anstoß, den der Tarantaß durch Michael Strogoffs Anstrengung erhielt, sollte nicht verloren sein. Er ward zur Anregung für die stutzenden Pferde, die frühere Richtung wieder einzuschlagen. Von Michael Strogoff und dem Jemschik sozusagen gezerrt, klommen sie bergauf bis zu einem schmalen, von Norden nach Süden verlaufenden Kamme, wo sie gegen den direkten Anprall des Unwetters einigermaßen gesichert waren. Die Berglehne zur Rechten bildete hier eine Art Wall durch einen vorspringenden Felsen, der sich mitten in einem schäumenden Wildwasser erhob. Hier wütete wenigstens kein gefahrdrohender Wirbelwind und der Platz schien einigermaßen haltbar, während in der Peripherie dieser scheinbaren Zyklone sich gewiß kein Mensch oder Tier hätte aufrechterhalten können.

Wirklich wurden einige Tannen, die mit ihren Wipfeln den Felsenscheitel überragten, in einem Augenblick geköpft, so als sauste eine Riesensense über die Hochfläche dahin.

Das Unwetter tobte jetzt in vollster Wut. Grell flammten die Blitze in den Engpaß hinein und in einem Atem rollte der Donner. Der Boden schien unter den furchtbaren Schlägen zu erzittern, so als würde die ganze Uralkette erschüttert.

Zum Glück hatte man den Tarantaß in einer tiefen Felsenaushöhlung ziemlich gut unterbringen können, wo ihn der Sturm nur etwas von der Seite traf.

Jetzt begann — es war gegen ein Uhr morgens — der Regen in Strömen herabzustürzen, und nun wuchsen die aus Luft und Wasser gemengten Sturmwehen zu einer ungeheuren Gewalt an, ohne das Feuer des Himmels zu verlöschen. Unter diesen Verhältnissen war an den Wiederaufbruch natürlich gar nicht zu denken.

Trotz aller Ungeduld Michael Strogoffs — und man begreift wohl, wie groß diese war — mußte er doch das schlimmste Unwetter erst vorübergehen lassen. Da übrigens der Bergrücken, über den die Straße von Perm nach Jekaterinenburg führt, schon erreicht war, so handelte es sich nur noch darum, die Bergabhänge des Urals hinabzufahren, und eine solche Talfahrt, jetzt, über einen von unzähligen Bergbächen durchwühlten Boden, mitten in dem Sturm und den Regenschauern, hieß wirklich das Leben auf's Spiel setzen, dem Verderben selbst entgegeneilen.

„Abwarten — es ist schwer", sagte da Michael Strogoff, „aber es sichert doch gegen vielleicht noch längere Verzögerungen. Die Heftigkeit des Gewitters läßt mich annehmen, daß es nur von kurzer Dauer sein werde. Gegen drei Uhr muß der Tag grauen, und wenn wir es gar nicht wagen dürfen, in der Finsternis bergab zu fahren, so wird das nach Sonnenaufgang wenn auch nicht leicht, so doch mindestens ausführbar sein." — „So wollen wir warten, Bruder", erwiderte Nadia, „doch wenn du die Abfahrt aufschiebst, so geschehe es nicht, um mir eine Anstrengung oder Gefahr zu ersparen." —

„Ich weiß es, Nadia, daß du entschlossen bist, alles zu wagen; wenn ich uns beide aber gefährde, dann setze ich einen noch höheren Preis ein als mein Leben oder das deinige, dann entziehe ich mich der Pflicht und dem Auftrage, die ich vor allem zu erfüllen habe." — „Einer Pflicht! ..." murmelte Nadia.

Eben zerriß ein grelleuchtender Blitz den Himmel und schien den Regen gleichsam zu zerstäuben. Gleichzeitig vernahm man einen kurzen, trockenen Krach. Die Luft erfüllte sich mit schwefeligem, fast erstickendem Geruche und eine zwanzig Schritte von dem Tarantaß entfernte Gruppe alter Kiefern flammte, von dem elektrischen Fluidum entzündet, gleich einer Gigantenfackel lodernd in die Höhe.

Der Jemschik stürzte, wie von einem Schlag getroffen, zu Boden, erhob sich aber glücklicherweise unverletzt wieder.

Hierauf, als das letzte Rollen des Donners sich in den Tiefen des Gebirges verloren hatte, fühlte Michael Strogoff seine Hand fest von der Nadias ergriffen und hörte die Worte in sein Ohr sprechen:

„Hilferufe, Bruder! Hörst du sie?"

Reisende in Not

Wirklich vernahm man in der kurzen Ruhepause weiter oben von der Straße her und unfern der Aushöhlung, welche den Tarantaß deckte, wiederholtes Hilferufen. Es klang wie ein verzweifelter letzter Rettungsversuch, der offenbar von irgendeinem gefährdeten Reisenden ausging.

Michael Strogoff lauschte aufmerksam. Der Jemschik horchte gleichfalls auf, aber mit einem Kopfschütteln, so als scheine es ihm unmöglich, hier Beistand zu leisten.

„Das sind Reisende, welche um Hilfe bitten", rief Nadia. — „Auf uns werden sie nicht zählen dürfen! ..." fiel rasch der Jemschik ein. — „Und warum das nicht?"

fragte Michael Strogoff etwas streng. „Was jene unter gleichen Verhältnissen gewiß für uns tun würden, sollen wir das unversucht lassen?“ — „Ihr setzt aber Pferde und Wagen auf's Spiel! ...“ — „Ich werde zu Fuß gehen“, unterbrach Michael Strogoff den besorgten Geschirrführer. — „Und ich begleite dich, Bruder“, erbot sich die junge Livländerin. — „Nein, bleibe, Nadia. Der Jemschik wird bei dir sein. Ich möchte diesen nicht allein lassen ...“ — „So werde ich dableiben“, erwiderte Nadia. — „Was auch geschehe, verlasse diese geschützte Stelle nicht!“ — „Du wirst mich da wiederfinden, wo ich jetzt bin.“ — Michael Strogoff drückte dankend die Hand seiner Gefährtin, eilte nach der Ecke des Abhanges und verschwand bald im Dunkeln.

„Dein Bruder handelt unrecht“, sagte der Jemschik zu dem jungen Mädchen. — „Er handelt recht“, antwortete einfach Nadia.

Inzwischen klomm Michael Strogoff rasch bergan. Wenn er große Eile hatte, den Bedrängten, welche jene Rufe erschallen ließen, helfend beizuspringen, so war doch auch sein Wunsch nicht minder groß, zu erfahren, wer jene Reisenden seien, die auch dieses Unwetter nicht abgehalten hatte, sich in die Berge zu wagen, denn er zweifelte gar nicht daran, daß es dieselben Leute seien, deren Teleg immer seinem Tarantaß vorausrollte.

Der Regen hatte jetzt nachgelassen, aber der Sturm tobte eher mit verdoppelter Wut. Die Ausrufe, welche der Wind mit dahertrug, wurden immer deutlicher. Von der Stelle, an der Michael Strogoff Nadia zurückgelassen hatte, war nichts zu sehen. Die Straße verlief mehrfach gekrümmt und der bläuliche Schein der Blitze erleuchtete nur den Bergvorsprung, der sich in einen solchen Straßenbogen hineinschob. Der Wind bildete, indem er sich an allen jenen Ecken und Kanten brach, sehr schwer zu passierende Wirbel, denen Michael Strogoff nur mit dem Aufgebot aller Kräfte zu widerstehen vermochte.

Jedoch, es zeigte sich sehr bald, daß die Reisenden, von denen jene Hilferufe ausgingen, nicht mehr sehr fern sein konnten. Waren sie für Michael Strogoff auch noch nicht sichtbar — ob das nun daher kam, daß jene sich nicht auf der Straße selbst befanden oder daß nur die herrschende Dunkelheit sie seinen Blicken noch verbarg — jedenfalls verstand er ihre Worte schon ganz deutlich.

Da hörte er denn — natürlich zu seiner nicht geringen Verwunderung — folgendes: „Wirst du wohl zurückkommen, Schlingel?" — „Dich erwartet die Knute auf dem nächsten Relais." — „Hörst du, du Postillon der Hölle! He! Du, da unten!" — „So wird man in diesem verwünschten Lande befördert." — „Und das nennen sie einen Teleg!" — „He, du dreifacher Erztölpel! — Da reißt er aus und scheint's gar nicht zu bemerken, daß er uns hier sitzen gelassen hat!" — „Nein, mich so zu behandeln! Mich, einen wohlbeglaubigten Engländer! Ich werde mich beim Kanzleramte beklagen und den Burschen dingfest machen lassen!"

Der, welcher diese Worte herauspolterte, schäumte vor Wut. Aber plötzlich schien es Michael Strogoff, als ob ein zweiter die Situation von ganz anderer Seite betrachtete, denn er hörte nach einem hellen, bei solcher Szene gewiß unerwarteten Gelächter die Worte: „Bei Gott, diese Geschichte ist gar zu drollig!" — „Was? Sie wagen auch noch zu lachen?" entgegnete in ärgerlichem Tone der Bürger des Vereinigten Königreichs. — „Natürlich, lieber Kollege, und ganz aus vollem Herzen; was soll ich denn besseres dabei tun! Ich rate Ihnen, es ebenso zu machen! Auf Ehrenwort! Das ist gar zu drollig, das ist noch gar nicht dagewesen! . . ."

Da erfüllte ein heftiger Donnerschlag den Engpaß mit schrecklichem Krachen, das der Widerhall der Berge noch mächtig verstärkte. Dann, als das letzte schwache Rollen verlöscht war, ließ sich wiederum die lustige Stimme vernehmen: „Ja, ja, ganz ausnehmend drollig! Das könnte in Frankreich wahrlich nicht passieren!" — „In England auch nicht!" antwortete der Brite.

Beim Scheine der Blitze sah jetzt Michael Strogoff auf

der Straße und gegen zwanzig Schritt vor sich zwei Männer auf dem hohen Rücksitz eines sonderbaren Fuhrwerks, das in dem tiefen Schlamme eines ausgefahrenen Geleises festzusitzen schien.

Michael Strogoff näherte sich den beiden Reisenden, deren einer immer weiterlachte, der andre unverdrossen weiterschimpfte, und erkannte bald die beiden Zeitungskorrespondenten, welche auf dem „Kaukasus" den Weg von Nishny-Nowgorod nach Perm mit ihm zurückgelegt hatten.

„Ei guten Tag, mein Herr!" rief der Franzose. „Sehr erfreut, Sie unter diesen Umständen wiederzusehen! Erlauben Sie, Ihnen meinen intimsten Feind, Herrn Blount, hier vorzustellen."

Der englische Reporter grüßte und vielleicht wollte er nach allen Regeln des Anstandes eben seinerseits seinen Kollegen Alcide Jolivet vorstellen, als ihn Michael Strogoff unterbrach: „Nicht nötig, meine Herren, wir kennen uns ja wohl, da wir die Wolga gemeinschaftlich befahren haben." — „Ah, sehr gut! Ganz richtig! Herr ...?" — „Nikolaus Korpanoff, Kaufmann aus Irkutsk", antwortete Michael Strogoff. „Aber wollen Sie mich wissen lassen, welcher für den einen so erheiternde, für den andern so beklagenswerte Unfall sich hier zugetragen hat?" — „Gut, ich rufe Sie als Richter an, Herr Korpanoff", entgegnete Alcide Jolivet. „Stellen Sie sich vor, daß unser Postillon mit dem Vorderteil seines vermaledeiten Fuhrwerks davongefahren ist und uns hier ruhig sitzen lassen hat mitsamt dem Hinterteil seines nichtswürdigen Fahrzeugs. Da haben wir nun die schlechtere Hälfte eines Telegs für uns zwei, aber keinen wegekundigen Kutscher, keine Pferde mehr! Ist das nicht unbedingt und über alle Maßen drollig?"

„Ich finde gar nichts Lächerliches dabei!" knurrte der Engländer. — „Und doch, Kollege! Sie verstehen die Sache nur nicht von ihrer besten Seite anzusehen." — „Aber wie denken Sie denn, daß es möglich werden soll, unsern Weg fortzusetzen?" fragte Harry Blount. —

„Nichts einfacher als das,“ spottete Alcide Jolivet. „Sie spannen sich beispielsweise vor das uns verbliebene Restchen des Wagens; ich ergreife die Zügel, ich nenne Sie ‚mein Täubchen‘, wie ein leibhaftiger Jemschik, und Sie trotten dann drauflos, ganz wie ein...“ — „Herr Jolivet“, fiel der Engländer ein, „ein solcher Scherz geht zu weit und...“ — „O, beruhigen Sie sich, Herr Kollege. Sobald Sie sich verfangen haben, trete ich an Ihre Stelle und Sie mögen mich dann als engbrüstige Schnecke oder ohnmächtige Schildkröte behandeln, wenn ich Sie nicht in einem Höllengalopp dahinfahre!“

Alcide Jolivet schüttelte das alles mit einem so liebenswürdigen Humor hervor, daß Michael Strogoff sich eines Lächelns nicht enthalten konnte.

„Meine Herren“, nahm er darauf das Wort, „da weiß ich doch besseren Rat. Wir befinden uns jetzt hier sehr nahe dem höchsten Kamme des Urals und folglich haben wir den Gebirgsabhang nur noch hinabzufahren. Mein Wagen befindet sich fünfhundert Schritt weiter rückwärts. Ich will Ihnen eines meiner Pferde abtreten, das spannen wir vor den Rest Ihres Telegs und kommen, wenn uns kein Zwischenfall abhält, morgen zusammen in Jekaterinenburg an.“

„Herr Korpanoff“, sagte Alcide Jolivet verbindlich, „das ist ein Vorschlag, der aus sehr edelmütigem Herzen kommt.“ — „Ich bemerke noch, mein Herr, daß ich Ihnen deshalb nicht anbiete, meinen Tarantaß mitzubenutzen, weil er nur zwei Plätze enthält, die ich mit meiner Schwester notwendigerweise selbst brauche.“

„O, keine Entschuldigungen, mein Herr“, antwortete Alcide Jolivet, „mein Kollege und ich würden mit Ihrem Pferde und dem Hinterteil unseres Halbtelegs nötigenfalls bis ans Ende der Welt kommen.“ — „Mein Herr“, fiel nun auch Harry Blount ein, „wir nehmen Ihren großmütigen Vorschlag an. Aber jener Jemschik ...“ — „O, glauben Sie, es wird nicht das erste Mal gewesen sein, daß ihm solch’ kleiner Unfall zustieß“, bemerkte Michael Strogoff.

„Nun, warum kehrt er dann aber nicht zurück? Er wird recht gut wissen, daß er uns hier im Stiche gelassen hat, der Elende!" — „Er!? Er weiß sicher kein Sterbenswörtchen davon." — „Was? Dieser brave Kerl soll die Zerreißung des Telegs in zwei Hälften gar nicht bemerkt haben?" — „Nein, sicherlich nicht; der bringt seinen Vorderteil im besten Glauben von der Welt nach Jekaterinenburg hinein." — „Sagte ich es Ihnen nicht vorher, Herr Kollege", rief lachend Alcide Jolivet, „daß uns nur die allerlustigste Geschichte passiert sei?"

„Nun denn, meine Herren", mahnte Michael Strogoff, „wenn es Ihnen gefällig ist, mir zu folgen und meinen Wagen aufzusuchen..." — „Aber der Teleg?" bemerkte der Engländer. — „Fürchten Sie nicht, daß er uns davonfliege, mein lieber Blount", tröstete Alcide Jolivet, „der steht hier so gut im Erdboden festgewurzelt, daß er kommendes Frühjahr Knospen treiben müßte, wenn man ihn stehen ließe." — „Kommen Sie also, meine Herren", sagte Michael Strogoff, „wir wollen den Tarantaß nun hierher schaffen."

Der Franzose und der Engländer verließen ihre Bank, die aus einem Rücksitz zum Vordersitz geworden war, und folgten Michael Strogoff.

Auch unterwegs plauderte Alcide Jolivet immer weiter in seiner rosenfarbenen Laune, welche eben nichts zu zerstören imstande war.

„Meiner Treu, Herr Korpanoff", wandte er sich an Michael Strogoff, „Sie ziehen uns hier allerdings aus einer argen Verlegenheit." — „Ich tat noch weiter nichts, mein Herr", erwiderte Michael Strogoff, „als was jeder andere an meiner Stelle ebenfalls getan hätte. Wenn sich Reisende erst nicht mehr gegenseitig unterstützen wollen, möge man lieber gleich die Landstraßen sperren." — „Wir bleiben Ihnen zu Gegendiensten verbunden, mein Herr. Im Fall Sie weit durch die Steppe reisen, könnten wir uns wohl auch noch einmal begegnen, und..."

Alcide Jolivet fragte zwar nicht direkt, wohin Michael

Strogoff ginge, dieser aber erwiderte, um sich nicht den Schein der Heimlichtuerei zu geben: „Ich reise nach Omsk, meine Herren." — „Und Herr Blount und ich", erklärte Alcide Jolivet, „wir reisen eigentlich nur der Nase nach, dahin, wo es vielleicht eine Kugel, jedenfalls aber Neuigkeiten zu erwischen gibt." — „Nach den empörten Provinzen?" fragte Michael Strogoff mit einem gewissen Eifer. — „Ganz recht, Herr Korpanoff, und wahrscheinlich begegnen wir uns dort wohl nicht wieder!"

„Wahrlich, mein Herr", antwortete Michael Strogoff, „ich bin gar nicht lüstern nach einer Büchsenkugel oder einem Lanzenstiche und zu friedliebender Natur, um mich unnötig dahin zu begeben, wo man sich herumschlägt." — „Bedaure, mein Herr, bedaure, es sollte uns gewiß leid tun, so schnell von Ihnen wieder Abschied zu nehmen. Vielleicht will es unser guter Stern aber doch, daß wir wenigstens von Jekaterinenburg aus noch ein Stück Weges zusammen zurücklegen, und wäre es nur während weniger Tage?" — „Sie gehen vielleicht auch nach Omsk?" fragte Michael Strogoff nach kurzer Überlegung. — „Das wissen wir freilich selbst noch nicht", erwiderte Alcide Jolivet. „Jedenfalls wenden wir uns direkt nach Ichim und dort werden die Verhältnisse unseren weiteren Weg bestimmen." — „Nun wohl, meine Herren", sagte Michael Strogoff, „bis nach Ichim werden wir also zusammen sein."

Michael Strogoff hätte es gewiß vorgezogen, allein zu reisen, er konnte sich aber, ohne damit aufzufallen, nicht wohl von den beiden Reisenden absondern, welche des nämlichen Weges zogen wie er.

„Also, meine Herren, es ist abgemacht. Wir reisen zusammen." — Dann setzte er mit möglichst gleichgültigem Tone hinzu: „Haben Sie vielleicht einige sichere Nachrichten über den Tatareneinfall?" — „Leider nein", erwiderte Alcide Jolivet, „wir wissen davon ebensoviel, als in Perm allgemein bekannt war. Die Tatarenhaufen Feofar-Khans haben die ganze Provinz Semipalatinsk überschwemmt und dringen jetzt in Eilmärschen längs des Bettes des Irtysch vor. Sie werden sich also ein wenig beeilen müssen, ihnen bis Omsk noch zuvorzukommen."

„Ja, Sie haben recht", bemerkte Michael Strogoff. — „Dazu geht das Gerücht, es sei dem Oberst Ogareff gelungen, verkleidet die Grenze zu passieren, und er werde sich, in der Mitte der insurgierten Provinz, dem Tatarenchef unverzüglich anschließen." — „Wie will man das aber wissen?" warf Michael Strogoff ein, den diese mehr oder weniger begründeten Neuigkeiten selbstverständlich sehr interessierten.

„Ei, so wie man eben alles weiß", antwortete Alcide Jolivet; „das liegt so in der Luft." — „Und Sie haben begründete Ursache zu glauben, daß Colonel Ogareff in Sibirien sei?" — „Ich habe mindestens davon sprechen hören, daß er den Weg von Kasan nach Jekaterinenburg eingeschlagen habe." — „O, Sie wüßten das, Herr Jolivet?" ließ sich da Harry Blount vernehmen, den jene Bemerkung des französischen Korrespondenten aus seiner Schweigsamkeit aufrüttelte. — „Ich wußte es", erwiderte Alcide Jolivet. — „Und es war Ihnen auch bekannt, daß er als Zigeuner verkleidet ging?" fragte Harry Blount.

„Als Zigeuner!" rief Michael Strogoff fast unwillkürlich, da er sich der Anwesenheit des alten Tsiganen in Nishny-Nowgorod, seiner Fahrt auf dem ‚Kaukasus' und seiner Ausschiffung in Kasan erinnerte.

„Ich hatte davon eben genug erfahren, um darüber einen Brief an meine Cousine zu richten", antwortete lächelnd Alcide Jolivet. — „Sie haben in Kasan Ihre Zeit nicht verloren!" bemerkte der Engländer in trockenem Tone. — „Gewiß nicht, liebster Kollege, und während der ‚Kaukasus' sich verproviantierte, tat ich ganz dasselbe!"

Michael Strogoff achtete ferner nicht auf das Wortgeplänkel, das sich zwischen Harry Blount und Alcide Jolivet entsponnen hatte. Er gedachte jener Zigeunergruppe, jenes alten Tsiganen, dessen Gesicht er nicht ordentlich sehen konnte, des fremden Weibes in seiner Begleitung, die jenen sonderbaren Blick auf ihn geworfen hatte, und er bemühte sich, alle Details jenes Zusammentreffens wieder im Gedächtnis aufzufrischen, als in geringer Entfernung ein Knall hörbar wurde.

„Ah, vorwärts, meine Herren!" rief Michael Strogoff. — „Sieh da, ein braver Kaufmann, der die Flintenschüsse flieht", meinte Alcide Jolivet, „der läuft über Hals und Kopf dahin, wo er solche hört!"

Schnell eilte er aber sowohl selbst als hinter ihm Harry Blount, der auch nicht der Mann dazu war, feig zurückzubleiben, Michael Strogoff furchtlos nach. Nach wenigen Augenblicken befanden sich alle bei dem Felsenvorsprunge, der den Tarantaß deckte.

Noch loderten die Flammen aus der durch den Blitzschlag entzündeten Fichtengruppe empor. Die Straße war leer. Und doch, Michael Strogoff konnte sich unmöglich getäuscht haben; das mußte ein Gewehrschuß gewesen sein, der vorher an sein Ohr schlug.

Da hörte man plötzlich ein schreckliches Brummen und am Abhange krachte ein zweiter Schuß.

„Ein Bär!" rief Michael Strogoff, dem jenes Brummen ja bekannt genug war. „Nadia! Nadia!" Sein Dolchmesser aus dem Gürtel reißend, stürzte Michael Strogoff hastig vorwärts und lief um den Felsen, hinter dem das junge Mädchen zu warten versprochen hatte. Grell beleuchteten die von der Wurzel bis zum Gipfel brennenden Fichten den Schauplatz.

In dem Augenblicke, als Michael Strogoff den Tarantaß erreichte, wälzte sich ihm eine enorme Masse entgegen. Es war ein ungeheurer Bär. Der Sturm mochte ihn aus dem Gehölz, das diese Abhänge der Uralberge bedeckt, vertrieben und er eine Zuflucht in seiner gewohnten Höhle gesucht haben, in derselben, welche eben Nadia deckte.

Zwei von den Pferden zerrissen, erschreckt über den Anblick des furchtbaren Raubgesellen, ihre Stränge und entflohen; der Jemschik, dem nur seine Tiere am Herzen lagen und der dabei ganz vergaß, daß das junge Mädchen nun allein dem Angriffe des Bären ausgesetzt blieb, jagte ihnen nach.

Die mutige Nadia verlor den Kopf aber nicht. Das Tier mochte sie zuerst nicht bemerkt haben, denn es stürzte sich auf das dritte Pferd. Nadia schlüpfte aus der Höhlung, welche sie verbarg, lief nach dem Wagen, ergriff einen von Michael Strogoffs Revolvern, ging kaltblütig auf den Bären los und feuerte auf ihn aus unmittelbarer Nähe.

Leicht an der Schulter verwundet, hatte sich das Tier gegen das junge Mädchen gewendet, die ihm auszuweichen suchte und um den Tarantaß lief, dessen einzig übriggebliebenes Pferd sich ebenfalls loszureißen suchte. Verirrten sich diese Pferde aber alle in dem Gebirge, so war die ganze Weiterfahrt zunächst in Frage gestellt. Nadia war also dem Bären wieder entgegengetreten und gab mit bewunderungswürdig ruhigem Blute, gerade als jener die gewaltigen Tatzen erhob, um auf sie niederzuschlagen, zum zweiten Male Feuer.

Das war jener zweite Schuß, welcher ganz in der Nähe Michael Strogoffs aufblitzte. Mit einem Satze warf sich dieser zwischen den Bären und das junge Mädchen. Sein Arm machte nur eine Bewegung von unten nach oben, und das gewaltige Tier fiel, aufgeschlitzt vom Bauch bis zur Gurgel, eine leblose Masse, vor ihm zusammen.

Es war ein hübsches Pröbchen jener Methode der sibirischen Jäger, die stets darauf achten, das kostbare und von ihnen hoch im Preise gehaltene Fell eines Bären nicht zu beschädigen.

„Bist du nicht verletzt, Schwester?“ war Michael Strogoffs erste Frage, als er sich zu dem jungen Mädchen wandte. — „Nein, Bruder“, antwortete Nadia.

Gerade jetzt kamen auch die beiden Journalisten zur Stelle. Alcide Jolivet sprang nach dem Kopfe des Pferdes, und er mußte wohl eine kräftige Faust haben, denn es gelang ihm, jenes zu bändigen. Sein Begleiter und er hatten den kurzen Kampf Michael Strogoffs mitangesehen.

„Zum Teufel“ platzte Alcide Jolivet heraus, „für einen einfachen Kaufmann, Herr Korpanoff, wissen Sie mit dem Jagdmesser doch recht leidlich umzugehen.“ — „Sogar sehr geschickt“, fügte Harry Blount hinzu. — „In Sibirien, meine Herren“, antwortete Michael Strogoff, „sind wir genötigt, uns um alles ein wenig zu bekümmern.“

Alcide Jolivet betrachtete den jungen Mann. Wie er so in voller Beleuchtung dastand, das blutige Waidmesser fest in der Hand, den einen Fuß auf dem Körper des erlegten Bären, sah Michael Strogoff bei seinem hohen Wuchse und dem entschlossenen Blicke wirklich schön aus.

„Ein famoser Kerl!“ sagte Alcide Jolivet für sich. Dann trat er respektvoll, den Hut in der Hand, vor und begrüßte das junge Mädchen. Nadia verneigte sich leicht. Alcide Jolivet kehrte sich darauf nach seinem Begleiter um und sagte: „Die Schwester ist des Bruders wert! Wenn ich ein Bär wäre, ich riebe mich nicht an diesem ebenso achtunggebietenden als liebenswürdigen Pärchen!“

Harry Blount stand, gerade wie ein Hopfenstange, mit abgezogenem Hute in einiger Entfernung. Die zwanglose Höflichkeit seines Kollegen vermehrte nur seine natürliche Steifheit.

Jetzt erschien auch der Jemschik, dem es gelungen war, seine beiden Pferde wieder einzufangen. Er warf zuerst einen bedauernden Blick auf das prächtige, am Boden liegende Tier, das hier als Beute für die Raubvögel liegen bleiben sollte, und machte sich dann erst daran, das Geschirr wieder in Ordnung zu bringen.

Michael Strogoff setzte ihn von der Lage der beiden andern Reisenden in Kenntnis und sagte, daß er diesen ein Pferd vom Tarantaß zur Verfügung stellen wolle.

„Ganz wie es dir beliebt“, entgegnete der Jemschik.

„Indes zwei Wagen, statt des einen ...“ — „Schon gut, Freundchen“, fiel Alcide Jolivet, der dieses Zögern schnell genug verstand, ihm ins Wort, „du wirst natürlich auch doppelte Bezahlung erhalten.“ — „Nun denn vorwärts, meine Turteltäubchen!“ rief der Jemschik. Nadia hatte den Tarantaß wieder bestiegen, während Michael Strogoff und seine Begleiter diesem zu Fuße nachfolgten.

Es mochte gegen drei Uhr sein. Der Sturm war nun im Abnehmen und jagte nicht mehr mit unwiderstehlicher Gewalt durch den Hohlweg, so daß man leidlich schnell vorwärts kam.

Mit dem ersten Schimmer des Morgenrotes hatte der Tarantaß das Telegrestchen erreicht, das gewissenhaft bis zur Mitte der Räder in den Schlamm eingesunken war. Man erkannte jetzt recht wohl, daß ein heftiger Ruck der Bespannung die Trennung der beiden Wagenteile veranlaßt hatte.

Das eine der Seitenpferde des Tarantaß ward nun so gut es eben anging mit Stricken an den Sitzkasten des Teleg gespannt. Die beiden Journalisten nahmen auf der Bank ihres etwas sonderbaren Fahrzeugs Platz, und gleichzeitig setzten sich beide Wagen in Bewegung. Übrigens hatte man ja nur die Bergabhänge des Urals hinunter zu fahren, was keine besondere Schwierigkeit bot.

Sechs Stunden später langten die beiden Fuhrwerke, eines dicht nach dem anderen, in Jekaterinenburg an, ohne daß ein weiterer Unfall diesen zweiten Teil der Fahrt noch einmal unterbrochen hätte.

Das erste Individuum, das den Journalisten schon am Tore des Posthauses in die Augen fiel, war ihr eigener Jemschik, der sie mit der größten Gemütsruhe zu erwarten schien. Ohne alle Verlegenheit ging der gutmütige Russe seinen Passagieren lächelnd entgegen und streckte die Hand hin, um sein Trinkgeld einzuheimsen.

Die Wahrheit verlangte es, nicht zu verschweigen, daß Harry Blounts Zorn dabei mit voller britannischer Heftigkeit zum Ausbruch kam, und wäre der Jemschik nicht klüglich zurückgewichen, so hätte ihm ein nach allen Regeln der edlen Boxkunst geführter Faustschlag wohl sein ‚na vodku' mitten ins Gesicht gezeichnet.

Als Alcide Jolivet diesen Zornesausbruch sah, wand er sich fast vor Lachen und jubelte auf, wie er vielleicht früher noch nie gelacht hatte.

„Er hat ja ganz recht, der arme Teufel da!" rief er. „Er ist in seinem vollen Rechte, lieber Kollege! Das ist doch seine Schuld nicht, wenn wir keine Mittel fanden, ihm zu folgen!" Er zog einige Kopeken aus der Tasche. „Da, Freundchen", sagte er, indem er sie dem Jemschik hinreichte, „da, steck' sie ein. Wenn du sie nicht verdient hast, war's ja deine Schuld nicht!"

Das verdoppelte aber nur noch die Aufregung Harry Blounts, der sich an dem Postmeister schadlos halten und ihm einen Prozeß an den Hals werfen wollte.

„Einen Prozeß! Und in Rußland!" rief Alcide Jolivet; „aber unter den obwaltenden Verhältnissen, bester Kollege, wären Sie nicht imstande, dessen Ende abzusehen. Da ist Ihnen die herrliche Geschichte von jener russischen Amme wohl nicht bekannt, welche der Familie ihres Säuglings gegenüber klagbar wurde, daß sie jenen weiter nähren wollte?" — „Ich kenne sie nicht", entgegnete Harry Blount. — „Dann wissen Sie auch nicht, was aus jenem Säugling geworden war, als das Gericht das Endurteil zu seinen Gunsten fällte?" — „Und was, wenn ich bitten darf?" — „Ja, mein Gott, ein Oberst der Gardehusaren war aus ihm geworden!"

Alle brachen in helles Gelächter aus. Alcide Jolivet holte in dieser lustigen Stimmung sein Notizbuch hervor und bereicherte es, um einst in einem moskowitischen Wörterbuche zu figurieren, durch folgende Bemerkung: „Teleg, ein in Rußland gebräuchlicher Wagen, wenn er abfährt mit vier — wenn er ankommt mit zwei Rädern!"

Jekaterinenburg ist seiner geographischen Lage nach eine Stadt Asiens, denn es erhebt sich jenseits des Urals, auf den letzten Ausläufern der östlichen Berglehne. Trotzdem gehört es zu dem Gouvernement von Perm und bildet also einen Teil des ausgedehnten Gebietes des europäischen Rußlands. Dieser administrative Übergriff muß wohl seinen Grund haben. Er betrifft ein Stück Sibirien, das zwischen den Kinnbacken Rußlands verblieb.

Weder Michael Strogoff noch die beiden Berichterstatter konnten in einer so großen, schon im Jahre 1723 gegründeten Stadt hinsichtlich der Beschaffung der nötigen weiteren Reisegelegenheit in Verlegenheit kommen.

Zu jener Zeit hatte die Bevölkerung Jekaterinenburgs sich ganz ausnahmsweise stark vermehrt. Von dem feindlichen Einfall bedrohte Russen und Sibirier strömten dort zusammen, nach ihrer Flucht aus den von Feofar-Khans Horden schon überfluteten Provinzen und vorzüglich aus dem Lande der Kirgisen, das sich im Südwesten des Irtysch bis zu den Grenzen von Turkestan ausdehnt.

Fehlten also die Beförderungsmittel sehr, um nach Jekaterinenburg zu gelangen, so waren sie dagegen im Überfluß vorhanden, um diese Stadt verlassen zu können. Bei der jetzigen Lage der Dinge fühlten die meisten Fremden kein besonderes Verlangen, sich nach Sibirien hinein zu begeben.

Unter eben diesen Umständen gelang es Alcide Jolivet und Harry Blount natürlich leicht, ihren Halbteleg durch einen kompletten Teleg zu ersetzen. Was Michael Strogoff betrifft, so gehörte der Tarantaß ja ihm an; letzterer hatte durch die Überschreitung der Uralkette auch nicht sonderlich gelitten, und es bedurfte nur des Vorspanns dreier flotter Pferde, um ihn schnell auf der Straße nach Irkutsk weiter zu befördern.

Nach Ischim wollten sich die beiden Berichterstatter, wie wir es im vorigen erfahren haben, zunächst begeben; diese Stadt liegt 630 Werst von Jekaterinenburg entfernt. Dort gedachten sie sich näher über den Verlauf der Ereignisse zu unterrichten, und beabsichtigten von hier aus nach den im Aufstand begriffenen Gegenden weiterzuziehen, getrennt oder vereint, je nachdem ihr Jägerinstinkt sie auf die eine oder die andere Fährte leiten würde.

Dieselbe Straße von Jekaterinenburg nach Ischim, die sich auch nach Irkutsk fortsetzt, war aber auch diejenige, welche Michael Strogoff unbedingt benutzen mußte. Da er jedoch nicht dem Einsammeln von Tagesneuigkeiten nachging und das von den Rebellen besetzte Land eher zu vermeiden als aufzusuchen alle Ursache hatte, so war er für seinen Teil fest entschlossen, nirgends unnötig eine Stunde zu verweilen.

„Meine Herrn“, begann er also zu seinen neuen Begleitern, „es wird mir sehr angenehm sein, einen Teil der bevorstehenden Reise in Ihrer Gesellschaft zurückzulegen, doch muß ich Sie im voraus darauf aufmerksam machen, daß ich die größte Eile habe, in Omsk anzukommen, denn meine Schwester und ich wollen dort unsere Mutter treffen. Wer weiß, ob es uns überhaupt möglich werden wird, diese Stadt zu erreichen, bevor sie den Tataren in die Hände fällt! Ich werde mich also auf den Relais nie längere Zeit aufhalten als das Umspannen der Pferde erfordert, und werde Tag und Nacht reisen.“ — „Wir denken vorläufig nicht anders zu verfahren“, bemerkte Harry Blount. — „Nun gut“, erwiderte Michael Strogoff, „so verlieren Sie auch keinen Augenblick. Mieten oder kaufen Sie einen Wagen, der . . .“ — „Der so freundlich ist“, fügte Alcide Jolivet hinzu, „mit wohl verbundenem Vorder- und Hinterteil bei der nächsten Station anzukommen.“

Eine halbe Stunde später hatte der rührige Franzose denn auch ohne besondere Mühe einen Tarantaß aufgetrieben, der dem Michael Strogoffs ziemlich ähnlich war und in welchem er mit seinem Begleiter sich sofort bequem einrichtete.

Michael Strogoff und Nadia nahmen ihre Plätze im Tarantaß ebenfalls wieder ein, und zu Mittag verließen beide Fuhrwerke zusammen Jekaterinenburg.

Nadia war endlich in Sibirien, auf jenem langen, weiten Wege, der nach Irkutsk führt! Welcher Art mochten die Gedanken der jungen Livländerin da wohl sein? Drei hurtige Rosse zogen sie durch dieses Land der Verbannten, in dem ihr Vater, vielleicht lange und so unendlich weit von der geliebten Heimat zu leben verurteilt war! Aber sie sah die unendlichen Steppen sich kaum vor ihrem Auge entrollen, jene Steppen, die sie beinahe selbst nicht einmal hätte betreten dürfen; ihr Blick schweifte hinaus über den entfernten Horizont, hinter dem sie das Gesicht des Verbannten suchte. Sie beobachtete nichts von der Landschaft, die sie mit einer Schnelligkeit von sechzehn Werst die Stunde durchflog, nichts von den Gegenden des westlichen Sibiriens, die sich von dem des östlichen so merklich unterscheiden. Michael Strogoff selbst sprach nur wenig und gab sich vielmehr seinen Gedanken hin.

Seitdem er den Boden Sibiriens durchzog, begannen für Michael Strogoff erst die eigentlichen Schwierigkeiten. Wenn die beiden Journalisten sich nicht etwa täuschten, wenn Iwan Ogareff wirklich die Grenze überschritten hatte, so mußte er überall mit der größten Vorsicht auftreten. Die Verhältnisse lagen hier umgekehrt, denn in den sibirischen Provinzen wimmelte es gewiß von tatarischen Spionen. Wurde sein Inkognito gelüftet, seine Eigenschaft als Kurier des Zaren erkannt, so war es um seine Mission, ja vielleicht um sein Leben geschehen. Michael Strogoff empfand die Verantwortlichkeit immer schwerer, die jetzt auf ihm lastete.

Auf jedem Relais stiegen die beiden Berichterstatter aus und suchten Michael Strogoff auf. Sollte im Posthause nicht eine Mahlzeit eingenommen werden, so verließ Nadia den Tarantaß gar nicht. Beabsichtigte man zu frühstücken oder zu Mittag zu speisen, so nahm sie zwar mit an der Tafel Platz, hielt sich aber sehr zurückgezogen und beteiligte sich möglichst wenig an der Unterhaltung.

Diese Zeiten erzwungenen Aufenthaltes gefielen Michael Strogoff nur sehr mittelmäßig. Auf jedem Relais trieb er zuerst zur Weiterfahrt, feuerte die Postmeister an, ließ die Jemschiks nicht zu Atem kommen und beschleunigte das Anspannen.

Der Landstrich, durch den die beiden Tarantaß dahinrollten, war fast vollkommen verlassen. Die Einwohner waren unter Mitführung ihrer Herden von Schafen, Kamelen und Pferden nach den nördlicheren Ebenen entflohen. Einige treu gebliebene Stämme der großen Kirgisenhorde hatten ihre Zelte gleichfalls über den Irtysch und Ob hinausgeschafft, um den Plünderungen der Eindringlinge zu entgehen.

Glücklicherweise erlitt der Postbetrieb hier noch keine Störung, so wenig wie das Telegraphenwesen, soweit der ununterbrochene Draht eben noch reichte. Auf jedem Relais lieferten die Postmeister Pferde zu den vorschriftsmäßigen Bedingungen. Auf jeder Station befanden sich die Beamten an ihren Schaltern zur Beförderung der aufgegebenen Telegramme, welche höchstens durch die vielen Staatsdepeschen einige Verzögerung erfuhren. Auch Harry Blount und Alcide Jolivet machten von dem Telegraphen ausgiebig Gebrauch.

Bis hierher ging Michael Strogoffs Reise also unter befriedigenden Umständen vonstatten. Der Kurier des Zaren hatte sich nirgends verspätet, und wenn es ihm gelang, die Spitze der von Feofar-Khan über Krasnojarsk hinausgeschobenen Heereshaufen noch zu umgehen, war er auch sicher, vor ihnen und in der kürzesten bis jetzt gebrauchten Zeit in Irkutsk anzulangen.

Am folgenden Tage, nachdem die beiden Tarantaß Jekaterinenburg verließen, erreichten sie um sieben Uhr morgens die kleine Stadt Tuluguisk nach Zurücklegung einer Strecke von 220 Werst, ohne daß sich dabei ein irgend nennenswerter Zufall ereignet hätte. Denselben Tag, den 22. Juli, langten die beiden Fuhrwerke sechzig Werst weiter in Tiumen an.

Die beiden Korrespondenten begaben sich sofort auf die Jagd nach Neuigkeiten. Was die sibirischen Flüchtlinge vom Kriegsschauplatze mitteilten, klang nicht eben sehr tröstlich.

Man sagte unter anderem, die Armee Feofar-Khans nähere sich in Eilmärschen dem Tale des Ischim, und man bestätigte mehrfach, daß der Tatarenchef sich sehr bald mit dem Oberst Iwan Ogareff die Hand bieten werde, wenn das nicht gar schon geschehen sei. Man folgerte daraus ganz richtig, daß die Operationen bald mit mehr Nachdruck im Osten Sibiriens geführt werden würden.

Die russischen Truppen mußten ihrer Mehrzahl nach erst aus den europäischen Provinzen herangezogen werden, und standen noch viel zu entfernt, um sich dem Einfall entgegenwerfen zu können. Dagegen bewegten sich die Kosaken des Gouvernements Tobolsk in forcierten Märschen auf Tomsk zu und hofften die Tatarenschwärme dort abzuschneiden.

Um acht Uhr abends hatten die Tarantaß weitere fünfundsiebzig Werst zurückgelegt und kamen in Jalutorowsk an.

Man wechselte rasch die Pferde und passierte gleich außerhalb der Stadt auf einer Fähre den Tobolfluß. Gegen Mitternacht wurde, fünfundfünfzig Werst weiter, der Flecken Novo-Saimsk erreicht und nun ließen die Reisenden endlich den leicht wellenförmigen Boden mit seinen waldbedeckten Hügeln, den letzten Wurzeln der Uralberge, hinter sich.

Hier begann nun wirklich die eigentliche sibirische Steppe, die sich bis in die Nachbarschaft von Krasnojarsk ausdehnt. Das war die Ebene ohne Grenzen, eine Art mit Gräsern bestandener Wüste, an deren Umfang sich Himmel und Erde wie in einem mit dem Zirkel geschlagenen Bogen berührten. Diese Steppe bot dem

Auge keine anderen Haltepunkte, als die Telegraphenpfähle zu beiden Seiten der Straße, längs der die Drähte leise, wie die Saiten einer riesigen Aeolsharfe, bei dem sanften Winde erklangen.

Durch die Steppe jagten Michael Strogoff und seine Gefährten mit noch größerer Schnelligkeit. Die von den Jemschiks angetriebenen Pferde hatten kein besonderes Hindernis zu überwinden, und der Weg verschwand sichtbar hinter ihnen. Die Tarantaß flogen direkt auf Ischim zu, woselbst die beiden Korrespondenten zunächst bleiben wollten.

Am andern Tage, dem 23. Juli, befanden sich die beiden Tarantaß in der Tat nur noch dreißig Werst von Ischim entfernt.

Da bemerkte Michael Strogoff auf der Straße und vor einer wallenden Staubwolke kaum sichtbar, daß noch ein Wagen dem seinigen vorausfuhr. Da seine weniger ermüdeten Pferde sehr schnell liefen, mußte er diesen offenbar bald einholen.

Jenes war weder ein Tarantaß, noch ein Teleg, sondern eine Postkutsche; über und über mit Staub bedeckt, schien sie einen weiten Weg hinter sich zu haben. Der Postillon schlug unausgesetzt auf seine Gäule los und suchte sie mit Zurufen und mit der Peitsche im Galopp zu erhalten. Diese Berline hatte Novo-Saimsk offenbar nicht passiert. Sie mußte auf die Straße nach Irkutsk über irgend einen verlorenen Weg durch die Steppe gelangt sein.

Als Michael Strogoff und seine Begleiter die Berline sahen, hatten sie alle nur den nämlichen Gedanken, sie zu überholen, vor ihr beim Relais anzukommen und sich der disponiblen Pferde zu versichern. Nur eines Wortes an ihre Jemschiks bedurfte es, und sie befanden sich bald zur Seite der von ihren ermatteten Rossen dahingeschleppten Berline.

Michael Strogoff langte zuerst neben ihr an.

Eben wurde ein Kopf hinter dem Vorhang der Berline sichtbar.

Michael Strogoff hatte kaum Zeit diesen wahrzunehmen. So schnell er indessen vorübereilte, so hörte er den Fremden doch mit befehlendem Tone ihm zurufen: „Anhalten!“

Die Wagen hielten aber nicht an, im Gegenteil ward die Berline schnell überholt.

Nun kam es zu einem wahren Wettrennen, denn die durch den schnellen Lauf der vorübersausenden Pferde jedenfalls angeregte Bespannung der Berline gewann die Kraft, einige Minuten mit Kurs zu halten. Die drei Fuhrwerke verschwanden in einer Wolke von Staub. Aus dieser weißlich-grauen Masse erschallte wie ein Raketenfeuer das Knallen der Peitschen, vermischt mit den aufmunternden oder scheltenden Zurufen der Kutscher.

Alles in allem blieb aber Michael Strogoff mit seinen Begleitern im Vorsprung — ein Vorsprung, der von Bedeutung werden konnte wenn das Relais mit nur wenigen Pferden versehen war. Zwei Wagen zu bespannen, das verlangte vielleicht mehr, als der Postmeister, wenigstens kurze Zeit nach einander, wohl zu leisten vermochte.

Eine halbe Stunde später sah man die weit überholte Berline kaum noch als ein Pünktchen am Horizonte der Steppe.

Es war acht Uhr abends, als die beiden Tarantaß am Posthause, gleich am Eingange der Stadt Ischim, anlangten.

Die Nachrichten über den Einfall lauteten immer und immer schlimmer. Die Stadt selbst war schon unmittelbar von der Vorhut der Tatarenhaufen bedroht und schon vor zwei Tagen hatten sich die Staatsbehörden auf Tobolsk zurückgezogen. Ischim besaß jetzt weder einen Beamten noch einen Soldaten.

Michael Strogoff verlangte sofort nach der Ankunft bei dem Relais für sich frische Pferde. Er hatte sehr wohl daran getan, die Berline noch auszustechen. Gerade drei Pferde nur waren in dem Zustande, sogleich angeschirrt zu werden. Die andern lagen erschöpft von irgend einem kurz zuvor zurückgelegten langen Wege in den Stallungen. Der Postmeister gab Befehl, den Tarantaß zu bespannen.

Die beiden Korrespondenten brauchten sich um sofortige Weiterbeförderungsmittel nicht zu sorgen, da sie es für geraten hielten, vorläufig in Ischim zu verweilen; sie ließen also nur ihren Wagen in einer Remise des Posthofes unterbringen.

Zehn Minuten nach der Einfahrt in das Relais erhielt Michael Strogoff die Meldung, daß sein Tarantaß zum Abfahren bereit sei.

„Gut", erwiderte er. Dann wendete er sich zu den beiden Journalisten. „Meine Herren", begann er, „da Sie in Ischim zu bleiben gedenken, ist wohl die Zeit des Abschieds für uns gekommen."

„Wie, Herr Korpanoff", antwortete Alcide Jolivet, „werden Sie sich nicht ein Stündchen lang auch in Ischim aufhalten?" — „Nein, Herr Jolivet, es liegt mir etwas daran, das Posthaus verlassen zu haben, bevor die von uns überholte Berline hier eintrifft." — „Fürchten Sie, daß der nachkommende Reisende Ihnen die Postpferde streitig machen könnte?" — „Ich suche gern jede Schwierigkeit zu vermeiden." — „Dann, Herr Korpanoff", sagte Alcide Jolivet, „hätten wir nur nochmals für den uns geleisteten Dienst zu danken, sowie für das Vergnügen, welches es uns bereitete, mit Ihnen zu reisen." — „Es ist übrigens möglich", setzte Harry Blount hinzu, „daß wir uns nach Verlauf einiger Tage in Omsk wieder begegnen." — „Das könnte wohl sein", bestätigte Michael Strogoff, „da ich direkt dorthin abgehe." — „Also glückliche Reise, lieber Herr Korpanoff", sagte Alcide Jolivet, „und Gott bewahre Sie vor allen Telegs."

Die beiden Korrespondenten ergriffen die Hände Michael Strogoffs, um sie ihm zum Abschiede recht warm und herzlich zu drücken, als von draußen das Heranrollen eines Wagens hörbar wurde. Fast gleichzeitig ward das Tor des Gebäudes stürmisch aufgerissen und es erschien in demselben eine männliche Gestalt.

Es war das der Insasse jener Berline, ein Mann von militärischem Aussehen, der gegen vierzig Jahre zählen mochte, von hoher, kräftiger Gestalt, mächtigem Kopfe, breiten Schultern und mit einem martialischen Schnurrbart, der unmittelbar in den rötlichen Backenbart überging. Er trug eine Uniform ohne Gradabzeichen. Ein Kavalleriesäbel hing an seiner Seite und eine Peitsche mit kurzem Stiel hatte er in der Hand.

„Pferde!" rief er mit herrischem Tone, aus dem man seine Gewohnheit zu befehlen leicht heraushörte. — „Ich habe augenblicklich keine Pferde zur Verfügung", antwortete der Postmeister mit einer höflichen Verbeugung. — „Ich brauche solche aber im Augenblick." — „Es ist unmöglich." — „Was sind das für Pferde, welche ich eben vor der Tür des Relais an den Tarantaß gespannt sah?"

„Sie sind von diesem Reisenden belegt", erwiderte der Postmeister mit einem Hinweis auf Michael Strogoff. — „So spanne man sie wieder ab! ..." sagte der Reisende in einem Tone, der jeden Widerspruch fast abschnitt.

Michael Strogoff trat einen Schritt vor. — „Jene Pferde sind von mir bestellt", sagte er. — „Tut nichts! Ich brauche sie! Vorwärts — lebhaft! Ich habe keine Zeit zu verlieren." — „Mir ist jeder Augenblick nicht minder kostbar", erwiderte Michael Strogoff, der ruhig bleiben wollte und sich doch nur mit Mühe zurückhalten konnte. Nadia trat an seine Seite. Auch sie erschien äußerlich ruhig und doch fürchtete sie innerlich einen Auftritt, den sie gern vermieden gesehen hätte.

„Genug der Worte!" versetzte der fremde Reisende. Dann wandte er sich an den Postmeister: „Sie lassen jenen Tarantaß wieder abschirren", rief er und bekräftigte seinen Befehl durch eine drohende Gebärde; „die Pferde werden sofort vor meine Berline gespannt."

In seiner Verlegenheit wußte der Postmeister jetzt nicht, wem er gehorchen sollte, und sah Michael Strogoff an, dessen Sache es doch war, den unberechtigten Anforderungen des Fremden entgegenzutreten.

Michael Strogoff zauderte einen Augenblick. Er wollte sich der Hilfe seines Podaroshna, der die Aufmerksamkeit aller auf ihn lenken mußte, nicht bedienen, er wollte aber ebensowenig durch Überlassung der Pferde seine Reise verzögern, und außerdem lag es ihm am Herzen, keinen zwecklosen Streit zu provozieren, der die Ausführung seiner Mission hätte in Frage stellen können.

Die beiden Journalisten hielten die Blicke auf ihn gerichtet, offenbar bereit, ihm beizustehen, wenn er ihre Unterstützung anrufen sollte.

„Meine Pferde werden an meinem Wagen bleiben", sagte Michael Strogoff, aber ohne den Ton dabei mehr zu erheben, als es für einen einfachen sibirischen Kaufmann passend erschien.

Der Fremdling schritt auf Michael Strogoff zu und sprach, indem er seine Hand derb auf dessen Schulter fallen ließ: „Also so steht es! Du weigerst dich, mir deine Pferde abzutreten?" — „Gewiß", antwortete Michael Strogoff. — „Nun gut, so werden sie dem gehören, der nachher noch imstande ist, weiterzureisen! Verteidige dich — ich schone dich nicht!"

Bei diesen Worten riß der Fremde hastig seinen Pallasch aus der Scheide und legte sich zum Fechten aus. Nadia stürzte sich zwischen ihn und Michael Strogoff. Harry Blount und Alcide Jolivet traten an seine Seite.

„Ich werde mich nicht schlagen", antwortete Michael Strogoff gelassen und kreuzte, wie um sich sicherer zu bezwingen, die Arme vor der Brust. — „Du wirst dich nicht schlagen?" — „Nein." — „Auch hiernach nicht?" schrie der Reisende.

Und bevor man ihn zurückhalten konnte, traf der Griff seiner Hetzpeitsche Michael Strogoffs Schulter.

Bei dieser frechen Beleidigung schwand jeder Tropfen Blut aus den Wangen des jungen Mannes. Seine Hände hoben sich krampfhaft, als wollten sie den rohen Gegner zermalmen. Nur mit äußerster Anstrengung blieb er seiner mächtig. Ein Duell — das war mehr als eine Verzögerung, das konnte ihn seine Mission gänzlich verfehlen lassen! ... Es schien ihm besser, einige Stunden zu opfern! ... Gut, aber diesen Insult sollte er still verwinden!

„Nein!“ antwortete Michael Strogoff auf jene Herausforderung, ohne den Raufbold eines weiteren Wortes zu würdigen, während er dem Fremden aber fest ins Auge sah. — „Die Pferde für mich! Und augenblicklich!“ herrschte jener.

Er verließ mit diesen Worten das Zimmer.

Der Postmeister folgte ihm sofort, zuckte aber verwundert mit den Schultern und warf Michael Strogoff einen keineswegs zustimmenden Blick zu.

Die Wirkung, welche dieser Zwischenfall auf die beiden Journalisten hervorbrachte, konnte Michael Strogoff nicht besonders günstig sein. Sie erschienen sichtlich enttäuscht. Dieser kraftstrotzende junge Mann ließ sich schlagen und forderte auch für eine solche rohe Beleidigung keine Genugtuung! Sie grüßten zum Abschied etwas verlegen und zogen sich zurück, wobei Alcide Jolivet zu Harry Blount sagte: „Das hätte ich nimmermehr geglaubt von einem Manne, der die Bären des Ural so im Handumdrehen aufschlitzt! Sollte es doch wahr sein, daß der Mut seine Stunden und seine gewissen Formen hat? Die Sache ist mir unverständlich. Uns andern könnte hier vielleicht nur das eine abgehen, daß wir niemals Leibeigene gewesen sind.“

Kurze Zeit darauf verriet das Rollen von Rädern und das Knallen einer Peitsche, daß die mit den Pferden des Tarantaß bespannte Berline das Posthaus verließ.

Der Kurier des Zaren hatte sich mit noch immer untergeschlagenen Armen niedergesetzt. Er unterschied sich kaum von einer Bildsäule. Nur hatte eine tiefe Röte, welche einer Schamröte dennoch nicht ähnlich sah, die frühere Blässe seines Gesichtes verdrängt.

Für Nadia lag es außer allem Zweifel, daß nur die gewichtigsten Gründe einen solchen Mann veranlassen konnten, einen derartigen Bubenstreich ungestraft hingehen zu lassen.

Ruhig ging sie auf ihn zu, ganz so, wie er sich ihr auf dem Polizeiamte in Nishny-Nowgorod genähert hatte. „Deine Hand, Bruder!" redete sie ihn an. Dabei fing ihre Hand bei einer fast mütterlich-zärtlichen Bewegung eine Träne auf, die sich aus dem Auge ihres Begleiters hervordrängte.

Die Pflicht über alles!

Nadia hatte es durchschaut, daß irgend ein wichtiges Geheimnis die Handlungsweise Michael Strogoffs bestimmte, daß dieser, aus welchem Grunde wußte sie nicht, sich nicht selbst angehörte, nicht das Recht hatte, über seine Person zu verfügen, und daß er unter diesen Umständen sich heroisch seiner Pflicht zum Opfer brachte, selbst gegenüber einer so frechen, tödlichen Beleidigung.

Der Postmeister vermochte frische Pferde vor dem kommenden Morgen nicht zu beschaffen; man mußte demnach die ganze Nacht auf dem Relais zubringen. Für Nadia hatte das den Vorteil, ihr einmal die so nötige Ruhe nach den Strapazen der letzten Tage zu gewähren. Es wurde für sie also ein Zimmer zurecht gemacht.

Unmöglich war es ihr aber, sich zurückzuziehen, ohne sich von jenem wenigstens zu verabschieden. „Lieber Bruder...", flüsterte sie noch einmal. Aber Michael Strogoff unterbrach sie durch eine abwehrende Bewegung. Ein Seufzer entrang sich der Brust des jungen Mädchens, und schweigend verließ sie das Zimmer.

Michael Strogoff legte sich nicht nieder. Er hätte unmöglich Schlaf finden können. Die Stelle seiner Schulter, welche die Peitsche des brutalen Reisenden getroffen hatte, brannte ihm wie Feuer.

„Für das Vaterland und für dessen Vater!" murmelte er endlich am Schlusse eines stillen Abendgebetes. Jedenfalls empfand er aber eine unbesiegbare Begierde, zu wissen, wer der Mann sei, der ihn zu schlagen gewagt hatte, woher er käme, wohin er ginge. Die Gesichtszüge desselben hatten sich seinem Gedächtnis so tief eingeprägt, daß er nie zu befürchten brauchte, dieselben zu vergessen.

Michael Strogoff ließ den Postmeister rufen. Dieser, ein Sibirier von altem Schlage, kam sofort, sah den jungen Mann etwas über die Achsel an und erwartete dessen Begehren.

„Du bist aus diesem Lande?“ — „Ja.“ — „Kennst du den Mann, der meine Pferde nahm?“ — „Nein.“ — „Du hast ihn nie vorher gesehen?“ — „Niemals.“ — „Wer, glaubst du, mochte jener Fremde sein?“ — „Ein großer Herr, der seinen Willen durchzusetzen weiß!“

Wie ein Dolchstoß traf Michael Strogoffs Blick den Sibirier, aber der Postmeister rührte die Augenlider nicht.

„Du unterstehst dich, über mich zu urteilen?“ rief Michael Strogoff. — „Ja“, antwortete der Sibirier, „denn es handelte sich hier um Dinge, die auch ein einfacher Kaufmann nicht ohne Abwehr hinnimmt.“ — „Den Schlag mit der Peitsche meinst du?“ — „Den Peitschenschlag, junger Mann! Ich bin in den Jahren und in der Lage, dir das sagen zu können.“

Michael Strogoff näherte sich dem Postmeister und legte ihm seine beiden wuchtigen Hände auf die Schultern. Dann sagte er mit besonders gemäßigter Stimme:

„Geh' deines Weges, guter Freund! — Geh', ich könnte dich umbringen!“

Diesmal hatter der Postmeister ihn nicht mißverstanden. „So sehe ich dich lieber“, sagte er noch halblaut. Ohne ein weiteres Wort verließ er den Wartesaal.

Andern Tags, am 24. Juli, stand der Tarantaß morgens acht Uhr, mit drei mutigen Rossen bespannt, bereit. Michael Strogoff und Nadia nahmen Platz, und Ischim, für beide eine Stadt mit so betrübender Erinnerung, verschwand bald hinter einer Biegung der Straße.

Auf den verschiedenen Relais, welche Michael Strogoff im Laufe des Tages berührte, konnte er sich überzeugen, daß die Berline ihm immerfort auf dem Wege nach Irkutsk vorausfuhr und daß der Reisende, der es offenbar ebenso eilig hatte, wie er, keinen Augenblick verlor, die Steppe zu durchjagen.

Gegen vier Uhr abends mußte, fünfundsiebzig Werst weiter, bei der Station Abatskaja, der Ischimfluß, einer der bedeutendsten Nebenarme des Irtysch, überschritten werden.

Die Überfahrt war etwas schwieriger als jene über den Tobol. Die Strömung des Ischim ist nämlich gerade an dieser Stelle eine besonders heftige. Während des sibirischen Winters sind alle diese Steppenflüsse, welche der Frost mit mehreren Fuß dickem Eise belegt, leicht zu passieren; ihr Bett verschwindet dann unter der ungeheuren weißen Decke, welche sich über die ganze Hälfte des größten Erdteils lagert; im Sommer können sie dagegen dem Verkehr nicht unerhebliche Schwierigkeiten bereiten.

Zwei volle Stunden gingen mit der Überfahrt über den Ischim hin — zwei Stunden, welche Michael Strogoff schon an sich fast zur Verzweiflung brachten, noch viel mehr aber, als die Ruderknechte ihm sehr beunruhigende Nachrichten von dem Tatareneinfalle mitteilten.

Diese lauteten etwa folgendermaßen: Einzelne Plänkler von Feofar-Khans Truppen waren schon an beiden Ufern des unteren Ischim, in den südlichsten Landstrichen des Gouvernements Tobolsk erschienen. Omsk war sehr bedroht. Man sprach unter der Hand von einem Treffen zwischen den sibirischen und tatarischen Heerhaufen an der Grenze des Gebietes der großen Kirgisenhorde — ein Treffen, das für die auf diesem Punkte viel zu schwachen Russen nicht zum Vorteile ausgefallen sein konnte, denn deren Truppen wandten sich zum Rückzug, der gleichzeitig eine allgemeine Auswanderung der in jenen Gegenden ansässigen Bauern zur Folge hatte. Man erzählte sich von haarsträubenden Freveltaten der Eindringlinge, von Plünderungen, Diebstählen, Brandstiftungen und Mordtaten. Das war die gewohnte Kriegführung der Tataren. Von allen Seiten suchte man also den Vortruppen Feofar-Khans zu entfliehen. Bei dieser Entvölkerung der Flecken und Dörfer fürchtete Michael Strogoff vor allem, daß es ihm an den nötigen Vorspannpferden zur Weiterreise fehlen könne. Er beschleunigte also seine Ankunft in Omsk auf jede mögliche Weise. Jenseits dieser Stadt schien es eher möglich, den tatarischen Plänklern, die längs des Irtysch herabkamen, zuvorzukommen und die noch freie Straße nach Irkutsk zu erreichen.

Sobald die Fähre den Tarantaß nebst Bespannung an das rechte Flußufer befördert hatte, ward der Weg durch die Steppe in möglichster Geschwindigkeit weiter fortgesetzt.

Es war sieben Uhr abends, der Himmel gleichmäßig verschleiert. Wiederholt fiel ein kurzer, aber heftiger Regen, der den Vorteil hatte, den Staub zu binden und den Weg eher zu bessern.

Von dem Relais in Ischim aus verharrte Michael Strogoff in trübem Schweigen, ohne daß er deshalb die gewohnte Sorgfalt aus den Augen verlor, Nadia die Anstrengungen einer solchen Fahrt ohne Ruhe und Rast möglichst zu erleichtern, wenn auch nie eine Klage über des jungen Mädchens Lippen kam. Wie gern hätte sie den Pferden des Tarantaß Flügel verliehen! Ein unbekanntes Etwas rief ihr zu, daß ihr Begleiter wohl noch mehr Eile habe, in Irkutsk anzukommen, als sie selbst; und wie viele Werst trennten sie jetzt noch von diesem Ziele!

In ihr stieg auch der Gedanke auf, daß bei einer Besetzung von Omsk durch die Tataren Michael Strogoffs alte Mutter, welche ja in dieser Stadt wohnte, manchen Gefahren ausgesetzt war, die ihren Sohn aufs schmerzlichste beunruhigen mußten, und daß hierin wohl ein hinreichender Erklärungsgrund zu finden sei für seine Ungeduld, möglichst schnell bei ihr einzutreffen.

Nadia hielt es also für geraten, gelegentlich von der alten Marfa zu ihm zu sprechen, von der Vereinsamung in der sie sich inmitten dieser so ernsthaften Ereignisse befand.

„Du hast seit dem Anfange des Tatareneinfalles von deiner Mutter keine Nachricht erhalten?“ fragte sie. — „Nein, Nadia. Der letzte Brief meiner Mutter datiert schon von vor zwei Monaten, dieser enthielt jedoch nur günstige Nachrichten. Marfa ist eine energische Frau, eine Sibirierin mit offenem Auge, trotz ihres Alters. Sie weiß sich auch in mißliche Umstände zu schicken.“ — „Ich werde sie besuchen, Bruder“, versetzte lebhaft das junge Mädchen. „Da du mir den Namen Schwester gegeben hast, bin ich auch Marfas Tochter!“ Michael Strogoff antwortete nicht sofort.

„Vielleicht hat deine Mutter Omsk schon verlassen können?“ fügte sie hinzu. — „Das ist wohl möglich, Nadia“, erwiderte Michael Strogoff, „und ich hoffe sogar, daß es ihr schon gelungen ist, in Tobolsk Zuflucht zu suchen. Die alte Marfa ist von Haß gegen die Tataren erfüllt. Sie kennt die Steppe, sie hat keine Furcht, und ich wünschte, sie hätte ihren Stab ergriffen und wäre längs des Irtysch nach Norden gewandert. In der Provinz gibt es keinen Ort, der ihr unbekannt wäre. Gewiß Nadia, ich hoffe, meine Mutter wird Omsk glücklich verlassen haben.“

„Und wann denkst du sie wieder zu sehen?“ — „Jedenfalls . . . auf der Rückreise.“ — „Wenn deine Mutter aber noch in Omsk wäre, wirst du ein Stündchen opfern, sie zu umarmen?“ — „Ich werde nicht zu ihr gehen.“ — „Du sollst sie nicht einen Augenblick sehen?“ — „Nein, Nadia . . .!“ entgegnete Michael Strogoff, dessen Brust sich mühsam hob und der wohl einsah, daß er die Fragen des jungen Mädchens noch weiter zu beantworten nicht im Stande sei.

„Du sagst: Nein! Ach, Bruder, welche Ursachen könnten dich, wenn deine Mutter in Omsk ist, hindern sie zu sehen und zu besuchen?“ — „Welche Ursachen, Nadia? Du fragst mich nach den Gründen meiner Handlungsweise!“ rief Michael Strogoff mit einer so auffallend veränderten Stimme, daß das junge Mädchen fast dabei erzitterte. „Aber wegen der Ursachen, die mich meinen Zorn überwinden ließen gegenüber jenem Elenden, dessen . . .“ Er konnte den Satz nicht vollenden, die Zunge versagte ihren Dienst.

„Beruhige dich, mein Bruder“, redete ihm Nadia mit sanftester Stimme zu. „Ich weiß nur eines oder vielmehr ich weiß es nicht, aber ich fühle es, daß jetzt nur ein Gefühl dich ganz und gar beherrscht, das Gefühl einer noch heiligeren Pflicht als die, welche den Sohn an die Mutter bindet!“

Nadia schwieg und vermied auch von diesem Augenblicke ab jedes Gespräch, welches zu der gegenwärtigen eigentümlichen Lage Michael Strogoffs irgend Bezug haben konnte. Hier lag ein Geheimnis, gewiß ein wichtiges, vor. Sie achtete es aufrichtig.

Am andern Tage, dem 25. Juli, langte der Tarantaß um drei Uhr früh bei dem Postrelais zu Tjukalinsk an, nachdem er von der Überfahrtsstelle am Ischim gegen 120 Werst zurückgelegt hatte.

Schnell wurden die Pferde gewechselt. Indes erhob hier zum ersten Male der Jemschik Einspruch gegen die Weiterfahrt mit dem Bemerken, daß Tatarenabteilungen durch die Steppe streiften und daß Reisende, Pferde und Wagen für jenes Raubgesindel eine erwünschte Beute sein würden.

Michael Strogoff besiegte den Widerwillen des Jemschiks nur mit klingender Münze, denn in diesem wie in mehreren anderen Fällen wollte er von seinem Podaroshna keinen Gebrauch machen.

Endlich fuhr der Tarantaß ab und bewegte sich mit einer solchen Schnelligkeit weiter, daß er um drei Uhr nachmittags Kulatsinskoë, in einer Entfernung von 80 Werst, glücklich erreichte. Eine Stunde später befand er sich an dem Ufer des Irtysch. Omsk lag von hier aus nur noch 20 Werst entfernt.

Dieser Irtysch ist ein bedeutender Strom, eine der sibirischen Hauptarterien, die ihre Wässer nach dem Norden Asiens hinabrollen. Entsprungen in den Altaibergen, wendet er sich schräg von Südosten nach Nordwesten und mündet zuletzt, nach einem Stromlaufe von 700 Werst, in den Obi ein.

Zu dieser Zeit des Jahres, der Periode des Hochwassers aller Ströme der sibirischen Niederung, war auch der Wasserstand des Irtysch ein ungewöhnlich hoher, so daß die heftige, fast reißende Strömung die Überschreitung des Flusses ziemlich schwierig machte. Auch der beste Schwimmer hätte sich wohl nicht hindurch zu arbeiten vermocht; ja, selbst eine Fähre, das einzige Mittel zur Überfahrt über den Irtysch, bot jetzt einige Gefahren.

Diese Gefahren aber konnten, ebensowenig wie alle anderen, Michael Strogoff und Nadia auch nur einen Augenblick aufhalten, da beide entschlossen waren, allem und jedem Hindernis ohne die geringsten Vorbehalte zu trotzen.

Inzwischen machte Michael Strogoff seiner jungen Begleiterin den Vorschlag, erst allein über den Fluß zu gehen, indem er sich auf der mit dem Fuhrwerk und der Bespannung beladenen Fähre einschiffen wollte, denn er fürchtete, daß das Gewicht dieser Ladung die Sicherheit der Fähre einigermaßen in Frage stellen könne. Nachdem er Pferde und Wagen am jenseitigen Ufer gelandet, wollte er zurückkehren, um Nadia abzuholen.

Nadia verweigerte diese Rücksichtnahme, welche eine volle Stunde Zeitverlust veranlaßt hätte, und sie wollte um ihrer persönlichen Sicherheit halber nie die Ursache einer Verzögerung sein.

Die Einschiffung ging nicht gar so leicht vonstatten, denn das Ufer stand jetzt teilweise unter Wasser und die Fähre konnte infolgedessen nicht so nahe anlegen.

Nach halbstündiger Anstrengung brachte der Fährmann den Tarantaß und die drei Pferde glücklich auf dem Fahrzeug unter. Michael Strogoff, Nadia und der Jemschik schifften sich ein, und man stieß nun vom Ufer.

Während der ersten Minuten ging alles ganz gut. Der Strom des Irtysch, der sich weiter stromauf an einer weit vorspringenden Landzunge brach, bildete hier eine Art Wirbel, welchen die Fähre leicht überwand. Die beiden Schiffer stießen das Fahrzeug mit zwei langen Stangen, deren sie sich sehr geschickt bedienten, vorwärts; je mehr sie sich aber der Mitte des Stromes näherten, desto mehr vertiefte sich dessen Bett, so daß von den Stangen kaum noch der obere Teil frei blieb, auf den jene sich mit der Schulter stemmten. Dieser Kopf der Stange ragte zuletzt kaum noch einen Fuß aus dem Wasser, was die Arbeit der Leute natürlich nicht wenig erschwerte.

Michael Strogoff und Nadia hatten im hinteren Teile der Fähre Platz genommen und beobachteten, immer in der Furcht eine Verzögerung zu erleiden, aufmerksam die Anstrengungen der Bootsführer.

„Achtung!“ rief da der eine hastig seinem Kameraden zu. Diesen Zuruf veranlaßte eine unerwartete Wendung der Fähre, welche mit großer Geschwindigkeit vor sich ging. Sie ward direkt von der Strömung des Flusses ergriffen und von dieser stromabwärts mit fortgerissen. Es handelte sich also darum, durch geschickte Handhabung der Stangen die Fähre wieder in schräge Linie gegen die Richtung der Wellenbewegung zu bringen. Die Bootsführer ließen nichts unversucht, und es gelang ihnen, wenn auch mit einiger Mühe, die Direktion des Fahrzeugs wieder zu verändern und nach dem rechten Ufer zu etwas an Weg zu gewinnen.

Man konnte schon mit Sicherheit berechnen, daß das Fährboot fünf bis sechs Werst stromab von der Abfahrtsstelle das Ufer erreichen würde, was ja nicht von zu großer Bedeutung war, wenn nur Menschen und Tiere glücklich das Land erreichten.

Die beiden Bootsführer, kräftige Männer, welche noch das Versprechen eines reichlichen Fährgeldes besonders antrieb, setzten nicht den mindesten Zweifel in das glückliche Überschreiten des angeschwollenen Irtysch.

Dabei ließen sie freilich einen Zwischenfall außer acht, den sie unmöglich voraussehen konnten, und weder ihr Eifer noch ihr Geschick hätten eben gegen diesen etwas auszurichten vermocht.

Die Fähre befand sich inmitten der Strömung, etwa in gleicher Entfernung von beiden Ufern, und schwamm mit der Schnelligkeit von zwei Werst in der Stunde mit jener talabwärts, als Michael Strogoff sich erhob und mit gespannter Aufmerksamkeit die Blicke stromaufwärts richtete.

Er bemerkte in dieser Richtung einige Barken, die der Strom mit ungeheurer Schnelligkeit herabtrug, denn zu der der Wasserbewegung gesellte sich noch der Druck der Ruder, mit denen sie ausgerüstet waren.

Auf Michael Strogoffs Stirn bildeten sich plötzlich einige Falten und ein leiser Schrei kam unwillkürlich über seine Lippen.

„Was gibt es?“ fragte das junge Mädchen. Aber bevor Michael Strogoff noch Zeit fand zu antworten, rief einer der Bootsführer mit erschrockener Stimme: „Die Tataren! Die Tataren!“

Wirklich glitten einige von Bewaffneten besetzte Barken den Irtysch in größter Schnelligkeit hinab und mußten binnen wenigen Minuten die Fähre erreichen, welche viel zu tief im Wasser ging, um jenen schnell genug entweichen zu können. Erschreckt durch diesen Anblick schrien die Fährleute verzweifelt auf und verließen ihre Bootshaken.

„Mut, Mut, Freunde!“ rief ihnen Michael Strogoff zu, „fünfzig Rubel sind euer, wenn wir das Ufer noch vor der Ankunft jenes Raubgesindels erreichen!“ Dieses Versprechen belebte noch einmal die kleinmütigen Fährleute so weit, daß sie mit dem Aufgebot aller Kräfte die scharfe Strömung zu durchschneiden suchten, aber dennoch zeigte sich bald die Unmöglichkeit, vor Ankunft der Tataren zu landen.

Würden diese nun vorüberfahren, ohne die Fähre und ihre Insassen zu belästigen? Wahrscheinlich nicht! Im

Gegenteil hatte man von diesen Barbaren alles zu fürchten.

„Hab' keine Furcht, Nadia", sagte Michael Strogoff, „aber bereite dich vor auf alles!" — „Ich bin es", antwortete Nadia. — „Selbst dich in den Fluß zu stürzen, wenn ich es verlangte?" — „Auf dein erstes Wort." — „Ich vertraue dir stets."

Die Tatarenboote schwammen jetzt nur noch in einer Entfernung von hundert Schritten daher. Sie trugen eine Abteilung bukharischer Soldaten, welche offenbar eine Rekognoszierung von Omsk beabsichtigten.

Die Fähre befand sich jetzt noch zwei Schiffslängen weit vom Ufer. Die Schiffer verdoppelten ihre Anstrengungen. Auch Michael Strogoff sprang ihnen noch bei und ergriff einen Bootshaken, den er mit übermenschlicher Kraft handhabte. Vermochte er den Tarantaß noch auszuschiffen und im Galopp davonzufahren, so schimmerte ihm doch noch einige Hoffnung, den nicht berittenen Tataren zu entgehen.

Aber alle Mühe, alle Anstrengung sollte vergeblich sein! „Sarin na kitschu!" riefen die Soldaten aus dem ersten Boote.

Michael Strogoff verstand das Kriegsgeschrei der tatarischen Piraten, auf das es keine andere Antwort gab, als sich platt auf den Boden zu werfen. Und da weder er selbst noch die Bootsführer diesem Befehle gehorchten, knatterte eine kräftige Gewehrsalve, von der zwei Pferde tödlich getroffen wurden.

Da — in diesem Augenblick, — folgte auch ein heftiger Stoß: die Barken waren an der Langseite der Fähre angelangt.

„Komm, Nadia!" rief Michael Strogoff, bereit sich mit ihr über Bord zu stürzen. Eben wollte das junge Mädchen ihm nachfolgen, als Michael Strogoff von einem Lanzenstoße getroffen in den Strom fiel. Das Wasser riß ihn mit weg; einen Augenblick noch kämpften seine Arme über den Fluten, dann verschwand er unter den wirbelnden Wellen.

Nadia hatte es mit einem Schrei gesehen; doch bevor sie noch Zeit gewann, sich Michael Strogoff nachzustürzen, ward sie ergriffen, weggeschleppt und in eines der Boote gefangen gesetzt.

Einen Augenblick nachher fielen die Bootsführer, von Lanzenstichen durchbohrt, und die Fähre trieb steuerlos weiter, während die Tataren den Lauf des Irtysch weiter stromab ruderten.

Mutter und Sohn

Omsk ist die offizielle Hauptstadt des westlichen Sibiriens. Es ist zwar nicht die bedeutendste Stadt des gleichnamigen Gouvernements, da Tomsk mehr Einwohner zählt und einen beträchtlicheren Umfang hat, in Omsk residiert jedoch der Generalgouverneur dieser ersten Hälfte des asiatischen Rußlands.

Omsk besteht genau genommen aus zwei verschiedenen Städten, von denen die eine ausschließlich von den Behörden eingenommen und von den zugehörigen Beamten bewohnt ist, während die andere vorzüglich die sibirischen Kaufleute beherbergt. Diese Stadt wird durch eine von Bastionen verstärkte Umwallung verteidigt; freilich bestehen diese Befestigungen nur aus Erdwerken und bieten nur einen sehr unzulänglichen Schutz. Die Tataren gingen, wohl bekannt mit obiger Sachlage, eben jetzt daran, die Stadt durch einen Sturmangriff in ihre Gewalt zu bringen, was ihnen auch nach einer Einschließung von nur wenigen Tagen gelingen sollte.

Die kaum 2000 Mann zählende Besatzung von Omsk hatte mannhaften Widerstand geleistet. Das obere Quartier von Omsk war hiebei in eine Art Zitadelle umgewandelt, die Häuser und Kirchen mit Schießscharten versehen worden, und in diesem improvisierten Kreml hielten sich die Truppen zur Zeit noch, trotz der mangelnden Aussicht auf eine baldige Entsetzung. Die tatarischen Truppen dagegen erhielten unter Benutzung des Wasserweges auf dem Irtysch tagtäglich neuen Zuzug und wurden — hier ein besonders wichtiger Umstand — von einem Offizier angeführt, der zwar ein Verräter an seinem Vaterlande, aber doch ein Mann von hohem Verdienste und beispielloser Kühnheit war.

Iwan Ogareff befehligte die feindlichen Scharen.

Iwan Ogareff, ebenso furchtbar wie der Tatarenchef, den er vorwärts drängte, zeichnete sich durch tiefe militärische Kenntnisse aus. In seinen Adern rollte, ein Erbteil von seiner Mutter, welche von asiatischer Herkunft war, auch etwas mongolisches Blut; er liebte jede List, legte gern Hinterhalte und schreckte vor keinem Mittel zurück, wenn es ihm darauf ankam, dem Gegner eine Falle zu stellen. Arglistig von Natur, bediente er sich bald der gemeinsten Verkleidungen und trat gelegentlich selbst als Bettler auf, wobei ihn seine außerordentliche Geschicklichkeit der Verstellung des äußern Ansehens und des ganzen Benehmens wesentlich unterstützte. Dabei befähigte ihn seine Grausamkeit, im Notfall den Henker selbst zu spielen. Feofar-Khan besaß in ihm einen Stellvertreter, der es vollkommen verdiente, ihm bei jenem wilden Kriegszuge beizustehen.

Als Michael Strogoff an den Ufern des Irtysch anlangte, war Iwan Ogareff schon Herr in Omsk und betrieb die Belagerung des höher gelegenen Stadtviertels um so mehr, als er Eile hatte, sich nach Tomsk zu begeben, wo sich die Hauptmacht der Tatarenhorden konzentrierte.

Tomsk war nämlich vor einigen Tagen in Feofar-Khans Hände gefallen und von hier aus wollten die Eindringlinge, nach der Besitznahme der zentralsibirischen Gebiete, nach Irkutsk aufbrechen.

Irkutsk bildete das eigentliche Ziel Iwan Ogareffs.

Der Plan des erbärmlichen Verräters ging dahin, sich dem Großfürsten daselbst unter falschem Namen anzuschließen, sein Vertrauen zu erschleichen und ihn zur gegebenen Stunde samt der Stadt den Tataren in die Hände zu liefern.

Mit dieser Stadt und einer solchen Geisel im Besitz mußte das ganze asiatische Sibirien in die Gewalt der Eindringlinge kommen.

Wir wissen ja von früher, daß dieser Anschlag zur Kenntnis des Zaren gelangt war, und um ihn zu vereiteln, hatte man Michael Strogoff mit der hochwichtigen Mission betraut. Deshalb erhielt der junge Mann seinerzeit auch den Befehl, das von den Feinden überschwemmte Land unter falschem Namen zu durchreisen.

Bis hierher hatte er seine Mission getreulich erfüllt — würde er sie aber auch jetzt noch ebenso zu Ende führen können?

Der Lanzenstoß, den Michael Strogoff empfing, war nicht tödlich gewesen. Unter dem Wasser schwimmend erreichte er ungesehen das rechte Flußufer und brach in dem Gebüsch daselbst kraftlos zusammen.

Als er wieder zum Bewußtsein kam, sah er sich zu seiner Verwunderung in der Hütte eines Mujik, der ihn aufgehoben und verpflegt hatte, und dem er zunächst die Rettung seines Lebens dankte. Seit wie lange mochte er der Gast des braven Sibiriers sein? — er vermochte sich darüber keine Rechenschaft zu geben. Als er die Augen öffnete, bemerkte er über sich ein bärtiges, aber freundliches Gesicht, auf dem ein teilnehmendes Lächeln spielte. Schon wollte er fragen, wo er sich befinde, als der besorgte Mujik ihm zuvorkam: „Sprich nicht, Väterchen, sprich nicht! Du bist noch zu schwach. Ich werde dir sagen, wo du bist, und erzählen, was sich zugetragen hat, seitdem ich dich in mein Häuschen schaffte."

Der redliche Landmann erzählte hierauf den Verlauf des kurzen Kampfes, dessen Augenzeuge er zufällig geworden, den Angriff der Tatarenboote, die Plünderung des Tarantaß, die Ermordung der Fährleute . . .

Doch darauf hörte Michael Strogoff kaum, er fuhr mit der Hand unter seine Kleidung und fühlte den kaiserlichen Brief noch immer unversehrt auf seiner Brust. Er atmete auf, noch war er indes nicht jeder Sorge ledig.

„Mich begleitete ein junges Mädchen", sagte er. — „Sie wurde nicht getötet!" antwortete der Mujik, der die Unruhe zu beschwichtigen suchte, die aus den Augen seines Pflegebefohlenen leuchtete. „In einer Barke haben sie jene entführt, als sie den Irtysch weiter stromab ruderten! Sie ist jetzt eine Gefangene mehr, welche man mit ihren Leidensgefährtinnen nach Tomsk schleppt!"

Michael Strogoff konnte keine Silbe erwidern, er preßte seine Hand aufs Herz, um dessen stürmisches Klopfen zu bewältigen. Und doch, trotz aller Prüfungen, beherrschte nur ein Gefühl seine ganze Seele, das Gefühl seiner heiligen Pflicht.

„Wo bin ich?" fragte er. — „Auf dem rechten Ufer des Irtysch und nur fünf Werst von Omsk entfernt", antwortete ihm der Mujik. — „Was für eine Wunde empfing ich damals, daß sie mich so lange besinnungslos machen konnte? Vielleicht einen Flintenschuß?" — „Nein, einen jetzt vernarbten Lanzenstich am Kopfe", erwiderte der Mujik „Nach einigen Tagen der Ruhe, Väterchen, wirst du, denk ich, deinen Weg fortsetzen können. Du warst ins Wasser gestürzt. Die Tataren haben dich weder berührt noch geplündert; auch deine Börse steckt noch in deiner Tasche."

Michael Strogoff reichte dem ehrlichen Bauer die Hand. Dann richtete er sich mit einer plötzlichen Anstrengung auf und fragte: „Wie lange liege ich schon in deinem Hause, guter Freund?" — „Seit drei Tagen." — „Drei ganze Tage verloren!" — „Drei Tage, während der du bewußtlos dalagst." — „Kannst du mir ein Pferd verkaufen?" — „Du willst weiterreisen?" — „Womöglich noch diesen Augenblick." — „Ich habe weder ein Pferd, noch einen Wagen, Väterchen. Wo die Tataren vorüberzogen, da ist von solchen Dingen nichts übrig geblieben." — „So werde ich nach Omsk zu Fuß gehen müssen, um dort ein Pferd zu kaufen." — „Pflege dich nur noch einige Stunden, dann wirst du besser imstande sein, deinen Weg fortzusetzen." — „Keine Stunde länger!“ — „So komm“, antwortete der Mujik, da er einsah, daß er vergeblich dem festen Willen seines Gastes entgegentrat. „Ich werde dir selbst das Geleit geben“, fügte er hinzu. „Übrigens befinden sich noch viele Russen in Omsk und vielleicht gelangst du noch unbemerkt hindurch.“ — „Vergelte dir der Himmel, wackrer Freund“, erwiderte Michael Strogoff, „lohne er dir, was du alles für mich getan hast!“

„Eine Belohnung!“ versetzte der Mujik, „nur die Toren erwarten eine solche auf der Erde.“

Michael Strogoff trat aus der Hütte. Als er gehen wollte, übermannte ihn ein so heftiger Schwindel, daß er ohne die hilfreiche Unterstützung des Bauern wohl umgesunken wäre, aber bald stärkte ihn der Genuß der freien Luft sichtlich.

„Gott schütze meine Mutter und Nadia“, murmelte er, „jetzt habe ich kein Recht, an beide zu denken.“

Michael Strogoff und der Bauer kamen bald in dem Kaufmannsviertel der Unterstadt an, in welche sie trotz der militärischen Besetzung derselben unschwer hineingelangten. Der Erdwall um jene zeigte sich an vielen Stellen zerstört, die ebensoviele Breschen darstellten, durch welche sich die Marodeure der Armee Feofar-Khans eindrängten.

Im Innern von Omsk, auf den Straßen und Plätzen, wimmelte es von tatarischen Soldaten, aber man konnte dabei doch leicht wahrnehmen, daß eine eiserne Faust sie hier in den Fesseln einer Disziplin hielt, an welche jene wohl nur wenig gewöhnt waren. Sie liefen auch nie einzeln umher, sondern marschierten in bewaffneten Abteilungen, um in der Lage zu sein, jeden Angriff abzuwehren.

Auf dem zu einem Lager umgestalteten und dicht mit Wachtposten besetzten Platze biwakierten gegen 2000 Tataren in guter Ordnung. An eingerammten Pfählen standen die Pferde angebunden, aber stets in voller Ausrüstung, um beim ersten Befehl zum Aufbruch fertig zu sein. Immerhin bildete Omsk nur einen provisorischen

Halteplatz für die Tatarenreiter, welche die reicheren Ebenen Ostsibiriens vorziehen mußten, weil dort die Städte bedeutender, die Landschaften fruchtbarer, die Raubzüge also jedenfalls ergiebiger wurden.

Über dem Handelsviertel erhaben thronte die obere Stadt, welche Iwan Ogareff trotz mehrerer stürmischer Angriffe, die immer standhaft abgewiesen worden waren, in seine Gewalt noch nicht hatte bringen können. Von den in Verteidigungszustand gesetzten Gebäuden flatterten noch immer die Fahnen mit den russischen Farben.

Nicht ohne einen gewiß berechtigten Stolz begrüßten Michael Strogoffs und seines Führers Wünsche das wehende Banner.

Michael Strogoff kannte die Stadt Omsk natürlich genau. Während er scheinbar seinem Führer folgte, wußte er doch geschickt die lebhaftesten Straßen zu meiden. Das geschah nicht aus Besorgnis erkannt zu werden. In dieser Stadt hätte nur seine alte Mutter ihn bei seinem wahren Namen rufen können; aber er hatte geschworen, sie nicht zu sehen, er war entschlossen, an diesem Versprechen festzuhalten. Übrigens war diese vielleicht — was er von ganzem Herzen wünschte, — nach irgend einem ruhigeren Teil der Steppe entflohen.

Zum Glück kannte der Mujik persönlich einen Postmeister, der es seiner Annahme nach für gute Bezahlung nicht ausschlagen würde, einen Wagen und Pferde entweder zu verleihen oder zu verkaufen. Dann blieb nur noch die Schwierigkeit übrig, die Stadt selbst zu verlassen, wobei die zahlreichen Breschen in der Umwallung freilich Michael Strogoffs Entkommen einigermaßen erleichtern mußten.

Der Mujik führte seinen Gast also geraden Weges nach dem Relais, als Michael Strogoff plötzlich in einer engen Straße stehen blieb und sich hinter einem Mauervorsprunge verbarg.

„Was ist dir?“ fragte der Bauer, erstaunt über dieses unerklärliche Benehmen. — „Still, still!“ flüsterte ihm

Michael Strogoff hastig zu, indem er noch den Finger auf seine Lippen legte.

Eben schwenkte eine Abteilung Tataren von dem Hauptplatze ab und bog in dieselbe Gasse ein, welche Michael Strogoff und sein Begleiter ganz kurz vorher betreten hatten. An der Spitze der aus etwa zwanzig Berittenen bestehenden Schar trabte ein Offizier in sehr einfacher Uniform. Obwohl seine Augen immer von einer Seite zur andern schweiften, konnte er Michael Strogoff, der seinen Rückzug ebenso schnell als geschickt bewerkstelligte, unmöglich gesehen haben.

Das Detachement zog in scharfem Trabe durch die enge Straße. Weder der Offizier noch seine Leute achteten besonders auf die Bewohner. Die Unglücklichen gewannen kaum Zeit, der Reiterabteilung genügenden Platz zu machen. Da und dort wurde auch ein halb erstickter Schrei mit einem rücksichtslosen Lanzenstoße beantwortet und der Weg auf diese Weise in kürzester Zeit gesäubert.

„Wer war dieser Offizier?“ fragte Michael Strogoff, als die Abteilung vorübergetrabt war, den Bauer, dem er sich jetzt wieder anschloß. Schon als er diese Frage stellte, ward sein Gesicht so bleich wie das einer Leiche.

„Das war Iwan Ogareff“, antwortete der Sibirier mit leiser Stimme, aus der man einen verhaltenen Haß heraushörte. — „Er!“ rief Michael Strogoff, dem dieses Wort mit einem Akzente des Zornes entfuhr, den er nicht zu bemeistern vermochte. Er hatte in dem Offizier jenen Reisenden wiedererkannt, der ihn auf dem Relais zu Ischim geschlagen hatte. Und gleichzeitig, so als ob ihm plötzlich ein Licht aufging, erinnerte ihn dieser Reisende, obgleich er ihn nur ganz kurze Zeit gesehen hatte, an den alten Zigeuner, von dem er jene Worte auf der Messe in Nishny-Nowgorod vernommen hatte.

Michael Strogoff täuschte sich nicht. Diese beiden Erscheinungen gehörten nur einer Person an. In der Verkleidung als Zigeuner hatte Iwan Ogareff unter der Truppe der Zigeunerin Sangarre die Provinz Nishny-

Nowgorod zu verlassen gewußt, wo er unter den zahllosen Fremden, welche die Messe nach jener Stadt aus Zentralasien heranzieht, Spießgesellen zur Ausführung seines fluchwürdigen Vorhabens gesucht haben mochte. Sangarre nebst der ganzen übrigen Gesellschaft standen nur als Spione in seinem Sold und waren ihm auf Leben und Tod ergeben. Er reiste damals mit der ganzen Zigeunerbande auf dem Dampfer „Kaukasus“; er überschritt den Ural jedenfalls auf einem andern Wege von Kasan nach Ischim und erreichte endlich Omsk, das jetzt unter seinem Befehle seufzte.

Iwan Ogareff war selbst vor kaum drei Tagen erst in Omsk eingetroffen und ohne jenes unangenehme Zusammentreffen in Ischim und den beklagenswerten Vorfall, der ihn drei Tage lang am Ufer des Irtysch festhielt, hätte Michael Strogoff jenen auf dem Wege nach Irkutsk gewiß weit überholt.

Und wer weiß, wie viel Unglück in der nächsten Zeit dadurch vermieden worden wäre!

Jedenfalls, ja mehr als je zuvor, mußte Michael Strogoff Iwan Ogareff ausweichen, um von letzterem nicht gesehen zu werden. Kam einst der Zeitpunkt, ihm Auge in Auge gegenüber zu treten, so würde er ihn wieder zu finden wissen, wenn jener sich auch zum Herrn von ganz Sibirien aufgeworfen hätte.

Der Mujik und er nahmen also ihren Weg durch die Stadt wieder auf und gelangten unbelästigt nach dem Posthause. Nach Einbruch der Nacht konnte es nicht allzu schwierig sein, Omsk durch eine der Breschen zu verlassen. Dagegen stellte sich die Unmöglichkeit heraus, an Stelle des Tarantaß ein anderes Fuhrwerk zu erhalten. Es fand sich weder ein Wagen zu mieten noch zu kaufen. Aber bedurfte denn Michael Strogoff jetzt wirklich eines Wagens? War er für den übrigen Teil der Reise nicht allein? Ihm mußte auch schon ein Reitpferd genügen, und ein solches war glücklicher Weise zu beschaffen. Er bekam ein tüchtiges, zum Ertragen schwerer Strapazen offenbar geeignetes Tier, von dem sich Michael Strogoff, ein gewandter, ausdauernder Reiter, den größten Nutzen versprach.

Es war jetzt etwa vier Uhr nachmittags. Da Michael Strogoff die Nacht abwarten mußte, um die Umwallung zu passieren, sich in den Straßen von Omsk aber doch nicht zeigen wollte, so blieb er gleich im Posthause und ließ sich daselbst einige Stärkungsmittel besorgen.

In dem öffentlichen Wartesaale des Hauses ging es sehr lebhaft zu. So wie wir es von den russischen Bahnhöfen kennen gelernt haben, liefen die ängstlichen Einwohner hier zusammen, um neue Nachrichten zu erhaschen. Man sprach von der bevorstehenden Ankunft eines Korps russischer Truppen, zwar nicht in Omsk, aber in Tomsk — eines Korps, das diese Stadt den Tataren Feofar-Khans wieder entreißen sollte. Michael Strogoff lauschte gespannt auf jedes in seiner Umgebung gesprochene Wort, vermied es aber, sich selbst in ein Gespräch einzulassen.

Plötzlich machte ein Aufschrei ihn erzittern, ein Schrei, der hinabdrang bis zum Grunde seiner Seele, und an sein Ohr schlugen die beiden Worte: „Mein Sohn! Mein Sohn!“ Seine Mutter, die alte Marfa, stand vor ihm. Sie lächelte und sie zitterte doch vor Freude und streckte ihm sehnsüchtig die Arme entgegen. Michael Strogoff erhob sich. Er wollte ihr entgegenfliegen ... Da hielt ihn der Gedanke an seine Pflicht, an die ernsthafte Gefahr für seine Mutter und ihn bei dieser bedauerlichen Begegnung plötzlich zurück, und er gewann so viel Herrschaft über sich, daß auch nicht ein Muskel seines Gesichtes zuckte.

Zwanzig Personen füllten jetzt den Wartesaal. Unter ihnen konnten recht wohl einige Spione sein, und wußte man denn nicht auch, daß Marfa Strogoffs Sohn zu dem Spezialkorps der Kuriere des Zaren gehörte?

Michael Strogoff sprach kein Wort.

„Michael!“ rief seine Mutter. — „Wer sind Sie, geehrte Dame?“ fragte Michael Strogoff, der die Worte mehr hervorstammelte als aussprach. — „Wer ich bin?

Das fragst du? Mein Kind, erkennst du deine Mutter nicht mehr wieder?" — „Sie täuschen sich!" ... antwortete Michael Strogoff kalt, „eine Ähnlichkeit führt Sie irre ..."

Die alte Marfa ging gerade auf ihn zu und stellte sich ihm Aug' in Auge gegenüber.

„Du bist nicht Peter und Marfa Strogoffs Sohn?" sagte sie. Michael Strogoff hätte sein Leben darum gegeben, seine Mutter offen in die Arme schließen zu dürfen, aber wenn er nachgab, war es nicht nur um ihn, sondern auch um sie, um seinen Auftrag, um seinen Eid geschehen! Er bezwang sich nach Kräften, er schloß die Augen, um nicht die angsterregten Züge in dem Antlitz der kindlich verehrten Mutter sehen zu müssen; er zog seine Hände zurück, um nicht unwillkürlich den zitternden Händen, die nach ihm verlangten, zu begegnen.

„Ich weiß in der Tat nicht, liebe Frau, was ich aus Ihren Worten machen soll", antwortete er, einige Schritte zurückweichend. — „Michael!" rief noch einmal die bejahrte Mutter. — „Ich heiße nicht Michael! Ich bin nie Ihr Sohn gewesen. Ich bin Nikolaus Korpanoff, Kaufmann aus Irkutsk! ..."

Hastig verließ er den Wartesaal, in dem noch einmal die Worte wiedertönten: „Mein Sohn! Mein Sohn!" Michael Strogoff war abgereist, so schwer es ihm wurde. Er sah seine alte Mutter, welche bewußtlos auf einer Bank zusammengebrochen war, für jetzt nicht mehr. Gerade als der Postmeister ihr zu Hilfe eilen wollte, erhob sich die alte Frau selbst schon wieder. In ihrem Geiste war es plötzlich hell geworden. Sie — verleugnet von ihrem leiblichen Sohne — das war unmöglich! Ebenso unmöglich erschien es ihr aber, sich getäuscht und einen anderen für ihn gehalten zu haben. Ohne Zweifel war es ihr Sohn gewesen, den sie eben gesehen hatte, und wenn dieser sie nicht wiedererkannte, so sollte er nicht, so durfte er sie nicht erkennen, so hatte er triftige, zwingende Gründe, so zu handeln. Dann unterdrückte sie allen Mutterschmerz in ihrer Brust und peinigte sich mit dem einzigen Gedanken: „Sollte ich ihn wider Willen ins Verderben gestürzt haben?“

„Ich bin eine Törin!“ antwortete sie allen, die sie fragten. „Meine Augen haben mich betrogen! Dieser junge Mann ist mein Kind nicht! Er hatte ja gar nicht dessen Stimme! Lassen wir es. Zuletzt werde ich meinen Sohn noch in jedermann zu sehen glauben.“

Kaum zehn Minuten später erschien ein Tatarenoffizier im Posthause. „Marfa Strogoff?“ fragte er laut. — „Das bin ich“, antwortete die betagte Frau so ruhig im Ton und im Antlitz, daß die Zeugen der vorigen Szene sie kaum wieder erkannten.

„Komm mit mir!“ sagte der Offizier. Mit sicherem Schritte folgte Marfa Strogoff dem tatarischen Offizier und verließ das Posthaus.

Wenige Minuten später befand sich Marfa Strogoff mitten in dem Truppenlager des Hauptplatzes und gegenüber dem gefürchteten Iwan Ogareff, dem alle Einzelheiten der oben erzählten Szene unverweilt berichtet worden waren.

Iwan Ogareff mutmaßte ebenfalls den wahren Sachverhalt und hatte die alte Sibirierin selbst darüber befragen wollen.

„Dein Name?“ leitete er das Verhör in strengem Tone ein. — „Marfa Strogoff.“ — „Du hast einen Sohn?“ — „Ja.“ — „Er ist Kurier des Zaren?“ — „Ja.“ — „Wo befindet er sich?“ — „In Moskau.“ — „Du bist von ihm ohne Nachricht?“ — „Ohne jede Nachricht.“ — „Seit wie lange?“ — „Seit zwei Monaten.“ — „Wer ist aber der junge Mann, den du noch vor wenig Augenblicken im Posthause deinen Sohn nanntest?“ — „Ein junger Sibirier, den ich für ihn hielt“, antwortete Marfa Strogoff. „Das ist der Zehnte, in dem ich meinen Sohn zu finden glaubte, seit die Stadt voller Fremder ist. Ich glaube ihn eben überall zu erkennen.“ — „Jener junge Mann war demnach Michael Strogoff nicht?“

„Er war es leider nicht.“

„Weißt du, alte Frau, daß ich dich foltern lassen kann, bis du die Wahrheit eingestehst?" — „Ich spreche die Wahrheit, und keine Folter würde meine Aussage abzuändern vermögen." — „Jener Sibirier war Michael Strogoff wirklich nicht?" fragte zum zweiten Male und eindringlicher Iwan Ogareff. — „Nein! Er war es nicht!" antwortete Marfa Strogoff zum zweiten Male. „Glaubt Ihr, ich würde um alles in der Welt einen solchen Sohn, wie mir ihn Gott gegeben hat, verleugnen?"

Mit boshaftem Auge fixierte Iwan Ogareff die Frau, die ihm ins Gesicht zu trotzen wagte. Er zweifelte keinen Augenblick, daß sie in dem jungen Sibirier ihren Sohn wirklich erkannt habe. Und wenn dennoch der Sohn zuerst die Mutter verleugnet hatte, wie es die Mutter jetzt ihrerseits tat, so mußten dem unzweifelhaft sehr ernste Ursachen zu Grunde liegen. Er gab also sofort Befehl, jenen zu verfolgen.

Dann wendete er sich gegen Marfa Strogoff zurück und sagte: „Diese Frau soll sofort nach Tomsk übergeführt werden!" Und während die Soldaten jene roh und grausam fortdrängten, murmelte er zwischen den Zähnen: „Zur passenden Zeit werde ich ihr schon die Zunge zu lösen wissen, der alten Hexe!"

Der Barabinen-Sumpf

Es war Michael Strogoffs Glück gewesen, daß er das Posthaus so schnell als möglich verließ. Auf Iwan Ogareffs Befehl wurden sofort alle Ausgänge der Stadt scharf bewacht und sein Signalement allen Postmeistern mitgeteilt, um sein Entkommen aus Omsk zu verhindern. Als das aber geschah, hatte er schon eine Bresche des Erdwalls hinter sich, sein Pferd jagte durch die Steppe, und da er keine unmittelbaren Verfolger hinter sich sah, durfte er auf das Gelingen seiner Flucht wohl hoffen. Am 29. Juli, abends gegen acht Uhr, hatte Michael Strogoff Omsk verlassen. Diese Stadt liegt ungefähr in der

Mitte des Weges von Moskau nach Irkutsk, woselbst er vor Ablauf von zehn Tagen eintreffen mußte, wenn er die tatarischen Horden hinter sich lassen wollte. Offenbar hatte der beklagenswerte Zufall, welcher ihn seiner Mutter vor Augen führte, sein Inkognito verraten. Iwan Ogareff konnte nicht mehr darüber im Unklaren sein, daß ein Kurier des Zaren auf dem Wege nach Irkutsk durch Omsk gekommen sei. Die Depeschen dieses Eilboten mußten von besonderer Wichtigkeit sein. Michael Strogoff ahnte also auch, daß man alles daran setzen werde, sich seiner Person zu bemächtigen.

Was er aber nicht wußte, was er nicht wissen konnte, war, daß Marfa Strogoff sich in Iwan Ogareffs Gewalt befand, daß sie büßen, vielleicht mit ihrem Leben bezahlen sollte für die Erregung ihres Mutterherzens, die sie bei dem unerwarteten Anblick ihres Sohnes nicht zu unterdrücken im Stande gewesen war. Ein Glück für ihn, daß er davon nichts wußte! Hätte er dieser neuen Prüfung widerstehen können?

Michael Strogoff trieb sein Roß an, er flößte ihm gleichsam dieselbe fieberhafte Ungeduld ein, die ihn verzehrte; er verlangte nur das eine von dem Tiere, ihn so schnell als möglich nach dem nächsten Relais zu tragen, wo er es gegen ein noch schnelleres Beförderungsmittel einzutauschen hoffte.

Um Mitternacht hatte er siebzig Werst zurückgelegt und machte bei der Station Kulikowo halt. Doch auch hier fand er, eine Bestätigung seiner Besorgnis, weder Pferde noch Wagen. Einzelne Abteilungen Tataren waren schon auf der Hauptstraße durch die Steppe dahin gezogen. In den Dörfern und den Postrelais hatte man alles requiriert oder geradezu gestohlen. Michael Strogoff konnte kaum einige Nahrung für sich und etwas Futter für sein Pferd erhalten.

Er mußte dieses Pferd, für das sich kein Ersatz mehr zu bieten schien, etwas schonender behandeln. Da er aber zwischen sich und den ihm von Iwan Ogareff jedenfalls nachgesendeten Reitern den größtmöglichen

Zwischenraum sehen wollte, beschloß er, möglichst schnell weiter zu eilen. Nach einer nur einstündigen Ruhe schlug er also den Weg durch die Steppe schon wieder ein.

Am 30. Juli, gegen neun Uhr morgens, passierte Michael Strogoff die Station Turumoff und begab sich von hier aus nun in die Sumpfdistrikte der Barabinen-Steppe.

Der Boden dieser ungeheuren Tiefebene besteht aus fast ganz undurchlässigem Lehm, so daß das Wasser darüber stehen bleibt und eine während der warmen Jahreszeit schwer zu passierende Gegend darstellt.

Gerade durch diesen Landstrich führt aber die Straße nach Irkutsk, mitten durch die zahlreichen Sümpfe, Teiche, Seen, deren gesundheitsgefährliche Ausdünstungen bei der heißen Sommersonne den Reisenden mindestens mit schweren Mühseligkeiten, wenn nicht gar mit tückischer Gefahr bedrohen.

Im Winter freilich, wenn der Frost alles, was sonst flüssig war, erstarren ließ, wenn der dichte Schnee den Boden geebnet und geglättet, die schädlichen Miasmen kondensiert und unter sich begraben hat, dann fliegen die leichten Schlitten gefahrlos über die erhärtete Kruste der Barabinen-Steppe. Dann durchziehen fleißig die Jäger die wildreichen Gründe und verfolgen die Marder, die Zobel und die kostbaren Füchse, deren Felle so gesucht sind. Während des Sommers dagegen wird diese Sumpfgegend kotig, brütet gefährliche Krankheiten aus und ist bei einigermaßen hohem Wasserstande überhaupt gar nicht zu passieren.

Michael Strogoff lenkte sein Pferd quer durch ein Torfmoor, das nicht mehr mit jenem kurzen, glatten Rasen bedeckt erschien, von welchem sich die zahllosen sibirischen Herden sonst fast ausschließlich ernähren. Hier dehnte sich nicht mehr eine Wiese ohne Grenzen vor seinen Blicken aus, sondern eine Art ungeheurer Heide mit baumartigem Gesträuch.

Der Rasen stieg hier bis fünf und sechs Fuß Höhe

auf. Das feine Gras hatte den Platz geräumt vor üppigen Sumpfpflanzen, denen die andauernde Feuchtigkeit im Verein mit der brennenden Hitze des Sommers wahrhaft gigantische Formen verlieh. Vorzugsweise waren es Binsen und Schilf, welche ein unentwirrbares Netz, ein undurchdringliches Gitter bildeten, geschmückt mit Tausenden von Blumen von ungemein lebhaften Farben, darunter vor allem Lilien und Irisarten, deren Wohlgerüche sich mit den warmen, dem Boden entsteigenden Dünsten mischten.

Michael Strogoff galoppierte zwischen den hohen Binsen dahin, wobei ihn von den die Straße begleitenden Sümpfen aus niemand mehr sehen konnte. Die großen Stengel überragten ihn samt dem Pferde, und nur das Aufflattern unzähliger Wasservögel, die sich neben seinem Pferde erhoben und in schreienden Gruppen in der Luft zerteilten, verriet, daß sich etwas in jenem Dickicht bewege.

Die Straße selbst war übrigens in leidlichem Zustande. Hier schnitt sie in gerader Linie durch das dichte Gewirr der Sumpfpflanzen, dort wand sie sich um das gekrümmte Ufer ausgedehnter Teiche, von denen einige bei einer Länge von mehreren Wersten und ebenso großer Breite schon den Namen von Seen verdient hätten. An anderen Stellen endlich hatte man einzelne stehende Gewässer nicht umgehen können; für Überschreitung derselben dienten aber keine Brücken in unserem gewohnten Sinne, sondern eine Art Plattform mit übergelegten Bohlen, welche ebenso leicht schwankten wie ein zu dünner, über einen Graben gelegter Steg. Einige dieser primitiven Straßenbrücken dehnten sich bis auf zwei- und dreihundert Schritte Länge aus, und man erzählt sich, daß Reisende, mindestens reisende Damen, beim Fahren über einen solchen schwankenden Weg nicht gar so selten eine Art Seekrankheit bekommen hätten.

Michael Strogoff jagte, ob er nun festen oder schwankenden Boden unter sich hatte, immer mit derselben

Schnelligkeit dahin und setzte in kühnem Sprunge über die Lücken hinweg, welche die halb verfaulten Planken an manchen Stellen zwischen sich ließen; so schnell aber Roß und Reiter auch dahin flogen, so konnten sie doch den belästigenden Stichen der zweiflügeligen Insekten nicht entfliehen, die in jenen sumpfreichen Gegenden zur wahren Landplage werden.

Sind Reisende gezwungen, im Sommer durch die Barabinen-Steppe zu fahren, so versehen sie sich mit Masken aus Pferdehaar, an welche sich ein Stück feinmaschiges Panzerhemd zum Schutze der Schultern anschließt. Doch trotz dieser Vorsichtsmaßregeln kommen nur wenige wieder, ohne zahllose rote Tüpfel im Gesicht, auf dem Hals und den Händen davongetragen, zu haben, aus diesem Sumpfdistrikte heraus. Die ganze Atmosphäre erscheint dort wie erfüllt mit haarfeinen Nadeln, und man wird zu dem Glauben verführt, daß kaum eine komplette Ritterrüstung zum Schutz gegen die Stacheln dieser Zweiflügler hinreichen könne. Hier ist eine traurige Gegend, die der Mensch den Mücken, Schnaken und Stechfliegen nur mit Aufwand vieler Mittel streitig macht — ganz zu schweigen von den Milliarden mikroskopischer Insekten, welche man mit unbewaffnetem Auge überhaupt nicht wahrzunehmen imstande ist; doch wenn man sie auch nicht sieht, so fühlt man sie desto mehr wegen ihrer unerträglich quälenden feinen Stiche, gegen welche auch hartgesottene sibirische Jäger niemals gleichgültig werden.

Michael Strogoffs Pferd sprang, von den giftigen Dipteren überfallen, häufig auf, als würden ihm tausend Sporen auf einmal in die Flanke gedrückt. Dann jagte es, raste und flog es in toller Wut Werst für Werst mit der Schnelligkeit eines Eilzuges dahin, peitschte die Seiten mit dem Schweife und suchte in der Flucht eine Linderung seiner Qualen.

Es gehörte ein so sattelfester Reiter wie Michael Strogoff dazu, um durch die unerwarteten Bewegungen des Pferdes, durch dessen Aufbäumen und Sprünge, zu denen die unausgesetzten Fliegenstiche es reizten, nicht abgeworfen zu werden. Fast unempfindlich geworden gegen physischen Schmerz, nur beseelt von dem einen Verlangen, um jeden Preis sein Ziel zu erreichen, sah er in dieser sinnlosen Jagd nichts weiter, als daß er seinen Weg mit glücklicher Eile zurücklegte.

Wer würde nun glauben, daß diese in der heißen Jahreszeit so ungesunde Barabinen-Steppe doch noch einer Anzahl Menschen Asyl böte?

Und doch ist es an dem. In großen Zwischenräumen tauchen da und dort sibirische Weiler auf zwischen den gigantischen Binsen. Männer, Frauen, Kinder und Greise, in Tierfelle gekleidet und das Gesicht mit einer pechüberzogenen Maske bedeckt, führen ihre dürftigen Herden zur Weide; um die Tiere aber vor den Angriffen der Insekten zu schützen, halten sie dieselben stets unter dem Winde in der Nähe von Feuern aus grünem Holze, die sie Tag und Nacht unterhalten und deren beißende Rauchsäulen sich schwerfällig über die morastige Niederung ausbreiten.

Als Michael Strogoff bemerkte, daß sein Pferd auf dem Punkte stand, vor Erschöpfung zusammenzubrechen, machte er in einem jener elenden Dörfchen halt, und rieb, seine eigene Ermüdung vergessend, die vielen Stiche des armen Tieres nach sibirischer Sitte mit warmem Fett ein; dann gab er ihm eine tüchtige Ration Futter, und erst als er es den Umständen nach bestmöglich untergebracht und mit allem versorgt hatte, dachte er an seine Person, verzehrte zur Wiederherstellung seiner Kräfte etwas Brot und Fleisch und trank einige Gläser Kwaß dazu. Nach einer, höchstens zwei Stunden der Ruhe begab er sich wieder auf seinen endlosen Weg nach dem fernen Irkutsk.

Von Turumoff aus hatte er auf diese Weise neunzig Werst zurückgelegt und kam am 30. Juli, gegen vier Uhr nachmittags, unempfindlich für jede Anstrengung, in Elamsk an.

Daselbst mußte er seinem Pferde eine Nacht Ruhe

gönnen. Das mutige Tier hätte jetzt die Reise unmöglich fortzusetzen vermocht.

In Elamsk fand sich ebensowenig als anderswo ein bequemeres Beförderungsmittel. Aus den nämlichen Gründen wie in den andern kleinen Städten und Flecken fehlte es auch hier vollkommen an Wagen oder Pferden.

Elamsk, eine kleine Stadt, in welche die Tataren noch nicht eingedrungen waren, erwies sich fast ganz entvölkert, denn es konnte von Süden her sehr leicht überfallen, aber von Norden her nur sehr schwierig beschützt werden. Auf höheren Befehl waren das Posthaus, das Polizeiamt, das Regierungsgebäude ebenfalls verlassen, und Beamte ebenso wie Einwohner nach dem nördlicher gelegenen Kamsk, in der Mitte der Barabinen-Steppe, ausgewandert.

Michael Strogoff mußte sich also darauf beschränken, in Elamsk die Nacht zuzubringen und seinem Pferde zwölf Stunden Ruhe zu gönnen. Er erinnerte sich der ihm in Moskau ans Herz gelegten Instruktionen, Sibirien unerkannt zu durchreisen, auf jeden Fall und sobald als möglich Irkutsk zu erreichen, aber, wenigstens bis zu einer gewissen Grenze, den Erfolg seiner Fahrt nicht der Schnelligkeit wegen aufs Spiel zu setzen —; in Anbetracht dieser Umstände hatte er die Verpflichtung, das einzige ihm noch verbliebene Beförderungsmittel, das Reitpferd, vernünftig zu schonen.

Am folgenden Tage verließ Michael Strogoff Elamsk wieder, eben als man das Erscheinen tatarischer Plänkler auf der Straße durch die Barabinen-Steppe, etwa zehn Werst jenseits der Stadt, anmeldete, und trabte wieder in die sumpfige Niederung hinaus.

Am darauffolgenden Tage, am 1. August, erreichte Michael Strogoff gegen Mittag den 120 Werst weiter gelegenen Flecken Spaskoë, und um zwei Uhr hielt er bei der darauffolgenden kleinen Ortschaft, Prokowskoë, zum ersten Male wieder an.

Sein durch den langen Ritt von Elamsk bis hierher

über Gebühr angestrengtes Roß hätte auch keinen Schritt mehr vorwärts tun können.

Bei dieser ihm aufgezwungenen Ruhe verlor Michael Strogoff zwar den Rest des Tages und die darauffolgende Nacht, aber er gelangte am nächsten Tage, dem 2. August, nach einem 75 Werst langen Wege durch das halb unter Wasser stehende Gebiet doch bis zu dem Städtchen Kamsk.

Hier bot die Landschaft ein wesentlich anderes Bild. Der kleine Flecken Kamsk liegt wie eine wohnliche, gesunde Insel mitten in diesem unheilvollen Gebiete. Er nimmt gerade den Mittelpunkt der Barabinen-Steppe ein. Dort haben sich, eine heilsame Folge der Kanalisierung, die pestaushauchenden Sümpfe in üppige, fette Weiden verwandelt. Dennoch vermochten diese Bodenmeliorationen noch nicht völlig jene Fieber zu besiegen, welche den Aufenthalt in dieser Stadt während des Herbstes noch einigermaßen gefährden. Immerhin flüchten sich hierher die wenigen Bewohner der Barabinen-Steppe, wenn die verderblichen Sumpfmiasmen sie aus den übrigen Teilen der Provinz vertreiben.

Die durch die Tataren-Invasion verursachte allgemeine Auswanderung hatte Kamsk doch noch nicht entvölkert. Die Bewohner glaubten sich in der Mitte ihres für größere Truppenmassen so schwer zugänglichen Landes verhältnismäßig sicher, mindestens waren sie der Ansicht, zur Flucht noch immer Zeit zu haben, wenn sie unmittelbar bedroht würden.

Michael Strogoff konnte hier, so sehr er es auch wünschte, keinerlei neuere Nachrichten erhalten. Jedenfalls hätte sich der Gouverneur vielmehr an ihn gewendet, wäre ihm der wirkliche Charakter dieses angeblichen Kaufmanns aus Irkutsk bekannt gewesen.

Übrigens zeigte sich Michael Strogoff möglichst wenig oder gar nicht. Die Erfahrungen der jüngsten Vergangenheit verdoppelten seine Vorsicht in der Gegenwart wie für die Zukunft. So hielt er sich denn ganz zurückgezogen, trug gar kein Verlangen, die wenigen Straßen des Städtchens zu durchlaufen, und wollte das Gasthaus, in dem er abgestiegen war, überhaupt nicht verlassen.

Von Ermüdung übermannt, legte er sich zwar bald, aber doch nicht eher nieder, als bis er wußte, daß es seinem Pferde an nichts fehle; trotzdem vermochte er nur einen häufig unterbrochenen Schlummer zu finden. Zu viele Erinnerungen, zu viele Sorgen für die Zukunft regten sich in ihm. Die Bilder seiner betagten Mutter und seiner schutzlos verlassenen, mutigen jungen Gefährtin zogen abwechselnd vor seinem Geiste auf oder verschmolzen in ihm wohl auch zu einem einzigen sorgenden Gedanken.

Dann erinnerte er sich wieder seiner Sendung, an deren Ausführung ein Eid ihn band.

Am andern Morgen um sechs Uhr früh ritt Michael Strogoff wieder mit der Absicht weiter, an diesem Tage die 84 Werst (= 89 Kilometer) von Kamsk bis Ubinsk zurückzulegen. Jenseits eines Kreises von etwa 20 Werst fand er die gleiche sumpfige BarabinenSteppe wieder, welche hier kein Ableitungsgraben mehr trockenlegte, so daß der Erdboden manchmal einen Fuß hoch unter Wasser stand. Dann war die Straße nur schwierig zu erkennen, aber er legte diesen Wegteil, dank seiner umsichtigen Aufmerksamkeit, doch ohne Unfall zurück.

In Ubinsk angelangt, ließ Michael Strogoff sein Pferd die ganze Nacht über rasten, denn er wollte am folgenden Tag die 100 Werst betragende Entfernung zwischen Ubinsk und Ikulskoë durchmessen. Er brach also mit der Morgenröte auf, aber leider gestaltete sich die Straße durch diesen Teil der Barabinen-Steppe immer unwegsamer.

Zwischen Ubinsk und Kamakowa hatten sich nämlich die reichlichen Regenniederschläge der letztvergangenen Wochen wie in einer undurchlässigen Schüssel in der verhältnismäßig engen Bodensenkung angesammelt. Das unentwirrbare Netz von Sümpfen, Teichen und Seen hing fast ohne Unterbrechung zusammen. Einen dieser Seen mußte Michael Strogoff auf einer Strecke von 20

Werst längs seines Ufers unter den größten Schwierigkeiten umreiten, was notwendiger Weise einige Verzögerungen veranlaßte, die er trotz seiner Ungeduld doch nicht zu vermeiden vermochte.

Abends gegen neun Uhr in Ikulskoë angekommen, verweilte Michael Strogoff daselbst die ganze Nacht. In diesem in der Barabinen-Steppe verlorenen Flecken fehlten die Nachrichten vom Kriegsschauplatze natürlich gänzlich. Dieser Teil der Provinz war durch seine natürliche Lage, mitten in der Gabel, welche die tatarischen Heeresteile durch ihr verschiedenseitiges Abschwenken einerseits nach Omsk, andrerseits nach Tomsk zu, bildeten, von den Schrecken des Einfalls noch gänzlich verschont geblieben.

Von diesem etwas bedeutenderen Städtchen aus rechnete man bis Tomsk nur noch die gleiche Entfernung. Dann mußte er eine weitere Entscheidung treffen, die höchstwahrscheinlich in dem Sinne ausfiel, letztere von Feofar-Khan schon besetzte Stadt ganz zu umgehen.

Wenn sich aber diese kleinen Städtchen, wie Ikulskoë, Karguinsk u. a., infolge ihrer Lage mitten in der sumpfigen Steppe, die der Entwickelung der tatarischen Streitkräfte unüberwindliche Schwierigkeiten entgegensetzte, noch einer glücklichen Ruhe erfreuten, lag da nicht die Befürchtung nahe, daß Michael Strogoff von den reichen, fruchtbaren Ufern des Obi anstelle der natürlichen Hindernisse allerlei Schwierigkeiten und Gefahren von seiten der Menschen zu erwarten haben werde? Jedenfalls durfte er keinen Anstand nehmen, in dieser Gegend von der Straße nach Irkutsk abzuweichen. Bei einem Ritte durch die einsame Steppe lief er freilich Gefahr, sich von allen Hilfsmitteln zu entblößen. Dort fand sich nämlich keine weitere Straße, keine Stadt, kein Dorf mehr. Nur ganz einzeln traf man auf isolierte Farmen oder vielmehr auf Hütten ärmlicher Leute, bei denen trotz ihrer unzweifelhaften Gastfreundlichkeit sich doch kaum das Notwendigste finden mochte. Und dennoch, er durfte nicht zaudern!

Endlich, gegen halb vier Uhr nachmittags, verließ Michael Strogoff, nachdem er noch durch die kleine Station Kargatsk gekommen war, die letzte Niederung der Barabinen-Steppe und der Hufschlag seines Pferdes verriet durch den Schall wieder den harten, trockenen Boden des sibirischen Landes.

Er hatte Moskau am 15. Juli verlassen. Unter Einrechnung der am Ufer des Irtysch verlorenen zweiundsiebzig Stunden ergab das bis heute, den 5. August, eine Reisedauer von einundzwanzig Tagen.

Fünfzehnhundert Werst trennten ihn nun noch von Irkutsk.

Eine letzte Anstrengung

Michael Strogoff hatte ganz recht, in den Ebenen, welche sich östlich an die Barabinen-Steppe anschließen, ein unliebsames Zusammentreffen zu fürchten. Die von Pferdehufen zertretenen Felder bewiesen, daß die Tataren hier vorüber gekommen waren.

Bei seinem Zuge durch diese Gegend mußte Michael Strogoff also die größte Vorsicht beachten. Einige am fernen Horizonte lagernde Rauchwolken sagten ihm, daß hier die Weiler und Flecken angesteckt worden waren. Rührten diese Feuersbrünste nun von den Vortruppen her oder marschierte die ganze Armee des Emir schon nach den äußersten Grenzen der Provinz? Befand sich Feofar-Khan selbst in dem Gouvernement von Jeniseisk? Michael Strogoff wußte hierüber nichts und konnte, bevor er nicht weitere Nachrichten erhielt, nach keiner Seite eine Entscheidung treffen. Sollte das Land so menschenleer geworden sein, daß er keinen einzigen Sibirier mehr fände, um von ihm Auskunft zu erlangen?

Michael Strogoff ritt auf der ganz leeren Straße etwa zwei Werst weiter. Nach rechts und links schweiften seine Augen und suchten ein noch nicht verlassenes Haus, aber alle, alle fand er öde und leer.

Eine einzelne Hütte, welche er zwischen einer Gruppe Bäume entdeckte, rauchte noch. Als er sich näherte, fand er wenige Schritte von den Trümmern seines Hauses einen Greis von weinenden Kindern umringt. Eine noch ziemlich junge Frau, offenbar die Tochter jenes Mannes und die Mutter der Kinder, lag kniend auf dem Boden, den verzweifelten Blick starr auf diese Szene der Verwüstung geheftet. Ein zarter Säugling von wenigen Monaten ruhte noch an ihrer Brust. Alles rings um diese Ärmsten war Ruine und Zerstörung!

Michael Strogoff ging auf den Greis zu.

„Bist du imstande, mir zu antworten?" fragte er mit ernster Stimme. — „Rede", erwiderte der alte Mann. — „Sind die Tataren hier vorüber gekommen?"

„Gewiß, sonst stände mein Haus nicht in Flammen." — „Ein ganzes Heer oder nur eine Abteilung?" — „Ein ganzes Heer, denn so weit der Blick reicht, sind unsere Felder verwüstet!" — „Kommandiert von dem Emir?" — „Von ihm, denn das Wasser des Obi färbte sich rot." — „Und Feofar-Khan ist in Tomsk eingezogen?" — „Gewiß." — „Weißt du, ob die Tataren sich schon der Stadt Kolywan bemächtigt haben?" — „Nein, denn Kolywan steht noch nicht in Flammen." — „Ich danke, Freund. — Kann ich nicht etwas für dich und die Deinen tun?" — „Nichts." — „Auf Wiedersehen!" — „Leb' wohl!"

Nachdem Michael Strogoff noch fünfundzwanzig Rubel niedergelegt hatte vor dem unglücklichen Weibe, welches nicht einmal imstande war, ihm zu danken, gab er seinem Pferde die Sporen und setzte den einen Augenblick unterbrochenen Weg fort.

Er wußte nun eines: daß er es um jeden Preis zu vermeiden habe, Tomsk zu passieren. Eher schien es möglich, nach Kolywan zu gehen, wo die Tataren noch nicht herrschten. Auch in dieser Stadt hatte er nichts anderes zu tun, als sich zu stärken und mit dem Nötigsten für eine sehr lange Tagesreise zu versehen. Dann mußte er die Straße nach Irkutsk verlassen, um nach

Überschreitung des Obi Tomsk zu umgehen — einen anderen Ausweg sah er nicht vor sich.

Nach einem recht warmen Tage senkte sich die Nacht herab. Um Mitternacht hüllte tiefe Finsternis die weite Steppe ein. Der Wind, der sich mit Sonnenuntergang gelegt hatte, hinterließ in der Atmosphäre eine vollkommene Stille. Nur den Hufschlag des Pferdes hörte man auf der verlassenen Straße, und dann und wann einige Worte, mit denen der Reiter es aufzumuntern suchte. Mitten in dieser Finsternis bedurfte es der äußersten Vorsicht, um nicht von dem Wege abzukommen; denn immer begleiteten diesen einzelne Teiche oder kleine Nebenarme des Obi.

Michael Strogoff trabte also möglichst schnell, aber immer mit größter Aufmerksamkeit weiter. Er verließ sich dabei nicht allein auf die große Schärfe seiner Augen, die auch die Finsternis durchdrangen, sondern daneben auch auf die Klugheit seines Pferdes, dessen scharfen Spürsinn er kannte.

Eben war Michael Strogoff einmal abgestiegen, um sich über die genaue Richtung der Straße zu vergewissern, als er von Westen her ein verworrenes Geräusch zu vernehmen glaubte. Es klang wie entferntes Pferdegetrappel auf der trockenen Erde. Ohne Zweifel — ein bis zwei Werst weiter rückwärts hörte er die regelmäßigen Hufschläge von Pferden.

Michael Strogoff lauschte, das Ohr auf dem Boden, mit gespanntester Aufmerksamkeit.

„Das ist eine Reiterabteilung", sagte er sich, „welche auf der Straße von Omsk daherkommt. Sie scheint sich schnell zu bewegen, denn das Geräusch nimmt merkbar zu. Sind das nun Russen oder Tataren?" Michael Strogoff lauschte noch immer.

„Ja, ja", sprach er halblaut für sich, „sie nähern sich in scharfem Trabe! Vor Ablauf von zehn Minuten müssen sie hier sein. Mein Pferd wird schwerlich mit ihnen Schritt halten können. Sind es Russen, so würde ich mich ihnen anschließen. Sind es Tataren, so muß ich ihnen entweichen. Aber wie? Wo könnt' ich mich verbergen in dieser Steppe?"

Michael Strogoff sah sich forschend um, und sein scharfes Auge entdeckte eine bei der herrschenden Finsternis kaum erkennbare dunklere Masse etwa hundert Schritt vor sich zur Linken der Straße.

„Da ist ein kleines Gehölz", sagte er. „Wenn ich mich darin verberge, laufe ich zwar Gefahr, den Reitern in die Hände zu fallen, wenn sie es durchsuchen sollten. Indes, ich habe keine Wahl. Da, in der Ferne kommen sie schon!"

Wenige Minuten später erreichte Michael Strogoff, sein Pferd am Zügel führend, ein kleines Gehölz von Lärchenbäumen, das einen Zugang von der Straße aus hatte. Vor und hinter demselben zog sie sich ganz frei von Bäumen zwischen den Löchern und Tümpeln hin, welche aus Stechginster und Heidekraut bestehende Gruppen von Zwergbäumen trennten. Zu beiden Seiten war das Terrain also völlig ungangbar und die Reiterschar mußte zweifellos an dem kleinen Gehölz vorüberkommen, da sie offenbar der Hauptstraße nach Irkutsk folgte.

Michael Strogoff wand sich also zwischen diese Lärchenbäume hinein, bis er sich etwa nach vierzig Schritten von einem Wasserlauf aufgehalten sah, der den Hain im Halbkreise begrenzte.

Die Dunkelheit war hier aber eine so tiefe, daß Michael Strogoff nicht im geringsten Gefahr lief, entdeckt zu werden, wenn das Gehölz nicht ganz peinlich durchsucht wurde. Er führte sein Pferd also bis an jenes Wasser, band es daselbst an einen Baum und schlich sich selbst wieder an den Rand des Dickichts, um bestimmen zu können, wie er sich zu verhalten habe.

Kaum hatte er hinter einigen buschartigen Lärchen Platz genommen, als ihm ein Lichtschein ins Auge fiel, aus dem da und dort einige glänzende Punkte in lebhafter Bewegung aufleuchteten.

„Wie? Fackeln!" murmelte er. Schnell wich er wieder

weiter zurück und schlüpfte wie ein Wilder geräuschlos in das Gebüsch, wo es am dichtesten war.

Bei ihrer Annäherung an das Gehölz nahmen die Pferde einen langsameren Schritt an. Rekogniszierten die Reiter etwa die Straße, um sie in allen Einzelheiten genau kennen zu lernen?

Michael Strogoff mußte das befürchten und begab sich wenigstens bis nach dem steilen Uferrand jenes Wasserlaufs zurück, entschlossen, sich im Notfalle auch hinein zu stürzen.

Als die Reiterschar bei dem Gehölz ankam, machte sie halt. Die Männer stiegen ab. Es mochten gegen fünfzig sein. Mehrere derselben trugen Fackeln, welche die Straße in weitem Umkreise beleuchteten.

An gewissen Vorbereitungen bemerkte Michael Strogoff zu seinem Glücke, daß es keineswegs in der Absicht der Berittenen lag, das Gehölz zu durchsuchen, sondern nur an dessen Rande zu biwakieren, den Pferden einige Ruhe zu gönnen und die Mannschaften etwas Nahrung zu sich nehmen zu lassen.

Die abgezäumten Pferde begannen bald das saftige Gras abzuweiden, das hier den Boden bedeckte. Die Reiter selbst ließen sich längs der Straße nieder und verteilten die Rationen aus ihren Fouragetaschen.

Michael Strogoff hatte seine vollkommene Kaltblütigkeit bewahrt. Er schlich wieder näher, erst um etwas zu sehen, dann um womöglich auch einige Worte zu vernehmen.

Die hier gelagerte Reiterabteilung kam von Omsk her. Sie bestand aus usbekischen Soldaten, einer in der Tatarei vorherrschenden Rasse, deren Typus auf ihre Verwandtschaft mit den Mongolen hinweist. Diese wohlgebauten, alle über mittelgroßen Männer mit rohem, wildem Gesichtsausdrucke trugen auf dem Kopfe einen „Talpak", eine Art Mütze aus schwarzem Schafpelz, und gelbe, hochschaftige Stiefel, deren vordere Spitze aufgebogen war. Ihren Rock aus mit grobem Baumwollstoffe gefüttertem Kattun umschloß ein Ledergürtel mit roter Stickerei. Als Verteidigungswaffe führten sie einen Schild, als Angriffswaffen einen krummen Säbel, ein langes Dolchmesser und ein am Sattelknopfe hängendes Steinschloßgewehr. Ihre Schultern bedeckte noch ein Filzmantel in grellen Farben.

Die in voller Freiheit am Saume des Gehölzes grasenden Pferde waren von usbeckischer Rasse, ebenso wie ihre Reiter. Bei dem Scheine der Fackeln, die ein lebhaftes Licht durch die Äste der Lärchen verbreiteten, konnte man das recht gut erkennen.

Die Abteilung selbst führte ein „Pendja-Baschi", d. h. ein Befehlshaber über fünfzig Mann, dem noch ein „Deh-Baschi", ein Anführer von einer Rotte zu zehn Mann, untergeordnet war. Diese Offiziere trugen Panzerhauben und Waffenröcke; außerdem bildeten kleine, am Satteknopfe hängende Trompeten ihre verschiedene Gradauszeichnung.

Der Pendja-Baschi wollte seine von einem weiten Ritte ermüdeten Mannschaften etwas ausruhen lassen. Plaudernd und den „Beng" (d. i. ein Hanfblatt der Hauptbestandteil des „Haschisch", von dem die Asiaten einen so ausgedehnten Gebrauch machen) rauchend, gingen die beiden Offiziere am Rande des Gehölzes so auf und ab, daß Michael Strogoff ihre Unterhaltung hören und auch die Worte verstehen konnte, da sie sich der tatarischen Sprache bedienten.

Schon die ersten Worte ihres Gesprächs erregten die Aufmerksamkeit Michael Strogoffs im höchsten Grade. Zu seinem Erstaunen war von ihm selbst die Rede. „Jener Kurier kann einen so großen Vorsprung vor uns unmöglich haben", sagte der Pendja-Baschi, „und außerdem konnte er bestimmt keinen andern Weg einschlagen, als die Straße durch die Barabinen-Steppe." — „Wer weiß, ob er Omsk überhaupt verlassen hat?" erwiderte der Deh-Baschi. „Vielleicht hält er sich noch jetzt in irgend einem Hause der Stadt versteckt." — „Wahrlich, das wäre nur zu wünschen! Dann brauchte der Oberst Ogareff nicht zu fürchten, daß die Depeschen, deren Träger der Kurier doch ohne Zweifel ist, an ihren Bestimmungsort gelangen!"

„Man behauptet, jener solle ein Landeskind, ein Sibirier sein", fuhr der Deh-Baschi fort. „Als solchen muß ihm wohl die Provinz bekannt sein und er konnte recht wohl von der Landstraße nach Irkutsk abweichen in der Absicht, sie erst später wieder aufzusuchen." — „Dann wären wir ihm aber voraus", antwortete der Pendja-Baschi, „denn wir haben Omsk kaum eine Stunde nach seiner Abreise aus der Stadt ebenfalls verlassen und sind bei der größten Schnelligkeit der Pferde dem kürzesten Wege gefolgt. Ob er also in Omsk ganz zurückgeblieben oder wir vor ihm in Tomsk ankommen, um ihm den Weg zu verlegen, jedenfalls wird er Irkutsk nicht zu erreichen vermögen."

„Eine derbe Frau übrigens, jene alte Sibirierin, die offenbar seine Mutter ist!" bemerkte der Deh-Baschi. Bei diesen Worten klopfte Michael Strogoffs Herz, als wollte es zerspringen. „Jawohl", erwiderte der Pendja-Baschi, „sie versuchte es zwar abzuleugnen, daß dieser vermeintliche Kaufmann ihr Sohn sei, aber es gelang ihr nicht. Der Oberst Ogareff hat sich dadurch nicht täuschen lassen, denn er sprach es wenigstens aus, er werde die alte Hexe zur passenden Zeit schon zum Geständnis der Wahrheit zu bringen wissen."

So viele Worte, so viele Dolchstiche waren das für Michael Strogoff. Er war also sicher als Kurier des Zaren erkannt. Eine zu seiner Verfolgung ausgesandte Reiterabteilung mußte ihm unfehlbar den Weg verlegen! Dazu befand sich, zu seinem tiefsten Schmerze, seine Mutter in der Gewalt der Tataren, und der grausame Ogareff rühmte sich, er werde sie zum Sprechen zu bringen wissen, wenn es ihm beliebte.

Michael Strogoff wußte recht gut, daß die energische Sibirierin nichts aussagen und daß ihr diese Weigerung jedenfalls das Leben kosten werde! ...

Das Gespräch der beiden Offiziere dauerte noch länger fort, und Michael Strogoff glaubte zu verstehen, daß in der Umgebung von Kolywan ein Zusammenstoß zwischen den von Norden herabziehenden russischen Truppen und den Tatarenhorden zu erwarten sei. Ein schwaches russisches Korps von 2000 Mann näherte sich, den vom unteren Obi eingegangenen Nachrichten zufolge, in Eilmärschen der Stadt Tomsk. Wenn sich das bestätigte, so mußte jenes Korps, welches von der Hauptmacht des Heeres unter Feofar-Khan aufgefangen wurde, ohne Zweifel vernichtet werden, und dann gehörte die Straße nach Irkutsk unbestritten den frechen Feinden.

Seine eigene Person betreffend entnahm Michael Strogoff aus einigen Äußerungen des Pendja-Baschi, daß auf seinen Kopf ein Preis gesetzt und Befehl ergangen sei, ihn lebend oder tot einzuliefern.

Daraus ergab sich aber die Notwendigkeit, den usbeckischen Reitern zuvorzukommen und auf der Straße nach Irkutsk den Obi zwischen den Kurier und seine Verfolger zu bringen. Zur Erreichung dieser Absicht mußte er aber vor Aufhebung des Biwaks zu entkommen suchen.

Michael Strogoff bereitete sich sofort vor, diesen Entschluß auszuführen. Die Rast konnte unmöglich lange währen, und dem Pendja-Baschi durfte es kaum beikommen, seinen Leuten mehr als eine Stunde Ruhe zu gönnen, obwohl ihre seit dem Aufbruche aus Omsk sicherlich nicht gegen frische gewechselten Pferde gewiß in demselben Maße und aus denselben Gründen erschöpft sein mußten, wie das Reitpferd Michael Strogoffs.

Er hatte also keinen Augenblick zu verlieren. Es war jetzt ein Uhr morgens. Er mußte sich die Dunkelheit, welche bald der Morgenröte zu weichen drohte, zunutze machen, um das kleine Gehölz wieder zu verlassen und die Straße zu gewinnen; doch trotz der Begünstigung durch die dunkle Nacht erschien der Erfolg einer solchen Flucht doch im höchsten Grade unsicher.

Es gab für ihn nur einen einzigen benutzbaren Weg,

einen einzigen, die große Landstraße. Diese zu erreichen, indem er am Rande des Hölzchens hinschlich, und ohne die Aufmerksamkeit seiner Feinde zu erwecken, wenigstens eine Viertelwerst Vorsprung zu gewinnen, den letzten Rest der Kraft und Schnelligkeit seines Pferdes zu benutzen, und sollte es am Ufer des Obi auch tot zusammenbrechen, diesen bedeutenden Strom mittels eines Bootes zu überfahren oder, wenn es an jederlei Transportmittel mangeln sollte, zu durchschwimmen —, das war es, was Michael Strogoff versuchen und wagen mußte.

Er hatte nun keinen Augenblick mehr zu verlieren. Schon entstand wieder einige Bewegung unter den Mannschaften der Abteilung. Einige Reiter gingen auf der Straße, an dem Saume des Wäldchens hin und her. Die andern lagen noch am Fuße der Bäume ausgestreckt, aber ihre Pferde fanden sich nach und nach wieder zusammen.

Auf dem Boden hinkriechend, näherte sich Michael Strogoff seinem Pferde, das sich gelagert hatte. Er streichelte es mit der Hand, sprach ihm leise freundlich zu und brachte es geräuschlos wieder auf die Füße.

Eben jetzt verlöschten zu Michael Strogoffs Glück die völlig niedergebrannten Fackeln, und es herrschte, mindestens unter den Gipfeln der Lärchenbäume, die dichteste Finsternis.

Nachdem Michael Strogoff das Gebiß wieder eingelegt, den Sattelgurt festgeschnallt und die Riemen der Steigbügel geprüft hatte, begann er sein Pferd langsam am Zügel fortzuziehen. Übrigens folgte das intelligente Tier, so als verstände es, was man von ihm wolle, willig seinem Herrn, ohne nur ein einziges Mal zu wiehern.

Dennoch hoben einige usbeckische Pferde neugierig die Köpfe und wandte sich dem Rande des Gehölzes zu.

In der rechten Hand hielt Michael Strogoff seinen Revolver, bereit, dem ersten tatarischen Reiter, der sich nähern würde, den Kopf zu zerschmettern. Glücklicherweise hörte er aber keinen Weckruf und konnte den rechts auslaufenden Winkel des Wäldchens, da, wo dieser an die Straße herantrat, erreichen.

Um womöglich nicht gesehen zu werden, beabsichtigte Michael Strogoff, sich erst so spät als möglich in den Sattel zu schwingen, und jedenfalls erst, nachdem er eine Wendung des Weges, die sich etwa zweihundert Schritte jenseits des Gehölzes befand, hinter sich haben würde.

Zum Unglück aber witterte ihn, als Michael Strogoff eben den Waldrand überschritt, daß Roß eines Usbekken, wieherte und trabte auf ihn zu.

Sein Reiter lief ihm nach, es zurückzuführen, als er aber beim ersten schwachen Tagesgrauen ein unerwartetes Schattenbild bemerkte, rief er laut: „Achtung!"

Auf diesen Ruf erhob sich die ganze Mannschaft des Biwaks und stürzte hervor auf die Straße. Michael Strogoff hatte sich nur in den Sattel zu schwingen und im Galopp davonzujagen.

Die beiden Offiziere des Detachements hatten sich an die Spitze ihrer Leute gestellt und trieben diese an, sich schnell fertig zu machen.

Jetzt saß Michael Strogoff schon auf dem Pferde.

Da krachte ein Schuß und eine Kugel durchlöcherte den Mantel des Kuriers. Ohne den Kopf zu wenden und ohne den Angriff zu erwidern, gab er beide Sporen, erreichte mit einem kühnen Sprunge vom Waldrande aus die Straße und jagte mit verhängtem Zügel in der Richtung nach dem Obi davon.

Die usbeckischen Pferde waren abgezäumt worden, er mußte also vor den Reitern des Detachements einigen Vorsprung gewinnen können; freilich beeilten auch diese sich, ihm nachzusetzen, und wirklich hörte er, kaum zwei Minuten nachdem er das Hölzchen verlassen, die schnellen Tritte mehrerer Pferde, welche ihm nach und nach näher kamen. Schon begann es im Osten zu tagen und deutlicher traten in einem weiteren Umkreise alle Gegenstände hervor. Michael Strogoff sah, als er sich einmal umwendete, daß ein Reiter ihn besonders schnell einzuholen drohte. Es war der Deh-Baschi. Dieser vorzüglich berittene Offizier sprengte der ganzen Abteilung voraus und mußte den Flüchtling bald erreichen. Ohne anzuhalten schlug Michael Strogoff mit gewohnter sicherer Hand den Revolver auf ihn an, zielte einen Augenblick, und mitten in die Brust getroffen sank der Offizier vom Pferde. Aber die andern Reiter folgten ihm auf dem Fuße nach, und ohne sich wegen ihres gefallenen Führers aufzuhalten, sausten sie unter wildem Rachegeschrei, die Sporen fest in die Flanken der Pferde gedrückt, weiter, und mehr und mehr verminderte sich die Distanz zwischen ihnen und Michael Strogoff.

Etwa eine halbe Stunde lang vermochte sich letzterer außerhalb der Tragweite ihrer Schußwaffen zu halten, aber er bemerkte leider, daß die Kärfte seines Pferdes nun zu Ende gingen, und fürchtete mit Recht, daß dieses, wenn es gegen irgendein Hindernis stieße, stürzen würde, um nicht wieder aufzustehen.

Jetzt war es schon ziemlich tageshell geworden, wenn auch die Sonne noch nicht über dem Horizonte stand. In einer Entfernung von etwa zwei Werst schlängelte sich eine durch Bäume begrenzte hellere Linie hin.

Das war der Obi, der fast im gleichen Niveau mit dem Erdboden von Südwesten nach Nordosten dahinfloß.

Wiederholt knatterten die Gewehre hinter Michael Strogoff her, ohne daß eine Kugel ihn verletzte, und mehrmals mußte auch er gegen Reiter, die ihm zu gefährlich nahe kamen, von seinem Revolver Gebrauch machen. Jedesmal rollte dann ein Usbecke unter dem Wutgeheul seiner Kameraden schwerverwundet in den Sand.

Trotz alledem konnte diese Hetzjagd endlich nur zum Nachteil Michael Strogoffs ausfallen. Sein Pferd keuchte atemlos und bis zum Tode erschöpft, doch gelang es ihm noch, dasselbe bis an das Flußufer zu treiben. Die Abteilung befand sich jetzt kaum noch fünfzig Schritte hinter ihm.

Auf dem vollständig verlassenen Obi erblickte er weder eine Fähre noch ein Fahrzeug, die zum Übersetzen über den Strom hätten dienen können. „Jetzt Mut, mein wackres Roß!" rief Michael Strogoff. „Vorwärts! Jetzt gilt's die letzte Anstrengung!"

Er stürzte sich in den Fluß, dessen Breite hier wohl eine halbe Werst betragen mochte. Gegen die rasche Strömung war nur schwer anzukämpfen. Michael Strogoffs Pferd konnte nirgends Fuß fassen. Ohne jeden Stützpunkt mußte es die brausend schnell dahinziehenden Wellen also nur durchschwimmen. Ein Wunder von Mut gehörte für Michael Strogoff dazu, diesem Wasserschwalle zu trotzen.

Die Reiter hatten am Ufer des Stromes halt gemacht; sie zauderten, sich ebenfalls in denselben zu stürzen. In diesem Augenblick aber ergriff der Pendja-Baschi sein Gewehr und zielte sorgfältig auf den Flüchtling, der sich schon in der Mitte der Strömung befand. Der Schuß krachte, und tödlich in der Flanke getroffen versank das Pferd Michael Strogoffs unter seinem Reiter.

Noch zeitig genug befreite sich dieser aus den Steigbügeln, eben als sein treues Tier unter den Wellen des Flusses verschwand. Endlich gelangte er unter fortwährendem Niedertauchen und nur auf Augenblicke an der Oberfläche Atem schöpfend trotz des nachgesendeten Kugelregens glücklich an das rechte Flußufer und verschwand hinter den Gebüschen, die sich längs des Obirandes hinzogen.

Bibelsprüche und Liederverse

Michael Strogoff befand sich einigermaßen in Sicherheit; immerhin war seine Lage noch eine schreckliche. Jetzt, da das treue Tier, das ihm bis hierher so mutig gedient, in den Wellen des Stromes den Tod gefunden hatte, wie sollte er seine Reise fortsetzen können? Er war zu Fuß, ohne Lebensmittel, in einem durch die Empörung verwüsteten, durch die Plänkler des Emir schon ausgesaugten Lande und dabei noch eine große Strecke von dem Ziele, das er erreichen mußte, entfernt.

„Bei Gott, ich komme doch noch dahin!“ rief er wie als Antwort auf alle Einwände der Ohnmacht, die in seinem Geiste einen Augenblick aufstiegen. „Der Herr schützt das heilige Rußland!“

Michael Strogoff befand sich jetzt außerhalb des Bereichs der usbeckischen Reiter. Diese hatten nicht gewagt, ihn durch den Fluß weiter zu verfolgen, und mußten auch annehmen, daß er ertrunken sei, da sie ihn nach dem letzten Verschwinden unter dem Wasser am rechten Ufer des Obi nicht wieder auftauchen sahen.

Aber Michael Strogoff erreichte, unter dem mannshohen Schilfe des Ufers hinschlüpfend, eine höhere Stelle des Abhanges, wenn auch nur mit großer Mühe, da tiefer, von dem Austreten des Stromes zurückgebliebener Schlamm seinen Weg sehr schlüpfrig machte.

Als er festen Grund und Boden unter sich fühlte, hielt Michael Strogoff an und überlegte, was nun zu tun sei. Vor allem war er mit sich darüber einig, Tomsk, das von tatarischen Truppen besetzt war, bestimmt zu vermeiden. Dennoch mußte er einen bewohnten Ort, mindestens ein Postrelais zu treffen suchen, um sich daselbst wieder ein paar Pferde zu verschaffen. Mit diesen wollte er sich außerhalb der besetzten Wege halten und die Straße nach Irkutsk erst in der Gegend von Krasnojarsk wieder einschlagen. Wenn er sich beeilte, durfte er hoffen, den Weg noch frei zu finden, so daß er nach dem Südosten der Provinzen am Baikalsee herabgelangen konnte.

Zunächst begann Michael Strogoff sich zu orientieren. Zwei Werst vor ihm längs des Obi erhob sich eine kleine Stadt in pittoresken Stufen auf einem leichten Landrücken. Einige Kirchen mit byzantinischen, grün und goldig verzierten Kuppeln zeichneten sich am grauen Himmelsgrunde ab.

Das war Kolywan, wohin die niederen und höheren Beamten aus Kamsk und anderen Städten sich zu wenden pflegen, um dem ungesunden Klima der Barabinen-Steppe zu entfliehen. Kolywan konnte nach den letzten Berichten, die der Kurier des Zaren vernommen hatte, noch nicht in den Händen der Eindringlinge sein. Die in zwei Kolonnen einherziehenden Tatarenhaufen hatten sich links nach Omsk, rechts nach Tomsk gewendet, das Land in der Mitte aber frei liegen lassen.

Das einfache und logische Projekt, das Michael Strogoff entwarf, bestand darin, Kolywan vor den usbeckischen Reitern, die dem linken Ufer des Flusses folgten, zu erreichen. Dort wollte er sich, und wäre es auch um den zehnfachen Preis, Kleider und ein Pferd verschaffen und den Weg nach Irkutsk durch die innere Steppe wieder einschlagen. Es war drei Uhr morgens. Die zur Zeit noch ganz ruhige Umgebung von Kolywan schien vollkommen verlassen. Offenbar hatte sich die Landbevölkerung auf der Flucht vor dem Einfall, dem sie keinen Widerstand entgegenzusetzen vermochte, mehr nach Norden in das Gouvernement Jeniseisk zurückgezogen.

Michael Strogoff wandte sich demnach raschen Schrittes nach Kolywan, als entfernte Detonationen an sein Ohr schlugen. Er stand still und unterschied deutlich ein dumpfes Rollen, welches die Luftschichten erschütterte, und dazu ein trockenes Knattern, über dessen Natur er sich nicht täuschen konnte.

„Das ist Kanonendonner! Das ist Gewehrfeuer!“ sprach er für sich. „Das kleine russische Korps ist also mit der Tatarenarmee zusammengetroffen! O gebe der Himmel, daß ich vor ihnen in Kolywan ankomme!“

Michael Strogoff täuschte sich nicht. Bald wurden die Detonationen deutlicher, und weiter rückwärts, links von Kolywan, lagerten sich weiße Dämpfe unten am Horizonte, keine Rauchwolken, sondern jene dichten, scharf abgegrenzten Dampfwolken, wie sie das Feuer der Artillerie erzeugt.

Am linken Ufer des Obi hatten die usbeckischen Reiter halt gemacht, um den Ausgang der Schlacht abzuwarten. Von dieser Seite hatte Michael Strogoff also nichts zu fürchten und beschleunigte deshalb seinen Marsch nach der Stadt.

Inzwischen wurde der Kanonendonner stärker und näherte sich merklich. Es war kein verschwimmendes Rollen mehr, sondern eine Folge deutlich unterscheidbarer Donnerschläge. Gleichzeitig erhob sich der vom Winde entführte Dampf in die Luft, und man erkannte, daß die Kämpfer im Süden offenbar an Terrain gewannen. Kolywan war somit einem Angriff von der Westseite ausgesetzt. Verteidigten es aber die Russen gegen die Tatarenhorden oder suchten sie es den Soldaten des Feofar-Khan wieder zu entreißen? Das ließ sich für jetzt unmöglich erkennen und setzte Michael Strogoff in nicht geringe Verlegenheit.

Nur eine halbe Werst von Kolywan befand er sich, als ein hoher Feuerstrahl mitten aus den Häusern der Stadt aufleuchtete und der Turm einer Kirche unter einem Wirbel von Staub und Flammen zusammenbrach.

Tobte der Streit schon in Kolywan? Michael Strogoff mußte es wohl glauben; in diesem Falle kämpften die Russen und Tataren also in den Straßen der Stadt. Bot sie ihm jetzt noch eine Zuflucht? Lief Michael Strogoff nicht Gefahr, daselbst gefangen zu werden, und durfte er hoffen, daß es ihm gelingen werde, aus Kolywan ebenso glücklich zu entfliehen wie vorher aus Osmk?

Alle diese Gedanken flogen durch seinen Kopf. Er zauderte; er stand einen Augenblick still.

Erschien es nicht besser, sich zu Fuß nach Süden oder Osten, bis zu irgend einem Flecken, vielleicht nach Diahinsk oder einem andern, durchzuschlagen, und sich dort um jeden Preis ein Pferd zu verschaffen? Jedenfalls war das der einzige Ausweg, und sofort wandte sich Michael Strogoff, indem er das Ufer des Obi verließ, nach der rechten Seite von Kolywan. Gerade jetzt krachten die Geschütze lauter als je. Bald züngelten Flammen an der rechten Seite der Stadt in die Höhe; die Feuersbrunst ergriff ein ganzes Stadtviertel von Kolywan.

Michael Strogoff lief, was er laufen konnte, quer durch die Steppe und suchte den Schutz einiger Bäume zu erlangen, welche da und dort verstreut standen, als eine Abteilung tatarischer Kavallerie auf dem rechten Stromufer erschien. Michael Strogoff konnte seine Flucht in der vorigen Richtung nicht mehr fortsetzen; die Reiter sprengten auf die Stadt zu, und es wäre ihm schwer geworden, ihnen zu entgehen.

Da bemerkte er neben einem kleinen, aber dichten Gebüsch ein isoliertes Häuschen, das er wohl zu erreichen hoffen durfte, bevor jene ihn sahen.

Michael Strogoff hatte nichts anderes zu tun, als dorthin zu eilen, sich daselbst zu verstecken, um etwas zu bitten, nötigenfalls sich anzueignen, womit er seine Kräfte wieder herstellen könnte, denn er war nun wirklich erschöpft von Hunger und Strapazen.

Er stürzte also auf dieses höchstens eine halbe Werst entfernte Häuschen zu. Näher gekommen sah er erst, daß dieses Gebäude ein Telegraphenbüro war. Zwei Drähte liefen davon nach Osten und Westen aus und ein dritter Draht war in der Richtung nach Kolywan gespannt.

Wohl hätte man voraussetzen können, daß dieses Büro unter den jetzigen Verhältnissen verlassen sei, doch mochte dem sein wie ihm wollte, Michael Strogoff konnte dahin fliehen, im Notfalle die Nacht abwarten und sich dann wieder in die Steppe hinaus wagen, welche die tatarischen Plänkler durchirrten.

Michael Strogoff eilte geraden Wegs auf die Tür des Hauses zu und stieß sie schnell und heftig auf.

Eine einzige Person befand sich in dem Zimmer, in dem die Telgraphenleitungen zusammenliefen. Es war ein Beamter, der in seiner Ruhe, in seinem Phlegma sich nicht im geringsten darum kümmerte, was in der

Außenwelt vorging. Treu auf seinem Posten ausharrend, wartete er, daß das Publikum seine Dienste in Anspruch nehme.

Michael Strogoff rannte auf ihn zu und fragte mit vor Erschöpfung gebrochener Stimme: „Was wissen Sie Neues?" — „Ei nichts", erwiderte der Beamte lächelnd. — „Es sind doch Russen und Tataren handgemein geworden?" — „Man sagt es." — „Aber wer ist Sieger?" —„Das weiß ich selbst nicht."

So viel Gemütlichkeit unter so schrecklichen Verhältnissen, so viel Indifferenz erschien doch kaum glaublich. „Und der Draht ist noch nicht zerschnitten?" fragte Michael Strogoff. — „Zwischen Kolywan und Krasnojarsk ist die Leitung zerstört, sie funktioniert aber noch zwischen Kolywan und der russischen Grenze." — „Für die Regierung?" — „Für die Regierung, wenn sie es für nötig erachtet, für das Publikum, wenn dasselbe zahlt. Das Wort kostet zehn Kopeken. Wenn es Ihnen beliebt, mein Herr?"

Michael Strogoff wollte eben diesem Beamten ohnegleichen antworten, daß er keine Depesche abzusenden habe, sondern nur gekommen sei, um etwas Brot und Wasser zu erbitten, als die Tür des Hauses wieder hastig aufgerissen wurde.

Michael Strogoff bereitete sich schon, in dem Glauben, das Haus sei von Tataren überfallen, zu einem Sprunge durch das Fenster, als er noch sah, daß nur zwei einzelne Männer in den Raum eintraten, die tatarischen Soldaten nicht im geringsten ähnelten.

Mit einem leicht erklärlichen Erstaunen erkannte Michael Strogoff in diesen zwei Männern zwei Persönlichkeiten wieder, an die er jetzt nicht im entferntesten dachte und die er überhaupt niemals wieder zu sehen geglaubt hatte.

Es waren die beiden Berichterstatter Harry Blount und Alcide Jolivet, jetzt keine Reisegefährten mehr, sondern Rivalen, ja Feinde, seitdem sie ihre Tätigkeit auf dem Kriegsschauplatze begannen.

Ischim verließen sie seinerzeit nur wenige Stunden nach Michael Strogoffs Weiterreise, und wenn sie auf derselben Straße Kolywan vor ihm erreichten, ja, ihn selbst unterwegs überholten, so kam das daher, daß Michael Strogoff am Ufer des Irtysch drei Tage eingebüßt hatte.

Jetzt, nach Beobachtung des Kampfes zwischen den russischen und tatarischen Truppen dicht vor der Stadt, hatten sie Kolywan in dem Augenblicke verlassen, als der Streit sich in die Straßen der Stadt hinein fortsetzte, waren nach der Telegraphenstation gelaufen, um ihre rivalisierenden Depeschen nach Europa abzulassen und einer dem andern die erste Meldung der Tagesereignisse streitig zu machen.

Michael Strogoff trat etwas bei Seite an eine dunklere Stelle und konnte von hier aus, ohne selbst gesehen zu werden, alles sehen und hören. Jedenfalls durfte er auf wichtige Neuigkeiten hoffen, um aus diesen entnehmen zu können, ob er sich nach Kolywan hinein wagen dürfe oder nicht.

Harry Blount, der sich noch mehr beeilte, als sein Kollege, hatte den Platz am Schalter eingenommen, während Alcide Jolivet ganz gegen seine Gewohnheit ungeduldig mit den Füßen stampfte.

„Jedes Wort kostet zehn Kopeken", sagte der Beamte, die Depesche entgegennehmend. Harry Blount stapelte auf einer Zähltafel eine kleine Säule Rubel auf, die sein Kollege mit dem Ausdruck einer gewissen Verwunderung betrachtete.

Und mit der unerschütterlichsten Kaltblütigkeit der Welt begann er folgende Depesche abzutelegraphieren: „Daily-Telegraph, London. Aus Kolywan, Gouvernement Omsk in Sibirien, am 6. August. Gefecht zwischen russischen Truppen und Tataren ..."

Da die Worte laut vorgelesen wurden, hörte Michael Strogoff auch alles, was der englische Korrespondent seinem Journale mitteilte.

„Die russischen Truppen mit großen Verlusten zurückgedrängt. Tataren an demselben Tage in Kolywan eingezogen ..."

Diese Worte beendigten die Depesche.

„Nun ist die Reihe an mir", rief Alcide Jolivet, der eine an seine Cousine im Faubourg Montmartre adressierte Depesche aufgeben wollte. Das wollte aber dem englischen Reporter keineswegs passen; denn dieser dachte gar nicht daran, den Schalter zu verlassen, um alle Ereignisse, die er von hier aus etwa noch beobachten konnte, sofort nach Hause berichten zu können. Er machte also seinem Gefährten nicht Platz.

„Sie sind aber doch fertig! ..." rief Alcide Jolivet. — „Ich bin noch nicht zu Ende", antwortete einfach Harry Blount.

Er schrieb sofort eine Reihe Worte auf, die er dem Beamten übergab, welcher sie mit stets gleichmäßig ruhiger Stimme durchlas:

„Am Anfang schuf Gott Himmel und Erde! ..."

Es waren die ersten Verse aus der Bibel, welche Harry Blount telegraphierte, um die Zeit auszufüllen und seinem Kollegen gegenüber den einmal eingenommenen Platz zu behaupten. Dieser Ausweg kostete seinem Journal vielleicht einige tausend Rubel, aber es erhielt dafür auch die allerersten Berichte. Frankreich konnte warten!

Man begreift wohl den Ärger und die Wut Alcide Jolivets. Unter allen anderen Verhältnissen hätte er zwar begriffen, daß dieses Verfahren ein gesetzlich vollkommen begründetes war, jetzt suchte er aber den Beamten womöglich zu nötigen, daß er seiner Depesche vor der Fortsetzung der seines Kollegen den Vorzug gebe.

„Der Herr ist in seinem Recht", bedeutete ihm ruhig der Beamte, indem er auf Harry Blount wies und ihm liebenswürdig zulächelte. Und er fuhr pflichtgetreu fort, an den „Daily-Telegraph" den ersten Vers der Heiligen Schrift zu telegraphieren.

Während der Manipulationen an den Apparaten begab sich Harry Blount ruhig an's Fenster und beobachtete mit einem Fernglase, was etwa um Kolywan vorging, um seine Berichte zu vervollständigen.

Einige Augenblicke später nahm er seinen Platz am Schalter wieder ein und fügte seinem Telegramm hinzu: „Zwei Kirchen stehen in Flammen. Die Feuersbrunst scheint sich nach dem rechten Flußufer zu auszubreiten. Und die Erde war wüst und leer und es war finster auf der Tiefe ..."

In Alcide Jolivet stieg eine höllische Lust auf, den ehrenwerten Korrespondenten des Daily-Telegraph einfach zu erwürgen.

Wiederholt interpellierte er den Beamten, der ihm stets mit der nämlichen Ruhe die Antwort gab: „Der Herr ist in seinem Recht, vollkommen in seinem Recht. Das Wort kostet zehn Kopeken."

Und unverdrossen telegraphierte er die folgende Neuigkeit, die ihm Harry Blount brachte. „Russische Flüchtlinge drängen sich aus der Stadt. Und Gott sprach, es werde Licht und es ward Licht! ..." Alcide Jolivet wollte buchstäblich vor Wut bersten.

Inzwischen war Harry Blount wieder zum Fenster zurückgekehrt, zog aber seine Beobachtung, wahrscheinlich gefesselt vom Interesse an dem Schauspiel, das sich vor seinen Augen abspielte, etwas zu sehr in die Länge. Sobald der Telegraphist also den dritten Vers der Bibel abgesendet hatte, nahm Alcide Jolivet geräuschlos am Schalter Platz und übergab, nach Deponierung einiger recht anständiger Rubelrollen, seine Depesche dem Beamten, der sie wiederum mit lauter Stimme verlas: „Madeleine Jolivet, 10, Faubourg Montmartre (Paris). Aus Kolywan, Gouvernement Omsk in Sibirien, am 6. August.

„Flüchtlinge entweichen aus der Stadt. Die Russen geschlagen. Heftige Verfolgung durch die tatarische Kavallerie ..."

Und als Harry Blount nach dem Schalter zurückkehrte, vernahm er nur, wie Alcide Jolivet sein Telegramm in halb singendem, lustigem Tone vervollständigte:

„Es ist ein kleines Männchen,
Gekleidet ganz in Grau,
In Paris! ...“

Da er es für unpassend hielt, Profanes und Heiliges untereinander zu mengen, so benutzte er den Refrain eines lustigen Liedes Béranger's an Stelle der Bibelverse.

„Oha!“ platzte Harry Blount heraus. — „Ja, ja, so geht's“, erwiderte lachend Alcide Jolivet.

Inzwischen gestalteten sich die Verhältnisse in den Umgebungen Kolywans immer bedrohlicher. Die Schlacht wälzte sich näher heran, der Geschützdonner krachte immer entsetzlicher.

Da erzitterte plötzlich das ganze Telegraphenamt in allen Fugen. Eine Granate hatte die Mauer durchschlagen und eine dichte Staubwolke erfüllte den ganzen Raum.

Alcide Jolivet schrieb erst noch folgende Zeilen vollends nieder:

„Bausbäckig, wie ein Apfel,
Doch ohn' ein'n Heller Geld ...“

Dann hielt er inne, stürzte auf die Granate zu, erfaßte sie noch vor der Explosion derselben mit beiden Händen, warf sie zum Fenster hinaus und trat wieder an den Schalter — alles das Werk eines Augenblicks. Fünf Sekunden später zersprang die Granate vor dem Hause in tausend Stücke.

Alcide Jolivet ließ sich im weiteren Aufsetzen seines Telegrammes gar nicht stören und fügte ihm völlig ruhig und kaltblütig hinzu: „Eine sechspfündige Granate schlug soeben durch die Mauer des Telegraphenamtes. In Erwartung noch weiterer von gleichem Kaliber ...“

Michael Strogoff schwand jeder Zweifel, daß die Russen aus Kolywan vertrieben seien. Sein einziger Ausweg blieb es also, sich durch die südliche Steppe zu wagen.

Da knatterte eine furchtbare Gewehrsalve nahe dem Telegraphenamte und ein Hagelschauer von Kugeln zersplitterte die Fensterscheiben. An der Schulter getroffen fiel Harry Blount zur Erde. Alcide Jolivet eilte, seiner Depesche noch einen Anhang hinzuzufügen. „Harry Blount, Korrespondent des Daily-Telegraph, an meiner Seite von einer Kugel getroffen ...“

Da unterbrach ihn der kaltblütige Beamte und sagte mit seiner unerschütterlichen Ruhe: „Mein Herr, die Leitung ist unterbrochen.“

Den Schalter schließend griff er ganz ruhig nach seinem Hute, bürstete ihn sorgfältig mit dem Ellbogen und verließ, immer lächelnd, das Haus durch eine kleine Nebentür, welche Michael Strogoff bis dahin entgangen war.

Das Gebäude ward unmittelbar darauf von tatarischen Truppen besetzt, so daß weder Michael Strogoff noch die beiden Journalisten ihren Rückzug zu bewerkstelligen vermochten.

Mit seiner nun zwecklosen Depesche in der Hand eilte Alcide Jolivet zu dem auf dem Boden liegenden Harry Blount und gab sich Mühe, letzteren auf die Schultern zu nehmen in der Absicht, mit ihm zu entkommen ... Zu spät!

Beide wurden gefangen und gleichzeitig mit ihnen fiel Michael Strogoff, als er sich eben anschickte, zu einem Fenster hinaus zu springen, in die Hände der Tataren!

Ein tatarisches Feldlager

Eine Tagesreise von Kolywan und einige Werst jenseits des Fleckens Diachinsk breitet sich eine große Ebene aus, auf der sich einige hohe Bäume, vorzüglich Tannen und Zedern, erheben.

Während der warmen Jahreszeit wird dieser Teil der Steppe gewöhnlich von sibirischen Hirten besucht und gewährt auch den zahlreichen Herden derselben hinlängliche Nahrung. Jetzt hätte man wohl vergeblich nach einem dieser nomadisierenden Bewohner gesucht. Nicht daß diese fruchtbare Ebene verlassen und öde gewesen wäre, — im Gegenteil, sie zeigte ein ganz außergewöhnliches Leben. Hier erhoben sich nämlich die Zelte der Tataren, hier lagerte Feofar-Khan, der grausame Emir von Bukhara, und eben an diesem Morgen, am 7. August, wurden die bei Kolywan nach der Zersprengung des kleinen russischen Korps gemachten Gefangenen hierher gebracht. Von jenen 2000 Mann, welche sich zwischen die zwei auf Omsk und Tomsk gestützten feindlichen Heersäulen gewagt hatten, waren nur noch einige hundert Soldaten davongekommen.

Der Verlauf der Ereignisse war also kein günstiger, und die kaiserliche Regierung erschien jenseits des Ural ernstlich bedrängt — mindestens für den Augenblick, denn früher oder später mußte es den Russen ja wohl gelingen, die Eindringlinge zu Paaren zu treiben. Jedenfalls hatten die räuberischen Horden das Herz Sibiriens erreicht und der feindliche Angriff drohte sich über das empörte Land entweder nach den Provinzen im Westen oder nach denen im Osten zu verbreiten. Irkutsk war jetzt von aller Verbindung mit Europa abgeschnitten. Wenn die Truppen vom Amur und aus der Provinz Jakutsk nicht rechtzeitig eintrafen, um diese Hauptstadt Sibiriens zu besetzen, so mußte sie wohl, bei den mangelhaften Kräften zu ihrer Verteidigung, den Tataren in die Hände fallen, und bevor es dann möglich wurde, sie diesen wiederum zu entreißen, blieb der Großfürst, der Bruder des Kaisers, den Rachegelüsten Iwan Ogareffs preisgegeben.

Was war nun mit Michael Strogoff geschehen? Beugte er sich unter der Last so vieler Prüfungen? Betrachtete er sich als besiegt durch so viele Hindernisse, die ihn seit dem Unfalle von Ichim unausgesetzt verfolgten? Gab er seine Partie verloren, sah er seine Sendung für verfehlt, die Überlieferung seines Mandats für unmöglich an?

Michael Strogoff gehörte zu den Menschen, die sich erst dann nicht mehr regen, wenn sie tot zusammengebrochen sind. Jetzt lebte er noch, war sogar ganz unverwundet geblieben, das kaiserliche Handschreiben verwahrte er noch immer, sein Inkognito war noch unverletzt. Gewiß befand er sich unter den zahlreichen Gefangenen, welche die Tataren wie eine Herde Vieh daher trieben; aber mit der Annäherung an Tomsk kam er auch Irkutsk näher, und jedenfalls blieb Iwan Ogareff immer hinter ihm zurück.

„Ich werde noch ankommen!" wiederholte er sich immer wieder.

Seit jener Affäre bei Kolywan drängte sich seine ganze Lebenskraft zusammen in dem einen Gedanken, seine Freiheit zu erlangen. Wie er den Soldaten des Emirs entrinnen würde? — Das wollte er sehen, wenn der passende Zeitpunkt da wäre.

Feofars Feldlager bot einen prächtigen Anblick. Zahllose Zelte aus Tierfellen, Filz oder Seidenstoffen schillerten in den Strahlen der Sonne. Lange, reiche Troddeln auf ihren schlank zulaufenden Spitzen wiegten sich zwischen buntfarbigen Fahnen, Standarten und Feldzeichen hin und her. Eine besondere Flagge, mit einem Pferdeschweif als Schmuck, deren Lanzenschaft sich aus einem kunstvoll geordneten Bündel roter und weißer Stäbe erhob, bezeichnete den hohen Rang dieser Tatarenhäuptlinge. Weit über Sehweite hinaus erstreckten sich endlich die Reihen jener turkomanischen Zelte, die auf dem Rücken der Kamele mitgeführt wurden.

Als die bei Kolywan gemachten Gefangenen vor den Zelten Feofars und der Großwürdenträger des Khanates anlangten, wirbelten die Trommeln und schmetterten die Trompeten. Zu dem entsetzlichen Getöse mischte sich aber auch noch das Knattern von Gewehrfeuer und der Donner vier- und sechspfündiger Geschütze, welche die Artillerie des Emirs bildeten.

Der Emir befand sich, als die Gefangenen in das Lager getrieben wurden, glücklicherweise in seinem Zelte. Eine Handbewegung, ein Wort von ihm hätte wohl hingereicht, ein blutiges Strafgericht in Szene zu setzen. Er hielt sich aber zurück in seiner Isoliertheit, welche zum Teil die Majestät der orientalischen Fürsten erhält. Man bewundert den, der sich nicht zeigt, und fürchtet ihn mehr.

Die Gefangenen selbst wurden in einer Umzäunung eingepfercht, wo sie mißhandelt, nur notdürftig ernährt und allen verderblichen Einflüssen des Klimas ausgesetzt, der Entscheidung Feofars entgegenharrten.

Der gelehrigste von allen, wenn auch nicht der geduldigste, war Michael Strogoff. Er ließ sich gern führen, denn man führte ihn dahin, wohin er selbst wollte, und das in verhältnismäßiger Sicherheit, die er, frei und allein reisend, auf dem Wege von Kolywan nach Tomsk nie hätte finden können.

„Einmal in Tomsk“, wiederholte er sich manchmal, um Regungen seiner Ungeduld, deren er nicht völlig Meister werden konnte, zu unterdrücken, „werde ich binnen weniger Minuten über die Vorpostenkette hinaus sein, und zwölf Stunden vor Feofar, zwölf Stunden nur vor Ogareff voraus zu sein, dies genügt mir, um ihnen nach Irkutsk zuvor zu kommen!“

Was Michael Strogoff am meisten fürchtete und wohl auch fürchten mußte, das war die Anwesenheit Iwan Ogareffs in dem tatarischen Lager. Abgesehen von der Gefahr, erkannt zu werden, verriet ihm ein gewisser Instinkt, daß es für ihn von besonderer Wichtigkeit sei, gerade diesem Verräter zuvorzukommen. Er sah auch recht wohl ein, daß durch die Vereinigung der Heeresabteilungen Iwan Ogareffs und Feofar-Khans die feindliche Armee nun vollzählig wurde und mit aller Macht nach der ostsibirischen Hauptstadt zu aufbrechen werde. Eben diese Aussicht erregte ihn ihm aber die schwersten Befürchtungen, und aufmerksam lauschte er auf jeden schmetternden Trompetenstoß, ob dieser etwa das Eintreffen jenes Unterbefehlshabers des Emirs verkünde.

An solche Gedanken reihten sich dann noch die Erinnerungen an seine Mutter und an Nadia, deren erstere in Omsk zurückgeblieben, die andere auf den Barken des Irtysch weggeschleppt worden war. Würde er jene zwei überhaupt wiedersehen? Krampfhaft zuckte ihm das Herz bei dieser Frage, welche er sich nicht zu beantworten wagte.

Gleichzeitig mit Michael Strogoff und vielen anderen Gefangenen waren auch Harry Blount und Alcide Jolivet in das Tatarenfeldlager transportiert worden.

Alcide Jolivet hatte seit dem Augenblick, da sein Kollege an seiner Seite fiel, diesem die größte Sorgfalt gewidmet. Von Kolyvan bis nach dem Lager, daher auf einem Wege von mehreren Stunden, konnte Harry Blount dadurch, daß er sich auf den Arm seines Rivalen stützte, dem Gefangenenzuge folgen. Erst wollte er sich in seiner Eigenschaft als Engländer legitimieren, das hätte ihm aber gegenüber diesen Barbaren, welche nur mit Lanzenstößen und Säbelhieben antworteten, nicht im mindesten genützt. Der ehrenwerte Korrespondent der „Daily-Telegraph" teilte also zunächst das Schicksal der übrigen, und es blieb ihm überlassen, später zu reklamieren und Satisfaktion für die erlittene Behandlung zu verlangen.

Alcide Jolivet, den seine praktische Philosophie niemals im Stiche ließ, hatte seinen Genossen physisch und moralisch durch alle ihm zu Gebote stehenden Mittel möglichst gestärkt. Als er sich unabwendbar in jene Hürde eingeschlossen sah, eilte er zunächst, Harry

Blounts Wunde zu untersuchen. Es gelang ihm recht gut, jenen zu entkleiden, und er überzeugte sich, daß dessen Schulter nur von dem Sprengstück einer Kugel gestreift worden war.

„O, es ist nichts!“ sagte er. „Eine ganz einfache Schramme. Nach zwei oder drei kühlen Umschlägen ist die ganze Sache vorüber.“ — „Aber diese notwendigen Umschläge? . . .“ fragte Harry Blount. — „Die mache ich Ihnen selbst.“ — „Sie sind also ein wenig Arzt?“ — „Alle Franzosen sind halbe Ärzte!“

Nach dieser dreisten Versicherung zerriß Alcide Jolivet sein Taschentuch, zupfte aus einem Stücke desselben Charpie, legte ein anderes zu einem Tampon zusammen, holte aus einem in der Mitte des Platzes gelegenen Ziehbrunnen Wasser, wusch die glücklicherweise nur leichte Wunde sorgfältig aus und legte mit großer Geschwindigkeit die feuchten Leinenstücke auf Harry Blounts Schulter.

„Ich danke Ihnen, Herr Jolivet“, sagte Harry Blount, indem er sich auf ein Lager von dürren Blättern hinstreckte, das sein Begleiter ihm im Schatten einer Birke zurecht gemacht hatte. — „Ei, das ist ja gar nicht der Rede wert. Sie hätten an meiner Stelle dasselbe getan.“ — „Ja, ich weiß nicht . . .“ antwortete Harry Blount ziemlich naiv. — „Sie Spaßvogel! alle Engländer sind edelmütig!“ — „Gewiß, aber die Franzosen . . . ?“ — „Nun ja, die Franzosen sind gut, vielleicht sogar etwas einfältig; aber was das wieder gut macht, ist, daß sie eben Franzosen sind. Doch sprechen wir nicht mehr davon oder, noch besser, sprechen wir jetzt lieber gar nicht mehr. Sie brauchen meiner Meinung nach nun vor allen Dingen Ruhe.“

Harry Blount hatte aber verzweifelt wenig Lust zu schweigen. Wenn er als Verwundeter vernünftigerweise daran denken konnte, zu schlafen, so war das doch mit ihm als Korrespondenten des „Daily-Telegraph“ keineswegs der Fall.

„Herr Jolivet“, begann er, „glauben Sie, daß unsere

letzten Depeschen noch über die russische Grenze befördert worden sind?" — „Wie kommen Sie darauf?" antwortete Alcide Jolivet. „Um die jetzige Stunde wird meine glückselige Cousine schon wissen, was von dem Treffen bei Kolywan zu halten ist." — „Wie viele Exemplare dieser Depeschen druckt Ihre Cousine?" forschte Harry Blount, der diese Frage zum ersten Male unumwunden an seinen Kollegen richtete. — „Sehr gut!" erwiderte lachend Alcide Jolivet. „Meine Cousine ist eine ungemein diskrete Person, die nicht gern von sich reden hört und unglücklich sein würde, wenn sie Ihnen den so notwendigen Schlummer störte." — „Ich mag nicht schlafen", versetzte der Engländer. „Was urteilt Ihre Cousine wohl über die Sachlage?" — „Nun, daß es mit den Russen augenblicklich nicht zum besten steht. Doch, was da! die moskowitische Regierung ist mächtig, sie braucht sich wegen eines Barbareneinfalles nicht ernstlich zu beunruhigen, und Sibirien wird und kann ihr nicht verlorengehen." — „Überhebung hat schon die größten Reiche gestürzt!" antwortete Harry Blount, der von einer gewissen „englischen" Eifersüchtelei wegen der russischen Prätentionen in Zentralasien nicht ganz frei war.

„O, bitte, nur keine Politik treiben", rief Alcide Jolivet. „Das ist von der Fakultät untersagt! Für Schulterwunden gibt es gar nichts Gefährlicheres!... Sie müßten denn dadurch einschlummern wollen!" — „So sprechen wir davon, was uns zu tun übrig bleibt", lenkte Harry Blount ein. „Ich, Herr Jolivet, verspüre nicht die mindeste Lust, hier unbedingt Gefangener der Tataren zu bleiben." — „Ich bei Gott auch nicht!" — „Wir werden uns bei erster bester Gelegenheit davon zu machen suchen." — „Ja, wenn's zur Wiedererlangung unserer Freiheit kein anderes Mittel gibt."

„Wissen Sie ein anderes?" fragte Harry Blount und sah seinen Begleiter erwartungsvoll an.

„Gewiß! Wir sind keine Kombattanten, wir sind neutral und werden reklamieren." — „Bei Feofar-Khan? Bei diesem wilden Tiere?“ — „Nein, er verstände das nicht“, erwiderte Alcide Jolivet; „aber bei Iwan Ogareff, seinem Untergeneral.“ — „Der ist ein Schurke!“ — „Zugegeben; aber dieser Schurke ist wenigstens ein Russe. Er weiß, daß er mit dem Völkerrecht nicht spielen darf, und hat auch kein Interesse, uns zurückzuhalten. Von dem Herrn etwas zu verlangen, das soll mir nicht schwer werden.“ — „Dieser Herr befindet sich aber nicht im Lager, mindestens habe ich ihn noch nicht bemerkt“, äußerte Harry Blount. — „Er wird hierher kommen. Das kann nicht fehlen. Er muß sich hier dem Emir anschließen. Jetzt ist Sibirien in zwei Kriegstheater geteilt, und offenbar erwartet Feofars Armee nur ihn, um nach Irkutsk abzumarschieren.“

„Und was tun wir, wenn wir frei sind?“ — „Ei nun, wir setzen ebenfalls unsern Feldzug fort und folgen den Tataren, bis sich Gelegenheit bietet, in das Lager der Gegner überzugehen. Zum Teufel, man darf doch nicht fahnenflüchtig werden! Wir stehen ja erst im Anfang. Sie, Herr Kollege, haben schon das Glück gehabt, im Dienste des ‚Daily-Telegraph‘ eine Wunde davonzutragen, aber ich — ich habe im Dienste meiner Cousine noch gar nichts geleistet. Vorwärts! Vorwärts! — Ach, schön“, fuhr Alcide Jolivet leiser fort, „er schlummert ein. Einige Stunden Schlaf und ein paar Kompressen mit frischem Wasser, mehr bedarf es nicht, um einen Engländer wieder auf die Beine zu bringen. Diese Leute sind aus Eisenblech konstruiert!“

Und während Harry Blount der Ruhe genoß, wachte Alcide Jolivet an seiner Seite, nachdem er ein Taschenbuch hervor geholt hatte, das er mit Notizen bedeckte, gleichzeitig fest entschlossen, diese mit seinem Begleiter, gewiß zur größten Befriedigung der Abonnenten des „Daily-Telegraph“, ehrlich zu teilen. Der Gang der Ereignisse hatte die beiden Männer aneinander geknüpft und sie weiterer Eifersüchtelei enthoben.

Was also Michael Strogoff vor allem fürchtete, gerade das wünschten die beiden Journalisten sehnsüchtig herbei. Das Erscheinen Iwan Ogareffs mußte für diese offenbar von Vorteil sein, denn sobald ihre Eigenschaft eines englischen und französischen Korrespondenten erst festgestellt war, mußten sie höchstwahrscheinlich sofort in Freiheit gesetzt werden.

Vier Tage verstrichen ohne irgend welche Veränderung der Sachlage. Von der Aufhebung des Lagers hörten die Gefangenen kein Wort sprechen. Sie wurden strengstens überwacht. Es wäre tatsächlich unmöglich gewesen, den Kordon von Fußvolk und Reitern, der sich um die Hürde schloß, zu durchbrechen. Die ihnen gebotene Nahrung schützte eben nur vor dem Verhungern. Zweimal binnen vierundzwanzig Stunden erhielt jeder ein Stück auf Kohlen geröstetes Ziegenfleisch gereicht, oder eine Ration von jenem „Krut“ genannten Käse, der aus saurer Schafmilch gewonnen wird und, in Stutenmilch geweicht, die gewöhnlich „Kumiß“ genannte Speise der Kirgisen darstellt. Das war alles. Hierzu kam, daß die Witterung wahrhaft abscheulich wurde. Heftige Störungen in der Atmosphäre führten stürmische Winde mit Regenschauern herbei. Schutzlos mußten die Unglücklichen diesen ungesunden Witterungswechsel aushalten, ohne daß man ihre Leiden irgendwie zu mindern gesucht hätte. Einige Verwundete, mehrere Frauen und Kinder starben dabei, deren Leichen die Gefangenen selbst einscharren mußten, da ihre Peiniger jenen sogar ein Grab verweigerten.

Sollte dieser Jammerzustand länger andauern? Wollte Feofar-Khan, befriedigt durch die ersten glücklichen Erfolge, einige Zeit rasten, bevor er auf Irkutsk marschierte? Man hätte das wohl befürchten können, es kam indes anders. Das von Alcide Jolivet und Harry Blount so herbeigesehnte, von Michael Strogoff so gefürchtete Ereignis trat am Morgen des 12. August wirklich ein.

An diesem Tage schmetterten die Trompeten, wirbelten die Trommeln und knatterten die Musketen. Eine ungeheure Staubwolke wälzte sich langsam über der Straße von Kolywan dahin.

Iwan Ogareff hielt, gefolgt von vielen Tausend Mann, seinen Einzug in das Lager der Tataren.

Alcide Jolivets Haltung

Gleichzeitig mit den Soldaten brachte Iwan Ogareff auch einen Transport russischer und sibirischer Gefangener, die bei Omsk oder Kolywan in Feindeshand gefallen waren. Diese Unglücklichen wurden gar nicht erst in die Umzäunung geführt, welche ohnedies schon zu klein für alle die erschien, welche darin schmachteten, sondern hielten bei den Vorposten, ohne jeden Schutz, fast ohne Nahrung. Welches Los stand diesen wohl durch Feofar-Khan bevor? Würde er sie in Tomsk einkerkern oder sollte sie vielleicht eine blutige Exekution, das gewöhnliche Verfahren der Tatarenhäuptlinge, dezimieren? Noch blieb das ein Geheimnis des launischen Emirs.

Als Iwan Ogareff erschien, blieben die Großwürdenträger auf ihren goldbetreßten Kissen ruhig sitzen; Feofar-Khan dagegen erhob sich von dem reichen Divan im Hintergrunde des Zeltes. dessen Fußboden der weiche Sammet eines bukharischen Teppichs verhüllte.

Der Emir näherte sich Iwan Ogareff und gab ihm einen Kuß; ein Zeichen, dessen Bedeutung jener sehr wohl kannte. Dieser Kuß erhob den Unterbefehlshaber zum Vorsitzenden des Rats und stellte ihn zeitweilig über den Khodja. Hierauf wendete sich Feofar-Khan zu Iwan Ogareff.

„Ich habe dich nichts zu fragen", begann er, „sprich du selbst, Iwan, du wirst hier nur Ohren finden, welche bereit sind, deine Reden zu hören." — „Takhsir", erwiderte Iwan Ogareff, „so höre, was ich zu sagen habe." Iwan Ogareff sprach tatarisch und drückte sich mit dem emphatischen Schwunge aus, der die Sprache der Orientalen auszeichnet. „Takhsir, die Zeit ist unnützen Worten nicht hold! Du weißt, was ich an der Spitze deiner

Truppen getan habe. Die Linien des Ichim und Irtysch sind in unserer Macht und die Turkomanenreiter können ihre Pferde in dem nun tatarisch gewordenen Strome tränken. Die Kirgisenhorden erheben sich auf den Ruf Feofar-Khans, und dein ist die Hauptstraße Sibiriens vom Ischim bis nach Tomsk. Du kannst von hier aus deine Heersäulen ebenso wohl nach dem Osten entsenden, wo die Sonne aufgeht, als hinaus nach dem Westen, wo sie sich niederlegt."

„Und wenn ich mit der Sonne marschiere?" fragte der Emir, ohne daß ein Zug des Gesichts die Gedanken seines Innern verriet.

„Wenn du mit der Sonne gehst", antwortete Iwan Ogareff, „so wirst du nach Europa gelangen und in schnellem Siegeslaufe die sibirischen Provinzen von Tobolsk bis nach den Bergen des Ural gewinnen." — „Und wenn ich der Fackel des Himmels entgegenziehe?" — „So wirst du mit Irkutsk die reichen Gebiete des mittleren Asiens der tatarischen Herrschaft unterwerfen."

„Doch die Armeen des Sultans von Petersburg?" fragte Feofar-Khan, der mit diesem sonderbaren Titel den Kaiser von Rußland bezeichnete. — „Von ihnen hast du nichts zu fürchten, weder nach Sonnenaufgang noch nach Sonnenuntergang zu", entgegnete Iwan Ogareff. „Unser Einfall erfolgte zu plötzlich, und bevor die russische Armee imstande ist, ihnen Hilfe zu leisten, werden Irkutsk oder Tobolsk in deine Hände gefallen sein. Die Truppen des Zaren sind bei Kolywan aufgerieben worden, wie es überall geschehen wird, wo die Deinen gegen jene verächtlichen Heerhaufen des Okzidentes streiten werden."

„Und welchen Rat gibt dir deine Ergebenheit für die Sache der Tataren ein?" fragte der Emir nach einer kurzen Pause. — „Mein Rat", entgegnete Iwan Ogareff lebhaft und schnell, „geht dahin, der Sonne entgegen zu ziehen! Das Gras der östlichen Steppen sollen die Rosse der Turkomanen abweiden. Jetzt gilt es, Irkutsk einzunehmen, die Hauptstadt der Provinz des Ostens, und mit ihr eine Geisel zu gewinnen, welche den Besitz eines großen Landes aufwiegt. Jetzt muß, da es der Zar nicht selbst sein kann, an seiner Stelle der Großfürst, sein Bruder, in deine Hände fallen."

Das war das letzte Ziel, dem Iwan Ogareff nachstrebte. Sich des Großfürsten zu bemächtigen, ihn ohne Mitleid in Fesseln zu schlagen, nach dieser Befriedigung seines Hasses geizte er unablässig. Die Einnahme von Irkutsk unterwarf übrigens gleichzeitig das ganze östliche Sibirien der Herrschaft der Tataren.

„Es geschehe, wie du sagst, Iwan", erwiderte Feofar-Khan. — „Wie lauten deine Befehle, Takhsir?" — „Noch heute soll unser Hauptquartier nach Tomsk verlegt werden." Iwan Ogareff verneigte sich und zog sich in Begleitung des Housch-Begui zurück, um die Befehle des Emirs auszuführen.

Eben als er zu Pferde steigen wollte, nach den Vorposten zurückzukehren, entstand in einiger Entfernung, in dem von den Gefangenen eingenommenen Teil des Lagers, ein gewisser Tumult. Man vernahm wüstes Geschrei, dem zwei oder drei Gewehrschüsse folgten. Handelte es sich hier um den Versuch einer Revolte oder einer Massenflucht, welche summarisch zurückgewiesen wurde?

Iwan Ogareff und der Housch-Begui gingen ein wenig nach der Gegend zu und fast gleichzeitig erschienen zwei Männner, trotz der Anstrengung der Soldaten, sie zu halten, vor den beiden Offizieren.

Der Housch-Begui machte ohne weitere Nachforschungen ein Zeichen mit der Hand, welches einem Todesbefehl gleichkam, der die Köpfe der Gefangenen wohl schnell hätte in den Sand rollen lassen, als Iwan Ogareff einige Worte fallen ließ, die dem schon über jenen geschwungenen Säbel Halt geboten. Der Russe hatte schnell erkannt, daß die beiden Gefangenen Fremde waren, und befahl, sie ihm vorzuführen. Man ließ nun Harry Blount und Alcide Jolivet vortreten.

Seit der Ankunft Iwan Ogareffs im Lager hatten sie schon verlangt, vor ihn gebracht zu werden. Die Soldaten schlugen ihren Wunsch einfach ab. Daraus entspann sich ein Streit, der mit einem Fluchtversuche und einigen Gewehrschüssen endigte, denen die Journalisten noch ohne Verwundung entgingen; immerhin hätten sie ohne das Dazwischentreten des Emirs ihren Widerstand gewiß bald mit dem Leben zu büßen gehabt.

Letzterer examinierte die ihm vollständig unbekannten Gefangenen einige Augenblicke. Dieselben hatten zwar dem Auftritt im Relais zu Ischim beigewohnt, als Michael Strogoff von Iwan Ogareff geschlagen wurde. Der brutale Reisende von damals hatte indes den mit anwesenden Personen keinerlei Aufmerksamkeit geschenkt.

Harry Blount und Alcide Jolivet dagegen erkannten jenen vollkommen wieder und letzterer sagte halblaut: „Sieh da! Es scheint, der Oberst Ogareff und der grobe Reisende von Ischim sind ein und dieselbe Person!“ Dann raunte er seinem Begleiter noch ins Ohr: „Setzen Sie ihm unsere Angelegenheit auseinander, Blount, Sie erweisen mir einen großen Gefallen. Der russische Oberst in einem Tatarenlager mißfällt mir gar zu sehr, und wenn mein Kopf auch nur dank seiner Vermittlung noch auf meinen Schultern sitzt, so würden sich meine Augen doch lieber verächtlich von ihm abwenden, als ihm ins Angesicht sehen.“

In Alcide Jolivets Zügen malte sich die vollständigste und hochmütigste Gleichgültigkeit. Empfand es Iwan Ogareff, daß diese Haltung des Gefangenen etwas Beleidigendes für ihn hatte? Jedenfalls ließ er nichts davon bemerken.

„Wer sind Sie, meine Herren?“ fragte er rasch mit zwar sehr kaltem, aber minder als gewöhnlich rauhem Tone. — „Zwei Korrespondenten englischer und französischer Journale“, erwiderte Harry Blount lakonisch. — „Sie besitzen jedenfalls Papiere, Ihre Identität nachzuweisen?“ — „Hier sind Schriftstücke, welche uns in

Rußland bei den Kanzlern Englands und Frankreichs akkreditieren."

Iwan Ogareff nahm die Papiere, die ihm Harry Blount hinreichte, entgegen und las sie mit Aufmerksamkeit durch. „Sie begehren die Erlaubnis, unseren militärischen Operationen in Sibirien zu folgen?" begann er darauf. — „Wir begehren nichts als frei zu sein", entgegnete lakonisch der englische Reporter. — „Sie sind es, meine Herren", antwortete Iwan Ogareff, „und ich bin sehr begierig, Ihre Berichte im ‚Daily-Telegraph' zu lesen." — „Mein Herr", versetzte Harry Blount mit seinem nie aus dem Gleichgewicht kommenden Phlegma, „die Nummer kostet sechs Pence ohne das Postporto."

Iwan Ogareff lächelte nicht, gab seinem Pferde die Sporen und verschwand an der Spitze seiner Eskorte bald in einer Staubwolke.

„Nun, Herr Jolivet, was meinen Sie über Iwan Ogareff, den Oberanführer der Tatarenheere?" fragte Harry Blount. — „Ich denke noch daran, lieber Kollege", erwiderte lächelnd Alcide Jolivet, „daß jener Housch-Begui eine recht hübsche Geste machte, als er den Befehl gab, uns um einen Kopf kürzer zu machen!"

„Und nun", fragte Harry Blount, „was werden wir nun mit unserer Freiheit anfangen?" — „Zum Teufel, wir werden sie ausnutzen und ruhig nach Tomsk gehen, um zu sehen, was dort geschieht." — „Bis zu dem hoffentlich nicht mehr fernen Augenblick, der es gestattet, uns einem russischen Korps anzuschließen?" — „Ganz recht, mein lieber Blount; man darf sich nicht zu sehr tatarisieren! Die bessere Rolle spielen immer diejenigen, deren Waffen die Zivilisation verbreiten, und offenbar hätten die Volksstämme Zentralasiens alles zu verlieren und gar nichts bei diesem Einfalle der Halbwilden zu gewinnen; die Russen werden sie aber schon zu vertreiben wissen; das kann nur eine Frage der Zeit sein."

Das Erscheinen Iwan Ogareffs, dem Alcide Jolivet

und Harry Blount ihre Freiheit verdankten, stellte im Gegenteil aber eine große Gefahr für Michael Strogoff dar. Wenn der Zufall den Kurier des Zaren Iwan Ogareff vor Augen führte, mußte dieser ohne Zweifel den Reisenden wiedererkennen, den er auf dem Relais zu Ischim so brutal behandelt hatte, und wenn Michael Strogoff damals auch sich nicht, wie er es in jedem andern Falle getan hätte, gegen die ihm angetane Schmach verteidigte, so mußte er doch der Gegenstand erhöhter Aufmerksamkeit werden, was der Erreichung seiner Ziele gewiß nicht förderlich sein konnte.

Hierin lag die bedenklichere Seite der Anwesenheit Iwan Ogareffs. Dagegen durfte es als eine glückliche Folge seiner Ankunft betrachtet werden, daß noch an demselben Tage der Befehl zur Aufhebung des Lagers und zur Verlegung des Quartiers nach Tomsk erging.

Michael Strogoffs lebhafter Wunsch ging hiermit in Erfüllung. Seine Absicht war es, wie bekannt, Tomsk inmitten der übrigen Gefangenen zu erreichen, d. h. ohne dabei Gefahr zu laufen, Plänklern in die Hände zu fallen, welche die Umgegend jener wichtigen Stadt in großer Anzahl umschwärmten. Infolge der Ankunft Iwan Ogareffs aber und der Furcht, von diesem erkannt zu werden, entstand ihm doch die Frage, ob er nicht lieber auf den ersten Vorteil verzichten und unterwegs zu entfliehen versuchen solle. Michael Strogoff hätte sich wahrscheinlich noch für das letztere entschieden, als ihm zu Ohren kam, daß Feofar-Khan und Iwan Ogareff an der Spitze mehrerer tausend Reiter schon nach jener Stadt abgegangen seien.

„Ich werde es also abwarten“, sagte er sich, „wenn sich nicht eine ganz ausnahmsweise günstige Gelegenheit zur Flucht darbietet.“

In der Tat brauchte es nur einer Reise von drei Tagen, welche die Gefangenen unter strenger Aufsicht einer starken Abteilung Tataren durch die Steppe zurückzulegen hatten. Zwischen dem Lager und der Stadt lag eine Entfernung von einhundertfünfzig Werst. Den

Soldaten des Emirs, die an nichts Mangel litten, ward dieser Weg zwar leicht genug, desto schwerer aber den unglücklichen, durch Entbehrungen aller Art geschwächten Gefangenen. Mehr als eine Leiche sollte ihren Zug über die sibirische Heerstraße bezeichnen.

Am 12. August um zwei Uhr nachmittags, bei großer Hitze und wolkenlosem Himmel, gab der Toptschi-Baschi Befehl zum Aufbruch.

Nachdem sie sich Pferde gekauft hatten, waren Alcide Jolivet und Harry Blount schon auf dem Wege nach Tomsk, wo die Logik der Tatsachen die wichtigsten Personen dieser Geschichte voraussichtlich vereinigen mußte. Unter den von Iwan Ogareff nach dem tatarischen Lager geschleppten Gefangenen befand sich auch eine bejahrte Frau, deren Schweigsamkeit sie von allen übrigen, welche ihr Los teilten, auffallend unterschied. Kein Klagelaut kam über ihre Lippen. Man hätte sie eine Bildsäule des Schmerzes nennen können. Diese fast stets unbewegliche, ruhige und aufmerksamer als die andern bewachte Frau wurde, ohne daß sie es ahnte oder sich darum zu kümmern schien, stets von Sangarre beobachtet. Trotz ihres Alters hatte auch sie dem Gefangenentransporte zu Fuße folgen müssen, ohne daß jemand versucht hätte, ihr irgend eine Erleichterung zu gewähren.

Dagegen sendete die weise Vorsehung ein mutiges, liebenswürdiges anderes Wesen an ihre Seite, das ganz dazu geschaffen schien, ihr Beistand zu leisten. Unter ihren Unglücksgefährten befand sich ein junges, durch seine Schönheit und Kaltblütigkeit ausgezeichnetes Mädchen, das es sich zur Aufgabe machte, über sie zu wachen. Noch war zwischen den beiden Gefangenen kaum ein Wort gewechselt worden, und doch war das junge Mädchen stets zur Hand, wenn es der alten Frau nur den geringsten Dienst leisten konnte. Letztere hatte von Anfang an die stumme Sorgfalt der Unbekannten nicht ohne einiges Mißtrauen gesehen. Nach und nach besiegte aber der gerade, offene Blick des Mädchens ihre Zurückhaltung und die geheimnisvolle Sympathie, welche die Gemeinsamkeit des Schmerzes zwischen zwei gleichmäßig Unglücklichen so leicht hervorruft, die stolze, halb abweisende Kälte Marfa Strogoffs. Nadia — denn sie war es — hatte auf diese Weise unbewußt der Mutter einen Teil der Wohltaten zurückzahlen können, die sie dem Sohne schuldete. Ihr von Natur gutes Herz hatte sie hier doppelt gut geleitet.

Nadia war, nachdem sie die tatarischen Plänkler in die Barken auf dem Irtysch geschleppt hatten, nach Omsk gebracht worden. In der Stadt gefangen gehalten, teilte sie das Los aller derjenigen, welche die Truppen Iwan Ogareffs bis dahin eingebracht hatten, und folglich auch das Marfa Strogoffs.

Ohne ihre unbeugsame Energie wäre Nadia wohl dem doppelten Schlage, der sie traf, unterlegen. Die Unterbrechung ihrer Reise und der Tod Michael Strogoffs drückten und empörten sie zu gleicher Zeit. Vielleicht für immer getrennt von ihrem Vater, nach so unsäglichen glücklich überstandenen Mühen, die sie ihm genähert hatten, und, um ihren Schmerz aufs höchste zu steigern, der Verlust des unerschrockenen Begleiters, den Gott selbst ihr auf den Weg gesendet zu haben schien, um sie zum Ziel zu geleiten — alles hatte sie mit einem Schlage verloren. Nie schwand das Bild Michael Strogoffs, der vor ihren Augen von einem Lanzenstoße getroffen in den Fluten des Irtysch versank, aus ihren Gedanken. Mußte ein solcher Mann einen so traurigen Tod finden? Für wen sparte Gott seine Wunder, wenn dieser Gerechte, der gewiß einem edlen Zwecke diente, so jammervoll auf seinem Wege aufgehalten werden sollte?

Man begreift, daß Nadia, von solchen Gedanken erfüllt, für die Leiden ihrer Gefangenschaft fast unempfindlich wurde.

Da hatte sie der Zufall mit Marfa Strogoff zusammengeführt. Wie konnte sie auf den Gedanken kommen, daß diese alte Frau, ihre Mitgefangene, die Mutter ihres früheren Begleiters sein könne, der für sie ja stets der Kaufmann Nikolaus Korpanoff gewesen war. Und wie hätte Marfa auf der andern Seite ahnen können, welches Band der Erkenntlichkeit das junge Mädchen an ihren Sohn fesselte?

Nadia bot jener ihre Dienste nicht erst an, sie leistete sie ihr. Marfa kam nicht dazu, diese annehmen oder abschlagen zu können. An beschwerlicheren Stellen des Weges war das junge Mädchen da und unterstützte sie mit ihren Armen. Wenn Nahrungsmittel ausgeteilt wurden, hätte die alte Frau wohl nie etwas erhalten, aber Nadia teilte mit ihr die eigenen kärglichen Mahlzeiten, so daß sie beide den qualvollen Zug durch das Land auf gleiche Weise zurücklegten. Dank ihrer jungen Begleiterin vermochte Marfa Strogoff den Soldaten, welche den Gefangenentransport leiteten, zu folgen, ohne an einen Sattelknopf gefesselt zu werden, wie manche andere Unglückliche, welche so auf ihrem Schmerzenswege dahingeschleppt wurden.

„Gott lohne es dir, meine Tochter, was du für meine alten Tage getan hast!" sagte einmal Marfa Strogoff, das einzige Wort, das während einer langen Zeit zwischen den beiden armen Wesen gewechselt worden war.

Man hätte meinen sollen, daß die ältere Frau und das junge Mädchen im Verlaufe mehrerer Tage, die ihnen wie Jahrhunderte erschienen, sich einmal über ihre Verhältnisse ausgesprochen hätten. Marfa Strogoff hatte aber aus leicht begreiflichen Gründen, und auch das nur möglichst kurz, von sich allein gesprochen. Sie hatte nie ihres Sohnes oder des traurigen Augenblicks erwähnt, der sie mit ihm zusammenführte. Ebenso verhielt sich Nadia lange Zeit fast stumm, vermied wenigstens jedes unnütze Wort. Erst als sie eines Tages immer deutlicher fühlte, daß sie eine hohe, edle Seele in ihrer Begleiterin vor sich hatte, ging ihr das Herz über und sie erzählte, ohne etwas zu verheimlichen, alles, was ihr seit der Abreise von Wladimir bis zum Tode Nikolaus Korpanoffs begegnet war. Was sie von ihrer jungen Begleiterin hörte, erregte die lebhafteste Teilnahme der alten Sibirierin.

„Nikolaus Korpanoff“, sagte sie, „erzähle mir noch mehr von diesem Nikolaus! Nikolaus Korpanoff? War das auch sein Name? Bist du dessen sicher, meine Tochter?“ — „Warum sollte er mich hierin getäuscht haben“, erwiderte Nadia, „da er in allen andern Dingen die Wahrheit sprach?“ Dennoch trieb ein ungewisses Gefühl Marfa Strogoff, an Nadia immer weitere Fragen zu stellen. „Du sagst mir, er sei unerschrocken gewesen, meine Tochter; du hast mir versichert, daß er es war“, sagte sie. — „Gewiß, unerschrocken“, bestätigte Nadia. — „So wäre mein Sohn auch gewesen“, murmelte Marfa Strogoff halb für sich.

Dann fuhr sie fort: „Du sagst mir auch, daß nichts ihn aufhalten konnte, daß nichts ihn erschreckte, daß er so mild war, bei aller Kraft, daß du in ihm ebensogut eine Schwester, wie einen Bruder hattest, daß er über dich wachte, wie eine Mutter?“

„Ja, ja“, erwiderte Nadia, „Bruder, Schwester, Mutter, o, er war mir alles!“ — „Und auch ein Löwe, dich zu verteidigen?“ — „Wahrhaftig, ein Löwe!“ antwortete Nadia; „ja ein Löwe, ein Held!“

„Mein Sohn, mein Sohn!“ dachte die alte Sibirierin. „Du sagst auch, daß er im Posthofe zu Ichim sich eine so unwürdige Behandlung gefallen ließ?“ — „Ja, er ertrug sie“, meinte Nadia und senkte das Haupt. — „Er hat sie ertragen?“ murmelte zitternd Marfa Strogoff. — „Mutter, Mutter!“ rief Nadia, „verdammt ihn nicht! Er trug ein Geheimnis mit sich, worüber heute nur Gott noch Richter sein kann.“

„Und damals“, fuhr Marfa Strogoff fort, den Kopf wieder aufrichtend und Nadia scharf ansehend, als wolle sie im tiefsten Grund ihrer Seele lesen, „in jener Stunde der Erniedrigung, hast du damals jenen Nikolaus Korpanoff verachtet?“ — „Ich habe ihn bewundert, ohne ihn zu verstehen!“ erwiderte das junge Mädchen. „Ich habe niemals mehr Hochachtung für ihn gefühlt.“

Die alte Frau schwieg einen Augenblick. „Er war groß?“ fragte sie hierauf. — „Sehr groß“. — „Und sehr schön, nicht wahr? Sprich nur, meine Tochter.“ — „Er war sehr schön“, antwortete Nadia leicht errötend.

„Das war mein Sohn! Ich sage dir, das ist mein Sohn gewesen!“ rief die alte Frau überwältigt und schloß Nadia in ihre Arme. — „Dein Sohn?“ versetzte Nadia ganz erstaunt, „dein Sohn!“

„Weiter“, drängte Marfa, „komme zum Ende, mein Kind. Dein Begleiter, dein Freund, dein Beschützer, er hatte doch eine Mutter. Hat er dir niemals von seiner Mutter gesprochen?“ — „Von seiner Mutter? Er hatte mir von seiner Mutter gesprochen, wie ich ihm von meinem Vater. O, er betete sie an, diese Mutter!“

„Nadia, Nadia! Du hast mir die Geschichte meines eigenen Sohnes erzählt“, schluchzte die alte Frau. Dann fügte sie ruhiger hinzu: „Schien es denn gar nicht in seiner Absicht zu liegen, diese Mutter, welche er, wie du sagst, so sehr liebte, bei seiner Durchreise in Omsk einmal zu sehen?“ — „Nein“, erwiderte Nadia, „das wollte er nicht“. — „Wie“, rief Marfa, „du wagst mir Nein zu sagen?“ — „Ja, gewiß, aber ich muß wohl noch hinzufügen, daß Nikolaus Korpanoff aus Gründen, die ihm über alles gingen und die ich auch selbst nicht kenne, gezwungen schien, das Land möglichst unerkannt zu durchziehen. Es war für ihn eine Frage auf Tod und Leben, und noch mehr, eine Frage der Ehre und Gewissenspflicht.

„Eine Frage der Pflicht, der gebieterischen Plicht“, meinte die alte Sibirierin, einer solchen Pflicht, der man alles aufopfert, für deren Erfüllung man alles andere aufgibt, sogar die Freude, sich einen Kuß, ach vielleicht den letzten, von seiner alten Mutter zu holen! Ich weiß jetzt alles, Nadia, was dir und mir bis zur Stunde unbekannt blieb. Du hast es mir klar gemacht. Dennoch darf ich dir das Licht, das du mir angezündet hast, nicht auch leuchten lassen. Da mein Sohn dir sein Geheimnis nicht mitteilte, so muß auch ich es ihm bewahren. Verzeihe mir, Nadia, ich kann die Wohltat, die du mir erwiesen, nicht ebenso vergelten." — „Ich verlange keine Belohnung, Mutter", antwortete Nadia.

Der alten Sibirierin war nun alles klar geworden. Alles, bis auf das unerklärliche Benehmen ihres Sohnes bei ihrem Anblick in dem Gasthause zu Omsk, in Gegenwart der Zeugen ihres Zusammentreffens. Sie zweifelte keinen Augenblick mehr, daß der Begleiter des jungen Mädchens Michael Strogoff gewesen sei, daß eine geheime Mission, eine wichtige Depesche, die er durch das überfallene Gebiet zu besorgen hatte, ihn zwang, seine Eigenschaft als Kurier des Zaren zu verheimlichen.

Marfa Strogoff hätte Nadia mit einem Worte für ihre erwiesene Ergebenheit belohnen können. Sie konnte ihr mitteilen, daß ihr Begleiter Nikolaus Korpanoff, oder vielmehr Michael Strogoff, nicht in den Wellen des Irtysch umgekommen sei, da sie selbst ihn mehrere Tage nachher gesehen und selbst gesprochen hatte! . . . Sie hielt aber an sich; sie schwieg und begnügte sich zu sagen: „Gib die Hoffnung nicht auf, mein Kind! Das Unglück kann dich nicht für immer verfolgen. Du wirst deinen Vater wiedersehen, ich fühle es, und vielleicht ist auch der, der dich Schwester nannte, noch nicht tot! Gott kann es nicht gestatten, daß dein edler Gefährte umgekommen sei! . . . Hoffe noch immer, meine Tochter! Mach es wie ich! Die Trauerkleidung, welche ich trage, gilt meinem Sohne noch nicht!"

Schlag für Schlag

In dieser Weise gestaltete sich also das Verhältnis Marfa Strogoffs und Nadias zueinander. Weder die eine noch die andere konnten aber wissen, daß der bei Kolywan gefangene Michael Strogoff sich in demselben Zuge befinde und gleichzeitig mit ihnen nach Tomsk transportiert werde.

Die von Iwan Ogareff weiter zugeführten Gefangenen wurden mit denen, welche der Emir schon in dem tatarischen Lager bewachen ließ, vereinigt. Nach Tausenden zählten diese Unglücklichen, Russen oder Sibirier, Militärs oder Zivilpersonen, und bildeten einen Zug von mehreren Werst Länge. Diejenigen derselben, welche man für die gefährlichsten hielt, waren mittels Handschellen an eine lange Kette geschlossen. Man trieb sie wie eine Herde Vieh vor sich her. Die begleitenden Reiter sahen auf die Einhaltung einer gewissen Ordnung, so daß es hier keine Nachzügler gab, außer denjenigen, welche zusammenbrachen, um nicht wieder aufzustehen.

Infolge dieser Ordnung kam es, daß Michael Strogoff, der sich in den ersten Reihen befand, die Anwesenheit seiner Mutter und Nadias in demselben Gefangenenzuge ebensowenig ahnen konnte, wie andererseits diese die seinige.

Man marschierte quer durch die Steppe, auf einer Straße, die durch den mit seiner Avantgarde vorausziehenden Emir nur noch staubiger geworden war. Dazu war Befehl gegeben, möglichst schnell nachzurücken, so daß nur selten und dann nur kurze Zeit Halt gemacht wurde. Diese 150 Werst unter brennender Sonne zurückzulegen schien, trotz der Schnelligkeit der Bewegung, ein endloser Weg zu sein!

Es ist eine ganz unfruchtbare Gegend, die sich dort vom rechten Ufer des Obi bis zum Fuße der Vorberge erstreckt, welche zu dem von Norden nach Süden verlaufenden Sayanskgebirge gehören. Kaum unterbrechen einige magere, halb verbrannte Gebüsche die Einförmigkeit dieser grenzenlosen Ebene. Von Bodenkultur ist bei dem Wassermangel hier keine Rede, und auch den von dem anstrengenden Marsche erschöpften Gefangenen fehlte es vor allen Dingen an dem erquickenden Wasser. Die Führer des Zuges hatten die gemessensten Befehle erhalten, auf dem kürzesten Wege nach Tomsk zu marschieren, denn der Emir mußte jede

Stunde fürchten, in der Flanke gefaßt und von einer aus den nördlichen Provinzen herabdringenden russischen Kolonne abgeschnitten zu werden.

Am 15. August erreichte der Zug mit sinkendem Tage endlich den kleinen Flecken Zabediero, etwa dreißig Werst von Tomsk. Hier vereinigte sich die Straße mit dem Laufe des Tom.

Gern wären die Gefangenen zuerst nach dem Wasser des Flusses geeilt, ihre Wächter gestatteten ihnen aber nicht eher aus den Reihen zu treten, als bis ein provisorisches Lager eingerichtet war. Trotz der zu jener Zeit gerade überaus heftigen Strömung des Tom hätte der Fluß doch die Flucht einiger Wagehälse oder Halbverzweifelter begünstigen können, weshalb die sorgsamsten Vorsichtsmaßregeln getroffen wurden.

Die Gefangenen lagerten die ganze Nacht über an den Ufern des Tom. Der Emir hatte den Befehl erlassen, seine Truppen am folgenden Tage nach Tomsk hineinzuführen. Dort sollte die Verlegung des Hauptquartiers nach jener wichtigen Stadt durch ein großes militärisches Fest gefeiert werden. Feofar-Khan residierte schon in dem Fort derselben, während das Gros der Armee vor den Mauern biwakierte, um vereint mit der nachfolgenden Abteilung einen imposanten Einzug zu halten.

Iwan Ogareff hatte den Emir in Tomsk gelassen, woselbst beide am Tage vorher eingetroffen waren, und war nach dem Lager von Zabediero zurückgekehrt. Von dort wollte er am folgenden Tage mit der Arrièregarde des tatarischen Heeres aufbrechen. Zu seinem Nachtquartier fand er daselbst ein eigenes Haus vorgerichtet. Mit Sonnenaufgang setzte sich die Infanterie und Kavallerie der Truppe unter seinem Befehle nach Tomsk in Bewegung, wo der Emir alle mit dem bei den asiatischen Souveränen gebräuchlichen Pompe empfangen wollte.

Nach Organisierung des Lagers durften die von den drei Marschtagen aufs Äußerste erschöpften Gefangenen endlich ihren quälenden Durst löschen und einige Ruhe genießen.

Schon war die Sonne untergegangen und der Horizont nur noch durch ein schwaches Dämmerlicht erhellt, als Nadia, am Arme Marfa Strogoff, am Ufer des Tom anlangte.

Die alte Sibirierin beugte sich erschöpft über das Wasser; Nadia schöpfte daraus mit ihrer Hand und führte diese an Marfas Lippen. Dann erst erquickte sie sich auch selbst. Die bejahrte Frau und das junge Mädchen tranken ein neues Leben aus den wohltätigen Fluten.

Da wandte sich Nadia, eben als sie das Ufer wieder verlassen wollten, plötzlich um. Ein unwillkürlicher Aufschrei entrang sich ihren Lippen.

Michael Strogoff war da, nur wenige Schritte von ihr!

Ja, er war es! Das letzte Tageslicht fiel auf ihn.

Michael Strogoff erzitterte wohl bei jenem Schrei ... Er gewann aber genug Herrschaft über sich, um nicht ein Wort hören zu lassen, das ihn hätte verraten können.

Gleichzeitig mit Nadia hatte er auch seine Mutter erkannt! ...

Tiefbewegt von diesem unerwarteten Zusammentreffen drückte Michael Strogoff, um seiner Herr zu bleiben, die Hand vor die Augen und entfernte sich.

Nadia wollte instinktiv auf ihn zueilen, die alte Sibirierin aber hielt sie zurück und raunte ihr ins Ohr: „Bleib hier, meine Tochter!“ — „Er ist es!“ entgegnete Nadia mit vor Erregung unterdrückter Stimme. „Er lebt, Mutter! Er ist es!“ — „Ja, es ist mein Sohn“, bestätigte Marfa Strogoff, „das ist Michael Strogoff, und du siehst, daß ich keinen Schritt zu ihm hin tue. Folge mir darin, meine Tochter!“

Michael Strogoff war eine Beute der tief innerlichsten Bewegung, die wohl je ein Mann empfinden kann. Er wußte seine Mutter und Nadia hier. Diese beiden

Gefangenen, welche vereint in seinem Herzen wohnten, hatte der Himmel zu gemeinschaftlichem Unglück zusammengeführt. Wußte Nadia nun, wer er war?

Zwanzigmal während dieser Nacht stand Michael Strogoff auf dem Punkte, seine Mutter aufzusuchen, aber er sah immer wieder ein, daß er dem herzinnigen Wunsche widerstehen müsse, sie in seine Arme zu pressen und die Hand seiner jungen Gefährtin zu drücken. Die geringste Unklugheit konnte ihn ja verderben!

Michael Strogoff wußte aber nicht, daß gewisse Einzelheiten dieser Szene, trotz ihres schnellen Verlaufes, von Sangarre, der Spionin Iwan Ogareffs, beobachtet wurden.

Auch die Zigeunerin befand sich nämlich am Ufer, wo sie wie immer die alte Sibirierin ohne deren Wissen argwöhnisch überwachte. Michael Strogoff, welcher schon verschwunden war, als sie sich umsah, konnte sie damals zwar nicht gewahr werden, die hastige Bewegung seiner Mutter aber, als sie Nadia zurückhielt, entging ihr nicht, und ein Aufleuchten in den Augen Marfas sagte ihr alles.

Es stand ihr nun außer Zweifel, daß der Sohn Marfa Strogoffs, der Kurier des Zaren, sich in dieser Stunde in Zabediero unter den Gefangenen Iwan Ogareffs befinden müsse.

Sangarre kannte ihn nicht, aber sie wußte, daß er da war! Sie suchte ihn vorläufig also auch nicht zu entdecken, was bei der Dunkelheit und mitten in dieser zahlreichen Menschenmenge ohnehin unmöglich schien.

Auch eine weitere Beobachtung Nadias und Marfa Strogoffs hielt sie für nutzlos.

Die Zigeunerin bewegte nur ein Gedanke, nämlich, Iwan Ogareff Bericht zu erstatten. Sie verließ also sofort das Lager.

Nach Verlauf einer Viertelstunde gelangte sie nach Zabediero und wurde in das von dem Oberbefehlshaber des Emirs bewohnte Haus eingelassen.

Sofort empfing Iwan Ogareff die Zigeunerin.

„Was willst du von mir, Sangarre?“ fragte er. — „Der Sohn Marfa Strogoffs befindet sich im Lager“, antwortete das Weib. — „Als Gefangener?“ — „Als Gefangener!“ — „O“, rief Iwan Ogareff, „so werde ich wissen . . .“ — „Du wirst nichts wissen, Iwan“, fiel ihm die Zigeunerin ins Wort, „denn du kennst ihn ja nicht.“ — „Aber du kennst ihn, du! Du hast ihn gesehen, Sangarre!“ — „Nein, noch sah ich ihn nicht, aber seine Mutter verriet sich durch eine Bewegung, die mir alles erklärte.“ — „Täuschest du dich nicht?“ — „Ich täusche mich nicht.“ — „Du weißt, welches Gewicht ich auf die Einbringung dieses Kuriers lege“, sagte Iwan Ogareff. „Wird das ihm in Moskau jedenfalls übergebene Kabinettsschreiben dem Großfürsten ausgehändigt, so wird dieser auf seiner Hut sein und ich werde mich ihm nicht zu nähern vermögen. Jenen Brief muß ich also um jeden Preis erlangen. Nun kommst du mit der Meldung, der Überbringer jener kaiserlichen Botschaft befinde sich schon in meiner Gewalt. Ich frage dich also noch einmal, Sangarre, täuschte dich deine Beobachtung nicht?“

„Ich täusche mich nicht, Iwan“, antwortete sie mit Nachdruck. — „Im Lager befinden sich aber mehrere tausend Gefangene, und du sagtest, daß dir Michael Strogoff von Person nicht bekannt sei.“ — „Nein“, versetzte Sangarre, in deren Augen eine wilde Freude aufblitzte, „ich, ich kenne ihn nicht, aber seine Mutter kennt ihn doch. Nun, Iwan, man wird seine Mutter zum Sprechen zwingen müssen.“ — „Morgen soll das geschehen!“ erwiderte Iwan Ogareff.

Sangarre kehrte nach dem Lager zurück. Sie spürte bald die Stelle aus, an der sich Nadia und Marfa Strogoff befanden, und ließ diese nun die ganze Nacht über nicht aus den Augen. Die bejahrte Frau und das junge Mädchen schliefen nicht, obwohl die Erschöpfung sie fast übermannte. Eine fieberhafte Unruhe hielt sie munter. Michael Strogoff war am Leben, aber Gefangener gleich ihnen. Wußte das Iwan Ogareff, und wenn nicht, würde er es noch erfahren? Nadia beschäftigte sich nur mit dem einen Gedanken, daß ihr totgeglaubter Gefährte noch lebe. Marfa Strogoffs Blick reichte weiter in die Zukunft, und wenn sie auch um sich selbst nicht besorgt war, so hatte sie doch Grund genug, für ihren Sohn das Schlimmste zu befürchten.

Sangarre schlich sich im Dunkeln bis dicht an die beiden Frauen heran und verweilte so einige Stunden lang gespannt lauschend . . . Vergeblich. Wie durch ein geheimes Gebot der Klugheit vermieden es Marfa Strogoff und Nadia, überhaupt ein Wort zu wechseln.

Am folgenden Tage, dem 16. August, morgens gegen zehn Uhr, schmetterten helle Fanfaren am Rande des Lagers. Die tatarischen Soldaten traten augenblicklich unter die Waffen.

Aus Zabediero kam Iwan Ogareff, umgeben von einem zahlreichen Stabe tatarischer Offiziere, herangeritten. Sein Antlitz erschien noch finsterer als gewöhnlich, und die strengen Züge verrieten einen verhaltenen Zorn, der nur auf eine Gelegenheit zum Ausbruch harrte.

Unter einer Gruppe Gefangener verloren, sah Michael Strogoff seinen Feind vorüberkommen. Er hatte das unbestimmte Vorgefühl, daß jetzt eine Katastrophe nahe.

Als Iwan Ogareff in der Mitte des Lagers anlangte, stieg er vom Pferde, und die Offiziere seiner Eskorte bildeten einen weiten Kreis rings um ihn.

Da näherte sich Sangarre wieder und sagte: „Ich habe dir nichts Neues zu melden, Iwan!“ Iwan Ogareff antwortete nur durch Erteilung eines Befehles an einen der Offiziere.

Bald darauf drängten sich viele Soldaten mit roher Gewalt in die Reihen der Gefangenen. Von Peitschenschlägen getrieben oder von Lanzenschäften gestoßen, mußten die Armen sich eiligst erheben und an der Umfassung des Lagers Stellung nehmen. Ein vierfacher Kordon von Fußsoldaten und hinter diesen von Reitern machte jedes Entweichen unmöglich.

Bald herrschte Schweigen ringsum, und auf ein Zeichen Iwan Ogareffs begab sich Sangarre nach der Gruppe, in deren Mitte Marfa Strogoff sich befand.

Die alte Sibirierin sah sie herankommen. Sie erriet, was geschehen solle. Ein verächtliches Lächeln spielte um ihre Lippen. Dann neigte sie sich zu Nadia und sagte zu ihr mit gedämpfter Stimme: „Du kennst mich nicht mehr, meine Tochter! Was auch kommen und wie hart diese Prüfung werden möge — kein Wort! keine Bewegung! Es handelt sich hier um ihn, nicht aber um mich!"

Da legte, nachdem sie sie einen Augenblick angesehen, Sangarre die Hand auf die Schulter der alten Sibirierin. „Was begehrst du?" fragte Marfa Strogoff. — „Komm' mit mir!" erwiderte Sangarre.

Fortdrängend führte sie jene in die Mitte des freien Raumes vor Iwan Ogareff.

Michael Strogoff hielt die Lider halb geschlossen, um sich nicht durch das Aufflammen seiner Augen zu verraten.

Vor Iwan Ogareff angelangt, richtete Marfa Strogoff sich stolz empor, kreuzte die Arme und wartete.

„Du bist ja wohl Marfa Strogoff?" fragte sie Iwan Ogareff. — „Die bin ich", antwortete ruhig die alte Sibirierin. — „Erinnerst du dich noch deiner Antwort, als ich dich vor drei Tagen in Omsk um etwas fragte?" — „Nein." — „Du weißt also nicht, daß dein Sohn als Kurier des Zaren durch Omsk gekommen ist?" — „Das weiß ich nicht." — „Und jener Mann, den du im Posthofe als deinen Sohn zu erkennen glaubtest, das war dein Sohn nicht?" — „Nein, das war er nicht." — „Und seitdem ist er dir auch hier unter den Gefangenen nicht zu Gesicht gekommen?" — „Nein." — „Und wenn ich dir ihn zeigte, würdest du ihn erkennen?" — „Nein."

Bei dieser Antwort, dem Beweise des unerschütterlichen Entschlusses, nichts zu gestehen, durchlief ein leises Murmeln die Umgebung. Iwan Ogareff konnte sich einer drohenden Bewegung nicht enthalten.

„So höre: dein Sohn ist hier und du wirst ihn mir sofort bezeichnen.“ — „Nein!“ — „Alle die bei Omsk und Kolywan gefangenen Männer werden dir vorgeführt werden, und wenn du dann Michael Strogoff nicht bezeichnest, erwarten dich ebenso viele Knutenhiebe, als Gefangene vorüber gekommen sind.“

Iwan Ogareff hatte wohl eingesehen, daß er die unbeugsame Sibirierin trotz aller Drohungen und Torturen nicht werde zum Reden bringen können. Um den Kurier des Zaren zu entdecken, rechnete er viel weniger auf jene als auf Michael Strogoff selbst. Er hielt es für unmöglich, daß Mutter und Sohn, wenn sie einander gegenüberständen, sich nicht durch irgend eine Bewegung verraten sollten. Wäre es ihm nur allein um das kaiserliche Schreiben zu tun gewesen, so brauchte er ja nur einfach einen Befehl zur Durchsuchung aller Gefangenen zu erlassen. Michael Strogoff konnte das Schriftstück aber auch vernichtet haben, nachdem er seinen Inhalt durchlas; wurde er dann nicht erkannt und gelang es ihm vielleicht noch, nach Irkutsk zu flüchten, so waren Iwan Ogareffs Pläne durchkreuzt. Der Verräter mußte sich also nicht nur des gefährlichen Briefes, sondern auch des Überbringers desselben versichern.

Nadia hatte alles mitangehört; sie wußte nun, wer Michael Strogoff sei und warum er die von den Feinden überfallenen Provinzen Sibiriens unerkannt durchreisen wollte.

Auf Iwan Ogareffs Befehl defilierten die Gefangenen Mann für Mann vor Marfa Strogoff, welche unbeweglich blieb, wie eine Bildsäule, und deren Blicke die vollständigste Gleichgültigkeit heuchelten.

Ihr Sohn befand sich unter den Letzten, welche herzutraten. Als er an seiner Mutter vorüberschritt, schloß Nadia die Augen, um es nicht mitanzusehen.

Auch Michael Strogoff war scheinbar ruhig geblieben, aber seine hohle Hand blutete, so fest hatten sich die Nägel eingepreßt.

Iwan Ogareff war vorläufig besiegt durch die Mutter und den Sohn!

Sangarre, welche neben ihm stand, äußerte nur ein Wort. „Die Knute herbei!" sagte sie. — „Ja!" rief Iwan Ogareff, der sich nicht mehr bemeistern konnte, „die Knute dieser alten Schurkin, bis sie den Geist aufgibt!"

Mit dem schrecklichen Zuchtinstrument in der Hand näherte sich ein tatarischer Soldat der Marfa Strogoff.

Die Knute besteht aus einer gewissen Anzahl Lederriemen, deren Enden in geflochtene Drahtstücke auslaufen. Man nimmt an, daß eine Verurteilung zu hundertzwanzig Knutenstreichen einem Todesurteil gleichzuachten ist.

Marfa Strogoff ward von zwei Soldaten ergriffen und auf die Knie zu Boden geworfen. Man riß ihr das Kleid herunter und entblößte den Rücken. Nur wenige Zoll vor ihrer Brust wurde ein Säbel befestigt, so daß sie in dessen Spitze fallen mußte, wenn der Schmerz sie niederbeugte.

Der Tatar stand bereit. Er wartete eines Zeichens.

„Tu' deine Pflicht!" sagte Iwan Ogareff.

Die Geißel pfiff durch die Luft. Aber bevor sie niederfiel, hatte eine kräftige Faust sie der Hand des Tataren entrissen.

Michael Strogoff war am Platze, ihn hielt es nicht bei dieser entsetzlichen Szene. Wenn er sich auf dem Relais zu Ichim bezwungen hatte, als die Peitsche Iwan Ogareffs ihn selbst traf, hier, wo sie seiner Mutter zugedacht war, konnte er sich nicht bemeistern. Iwan Ogareff hatte gesiegt. „Michael Strogoff!" rief er. Dann trat er näher. „Ah", sagte er höhnisch, „der Mann von Ichim?" — „Derselbe!" schrie Michael Strogoff.

Und schnell erhob er die Knute und schlug Iwan Ogareff wütend mehrmals ins Gesicht.

„Schlag für Schlag! rief er.

„Brav zurückerstattet!" ließ sich die Stimme eines Zuschauers vernehmen, die sich glücklicherweise in dem allgemeinen Tumulte verlor.

Ein Haufe Soldaten stürzte sich auf Michael Strogoff, um ihn umzubringen. Doch Iwan Ogareff, dem ein Schrei des Schmerzes und der Wut entfuhr, hielt sie durch eine Handbewegung zurück.

„Dieser Mann bleibe der Justiz des Emirs aufgespart", sagte er. „Man durchsuche ihn!"

Das Schreiben mit dem kaiserlichen Siegel ward auf der Brust Michael Strogoffs gefunden, da dieser nicht Zeit gefunden hatte, es zu vernichten. Man reichte es Iwan Ogareff.

Der Zuschauer, von dem der Ausruf: „Brav zurückerstattet!" herrührte, war kein anderer als Alcide Jolivet. Sein Gefährte und er wohnten, da sie sich noch in Zabediero aufhielten, dieser Szene bei.

„Alle Teufel!" sagte er zu Harry Blount, „diese Leute aus dem Norden sind doch handfeste Männer. Sie geben doch zu, daß wir unsrem Reisegefährten nun eine Ehrenerklärung schulden. Korpanoff und Strogoff halten sich die Waage! Eine schöne Revanche für die Schmach in Ichim!" — „Gewiß, eine gerechte Vergeltung", erwiderte Harry Blount, „aber dieser Strogoff ist nun ein Mann des Todes. In seinem Interesse hätte er wohl besser getan, die Sache jetzt noch ruhen zu lassen." — „Um seine Mutter unter der Knute verenden zu sehen!" — „Glauben Sie, daß er dieser und seiner Schwester durch seinen Zornesausbruch ein besseres Los gesichert hat?" — „Ich glaube gar nichts", erwiderte Alcide Jolivet, „ich weiß auch nichts, als daß ich an seiner Stelle schwerlich anders gehandelt hätte. O, zum Teufel, manchmal muß man wohl aufwallen in gerechtem Zorn. Gott hätte Wasser in unsere Adern gegossen und kein Blut, wenn er wollte, daß wir stets und allezeit unerregt bleiben." — „Ein hübsches Thema für eine Erzählung!" meinte Harry Blount. „Nun sollte uns Iwan Ogareff nur den Inhalt jenes Briefes mitteilen! ..."

Nachdem er sich das Blut, das ihm über das Antlitz rann, abgewischt, hatte Iwan Ogareff das Siegel gebrochen. Er las den Brief lange und aufmerksam durch, so als wollte er seinem Gedächtnis jedes Wort des Inhaltes einprägen.

Endlich gab er noch Befehl, Michael Strogoff sorgsam zu fesseln und mit den übrigen Gefangenen nach Tomsk zu transportieren; dann übernahm er den Befehl über die Truppen des Lagers von Zabediero und wendete sich, unter betäubendem Trommelschlag und gellendem Trompetenschall, der Stadt zu, in der der Emir ihn erwartete.

Der siegreiche Einzug

Tomsk ist eine der bedeutendsten Städte des asiatischen Rußlands. Tobolsk, das schon über den 60. Beitengrad, und Irkutsk, das über den 100. Meridian hinaus liegt, sahen Tomsk auf ihre Unkosten zunehmen und gedeihen.

Dennoch ist, wie schon erwähnt, Tomsk nicht die offizielle Hauptstadt dieser wichtigen Provinz. Der Generalgouverneur derselben residiert vielmehr mit den obersten Beamten in Omsk. Dennoch erhob sich Tomsk zur hervorragendsten Stadt jenes Landesteiles, der an die Altaiberge, d. h. an die chinesische Grenze des Landes der Khalkas, angrenzt.

Früher huldigte man der Anschauung, Tomsk liege einfach am Ende der Welt. Wer sich dahin begeben wollte, wagte eine große Reise. Jetzt ist das, vorausgesetzt, daß keine wilden Feindeshorden die Straße umschwärmen, durch einen einfachen Spaziergang abzumachen. Bald wird auch der Schienenweg hergestellt sein, der es mit Überschreitung der Uralkette mit Perm in Verbindung setzen soll.

Hält man Tomsk für eine schöne Stadt? Die Berichte der Reisenden stimmen in dieser Hinsicht nur wenig überein.

Die hübscheste Stadt der Welt aber wird zur häßlichsten, wenn Feinde in ihr hausen. Wer hätte sie jetzt auch bewundern wollen? Verteidigt von wenigen Bataillonen Kosaken zu Fuß hatte sie dem Anprall der tatarischen Heersäulen nicht erfolgreich Widerstand zu leisten vermocht.

In Tomsk wollte der Emir seine siegreichen Truppen empfangen. Diesen zu Ehren sollte ein Fest mit Gesängen, Tänzen und Schaugepräge abgehalten werden, dessen Ende wie gewöhnlich in eine lärmende, wilde Orgie auslief.

Der für diese nach asiatischem Geschmacke vorbereiteten Belustigungen ausgewählte Platz nahm eine geräumige Ebene auf einem Teile des Hügels ein, der sich etwa hundert Fuß hoch über den Tom erhebt.

An der linken Seite des Festplatzes hatte man auf einer breiten Terrasse provisorisch eine blendende Dekoration, die Nachahmung eines wunderlichen Palastes — wahrscheinlich eine Probe der bukharischen, halb maurischen, halb tatarischen Baudenkmäler — in bizarrstem Stile errichtet. Über diesem Palaste und den Spitzen seiner zahlreichen Minarets, zwischen den höchsten Zweigen der Bäume, die das Plateau beschatteten, schwebten zu Hunderten gezähmte Störche, welche der Tatarenarmee aus Bukhara gefolgt waren.

Jene Terrasse blieb reserviert für den Hofstaat des Emirs, für die verbündeten Khans, die Großwürdenträger des Reiches und für die Harems eines jeden der turkomanischen Fürsten.

Unter den Sultaninnen, zum größten Teile übrigens nur auf den Märkten von Transkaukasien und Persien gekaufte Sklavinnen, trugen einige das Gesicht unverhüllt, während andere fast vollständig unter einem dichten Schleier verborgen waren. Alle erschienen in der prächtigsten Kleidung. Reizende Oberkleider, deren weite Ärmel auf der Rückseite aufgeschlagen, eine eigentümliche Faltenordnung zeigten, ließen ihre entblößten Arme sehen, deren kostbare Bracelets durch Ketten von Edelsteinen verbunden erschienen, und ihre kleinen Hände, an denen die Fingernägel mit dem Safte der

„Henneh“ gefärbt waren. Bei der geringsten Bewegung dieser Kleider, welche zum Teil aus Seide, so fein wie die Fäden des Spinnengewebes, zum Teil aus wundervoll weichem „Aladja“ (ein schmalgestreifter, herrlicher Baumwollstoff) bestanden, ließ sich jenes vornehme Rascheln hören, das den Ohren der Orientalen so lieblich klingt. Unter diesem Überwurfe erglänzten brokatne kurze Röckchen über den seidenen Beinkleidern, welch letztere ein wenig oberhalb der feinen, graziös geschweiften und mit echten Perlen geschmückten Stiefel befestigt waren. An den schleierlos erscheinenden Frauen bewunderte man die langen, schwarzen Flechten, die unter dem Turban hervorquollen, ebenso wie die schönen Augen, die prächtigen Zähne, den blendenden Teint, der noch mehr durch die tiefschwarzen, mittels eines feinen Striches verbundenen Augenbrauen und die mit Bleiglätte gefärbten Lider hervorgehoben wurden.

Am Fuße der mit Flaggen und Bannern bedeckten Terrasse standen die Leibgarden des Emirs Wache, mit ihren zwei gekrümmten Säbeln an der Seite, einem Dolch im Gürtel und der zehn Fuß langen Lanze in der Hand. Einige dieser Tataren trugen weiße Stäbe, andere ungeheure Hellebarden mit mächtigen Troddeln aus Gold- und Silberfäden.

Ringsumher, bis zu den äußersten Enden dieses Plateaus, auf dem steilen Abhange, dessen Basis die Wellen des Tom badeten, drängte sich eine wahrhaft kosmopolitische Menge, zusammengewürfelt aus allen Eingeborenen Zentralasiens.

Um vier Uhr erst hielt der Emir seinen Einzug auf den Festplatz, begleitet von lustigen Fanfaren, Tamtamschlägen, von Kanonen -und Gewehrsalven.

Feofar ritt sein Lieblingsroß, an dessen Kopfe eine Aigrette von Diamanten funkelte. Er erschien in seinem Kriegeranzuge. Ihm zur Seite marschierten die Khans von Khokhand und Kunduz, die Großwürdenträger des Khanates und als Gefolge ein zahlreicher Stab.

Zu derselben Zeit betrat auch die erste Frau Feofars die Terrasse, gewissermaßen die Königin, wenn man diesen Namen den Sultaninnen der bukharischen Staaten beilegen darf. Aber ob Königin oder Sklavin, jedenfalls war diese Frau, eine geborene Perserin, von bewunderungswürdiger Schönheit. Ganz entgegen der mohammedanischen Gewohnheit und wahrscheinlich nur infolge einer Laune des Emirs, erschien sie mit unverhülltem Gesichte.

Der Emir und die Khans stiegen von den Pferden, ebenso wie die hohen Staatsbeamten und militärischen Würdenträger des Gefolges. Alle nahmen Platz unter einem prachtvollen Zelte, das sich in der Mitte der Terrasse erhob. Vor dem Zelte lag wie gewöhnlich der geöffnete Koran auf dem heiligen Tische.

Feofars Befehlshaber ließ nicht lange auf sich warten, und noch vor fünf Uhr meldeten Trompetenstöße die Ankunft des Verbündeten.

Iwan Ogareff — „mit der Schmarre", wie man ihn schon nannte — kam, jetzt in der Uniform eines Tatarenoffiziers, zu Pferde bis vor das Zelt des Emirs. Er war von einer Abteilung Soldaten aus dem Lager von Zabediero begleitet, die sich zu beiden Seiten des Platzes aufstellten, so daß in der Mitte nur der für die Vorstellungen und Spiele bestimmte Raum frei blieb. Quer über das Gesicht des Verräters zog sich eine blutig unterlaufene Strieme hin.

Iwan Ogareff stellte dem Emir seine ersten Offiziere vor, und Feofar-Khan empfing sie, wenn auch mit der seiner Würde entsprechenden Kälte, doch in einer sie scheinbar zufriedenstellenden Weise.

Das glaubten wenigstens Harry Blount und Alcide Jolivet, die beiden jetzt unzertrennlichen Neuigkeitsjäger, zu bemerken. Von Zabediero aus hatten sich diese schnellstens nach Tomsk begeben. Ihre Absicht ging zwar dahin, sich sobald als möglich aus der Gesellschaft der Tataren wegzustehlen, sich einem russischen Truppenkorps anzuschließen und mit diesem Irkutsk zu erreichen. Was sie bis jetzt von dem feindlichen Einfalle, den Feuersbrünsten, Plünderungen, Mordtaten und dergleichen gesehen, konnte nur das Gefühl der Entrüstung in ihnen erwecken und trieb sie noch mehr, in der sibirischen Armee Aufnahme zu suchen.

Alcide Jolivet machte aber seinem Begleiter begreiflich, daß er Tomsk nicht wohl eher verlassen könne, als bis er eine Skizze des zu erwarteten Triumphzuges der tatarischen Truppen entworfen habe — und wäre es nur, um die Neugierde seiner Cousine zu befriedigen — und Harry Blount hatte zugestimmt, noch einige Stunden zu verweilen; noch an demselben Abend wollten die beiden jedoch den Weg nach Irkutsk schon wieder einschlagen, und hofften bei der Schnelligkeit ihrer guten Pferde auch den Plänklern des Emirs zuvorzukommen.

Alcide Jolivet und Harry Blount hatten sich also unter die Zuschauermenge gemischt und wandten den Festlichkeiten alle Aufmerksamkeit zu, um sich kein Detail des Bildes entgehen zu lassen, das ihnen einen hübschen Artikel für die Chronik ihrer Journale versprach.

„Sehen Sie, lieber Blount", sagte Alcide Jolivet, „wir sind zu zeitig erschienen, so wie der brave Bürger, der für sein Geld auch etwas Ordentliches haben will. Das ist alles nur ein Vorspiel und es wäre besser gewesen, erst zum Ballett zu kommen." — „Zu welchem Ballett?" fragte Harry Blount. — „Ei nun, zu dem obligatorischen Ballett! Ah, ich glaube der Vorhang hebt sich schon."

Alcide Jolivet sprach als befinde er sich im Opernhause, zog sein Perspektiv aus dem Etui und schickte sich an, „die ersten Kräfte der Truppe Feofar-Khans" möglichst genau kennen zu lernen.

Den lustigen Tänzen sollte aber noch eine höchst peinliche Szene vorhergehen. Der Triumph der Sieger konnte ja ohne eine qualvolle Erniedrigung der Besiegten kein vollständiger sein. Es wurden also einige hundert Gefangene unter den Knuten der Soldaten vorgeführt. Diese sollten vor Feofar-Khan und seinen Verbündeten defilieren, bevor man sie in den Gefängnissen der Stadt einkerkerte.

In erster Reihe unter diesen Armen befand sich auch Michael Strogoff. Dem Befehle Iwan Ogareffs entsprechend war eine besondere Abteilung Soldaten zu seiner Bewachung bestimmt. Seine Mutter und Nadia waren auch gegenwärtig.

Das Gesicht der alten Sibirierin, welche stets, wenn es sich nur um sie allein handelte, eine unbeugsame Energie bewahrte, erschien ungemein bleich. Sie machte sich wohl gefaßt auf eine schreckliche Szene. Ihr Sohn ward gewiß nicht ohne besondere Ursache dem Emir vorgeführt, und sie zitterte leise für ihn. Iwan Ogareff, den vor den Augen aller die schon für sie erhobene Knute getroffen, war sicherlich nicht der Mann dazu, solche Schmach zu verzeihen, und seine Rache würde wohl ohne Grenzen sein. Wenn ihn Iwan Ogareff damals, als seine Knechte sich über ihn stürzen wollten, geschont hatte, so wußte er gewiß, was er damit tat, ihn der Justiz des Emirs vorzubehalten.

Seit dem traurigen Auftritt auf dem Felde zu Zabediero war es Mutter und Sohn unmöglich gewesen, auch nur ein Wort zu wechseln. Man hatte sie unerbittlich von einander getrennt. Wie gern hätte Marfa Strogoff ihren Sohn um Verzeihung wegen all' des Übels gebeten, das sie ihm wider Willen zugefügt hatte, denn sie klagte sich an, ihre mütterlichen Gefühle nicht gehörig im Zaum gehalten zu haben. Hätte sie sich damals im Posthofe zu Omsk bezwungen, als sie ihm gegenüber stand, so kam Michael Strogoff unerkannt hindurch — und wieviel Unglück wäre dann verhütet worden!

Michael Strogoff seinerseits quälte sich mit dem Gedanken, daß man seine Mutter mit hierher schleppe, um sie für sein Vergehen büßen zu lassen, vielleicht daß sie dieselbe schreckliche Todesart erleiden sollte, wie er selbst.

Nadia endlich fragte sich, was sie tun könne, um den einen oder die andere zu retten, auf welche Weise sie der Mutter oder dem Sohne zu Hilfe kommen könne? Sie fand zwar kein Mittel, aber sie fühlte, daß es hier vor allem darauf ankam, keine besondere Aufmerksamkeit auf sich zu lenken, sondern sich mehr zu verstecken und unsichtbar zu machen.

Inzwischen zog der größte Teil der Gefangenen an dem Emir vorüber, wobei jeder als Zeichen der Unterwerfung sich zu Boden beugen und den Sand mit der Stirn berühren mußte, das erniedrigende Merkmal für den Anfang der Sklaverei. Krümmten die Unglücklichen den Rücken zu langsam, so warf sie die rauhe Hand der Garden heftig zu Boden.

Alcide Jolivet und sein Begleiter vermochten einem solchen Schauspiel nicht ohne die Gefühle der tiefsten Indignation beizuwohnen.

„Dieser erbärmliche Kerl! Fort, fort von hier!" sagte Alcide Jolivet. — „Nein", entgegnete Harry Blount, „nun wollen wir auch alles sehen!" — „Alles sehen! ... Ah, dort!" rief plötzlich Alcide Jolivet und ergriff den Arm seines Gefährten. — „Was haben Sie?" fragte dieser.

„Sehen Sie dorthin, Blount! Da ist sie!" — „Sie? — Welche sie?" — „Die Schwester unseres Reisegefährten! Hilflos und gefangen. Wir müssen sie retten ..."

„Geduld", entgegnete frostig Harry Blount. „Unsere Intervention zu Gunsten des jungen Mädchens dürfte ihr eher schädlich als nützlich werden."

Alcide Jolivet, der sich schon zu Nadia drängen wollte, ließ sich belehren, und letztere, welche die beiden Reporter nicht gesehen hatte, ging, von ihrem reichen Haar halb verschleiert, an dem Emir vorüber, ohne dessen besondere Aufmerksamkeit auf sich zu ziehen.

Nach Nadia kam Marfa Strogoff an die Reihe, und da sie sich nicht schnell genug in den Staub warf, drückten sie die Wachen mit rauher Faust nieder. Marfa

Strogoff fiel zu Boden. Ihr Sohn schäumte auf vor Wut, so daß ihn die bewachenden Soldaten kaum zu bändigen vermochten. Die alte Marfa erhob sich wieder und sollte eben fortgeführt werden, als Iwan Ogareff das verhinderte. „Dieses Weib bleibt hier!“ rief er.

Nadia ward nach dem Haufen der Gefangenen zurückgeführt. Iwan Ogareffs Blick hatte sie nicht erkannt.

Jetzt wurde Michael Strogoff vor den Emir gebracht und blieb, ohne auch nur die Augen zu senken, vor diesem stehen.

„Die Stirn auf die Erde!“ herrschte ihn Iwan Ogareff an. — „Nein“, antwortete Michael Strogoff.

Zwei Soldaten wollten ihn zwingen, sich zu beugen, doch die kräftige Hand des jungen Mannes drückte sie an seiner Statt zu Boden.

Iwan Ogareff sprang auf Michael Strogoff zu.

„Du verwirkst dein Leben!“ rief er. — „Ich werde ruhig sterben“, erwiderte stolz Michael Strogoff, „aber deine Verräterstirn, Iwan, wird für immer die schmachvolle Schramme der Knute tragen!“

Iwan Ogareff erbleichte bei diesen Worten.

„Wer ist dieser Gefangene?“ fragte der Emir, dessen ruhige Stimme nur um so drohender war. — „Ein russischer Spion“, antwortete Iwan Ogareff.

Als er Michael Strogoff für einen Spion ausgab, wußte er recht wohl, welches entsetzliche Los ihm bevorstand.

Der Emir machte eine Handbewegung, auf welche sich die ganze Menge niederbeugte. Dann zeigte er nach dem Koran, den man ihm brachte. Er öffnete das Buch und legte einen Finger auf ein Blatt. Der Zufall, oder nach dem Glauben der Orientalen, Gott selbst, sollte das Sckicksal Michael Strogoffs entscheiden.

Die Völker Zentralasiens nennen dieses Gerichtsverfahren „Fal“. Nach der Auslegung des von dem Finger des Richters zufällig getroffenen Verses fällen sie das Urteil.

Der Emir ließ den Finger auf der einen Seite des Koran liegen.

Der Erste der Ulemas trat hinzu und verlas mit lauter Stimme einen Vers, der mit den Worten schloß: „Und er wird die Dinge der Erde nicht mehr sehen."

„Spion der Russen", sagte der Emir, „du bist hierher gekommen, zu sehen, was im Tatarenlager vorgeht, nun sieh mit allen deinen Augen, sieh' dich um!"

Nun sieh' dich um

Michael Strogoff mußte mit gefesselten Händen vor dem Thron des Emirs am Fuße der Terrasse stehen bleiben.

Überwältigt von physischen und moralischen Schmerzen war seine Mutter endlich zusammengesunken und wagte weder etwas zu sehen noch zu hören.

„Sieh' mit allen deinen Augen, sieh' dich um!" hatte Feofar-Khan mit einer drohenden Handbewegung gegen Michael Strogoff gesagt.

Ohne Zweifel verstand Iwan Ogareff bei seiner Kenntnis der tatarischen Sitte den Sinn dieser Worte genügend, denn um seine Lippen spielte einen Augenblick lang ein wahrhaftig teuflisches Lächeln. Dann hatte er neben Feofar-Khan Platz genommen.

Jetzt erklangen lustige Trompetenstöße, das Signal zum Beginn der Festspiele.

„Da kommt ja das Ballett", sagte Alcide Jolivet zu Harry Blount, „diese Barbaren führen es aber entgegen unserer Sitte vor dem Drama auf, statt nachher."

Michael Strogoff sollte sich alles anschauen. Er tat es. Eine Wolke von Tänzerinnen flog auf den Platz. Eine fremdartige Musik ertönte von den verschiedensten tatarischen Instrumenten, der „Dutare", einer langgebauten Mandoline aus dem Holze des Maulbeerbaumes, mit zwei in dem Intervall einer Quarte gestimmten Saiten aus fest gedrehter Seide; der „Kobiz", eine Art offenes Violoncello, dessen Pferdehaarsaiten mittels eines Bogens in Schwingungen versetzt wurden; die „Tschibyzga", eine lange Flöte aus Rosenholz; dazu Trompeten, Tambourins, Tamtams, und das alles begleitet von den Kehltönen zahlreicher Sänger. Hierzu kam noch das dann und wann hörbare, leise Erklingen eines besonderen Konzertes in der Luft, das von einem Dutzend Papierdrachen herrührte, vor deren durchbrochenem Mittelteile Saiten gespannt waren, welche von dem Winde gleich Aeolsharfen erklangen.

Sofort begann nun der Tanz.

Die Teilnehmerinnen waren alle von persischer Abkunft, aber nicht etwa Sklavinnen, sondern sie trieben ihr Gewerbe freiwillig.

Diese Tänzerinnen führten ihre Spiele, bald einzeln, bald in Gruppen, mit vollendeter Grazie auf. Sie trugen das Gesicht unverhüllt, von Zeit zu Zeit aber zogen sie einen feinen Schleier vor das Antlitz, so daß es schien, als lege sich eine Wolke von Gaze über alle diese lächelnden Augen, wie eine zarte Wolke den sternbesäten Himmel bedeckt.

Nach Schluß dieses ersten Schauspieles ließ sich neben Michael Strogoff eine ernste Stimme vernehmen: „Sieh' mit allen deinen Augen, sieh' dich um!" Der Mann, welcher diese Worte wiederholte, ein hochgewachsener Tatar, war der Vollstrecker der peinlichen Befehle Feofar-Khans. Er hatte hinter dem Verurteilten Platz genommen und hielt einen langen, gekrümmten Säbel in der Faust, eine jener Damaszenerklingen, wie sie die berühmten Waffenschmiede von Karschi oder Hissar liefern.

An seiner Seite hatten einige Garden ein Kohlenbecken aufgestellt, in dem, ohne irgendwelchen Rauch zu verbreiten, ein Haufen Kohlen glühte. Der leichte, emporsteigende Dampf rührte nur von der Verbrennung einer harzigen, wohlriechenden Substanz, einer Mischung von Weihrauch und Bernstein, her, welche man zeitweilig darauf streute.

Auf die Perserinnen war inzwischen eine andere von ihren Vorgängerinnen sehr verschiedene Truppe Tänzerinnen gefolgt, die Michael Strogoff sehr bald erkannte.

Die beiden Journalisten zweifelten offenbar keinen Augenblick, wen sie vor sich hätten, denn Harry Blount sagte zu seinem Kollegen: „Da, die Zigeunerinnen aus Nishny-Nowgorod!" — „Wahrhaftig", bestätigte Alcide Jolivet; „ich meine aber, im Dienste als Spioninnen werden ihnen die Augen wohl mehr Geld einbringen, als hier ihre Beine!"

Wenn Alcide Jolivet vermutete, daß jene im Solde des Emirs standen, so täuschte er sich, wie wir wissen, nicht. In den ersten Reihen der Zigeunerinnen sah man Sangarre in einem wunderlichen, aber prächtigen Anzuge, der ihre Schönheit vorteilhaft hervorhob.

Sangarre selbst tanzte nicht, sondern setzte sich, einer Herrscherin vergleichbar, in die Mitte ihrer Balletteusen, deren phantastische Pas Reminiszenzen an alle in Europa von ihnen durchzogenen Länder, an Böhmen, Italien, Spanien, sowie auch an Ägypten wach riefen.

Sie erregten sich gegenseitig durch den Lärm der Cymbeln an ihren Armen und durch das Schnarren der „Daires", eine Art baskischer Trommeln, welche sie mit den Fingern schlugen.

Sangarre hielt ebenfalls einen solchen Daire in der Hand, durch dessen Schall sie diese Truppe wahrhaftiger Korybanten noch mehr anfeuerte.

Dann trat ein junger Zigeuner von kaum fünfzehn Jahren vor. Er trug eine Dutare, deren Saiten er durch das Anschlagen mit den Nägeln eine leise Melodie entlockte. Er sang. Eine Tänzerin nahm neben ihm Platz und verhielt sich ruhig, solange er einen Vers seines Liedes vortrug; nur wenn der Refrain desselben von den Lippen des jugendlichen Sängers erklang, sprang sie zum rasenden Tanze auf, schlug ihren Daire und suchte jenen durch das Getöse ihrer Schellentrommeln zu übertönen.

Nach dem letzten Refrain umschwärmten die Zigeunerinnen alle den Sänger und verflochten ihn gleichsam in die verworrenen Falten ihres Tanzes.

Als Belohnung fiel ein Regen von Goldstücken aus den Händen des Emirs, seiner Verbündeten und der Offiziere aller Grade nieder, und zu dem Klingen der Münzen, welche die Cymbeln der Tänzerinnen trafen, mischten sich noch die letzten Töne der Dutares und der Tambourins.

Dann ward es einen Augenblick still, und die Stimme des Henkers, der seine Hand auf Michael Strogoffs Schulter legte, sprach noch einmal die Worte, deren Wiederholung sie um so unheilvoller klingen ließ: „Sieh' mit allen deinen Augen, sieh' dich um!"

Diesmal bemerkte Alcide Jolivet aber, daß der Henker nicht mehr seinen blanken Säbel in der Hand hatte.

Indes sank die Sonne langsam unter den Horizont. Ein sanftes Helldunkel verhüllte schon die entfernten Teile des Platzes. Der Zedern- und Pinienwald erschien schwärzer und die in der Ferne dunkel flutenden Wellen des Tom verschwanden in dem Abendnebel. Die Stadt ruhte im Schatten, der auch bald das Plateau erreichen mußte.

Jetzt drangen plötzlich mehrere hundert Sklavinnen mit Fackeln in den Händen auf den Platz. Von Sangarre geführt, traten die Zigeunerinnen und Perserinnen wieder vor dem Throne des Emirs auf und suchten durch den Kontrast gegen ihre früheren Tänze und Evolutionen noch mehr zu ergötzen. Alle musikalischen Instrumente des tatarischen Orchesters vereinigten sich zu wilderen Harmonien, begleitet von den rauhen Kehltönen der Sänger. Die Drachen, welche man vorher herabgezogen hatte, flogen geschmückt mit einem ganzen Sternbild buntfarbiger Lampen, wieder auf, und ihre Saiten erklangen mitten in dieser Luftillumination heller und voller.

Dann schloß sich eine Eskadron Tataren in Kriegsuniform dem Tanze an, der an Wildheit allmählich zunahm, und bald begann eine Vorstellung, die den fremdartigsten Eindruck hervorbrachte.

Während des Springens und Tanzens erfüllten diese Soldaten mit blanken Waffen die Luft durch das Knallen ihrer langen Pistolen, das Knattern der Musketen, das sich mit dem rollenden Ton der Tambourins, dem Schnarren der Daires und dem Knirschen der Dutaren mischte. Ihre Schießwaffen waren dabei, nach chinesischer Art, mit einem durch gewisse metallische Zusätze farbig abbrennenden Pulver geladen und sprühten lange rote, grüne und blaue Feuerstrahlen in die Luft, so daß es schien, als wogten alle diese lebenden Gruppen in einem Meere von Feuer. So satt ein Pariser Journalist auch gegenüber derartigen Vorstellungen sein mag, in denen es die moderne Bühnentechnik ja so weit gebracht hat, so konnte Alcide Jolivet doch eine leichte Bewegung mit dem Kopfe nicht unterlassen, die zwischen dem Boulevard Montmartre und La Madeleine etwa: „Nicht übel, nicht übel!“ bedeutet hätte.

Plötzlich verloschen wie auf ein Signal alle Flammen dieses Feuermeeres, die Tänze hörten auf, die Tänzerinnen verschwanden. Die Zeremonie war vorbei und nur die Fackeln leuchteten noch auf dem Plateau, das vorher in tausend Lichtern erglänzte.

Auf ein Zeichen des Emirs ward Michael Strogoff mitten auf den Platz geführt.

„Blount“, sagte Alcide Jolivet zu seinem Begleiter, „wollen Sie auch das Ende hiervon noch ansehen?“ — „Nicht um alles in der Welt“, erwiderte Harry Blount. — „Ihre Leser des ‚Daily-Telegraph‘ werden nicht so sehr darauf erpicht sein, die Einzelheiten einer Gerichtsvollstreckung nach Sitte der Tataren kennzulernen.“ — „Nicht mehr als Ihre Cousine.“ — „Armer Kerl!“ fügte Alcide Jolivet hinzu, mit einem Blicke auf Michael Strogoff. „Dieser wackere Soldat hätte einen besseren Tod auf dem Felde der Ehre verdient!“ — „Können wir etwas zu seiner Rettung tun?“ sagte Harry Blount. — „Nein, leider gar nichts.“

Da sie keineswegs begierig waren, der Vollstreckung des Urteils an dem Unglücklichen beizuwohnen, so kehrten sie nach der Stadt zurück. Eine Stunde später trabten sie schon auf der Straße nach Irkutsk, um unter dem russischen Heere „den Revanchekrieg“, wie Alcide Jolivet schon zu sagen beliebte, weiter zu verfolgen.

Inzwischen stand Michael Strogoff aufrecht da, mit einem Blicke voll männlichen Stolzes auf den Emir, voll Verachtung gegen Iwan Ogareff. Er erwartete, sterben zu müssen, und doch hätte man vergeblich ein Zeichen der Schwäche an ihm zu entdecken gesucht.

Der Emir gab ein Zeichen. Von Garden gedrängt näherte sich Michael Strogoff mehr der Terrasse, und Feofar-Khan sprach zu ihm in der auch ihm verständlichen tatarischen Mundart: „Du kamst, um zu sehen, Spion der Russen. Du hast zum letzten Mal gesehen. Nach Verlauf einer Minute werden deine Augen dem Lichte für immer verschlossen sein!“

Nicht den Tod sollte Michael Strogoff also erleiden, aber von ewiger Blindheit geschlagen werden. Ist der Verlust des Gesichts vielleicht nicht noch schrecklicher, als der des Lebens? Der Unglückliche war verdammt. geblendet zu werden.

Auch als Michael Strogoff das über ihn gefällte Urteil aus dem Munde des Emirs vernahm, erbleichte er nicht. Er blieb unerschüttert, die Augen weit geöffnet, stehen, als wollte er sein ganzes Leben in diesen letzten Blick zusammendrängen. Diese Unmenschen um Gnade anzuflehen, erschien nicht nur unnütz, sondern auch seiner unwürdig. Er dachte überhaupt gar nicht daran. Alle seine Geistestätigkeit kondensierte sich, sozusagen, in seiner unwiderruflich verfehlten Mission, in seiner Mutter und Nadia, die er nie wiedersehen sollte. Dennoch ließ er äußerlich nichts von der tiefen Erregung seines Innern blicken. Sein ganzes Wesen durchzuckte der Gedanke, sich noch einmal auf irgend eine Weise zu rächen. Er kehrte sich zu Iwan Ogareff um.

„Iwan", begann er mit drohender Stimme, „Iwan, elender Verräter, die letzte Drohung meiner Augen wird für dich sein!"

Iwan Ogareff zuckte mit den Achseln.

Aber Michael Strogoff täuschte sich. Nicht mit einem Blicke der Wut auf Iwan Ogareff sollten sich seine Augen für immer schließen. Marfa Strogoff näherte sich ihm.

„Meine Mutter!" rief er, „dir, ja dir sollen meine letzten Blicke noch gelten, nicht jenem Schurken dort! — O bleibe vor mir stehen! Laß mich dein geliebtes Angesicht noch sehen! Mögen sich meine Augen mit diesem letzten Bilde schließen!..." Die alte Sibirierin schritt ohne ein Wort auf ihn zu.

„Fort mit diesem Weibe!" befahl Iwan Ogareff. Zwei Soldaten versuchten Marfa Strogoff fortzureißen. Sie wich zurück, blieb aber wenige Schritte vor ihrem Sohne stehen.

Der Henker erschien. Jetzt trug er wieder den bloßen Säbel in der Hand, aber dieser leuchtete in heller Weißglut, wie er ihn aus dem Becken mit wohlriechenden Kohlen gezogen hatte.

Michael Strogoff sollte nach der gewöhnlichen Sitte der Tataren geblendet werden, indem man eine weißglühende Klinge dicht vor seinen Augen vorbeiführte.

Michael Strogoff leistete keinen Widerstand. Für seinen Blick war nichts vorhanden als seine Mutter, die er mit den Augen zu verzehren suchte! All' sein Leben drängte sich in diesem letzten Liebesblick zusammen! Mit weit geöffneten Augen, die Arme nach ihm ausbreitend, sah Marfa Strogoff ihn an...

Die glühende Klinge streifte die Augen Michael Strogoffs. Ein Schrei der Verzweiflung. Leblos sank die alte Marfa zu Boden. Michael Strogoff war blind.

Nach Ausführung seines Befehls zog sich der Emir mit seinem ganzen Hofe zurück. Bald waren nur noch Iwan Ogareff und die Fackelträger auf dem Platze.

Iwan Ogareff zog das kaiserliche Schreiben aus der Tasche, öffnete es und hielt dasselbe in grausamem Spott dem Kurier des Zaren vor die Augen.

„Lies doch nun, Michael Strogoff, lies, und gehe nach Irkutsk, zu melden, was du gesehen hast! Der wahrhafte Kurier des Zaren, das bin ich, das ist Iwan Ogareff!" Mit diesen Worten verbarg der Verräter den Brief wieder an seiner Brust. Dann verließ er, ohne sich umzuwenden, den Platz, und lautlos folgten ihm die Fackelträger.

Michael Strogoff war allein, wenig Schritte von seiner Mutter, welche noch leblos, vielleicht wirklich tot, auf der Erde lag. In der Ferne hörte man das Schreien und Singen, das Lärmen der Orgie. Festlich erleuchtet prangte die unglückliche Stadt.

Michael Strogoff lauschte; der Platz schien ihm still und verlassen. Tastend suchte er die Stelle zu erreichen, auf der seine Mutter niedersank. Seine Hand fand sie, er neigte sich über sie, er legte sein Antlitz auf das ihre, er hörte die Schläge ihres Herzens. Dann schien es, als flüsterte er ihr einige Worte zu.

Lebte die alte Marfa noch, und hörte sie, was ihr Sohn zu ihr sagte? Jedenfalls machte sie nicht die geringste Bewegung. Michael Strogoff küßte ihr die Stirn und das weiße Haar. Dann erhob er sich, tastete mit den Füßen, versuchte seine Hand auszustrecken, um den Weg zu finden, und schritt langsam nach dem Ende des Platzes.

Plötzlich erschien Nadia. Sie ging gerade auf ihren Gefährten zu. Ein Dolch, den sie bei sich trug, diente ihr, die Fesseln zu durchschneiden, welche Michael Strogoffs Arme drückten.

Nachher erst flüsterte sie: „Bruder, mein Bruder!" —

„Nadia", erwiderte Michael Strogoff, „du, Nadia!" — „Komm, Bruder!" antwortete sie. „Meine Augen werden nun die deinigen sein, ich werde dich nach Irkutsk führen!"

Nach Verlauf einer halben Stunde hatten Michael Strogoff und Nadia Tomsk verlassen.

Überhaupt gelang es im Laufe dieser Nacht einer ganzen Zahl Gefangenen zu entweichen, da Soldaten und Offiziere im Taumel der wilden Festlichkeiten die bisher gewohnte strenge Überwachung jenes Menschenknäuels vernachlässigten. Nadia vermochte also, nachdem man sie erst mit den anderen Gefangenen weggeführt hatte, zu entfliehen und nach dem Plateau zurückzukehren, gerade als Michael Strogoff vor den Emir geschleppt wurde.

Unter der Zuschauermenge verloren, hatte sie alles mit angesehen. Nicht ein Schrei entfuhr ihr, als die weißglühende Säbelklinge die Augen ihres Begleiters streifte. Sie erzwang sich die Kraft. unbeweglich und lautlos zu verharren. Einen Augenblick wohl stand das Herz ihr still, als sie die alte Sibirierin ohnmächtig niedersinken sah, aber ein Gedanke reichte hin, ihr all' die frühere Entschlossenheit zurückzugeben. „Ich werde der treue Hund des Blinden sein!“ sagte sie sich.

Als Iwan Ogareff sich entfernte, suchte Nadia sich im Dunkel zu verbergen. Sie wartete gelassen, bis die Menge sich vom Plateau verlief. Verlassen, wie ein elendes Geschöpf, das man nicht weiter zu fürchten hatte, war Michael Strogoff allein gelassen worden. Sie sah, wie er sich zu seiner Mutter hin tastete, sich über sie beugte, ihre Stirn voll heißer Liebe küßte und dann zu entfliehen versuchte ...

Einige Minuten später verließen beide Hand in Hand den Abhang des Hügels, folgten bis zum Ende der Stadt den Ufern des Tom und gelangten unbemerkt durch eine Öffnung des Umfassungswalles.

Nur die eine Straße nach Irkutsk verlief dort in östlicher Richtung. Nadia führte Michael Strogoff möglichst schnell mit sich fort, in der Besorgnis, es möchten die Plänkler des Emirs nach Schluß der tierischen Orgie, die sie jetzt feierten, wieder ausschwärmen und jeden Weg verlegen. Ihr galt es also, jenen zuvorzukommen, und Krasnojarsk, das übrigens 500 Werst von Tomsk entfernt liegt, eher als sie zu erreichen.

Wie Nadia die Anstrengungen der Nacht vom 16. zum 17. August zu ertragen vermochte, woher sie die Kräfte nahm, eine so lange Tagesreise auszuhalten, wie ihre von dem anstrengenden Marsche der vorhergehenden Tage noch blutenden Füße sie bis dahin tragen konnten — wohl ist das kaum begreiflich. Aber trotzdem erreichte sie am nächsten Tage, zwölf Stunden nach dem Aufbruch aus Tomsk, mit Michael Strogoff den Flecken Semilowskoë nach einem Wege von fünfzig Werst Länge.

Michael Strogoff hatte noch keine Silbe gesprochen. Nicht Nadia hielt seine Hand, sondern er schloß sich die ganze Nacht über an die seiner Begleiterin; aber dank dieser treuen Hand, die ihn, wenn auch leise zitternd, leitete, war er gewohnten schnellen Schrittes gegangen.

Semilowskoë erwies sich als fast vollständig verlassen. Aus Furcht vor den Tataren waren die Einwohner nach der Provinz Jenisseisk entflohen, und nur zwei oder drei Häuser bewohnt geblieben. Allen Reichtum der Stadt an nützlichen und wertvollen Gegenständen hatte man auf Karren fortgeschafft.

Dennoch konnte Nadia nicht umhin, hier einige Stunden halt zu machen. Beide bedurften notwendig der Nahrung und der Ruhe.

Das junge Mädchen führte seinen Begleiter also nach dem Ende des Marktfleckens. Dort fand sich ein Haus mit offenstehender Tür. Sie traten ein. Neben dem in sibirischen Häusern gebräuchlichen ungeheuren Ofen stand mitten in der Stube eine einfache hölzerne Bank. Beide setzten sich dort nieder.

Jetzt erst schaute Nadia ihrem geblendeten Gefährten ins Gesicht, wie sie ihn wohl noch nie angesehen hatte. Aus ihrem Blicke sprach noch mehr als Dankbarkeit, mehr als Mitleid mit dem Unglück. Hätte nur Michael Strogoff sie sehen können, er hätte in ihrem verzweifelten Blick den Ausdruck der Ergebenheit ohne Grenzen, der innigsten Zärtlichkeit lesen müssen.

Die von der hellglühenden Klinge geröteten Lider bedeckten zur Hälfte die trockenen Augen des Blinden. Die weiße Augenhaut erschien leicht gefaltet, wie verhornt, die Pupille auffallend vergrößert, die Iris zeigte ein dunkleres Blau als vordem; Wimpern und Augenbrauen waren zum Teil verbrannt und versengt — scheinbar aber hatte der so durchdringende Blick des jungen Mannes sich keineswegs verändert. Wenn er nicht sehen konnte, wenn seine Blindheit vollständig war, so rührte das von der totalen Zerstörung der Lichtempfindlichkeit der Netzhäute und Sehnerven durch die Hitze des glühenden Stahles her.

Jetzt streckte Michael Strogoff seine hilflosen Hände aus.

„Du bist hier, Nadia?“ fragte er. — „Ja, ich bin bei dir“, erwiderte das junge Mädchen, „ich werde dich niemals verlassen, Michael.“

Michael Strogoff erzitterte im Innern, als Nadia zum ersten Male seinen wahren Namen aussprach.

„Nadia“, fuhr er fort, „wir werden uns trennen müssen.“ — „Uns trennen? Und warum, Michael?“ — „Ich will dir kein Hindernis deiner Reise sein. Dein Vater erwartet dich in Irkutsk. Du mußt zu ihm eilen.“ — „Mein Vater würde mir fluchen, Michael, wenn ich dich, nach dem, was du für mich getan, verlassen wollte.“ — „Nadia, Nadia“, erwiderte Michael Strogoff, und drückte die Hand, welche das junge Mädchen in die seinige gelegt hatte, „du hast an niemand als an deinen Vater zu denken.“ — „Michael“, antwortete Nadia fast bitter, „du bedarfst meiner jetzt mehr als mein Vater! Willst du denn darauf verzichten, nach Irkutsk zu kommen?“ — „Niemals!“ sagte Michael Strogoff schnell und in einem Tone, der seine ganze frühere Energie durchklingen ließ.

„Du besitzest aber jenen Brief nicht mehr ...“ —

„Den Brief, den Iwan Ogareff mir raubte! ... Jawohl, doch auch das soll mich nicht abhalten, Nadia! — Sie haben mich als Spion verurteilt — gut, so werde ich handeln wie ein Spion. In Irkutsk will ich alles sagen, was ich gesehen, was ich gehört habe, und, beim allmächtigen Gott, ich schwöre es, daß der Verräter mich noch einmal zu Gesicht bekommen soll; nur muß ich vor ihm in Irkutsk ankommen."

„Und doch sprichst du von Trennung, Michael!" — „Die Nichtswürdigen haben mir alles gestohlen, Nadia." — „Mir blieben noch einige Rubel und meine Augen. Ich kann für dich mit ihnen sehen und dich dahin führen, wohin du allein niemals gelangen würdest." — „Und wie sollen wir weiterreisen?" — „Zu Fuß." — „Und wovon leben?" — „Wir betteln." — „Nun denn, mit Gott!" — „Komm, Michael."

Die beiden jungen Leute nannten sich nicht mehr Bruder und Schwester, das gemeinsame Unglück kettete sie noch inniger aneinander. Beide verließen das Haus, nachdem sie eine Stunde geruht hatten. Nadia durcheilte vorher die Straßen des kleinen Ortes, und es war ihr geglückt, einige Stück Gerstenbrot und etwas Met zu erlangen. Beides kostete ihr nichts, denn sie hatte sich bezwungen, als Bettlerin anzuklopfen. Das Brot und der Met sättigten notdürftig Michael Strogoffs Hunger und Durst. Nadia hatte ihm den größeren Teil des kärglichen Mahles aufgenötigt. Er aß die Brotbissen, die ihm seine Gefährtin einen nach dem andern reichte; er trank aus der Kürbisflasche, die sie an seine Lippen setzte.

„Ißt du auch, Nadia?" fragte er wiederholt. — „Jawohl, Michael", beruhigte ihn das junge Mädchen, während es sich doch mit den Überresten begnügte.

Michael Strogoff und Nadia verließen Semilowskoë und begaben sich wieder auf den mühseligen Weg nach Irkutsk. Energisch widerstand das junge Mädchen jeder Ermüdung. Hätte Michael Strogoff sie gesehen, es wäre ihm wohl der Mut gesunken, weiterzuziehen. Nadia aber beklagte sich nicht, und da Michael keinen leisen Seufzer hörte, so ging er mit einer Hast, die er selbst nicht zu zügeln vermochte. Und warum? Durfte er hoffen, den Tataren zuvorzukommen? Er war zu Fuß, ohne Geld und — blind, und wenn Nadia, seine einzige Gefährtin, ihm entrissen werden sollte, blieb ihm ja nichts anderes übrig, als sich an die Seite der Straße zu legen und elend zu verderben. Konnte er dagegen durch ungebeugte Energie nach Krasnojarsk gelangen, so war vielleicht noch nicht alles verloren, da der Gouverneur, dem er sich zu entdecken gedachte, ihm ohne Zweifel die nötigen Mittel gewähren würde, um Irkutsk zu erreichen.

Michael Strogoff wanderte also karg an Worten und versunken in Gedanken weiter. Er hielt Nadias Hand. Es schien, als bedürften sie der Sprache zum Austausch ihrer Gedanken gar nicht mehr. Von Zeit zu Zeit unterbrach Michael Strogoff wohl das Schweigen.

„Sprich doch zu mir, Nadia“, sagte er. — „Wozu das, Michael? Wir denken ja zusammen!“ antwortete die junge Livländerin und bemühte sich, ihre Erschöpfung nicht durch ihre Stimme zu verraten.

Manchmal aber sanken ihre Füße zusammen, als stünde ihr Puls schon still, ihr Schritt verlangsamte sich und mit flehend geöffneten Armen blieb sie ein wenig zurück, dann hemmte auch Michael Strogoff seine Schritte und richtete die Augen auf das junge Mädchen, so als könne er es in der Dunkelheit, die ihn umgab, erkennen. Seine Brust hob sich; er suchte seine Begleiterin noch besser zu unterstützen und nahm den ermüdenden Weg wieder auf.

Diese ununterbrochenen Anstrengungen sollten aber heute eine überaus glückliche Wendung erfahren, welche beiden für die Zukunft eine große Erleichterung versprach.

Seit zwei Stunden hatten sie Semilowskoë verlassen, als Michael Strogoff stehen blieb und fragte: „Ist die Straße menschenleer?“ — „Vollständig verlassen“, antwortete Nadia. — „Hörst du nicht hinter uns irgend ein Geräusch?“ — „Ja, wirklich“. — „Das könnten Tataren sein; wir werden uns verbergen müssen. Passe wohl auf!“ — „Warte ein wenig, Michael!“ erwiderte Nadia und ging die Straße einige Schritte, bis zu einer nahen Biegung rückwärts. Michael Strogoff blieb, angestrengt lauschend, einige Augenblicke allein. Nadia kehrte sehr bald zurück und meldete: „Es ist ein Wagen hinter uns, den ein junger Mann führt.“ — „Ist er allein?“ — „So viel ich sehen kann, ja.“

Michael Strogoff zögerte einen Moment. Sollte er sich verbergen? — oder sollte er im Gegenteil bei der sich bietenden Gelegenheit versuchen, auf diesem Wagen, wenn auch nicht für sich selbst, so doch vielleicht für sie, einen Platz zu erhalten? Er würde sich damit begnügen, eine Hand auf den Wagen zu stützen; ja, er würde diesen selbst mitschieben, denn seine Füße versagten ihm voraussichtlich niemals den Dienst, aber er fühlte wohl, daß Nadia durch die lange, achttägige Wanderung vom Obi bis hierher am Ende ihrer Kräfte sein müsse.

Der Wagen zeigte sich bald an dem Knie der Straße. Es war ein sehr verfallenes, für höchstens drei Personen eingerichtetes Fuhrwerk, eine in der dortigen Gegend so genannte Kibitka.

Gewöhnlich bilden drei Pferde die Bespannung einer solchen Kibitka; diese wurde aber nur von einem Pferde mit langer Behaarung und dickbuschiger Mähne und Schweif gezogen, dessen offenbar mongolische Abstammung seine Stärke und Ausdauer verriet. Als Führer saß ein junger Mann auf dem Wagen, neben welchem ein Hund neugierig hervorguckte.

Nadia erkannte bald, daß der junge Mann ein Russe sei. Er hatte ein freundliches, ruhiges, Vertrauen erweckendes Gesicht. Besondere Eile schien er auch nicht zu haben. Er trottete ruhigen Schrittes dahin, um sein Pferd nicht zu überanstrengen, und wer ihn so sah, hätte gewiß nie geglaubt, daß er auf einem Wege fahre, den die wilden Horden der Tataren jederzeit abschneiden konnten.

Nadia faßte Michael Strogoffs Hand sicherer und trat zur Seite. Die Kibitka hielt; lächelnd sah deren Führer das junge Mädchen an. „Ei, wo wandert Ihr denn hin?" fragte er mit freundlich teilnehmendem Blicke.

Der Ton dieser Stimme belehrte Michael Strogoff, daß er dieselbe irgendwo schon einmal gehört habe. Ohne Zweifel genügte ihm dieser Anhaltspunkt, um den Führer der Kibitka wiederzuerkennen, denn seine sorgenvolle Stirn heiterte sich plötzlich auf.

„Nun, wohin wollt Ihr denn?" wiederholte der junge Mann, indem er sich direkt an Michael Strogoff wandte. — „Wir gehen nach Irkutsk", antwortete dieser. — „Aber, Väterchen, du weißt wohl gar nicht, daß es noch viele Werst bis Irkutsk ist." — „O ja, das weiß ich." — „Und du reisest zu Fuß?" — „Wie du siehst." — „Für dich mag das angehen, aber die junge Dame . ." — „Das ist meine Schwester", fiel Michael Strogoff ein, der es für geratener hielt, ihr diese Bezeichnung wieder beizulegen. — „Ja, das ist ganz gut, Väterchen. Aber traue meinem Worte, sie wird zu Fuß niemals nach Irkutsk kommen."

„Guter Freund", begann Michael Strogoff und näherte sich dem Wagen, „die Tataren haben uns geplündert und ich besitze keine Kopeke, sie dir anzubieten; doch wenn du nur meine Schwester mit auf den Wagen nehmen willst, so werde ich dir gern zu Fuß folgen, nötigenfalls laufen, um dich keine Stunde aufzuhalten . . ." — „Aber, Bruder", fiel ihm Nadia ins Wort, „ich will das nicht, nein, ich will nicht! . . . Mein Bruder ist blind, mein Herr!" — „Blind!" rief der junge Mann mit bewegter Stimme. — „Die Tatarenhorden blendeten ihm die Augen durch Feuer!" rief Nadia, während sie die Hände ausstreckte, um sein Mitleid anzurufen. — „Die Augen haben sie dir ausgebrannt? — O, du armes Väterchen! — Nun, ich will nach Krasnojarsk. Warum willst du nicht mit deiner Schwester auf meinem Wagen Platz nehmen? Wenn wir uns etwas einrichten, werden alle drei Platz finden. Mein Hund wird nichts dagegen haben, weiter zu Fuß zu gehen. Nur fahre ich nicht sehr schnell, um mein Pferd zu schonen."

„Wie ist dein Name, Freund?" fragte Michael Strogoff. — „Ich heiße Nikolaus Pigassof." — „Diesen Namen werde ich niemals vergessen", beteuerte Michael Strogoff. — „Nun komm, steig auf, blindes Väterchen. Hinten im Wagen mag deine Schwester neben dir sitzen; ich werde davor Platz finden, um das Pferd zu führen. Im Wagen liegt schöne Birkenrinde und Gerstenstroh — es ist wie ein warmes Nest darin. Allons, Sersko, mach Platz!"

Der Hund sprang, ohne sich bitten zu lassen, herab. Er war von sibirischer Rasse mit grauem Fell, von mittlerer Größe, mit großem, gutmütigem Kopfe und schien sehr an seinem Herrn zu hängen.

Michael Strogoff und Nadia richteten sich schnell in der Kibitka ein. Michael Strogoff hatte die Hände ausgestreckt, um die Nikolaus Pigassofs zu suchen. „Meine Hand willst du drücken, Väterchen?" sagte Nikolaus. „Hier ist sie! Drücke sie, soviel es dir Vergnügen macht."

Die Kibitka setzte sich wieder in Bewegung. Das Pferd, welches Nikolaus Pigassof nie mit der Peitsche antrieb, war ein Paßgänger. Wenn Michael Strogoff auch an Schnelligkeit nicht viel gewann, so blieben ihm und Nadia aber doch weitere Körperanstrengungen erspart.

Die Erschöpfung des jungen Mädchens war so groß, daß es, geschaukelt von dem gleichmäßigen Schwanken der Kibitka, bald in tiefen, fast totähnlichen Schlaf verfiel. Michael Strogoff und Nikolaus Pigassof betteten die müde Schläferin so gut es ging auf Birkenlaub und Stroh. Der mitleidige junge Mann war innig bewegt, und wenn sich aus Michael Strogoffs Lidern keine Träne drängte, so lag es daran, daß das glühende Eisen deren Quelle versiegen gemacht hatte.

„Es ist ein nettes Mädchen", sagte Nikolaus. — „O ja", erwiderte Michael Strogoff. — „Die Püppchen wollen immer stark sein, Väterchen, immer mutig, und im Grunde sind sie doch nur schwach. — Kommt Ihr von weit her?" — „Von sehr weit." — „Arme Leutchen — das mußte dir sehr weh tun, als sie deine Augen verbrannten." — „Ja, gewiß", erwiderte Michael Strogoff sich umwendend, als hätte er Nikolaus sehen können. — „Und du weintest dabei nicht?" — „Doch". — „O, ich hätte wohl auch geweint. Zu denken, daß man seine Lieben niemals wiedersehen soll! Aber, sie können Euch doch sehen, darin liegt ja wenigstens ein Trost."

„Ja, vielleicht. — Sage mir, Freund", fragte Michael Strogoff, „solltest du mich noch niemals gesehen haben?" — „Dich, Väterchen? Daß ich nicht wüßte." — „Mir kommt der Ton deiner Stimme so bekannt vor." — „Sieh da!" versetzte Nikolaus lächelnd. „Er kennt den Klang meiner Stimme. Du fragst mich das vielleicht, um zu erfahren, woher ich komme. O, das will ich dir sagen. Ich komme von Kolywan."

„Von Kolywan?" wiederholte Michael Strogoff. „Dann bin ich dir aber doch begegnet. Du warst dort im Telegraphenamte?" — „Das trifft", bestätigte Nikolaus. „Ich wohnte daselbst als Beamter." — „Und bliebst dort bis zum letzten Augenblick?" — „Nun, ich war wohl verpflichtet, bis zum Äußersten auszuharren." — „Das geschah an dem Tage, da ein Engländer und ein Franzose, die Hände voller Rubelstücke, sich um den Platz an deinem Schalter stritten und der Engländer die ersten Verse der Bibel abtelegraphieren ließ?"

„Das mag sein, Väterchen, doch ich entsinne mich dessen nicht." — „Wie? Daran erinnerst du dich nicht?" — „Ich lese die abzusendenden Depeschen niemals. Es ist meine Pflicht, sie zu vergessen, und das Kürzeste, gar keine Kenntnis von ihnen zu nehmen."

Inzwischen bewegte sich die Kibitka in ihrem mäßigen Tempo weiter, das Michael Strogoff so gern etwas beschleunigt hätte. Doch Nikolaus und sein Pferd erschienen an jenes so gewöhnt, daß weder der eine noch das andere je davon abgingen. Drei Stunden lang zog das Pferd in gleichem Schritte weiter, dann ruhte es während einer Stunde — und das Tag und Nacht. An den Haltestellen weidete das Tier und die Insassen der Kibitka nahmen in Gesellschaft des treuen Sersko einen Imbiß ein. Die Kibitka war mindestens für zwanzig Personen verproviantiert, und Nikolaus stellte opferwillig seine Vorräte den beiden Gästen, die er für Bruder und Schwester hielt, zur Verfügung.

Nach eintägiger Ruhe gewann Nadia ihre Kräfte so ziemlich wieder. Die Reise ging, wenn auch langsam, doch regelmäßig und unter ganz leidlichen Verhältnissen vonstatten. Es kam auch vor, daß Nikolaus während der Nacht, die Zügel in den Händen, einschlief. Dann hätte man beobachten können, daß Michael Strogoff die Zügel des Pferdes zu erlangen und dieses in schnelleren Gang zu bringen suchte, zum größten Erstaunen Serskos, der das indes schweigend geschehen ließ. Unwiderruflich verlangsamte sich dieser Trab aber sofort wieder zu dem alten Paßgang, sobald Nikolaus erwachte; nichtsdestoweniger hatte die Kibitka einige Werst über die reglementmäßige Geschwindigkeit gewonnen.

So kreuzte man den Ischimsk-Strom, durchzog die Flecken Ischimskoë, Berikylskoë, Kuskoë, den Mariinsk-Fluß, die gleichnamige Ortschaft, Bogostowskoë und kam endlich über den Tschula, einen unbedeutenderen Wasserlauf, der Westsibirien von Ostsibirien scheidet. Die Straße durchschnitt hier bald ungeheure Heiden, welche einen ausgedehnten Überblick gestatteten, bald dichte Tannenwälder, die gar kein Ende zu nehmen schienen.

Alles war öde; die Wohnstätten der Menschen fast ausnahmslos verlassen. Die Landleute flüchteten sich über den Jenissei, in der Meinung, daß dieser breite Strom den Tataren Halt gebieten werde.

Am 22. August erreichte die Kibitka den Flecken Atschinsk, 380 Werst von Tomsk. Hundertzwanzig Werst trennten sie nun noch von Krasnojarsk. Kein Zwischenfall hatte die Fahrt gestört. Seit sechs Tagen vereinigt, waren Nikolaus, Michael Strogoff und Nadia die nämlichen geblieben, jener bezüglich seiner unerschütterlichen Ruhe, diese unruhig und besorgt wegen der Stunde, in der sich ihr Gefährte von ihnen trennen würde.

Eines Tages fragte ihn Michael Strogoff, wie die Witterung sei.

„O, recht schön, Väterchen", antwortete er, „aber wir haben nun auch die letzten angenehmen Sommertage. Der Herbst ist in Sibirien kurz und bald genug werden sich die ersten Winterfröste melden. Vielleicht beschließen die Tataren, während der schlechten Jahreszeit Winterquartier zu beziehen?"

Ungläubig schüttelte Michael Strogoff den Kopf.

„Du glaubst es nicht, Väterchen", bemerkte Nikolaus. „Du denkst, sie werden bis Irkutsk vordringen?" — „Ich fürchte es", erwiderte Michael Strogoff. — „Ja ... du kannst recht haben. Sie haben da einen Schurken bei sich, der ihren Kriegseifer nicht auf halbem Wege erkalten lassen wird. — Hast du von Iwan Ogareff gehört?" — „Gewiß". — „Weißt du, daß es sehr schlecht ist, sein Vaterland zu verraten?" — „Ja, das ist es" ... antwortete Michael Strogoff, der seine Ruhe mühsam zu bewahren suchte.

„Väterchen", versetzte Nikolaus, „mir scheint, es empört dich gar nicht so sehr, von Iwan Ogareff sprechen zu hören. Jedes russische Herz zittert doch sonst vor Wut, wenn man diesen Namen ausspricht."

„Glaube mir, Freund, ich hasse ihn mehr als du ihn jemals hassen könntest." — „Das ist unmöglich", erklärte Nikolaus; „nein, das ist nicht möglich! Wenn ich an Iwan Ogareff denke, an das Böse, das er unserm heiligen Rußland zugefügt hat, so übermannt mich der Zorn und wenn ich ihn unter den Händen hätte . . ."

— „Nun, wenn du ihn hättest, Freund?" — „Ich glaube, ich würde ihn umbringen." — „Und ich, ich weiß das gewiß", erklärte ruhig Michael Strogoff.

Die Überschreitung des Jenissei

Am 25. August kam die Kibitka mit sinkendem Tage in Sicht von Krasnojarsk an. Die Reise von Tomsk bis hierher hatte acht Tage in Anspruch genommen. Wenn sie trotz aller Bemühungen Michael Strogoffs nicht schneller vor sich ging, kam das daher, daß Nikolaus nur sehr wenig schlief. Daraus ergab sich die Unmöglichkeit, die Gangart seines Pferdes zu beschleunigen, das unter anderen Händen nur sechzig Stunden zu dieser Strecke gebraucht hätte.

Zum Glück war von den Tataren noch gar nichts zu spüren. Kein Plänkler ließ sich bis jetzt auf der von der Kibitka verfolgten Straße sehen. Es erschien das ganz unbegreiflich, und offenbar mußte ein sehr gewichtiger Umstand die Truppen des Emirs verhindert haben, ohne Verzug nach Irkutsk zu weiter zu marschieren.

In der Tat war ein solches Hindernis eingetreten. Ein neues, in aller Eile gesammeltes russisches Korps war aus dem Gouvernement Jenisseisk auf Tomsk gezogen, um diese Stadt womöglich wieder zu erobern. Freilich erwies es sich der Heeresmacht Feofar-Khans gegenüber noch zu schwach und hatte sich wieder zurückziehen müssen.

Am 22. August kam es zu jenem Treffen bei Tomsk, von dem Michael Strogoff zunächst nichts wußte, das aber hinreichend erklärt, warum der Vortrab des Emirs Krasnojarsk noch am 25. unbelästigt gelassen hatte.

Kannte Michael Strogoff auch die jüngsten Ereignisse nicht, so wußte er doch das eine, daß er den Tataren um mehrere Tage voraus war und nicht daran zu verzweifeln brauchte, Irkutsk vor ihnen zu erreichen. Die

Hauptstadt Ostsibiriens lag jetzt noch 850 Werst von ihm entfernt.

Er rechnete übrigens darauf, daß es ihm in Krasnojarsk an Transportmitteln nicht fehlen könne. Da Nikolaus Pigassof in dieser Stadt bleiben wollte, machte sich die Beschaffung eines Führers und eines anderen schnelleren Fuhrwerkes nötig. Michael Strogoff hoffte, es werde ihm, wenn er sich an den Gouverneur der Stadt wendete, seine Identität und seine Eigenschaft als Kurier des Zaren nachwies — was ihm nicht schwer fallen konnte — gewiß gelingen, mit dessen Hilfe Irkutsk in kürzester Zeit zu erreichen. Er hatte dann dem wackeren Nikolaus Pigassof nur noch seinen herzlichen Dank abzustatten und unverzüglich mit Nadia abzureisen, denn diese wollte er nicht eher verlassen, als bis er sie den Händen ihres Vaters übergeben hätte.

Nikolaus' Entschluß, in Krasnojarsk zu bleiben, galt freilich nur „unter der Bedingung, dort Verwendung zu finden." Dieses Muster eines Beamten strebte nur darnach, sich, nachdem er seinen Posten in Kolywan bis zum letzten Augenblick behauptet, der Telegraphen-Verwaltung sofort wieder zur Verfügung zu stellen.

Für den Fall, daß man seine Dienste auch in Krasnojarsk nicht benötigte, wollte, da letztere Stadt mit Irkutsk noch immer in telegraphischer Verbindung stehen mußte, er sich entweder nach Udinsk oder auch nach der Hauptstadt Sibiriens begeben. Dann setzte er aber seine Reise mit dem Bruder und der Schwester fort, und wo hätten diese einen sicherern Führer, einen ergebeneren Freund finden können?

Die Kibitka befand sich jetzt nur noch eine halbe Werst von Krasnojarsk. Rechts und links bemerkte man jene zahlreichen Kreuze, wie sie sich hier an den Straßen in der Nähe der Stadt finden. Es war sieben Uhr abends. An dem klaren Himmel zeichneten sich die Silhouetten der Kirchen und die Profile der an dem steilen Abhange des Jenissei erbauten Häuser ab. Das

Wasser des Flusses erglänzte in den letzten Lichtstrahlen der Atmosphäre. Die Kibitka hielt an.

„Wo sind wir, Schwester?" fragte Michael Strogoff. — „Eine halbe Werst von den ersten Häusern der Stadt", belehrte ihn Nadia. — „Ist die ganze Stadt eingeschlafen?" fuhr Michael Strogoff fort. „Kein Laut dringt zu meinen Ohren." — „Und ich sehe auch kein Licht erglänzen, keinen Rauch in die Luft emporsteigen", fügte Nadia hinzu. — „Eine eigentümliche Stadt!" sagte Nikolaus. Hier macht man keinen Lärm und legt sich sehr zeitig nieder!"

In Michael Strogoff stieg eine böse Ahnung auf. Er hatte Nadia noch nicht mitgeteilt, welche Hoffnung er auf Krasnojarsk setzte, wo er die Mittel zur sicheren Fortsetzung ihrer Reise zu erlangen glaubte. Jetzt fürchtete er, seine Hoffnung werde noch einmal getäuscht werden. Aber Nadia hatte seine Gedanken erraten, obgleich sie nicht begriff, warum ihr Gefährte jetzt, nach Verlust des kaiserlichen Handschreibens, so sehr eilte, nach Irkutsk zu kommen. Eines Tages hatte sie mit Bezug hierauf auch einige Worte fallen lassen.

„Ich habe geschworen, nach Irkutsk zu gehen!" Darauf beschränkte sich seine ganze Antwort. Um jedoch den Zweck seiner Sendung zu erfüllen, mußte er in Krasnojarsk noch ein schnelles Beförderungsmittel finden.

„Nun, Freund", wandte er sich an Nikolaus, „weshalb fahren wir nicht weiter?" — „Ich fürchte, die Bewohner der Stadt durch das Geräusch unseres Wagens aus dem Schlafe zu stören." Durch einen leichten Streich der Peitsche setzte Nikolaus sein Pferd wieder in Bewegung. Sersko schlug einige Male an und die Kibitka rollte mäßig schnell die Straße hinab, die nach Krasnojarsk hineinführte. Zehn Minuten später befand sie sich in der Hauptstraße.

Auch Krasnojarsk war verlassen! Keine jener prächtig bespannten Equipagen rollte durch die breiten reinlichen Straßen. Kein Fußgänger wandelte auf den Trottoirs der schönen, in monumentalem Stile erbauten Holzhäuser. Keine elegante, nach neuester Pariser Mode gekleidete Sibirierin promenierte in jenem herrlichen Parke, der, in einem Birkenwalde angelegt, sich bis an das Ufer des Jenissei fortsetzte. Die große Glocke der Kathedrale schwieg, die Glockenspiele der Kirchen blieben stumm, während sonst nur selten der Gesang derselben in den russischen Städten nicht ertönt. Doch hier war alles erstorben. Kein lebendes Wesen atmete in der sonst so verkehrsreichen Stadt!

Das letzte Telegramm aus dem Kabinett des Zaren vor Unterbrechung der telegraphischen Verbindung befahl dem Gouverneur, der Garnison, den Einwohnern allen, Krasnojarsk zu verlassen, jeden wertvollen Gegenstand und alles, was den Tataren hätte von Nutzen sein können, wegzuschaffen und nach Irkutsk zu flüchten. Dieselbe Verordnung traf die Einwohner aller kleineren Ortschaften der Provinz. Die russische Regierung suchte vor den Schritten der Feinde eine Wüste herzustellen.

Michael Strogoff, Nadia und Nikolaus durchwanderten schweigend die Straßen der Stadt. Sie selbst verursachten das einzige Geräusch, das in dieser toten Stadt ertönte. Von den Empfindungen, die ihn marterten, ließ Michael Strogoff zwar äußerlich nichts merken, aber es kochte doch manchmal auf in ihm über das unersättliche Mißgeschick, welches ihn verfolgte und seine Hoffnungen noch einmal so bitter täuschte.

„Großer Gott", jammerte Nikolaus, „in dieser Wüstenei werde ich meinen Gehalt nimmer ehrlich verdienen können." — „Guter Freund", redete ihm Nadia zu, „Sie werden mit uns den Weg nach Irkutsk einschlagen müssen." — „Freilich muß ich das!" antwortete Nikolaus. „Zwischen Udinsk und Irkutsk muß die Leitung noch imstande sein und da . . . Wollen wir weiter, Väterchen?"

„Warten wir bis morgen", erwiderte Michael Strogoff. — „Du hast recht", bestätigte Nikolaus. „Wir müssen den Jenissei passieren und dazu sehen können." — „Sehen können!" murmelte Nadia mit einem Gedanken an ihren blinden Gefährten.

Nikolaus hatte doch ihre Bemerkung gehört und wendete sich an Michael Strogoff. „Verzeihe, Väterchen", sagte er. „Ach, Nacht und Tag, das ist für dich ja gleichgültig!" — „Mache dir keine Vorwürfe, Freund", beruhigte ihn Michael Strogoff und strich dabei mit der Hand über seine Augen. „Mit dir als Führer kann ich auch noch etwas nützen. Ruhe jetzt einige Stunden aus. Auch Nadia mag sich durch den Schlummer stärken. Morgen wird es ja wieder Tag."

Michael Strogoff, Nadia und Nikolaus brauchten nicht lange zu suchen, um eine Ruhestätte zu finden. Das erste Haus, dessen Türe sie öffneten, war ja ebenso leer wie alle die anderen. Nur einige Haufen Laubwerk fanden sich darin vor. In Ermangelung besseren Futters mußte das Pferd sich mit diesem begnügen. Von dem noch nicht erschöpften Proviant aus der Kibitka erhielt jeder seinen Teil. Nachdem sie dann vor einem bescheidenen, an der Wand hängenden Heiligenbilde, welches das letzte Flämmchen einer Lampe beleuchtete, ihre Knie gebeugt, schliefen Nikolaus und das junge Mädchen bald ein, während Michael Strogoff, den der Schlaf noch floh, neben ihnen wachte.

Am folgenden Tage, dem 26. August, fuhr die wieder angeschirrte Kibitka durch den Birkenpark nach dem Ufer des Jenissei.

Michael Strogoff war sehr besorgt. Auf welche Weise sollte der Fluß überschritten werden, wenn man, wie anzunehmen war, alle Boote und Fähren zerstört hatte, um das Vordringen der Tataren zu verzögern? Er kannte den Jenissei sehr gut, ebenso die beträchtliche Breite desselben, wie die heftigen Stromschnellen zwischen den Inseln in seinem Bette. Unter gewöhnlichen Verhältnissen verlangt die Überschreitung des Jenissei mittels besonderer für den Transport von Reisenden, Wagen und Pferden eingerichteter Fähren eine Zeit von drei Stunden, und dabei erreichen diese Fährboote das rechte Ufer nur unter dem Aufwande der größten Anstrengung. Wie sollte nun, beim Mangel jedes Transportmittels, die Kibitka von einem Ufer zum andern gelangen?

„Und ich muß doch hinüber kommen!" sagte sich Michael Strogoff wiederholt.

Der Tag begann zu grauen, als die Kibitka an einer dort auslaufenden Allee des Parkes das linke Stromufer erreichte. An dieser Stelle erhebt sich das Uferland etwa hundert Fuß über die Wasserfläche, so daß diese bis auf weite Entfernung hin zu übersehen ist.

„Entdeckt Ihr eine Fähre?" fragte Michael Strogoff, indem er seine Augen, eine Folge früherer Gewohnheit, hier- und dorthin wendete, als könne er selbst noch sehen. — „Noch ist es kaum Tag", antwortete Nadia. „Auf dem Strome liegt ein so dichter Dunst daß man kaum das Wasser zu sehen vermag." — „Doch ich höre das Rauschen der Wellen", setzte Michael Strogoff noch hinzu.

Wirklich drang aus den tieferen Nebelschichten ein Brausen von aufeinander treffenden Strömungen und Gegenströmungen herauf. Das zu dieser Jahreszeit sehr angeschwollene Wasser rauschte mit furchtbarer Gewalt dahin. Alle drei horchten und warteten auf das Verschwinden des Nebelvorhanges. Rasch stieg nun die Sonne über den Horizont empor und ihre ersten warmen Strahlen tranken die angesammelten Dünste weg.

„Nun?" fragte Michael Strogoff. — „Der Nebel beginnt zu weichen, Bruder", antwortete ihm Nadia; „schon durchdringt ihn allmählich das Licht des Tages." — „Das Niveau des Flusses siehst du noch nicht?" — „Bis jetzt noch nicht."

„Etwas Geduld, Väterchen", sagte Nikolaus. „Es wird sich alles machen. Da, es erhebt sich schon ein frischer Wind; er wird die Nebel bald vertreiben. Schon zeigen die hohen Hügel des andern Ufers ihre dichten Baumreihen. Die dienstwilligen Sonnenstrahlen verzehren die angehäuften Wasserdünste. O, wie schön das ist, du armer Blinder, und welches Unglück für dich, dies prächtige Schauspiel nicht genießen zu können!"

„Siehst du ein Fahrzeug?" fragte Michael Strogoff. — „Ich sehe keines", antwortete Nikolaus. — „Sieh scharf hinaus, Freund, längs dieses Ufers und längs des anderen, so weit deine Augen reichen. Ein Boot! eine Barke, nur ein Kanu aus Baumrinde!"

Nikolaus und Nadia, die sich an den äußersten Birkenstämmen des steilen Ufer anhielten, bogen sich fast bis über den Fluß hinaus. Der Jenissei bildet an dieser Stelle zwei ungleich große Arme, in welchen die Wellen mit erstaunlicher Schnelligkeit dahinschießen. Zwischen diesen Armen liegen mehrere Inseln zerstreut, die mit ihren Erlen, Weiden und Pappeln wie ebensoviele im Flusse verankerte Fahrzeuge aussehen. Über diesen erheben sich die Hügel des östlichen Ufers, gekrönt mit Wäldern, deren Baumgipfel jetzt in purpurnem Morgenlichte flammten. Stromaufwärts und stromabwärts erstreckte sich der Lauf des Jenissei bis über Gesichtsweite hinaus.

Ein Boot aber zeigte sich weder am rechten noch am linken Ufer, noch auch an dem Rande der Inseln. Schafften die Tataren also das Material zum Bau einer Schiffbrücke nicht selbst von Süden hierher, so mußte ihr Zug auf Irkutsk durch den schwer überschreitbaren Jenissei eine nicht unbeträchtliche Verzögerung erfahren.

„Ich erinnere mich", begann da Michael Strogoff, „eines kleinen Ausschiffungsplatzes, weiter oben, nahe den letzten Häusern von Krasnojarsk. Dort legten die Fähren an. Laß uns den Fluß hinaufziehen, Freund, und sieh dabei zu, ob nicht eine einzige Barke vergessen worden ist."

Nikolaus wendete sich nach der angedeuteten Richtung. Nadia ergriff Michael Strogoffs Hand und führte ihn schnellen Schrittes dahin. Eine Barke, nur ein hinreichend großes Boot, um die leichte Kibitka zu tragen, und in Ermangelung dessen, nur ein Kahn, um die Insassen der letzteren überzuführen, — und Michael Strogoff würde keinen Augenblick gezögert haben, die Überschreitung des Stromes zu wagen.

Zwanzig Minuten später hatten alle drei die beschränkte Landungsstelle erreicht, einen kleinen Hafen, dessen letzte Häuser bis an das Niveau des Flusses herabreichten. Auch hier fand sich jedoch kein Fahrzeug am Ufer, kein Kahn an der Pfahlwand, ja, nicht das geringste, aus dem sich ein für drei Personen hinreichendes Floß hätte herstellen lassen.

„Wir kommen hinüber", erklärte Michael Strogoff. Die Nachsuchungen begannen aufs neue. Man durchstöberte die an dem Abhange gelegenen Gebäude, welche ebenso verlassen waren, wie die der Stadt. Höchstens die Türen hätte man dort ausheben können. Es waren übrigens nur vollkommen leere Hütten ärmerer Leute. Nikolaus sah sich in der einen um, Nadia durchsuchte die andere. Selbst Michael Strogoff trat hier und da ein und tastete nach irgend einem Gegenstande, der ihm jetzt hätte von Nutzen sein können.

Nikolaus und das junge Mädchen hatten sich vergeblich in den Hütten umgesehen und wollten schon jede fernere Nachsuchung aufgeben, als sie ihre Namen rufen hörten. Beide sahen sich auf dem Abhange um und gewahrten Michael Strogoff auf der Schwelle einer Haustür.

„Kommt hierher!" rief dieser. Die beiden folgten sofort seinem Rufe und traten in das Hüttchen ein.

„Was ist das hier?" fragte Michael Strogoff und berührte mit der Hand verschiedene in einer Art Speisegewölbe liegende Gegenstände.

„Das sind Schläuche", bedeutete ihm Nikolaus, „wahrhaftig, ein volles halbes Dutzend." — „Sind sie gefüllt?" — „Jawohl, mit Kumiß, ein Fund zu sehr gelegener Zeit, um unseren Proviant zu erneuern."

Der „Kumiß" ist ein aus Stuten- oder Kamelmilch bereitetes stärkendes, sogar berauschendes Getränk, und

Nikolaus hatte alle Ursache, sich dieses Fundes zu freuen.

„Leg' einen beiseite", sagte Michael Strogoff zu ihm, „aber entleere sofort alle übrigen." — „Sogleich Väterchen." — „Diese sollen uns den Jenissei überschreiten helfen." — „Und das Floß?" — „Das stellt die Kibitka selbst vor, welche ja leicht genug ist, um selbst zu schwimmen. Übrigens werden wir und das Pferd sie vermittels dieser Schläuche halten."

„Gut ausgedacht, Väterchen", rief Nikolaus, „und mit Gottes Hilfe werden wir glücklich den Hafen erreichen . . . vielleicht nicht in gerader Linie, denn die Strömung ist sehr stark." — „Das tut nichts", versicherte Michael Strogoff. „Laß uns nur erst hinüber kommen, die Straße nach Irkutsk finden wir schon wieder." — „Ans Werk also", sagte Nikolaus, der sofort daranging, die Schläuche zu entleeren und sie nach der Kibitka zu schaffen.

Nur ein mit Kumiß gefüllter Schlauch ward reserviert, die andern, mit Luft aufgeblasen und sorgfältig verschlossen, sollten als schwimmende Träger dienen. Zwei derselben band man an die Seiten des Pferdes, um dieses über Wasser zu halten. Zwei andere wurden an dem Sitzkasten der Kibitka zwischen den Rädern angebracht, um diese zu tragen und sie als Floß benutzen zu können.

„Du wirst dich doch nicht fürchten, Nadia?" fragte Michael Strogoff. — „Nein, Bruder", erwiderte das junge Mädchen. — „Und ich", rief Nikolaus, „ich erreiche endlich die Erfüllung meiner Träume, gleich in der Kutsche zu schwimmen."

Das hier sanfter geneigte Ufer begünstigte den Stapellauf der Kibitka. Das Pferd zog sie bis zum Rande des Wassers, und bald schwamm der ganze Apparat samt dem Pferde auf den Wellen des Flusses. Sersko schwamm dabei munter nebenher. Die drei in dem Sitzkasten stehenden Passagiere hatten aus Vorsicht die Fußbekleidung abgelegt, doch reichte ihnen, dank der

Tragkraft jener Schläuche, das Wasser kaum bis an die Knöchel.

Michael Strogoff führte die Zügel des Pferdes und lenkte es, nach den Anweisungen, welche ihm Nikolaus gab, schief gegen den Strom, ohne das Tier im vorzeitigen Kampfe gegen das Wasser zu sehr anzustrengen. Solange die Kibitka sich direkt mit der Strömung bewegte, ging alles ganz gut vonstatten, und schon nach wenigen Minuten hatte sie die Quais von Krasnojarsk passiert. Sie wich dabei nach Norden zu ab, und es lag auf der Hand, daß sie das jenseitige Ufer nur weit stromabwärts von der Stadt erreichen werde.

Die Fahrt über den Jenissei wäre nun, trotz der sehr mangelhaften Hilfsmittel, ohne zu große Schwierigkeit ausgeführt worden, wenn sich die Strömung in ihren gewöhnlichen, regelrechten Verhältnissen bewegt hätte. Unglücklicherweise kreuzten sich aber mehrere Wirbel auf der Oberfläche des schäumenden Wassers, und bald wurde die Kibitka, trotz aller Anstrengungen Michael Strogoffs, sie in einer andern Linie zu erhalten, unwiderstehlich in einen dieser Trichter hineingezogen.

Die Gefahr war groß. Die Kibitka hielt nicht mehr die Richtung nach dem östlichen Ufer ein, sie ging nicht ferner stromab, sondern drehte sich mit ungemeiner Schnelligkeit und nahm eine nach dem Mittelpunkte dieser Bewegung geneigte Stellung an, wie der Reiter auf der Bahn eines engen Zirkus. Ihre Schnelligkeit wuchs noch mehr. Das Pferd vermochte kaum noch den Kopf über dem Wasser zu halten und lief Gefahr, in dem Wirbel erstickt zu werden. Auch Sersko hatte einen Stützpunkt an der Kibitka suchen müssen.

Michael Strogoff begriff recht wohl, was hier vorging. Er fühlte sich in einer immer enger werdenden Spirale dahingezogen, der er nicht entgehen konnte. Er sprach kein Wort. Auch Nadia schwieg. Ihre Hände klammerten sich krampfhaft an das Gerüst des Wagens, und so sicherte sie sich gegen die ungeordneten Bewegungen desselben, als er sich immer mehr dem Depressionszentrum zuneigte.

Begriff auch Nikolaus den ganzen Ernst der Lage? Überwog in ihm das Phlegma oder die Verachtung der Gefahr, der Mut oder die Gleichgültigkeit? Hatte das Leben keinen Wert für ihn und galt es ihm, nach einem Ausdruck der Orientalen, so viel „wie eine Hotelwohnung für fünf Tage“, die man wohl oder übel am sechsten Tage räumen muß? Jedenfalls zeigte sein immer lächelndes Gesicht nicht die geringste Spur einer Veränderung.

Die Kibitka verblieb also in dem reißenden Strudel und das Pferd stand am Ende seiner Kräfte. Plötzlich warf Michael Strogoff alle Kleidungsstücke, die ihm hinderlich sein konnten, ab und stürzte sich in das Wasser; dann ergriff er mit mächtigem Arme den Zügel des halb scheu gewordenen Pferdes und riß es so mächtig fort, daß es sich bis über den anziehenden Kreiswirbel hinaus arbeitete, und sobald die Kibitka wieder in die geordnete Strömung kam, trieb sie mit erneuter Schnelligkeit weiter.

„Hurrah!“ rief Nikolaus.

Nur zwei Stunden nach dem Verlassen des Landungsplatzes hatte die Kibitka den größeren Arm des Stromes überschritten und landete, freilich sechs Werst stromab von der Abfahrtsstelle, an dem Ufer einer Insel. Das Pferd zog nun den Wagen vollends hinauf auf das Land, wo dem wackeren Tiere gern eine Stunde Ruhe gegönnt wurde. Dann fuhr die Kibitka unter dem schützenden Dache prächtiger Birken quer über das ganze Eiland und langte an dem schmäleren Arme des Jenissei an.

Hier vollzog sich die Überfahrt leichter. Kein Wasserwirbel unterbrach den Strom des zweiten Bettes, die Bewegung des Wassers war aber eine so schnelle, daß die Kibitka das rechte Ufer erst fünf Werst stromabwärts erreichte. Im Ganzen war sie also um elf Werst verschlagen worden.

„Das wäre gar nicht so amüsant gewesen", äußerte Nikolaus, als er, sich die Hände reibend, das rechte Ufer hinaufstieg, „wenn es nicht solche Schwierigkeiten geboten hätte." — „Und was für uns nur schwer durchzuführen war", antwortete Michael Strogoff, „das, guter Freund, wird für die Tataren nahezu unmöglich sein!"

Ein Hase, der über den Weg läuft

Michael Strogoff konnte nun endlich glauben, daß die Straße bis nach Irkutsk frei sei. Er hatte die bei Tomsk zurückgehaltenen Tataren gewiß weit überholt, und wenn die Soldaten des Emirs nach Krasnojarsk kamen, fanden sie da nur eine verlassene Stadt und außerdem keinerlei Hilfsmittel zur Überschreitung des Jenissei. Einige Tage Aufenthalt ergaben sich hieraus unzweifelhaft, da man erst eine hier noch dazu schwer anzubringende Schiffsbrücke schlagen mußte, um sich einen Übergang herzustellen.

Zum ersten Male seit dem traurigen Zusammentreffen mit Iwan Ogareff in Omsk fühlte sich der Kurier des Zaren weniger beunruhigt und durfte hoffen, daß sich kein Hindernis zwischen ihm und seinem Ziel erheben werde.

Die Kibitka rollte nun schräg nach Südosten und traf nach einem Wege von etwa fünfzehn Werst wieder auf die lange Straße durch die Steppe.

Der Weg hier war gut, und der Wagen erlitt keine Stöße durch unebenen Boden mehr, dichter Schatten schützte die Reisenden vor den Strahlen der Sonne, und manchmal erhoben sich hier Wälder von Fichten und Zedern, die sich wohl hundert Werst weit erstreckten. Hier dehnt sich nicht mehr die unendliche Steppe aus, deren Grenzlinie am Horizont mit der des Himmels verschmilzt. Doch dieses reiche Land war jetzt leer, alle Flecken und Dörfer verlassen.

Das Wetter hielt sich schön; bei den schon kühleren Nächten aber erwärmte sich die Luft nur schwer an den Strahlen der Sonne. Schon rückten die ersten Tage des Septembers heran, und in dieser in ziemlich hoher Breite gelegenen Gegend verkürzte sich zusehends der Bogen des Tagesgestirns über dem Horizont. Der Herbst währt hier nicht lange, manchmal folgt sogar der Winter so gut wie unvermittelt auf den Sommer. Und hart treten diese Winter des asiatischen Rußlands auch auf, wenn man bedenkt, daß sie das Quecksilber im Thermometer nicht selten zum Gefrieren bringen.

Die Witterung begünstigte also die Reisenden; sie war weder stürmisch noch regnerisch, die Hitze nur mäßig, die Nächte frisch. Nadias und Michael Strogoffs Gesundheit erhielt sich stets gut, ja seit der Abreise aus Tomsk hatten sie fast alle früheren Beschwerden vergessen.

Nikolaus Pigassof befand sich niemals besser als jetzt. Ihm galt diese Reise für einen Spaziergang, eine angenehme Exkursion, mit der er seine freie Zeit als dienstloser Beamter ausfüllte.

Inzwischen gelang es Michael Strogoff auch, Nikolaus zu überreden, daß er das Pferd in etwas schnelleren Gang brachte. Um das zu erreichen, hatte er ihm anvertraut, daß Nadia und er im Begriffe seien, ihren nach Irkutsk verbannten Vater aufzusuchen. Übrigens war das Pferd gut bei Kräften und schon seiner Rasse nach für längere Anstrengungen besonders geeignet. An reichlichem Futter fehlte es ihm längs der Straße nicht, überall sproßte fettes, frisches Gras fast im Überfluß.

Nikolaus ging die Lage dieser jungen Leute, welche sich anschickten, das Exil ihres Vaters zu teilen, herzlich nahe. Nichts erschien ihm rührender. Mit zufriedenem Lächeln sagte er auch zu Nadia: „Himmlische Güte, wie wird sich auch Herr Korpanoff freuen, wenn seine Augen euch wahrnehmen, seine Arme sich zum Empfange öffnen. Wenn ich bis Irkutsk mitgehe, und wie die Sachen liegen, wird mir das immer wahrscheinlicher, werdet ihr mir gestatten, Zeuge dieses Wiedersehens zu sein? Ja, nicht wahr?“ Dann schlug er sich vor die Stirn. „Aber wenn ich an seinen Schmerz denke“, fuhr er fort, „zu sehen, daß sein armer Sohn geblendet worden ist! O, in dieser Welt mischt sich Freude und Schmerz doch immer!“

Am 28. August kamen die Reisenden durch den Flekken Balaisk, achtzig Werst von Krasnojarsk, und am 29. durch Ribinsk, vierzig Werst von Balaisk.

Am folgenden Tage erreichte die kleine Gesellschaft in einer Entfernung von fünfunddreißig Werst Kamsk, einen größeren Ort, den der gleichnamige Fluß, ein kleiner von den Sayanskbergen herabkommender Nebenarm des Jenissei, bespült. Die Stadt bildet eigentlich nur eine rings um einen großen Platz errichtete Gruppe von hölzernen Häusern; über diese hinaus ragt aber der hohe Glockenturm einer Kathedrale, deren goldenes Kreuz hell in der Sonne funkelte. Die Häuser waren verlassen. Kein Relais war bedient, kein Gasthof bewohnt; kein Pferd in den Ställen, kein Haustier auf der Steppe. Man hatte die Befehle des moskowitischen Gouvernements mit peinlicher Strenge vollzogen. Was nicht fortgeschafft werden konnte, wurde zerstört.

Als sie Kamsk verließen, teilte Michael Strogoff seinen beiden Reisegefährten mit, daß sie nun bis Irkutsk nur noch ein kleines Städtchen, Nishny-Udinsk, antreffen würden. Nikolaus antwortete, daß er dasselbe um so besser kenne, weil sich daselbst eine Telegraphenstation befinde. Erwies sich also auch Nishny-Udinsk so menschenleer wie Kamsk, so blieb ihm gar nichts anderes übrig, als in der Hauptstadt Ostsibiriens Beschäftigung zu suchen.

Zwischen Kamsk und dem nächsten Dorfe lag eine große Strecke von etwa einhundertdreißig Werst. Natürlich wurden unterwegs die nötigen Pausen nicht versäumt, ohne welche man sich, wie Nikolaus sagte, einen sehr gerechtfertigten Widerspruch des Pferdes zuziehen würde. Nach stillschweigender Übereinkunft wußte das treue Tier, daß es nach je fünfzehn Werst ausruhen durfte, und wenn man, sei es auch mit einem Tiere, einen Vertrag abschließt, so muß er von beiden Teilen auch streng beobachtet werden.

Nach Überschreitung des kleinen Biriusaflusses erreichte die Kibitka Biriusinsk am Morgen des 4. September.

Hier wurde längere Zeit Station gemacht und die Reise erst am Nachmittag des 5. September fortgesetzt. Die Entfernung bis Irkutsk betrug nun fünfhundert Werst. Von dem Vortrab des Tatarenheeres zeigte sich keine Spur. Michael Strogoff glaubte also begründete Aussicht zu haben, seine Reise binnen acht, höchstens zehn Tagen zu vollenden und vor dem Großfürsten zu erscheinen.

Bei der Abfahrt aus Biriusinsk lief ein Hase, etwa dreißig Schritt vor der Kibitka, über den Weg.

„O weh!“ rief Nikolaus. — „Was ist dir, Freund?“ fragte Michael Strogoff. — „Siehst du nicht?“ ... antwortete Nikolaus, dessen heiteres Gesicht sich plötzlich verdüstert hatte. Doch er unterbrach sich. — „Ach nein“, fuhr er fort, „du kannst ja nicht sehen; das ist gut für dich, Väterchen.“

„Ich sehe aber auch nichts“, sagte Nadia. — „Desto besser, desto besser! Aber ich ... ich sah ...“ — „Nun was denn?“ fragte Michael Strogoff dringender. — „Einen Hasen, der unsern Weg kreuzte!“ antwortete Nikolaus.

Wenn ein Hase jemand über den Weg läuft, so hält das der Volksglaube in Rußland allgemein für das Vorzeichen eines drohenden Unglücks. Abergläubisch wie alle Russen hatte Nikolaus die Kibitka angehalten. Michael Strogoff verstand recht gut das Zögern seines Gefährten, obgleich er den Glauben an eine gewisse Vorbedeutung bezüglich des vorüberlaufenden Hasen keineswegs teilte. Er suchte also jenen zu beruhigen.

„O, deshalb ist nichts zu fürchten, Freund,“ sagte er. — „Für dich nicht, für sie auch nicht, Väterchen, das weiß ich“, erwiderte Nikolaus, „wohl aber für mich!“ Dann fuhr er fort: „Dem Schicksal kann man ja doch nicht entgehen!“ Er trieb das Pferd wieder an.

Trotz des unglücklichen Vorzeichens verlief der Tag doch ohne jede Störung. Am nächsten Tage, dem 6. September, gegen Mittag, hielt die Kibitka in Alsalewsk, das ebenso verlassen war, wie die ganze Umgebung.

Hier fand Nadia auf der Schwelle eines Hauses zwei solche starke Messer, wie sie die sibirischen Jäger zu gebrauchen pflegen. Sie gab das eine Michael Strogoff, der es unter seinen Kleidern verbarg, und bewahrte selbst das andere.

Die Kibitka befand sich nun noch fünfundsiebzig Werst von Nishny-Udinsk entfernt. Während dieser beiden Tage hatte Nikolaus niemals seine frühere gute Laune wiederfinden können. Das üble Vorzeichen hatte ihn tiefer berührt, als man hätte glauben sollen, und wenn er früher fast unaufhörlich plauderte, so verfiel er jetzt manchmal in so düsteres Schweigen, daß Nadia Mühe hatte, ihn zu erwecken.

Die Kibitka eilte auf der Straße hin. Ja, sie eilte. Man fühlte recht wohl, daß Nikolaus jetzt nicht mehr daran dachte, sein Pferd zu schonen, und daß er selbst Eile hatte, anzukommen. Ein wenig Fatalist trotz seiner Resignation, hielt er sich nirgends mehr für sicher, als in den Mauern von Irkutsk. Gewiß hätten viele Russen dieselbe Empfindung gehabt, und nicht wenige von ihnen hätten wohl gar das Pferd gewendet, um die Stelle nicht zu überschreiten, an der ihnen ein Hase über den Weg gelaufen war!

Von Krasnojarsk bis hierher zeigte sich das Aussehen des Landes nicht sonderlich verändert, hier aber trugen die Wälder Spuren von Zerstörungen durch Feuer und Schwert, die Wiesen auf beiden Seiten der Straße waren verwüstet, und es lag auf der Hand, daß daselbst eine bedeutende Truppenmacht vorüber gekommen sein mußte.

Dreißig Werst vor Nishny-Udinsk wurde die Spur einer erst neuerdings stattgefundenen Zerstörung immer deutlicher. Hier waren in der Tat die Felder nicht allein von den Hufen der Pferde zertreten, die Wälder von der Axt des Holzhauers gefällt. Die in weiten Zwischenräumen längs der Straße verstreuten Häuser standen nicht nur leer, nein, zum Teil sah man sie verheert, zum Teil durch Feuer zerstört. Die Wände verrieten noch durch ihre Vertiefungen das Anschlagen von Kugeln.

Michael Strogoffs Beunruhigung kann man sich leicht vorstellen. Es schwand ihm jeder Zweifel, daß ein Tatarenkorps vor nicht langer Zeit auf dieser Straße gehaust hatte, und doch konnten das unmöglich Soldaten des Emirs gewesen sein, denn sie hätten ihn, wenn sie den Wagen einholten, ganz bestimmt treffen müssen. Aber wer sollten diese neuen Eindringlinge sein, auf welchem Wege durch die Steppe waren sie bis zur Hauptstraße nach Irkutsk vorgedrungen? Welchen neuen Feinden ging der Kurier des Zaren noch entgegen?

Michael Strogoff teilte seine Befürchtungen weder Nadia noch Nikolaus mit, um diese nicht vor der Zeit oder vielleicht überhaupt unnötig zu beunruhigen. Im übrigen war er ja entschlossen, seinen Weg fortzusetzen, solange ihn kein unbesiegbares Hindernis aufhielt.

Am folgenden Tage bewies sich ein neuerlicher Durchzug einer starken Reiterschar immer deutlicher. Über dem Horizonte lagerten verdächtige Rauchwolken. Die Kibitka bewegte sich nur vorsichtig weiter. Da und dort brannten in einem Dorfe wohl noch einige Häuser, die gewiß erst innerhalb der letzten vierundzwanzig Stunden angezündet worden waren.

Am 8. September endlich stand die Kibitka plötzlich still; das Pferd scheute zurück. Sersko bellte Klagelaute.

„Was gibt es?“, fragte Michael Strogoff. — „Hier

liegt ein Leichnam!“ antwortete Nikolaus, der sofort vom Wagen sprang. Es war der Körper eines gräßlich verstümmelten Mujiks.

Nikolaus bekreuzte sich. Mit Michael Strogoffs Hilfe schleppte er den Toten nach der Böschung der Straße. Er gedachte ihn auch ordentlich zu begraben und wenigstens tief zu verscharren, um die Raubtiere der Steppe von den Resten dieses Körpers abzuhalten, doch Michael Strogoff ließ ihm nicht die Zeit dazu. „Vorwärts, Freund“, rief er, „vorwärts, wir dürfen uns auch nicht eine Stunde aufhalten.“ Die Kibitka setzte ihren Weg fort. Hätte Nikolaus übrigens allen Leichen, welchen sie weiterhin begegneten, die letzte Ehre erweisen wollen, er wäre nimmer fertig geworden. In größerer Nähe von Nishny-Udinsk fand man die Körper der Ermordeten zu Fünfzigen auf der Erde liegend.

Dennoch mußte man diesem Wege so lange folgen, als es ausführbar war, ohne den Feinden in die Hand zu fallen. Die Richtung wurde also unverändert beibehalten, obgleich sich die Zeichen einer entsetzlichen Zerstörung mit jedem Dorfe mehrten.

Alle diese Ortschaften, deren Namen auf ihre Gründung durch verbannte Polen hinwiesen, waren allen Schrecken der Verwüstung und Plünderung ausgesetzt gewesen. Noch war das Blut der armen Opfer nicht getrocknet. Wie es überhaupt zu diesem furchtbaren Ereignis gekommen war, das konnte niemand erklären, da sich keine lebende Seele fand, die es hätte sagen können.

An demselben Nachmittag gegen vier Uhr erkannte Nikolaus am Horizonte die hohen Türme der Kirchen von Nishny-Udinsk. Rings um sie wälzten sich dichte Dunstmassen, welche von Wolken offenbar nicht herrührten. Nikolaus und Nadia sahen sich aufmerksam um und teilten Michael Strogoff die Ergebnisse ihrer Beobachtungen mit. Ein Entschluß mußte gefaßt werden. War die Stadt verlassen, so konnte man sie wohl ohne Gefahr passieren, hielten sie aber die Tataren unbegreiflicher Weise besetzt, so galt es, sie um jeden Preis zu umgehen.

„Laßt uns vorsichtig weiterfahren", empfahl Michael Strogoff. Noch eine Werst wurde zurückgelegt. „Das sind keine Wolken, Bruder, das ist Rauch!" rief Nadia, „ach, Bruder, man zündet dort die Stadt an!"

Leider wurde das mit jedem Schritte deutlicher. Mitten durch die Dunstmassen züngelten rauchige Flammen. Immer dichter stieg der Qualm auf und wälzte sich gen Himmel. Einen Flüchtling sah man aber nicht. Wahrscheinlich fanden die Brandstifter die Stadt, welche sie der Zerstörung weihten, schon verlassen. Waren es aber Tataren, die diese Verwüstung anrichteten, oder taten es Russen nur auf höheren Befehl? Lag es in der Absicht der Regierung des Zaren, daß keine Stadt, kein Flecken vom Jenissei und von Krasnojarsk aus den Soldaten des Emirs eine Zuflucht bieten solle? Sollte Michael Strogoff, wenn er diese Fragen erwog, nun zurückbleiben oder seinen Weg fortsetzen?

Nach gründlicher Erwägung des Für und Wider hielt er es doch für das Wichtigste, selbst um den Preis einer Reise durch die unwirtliche Steppe, nur den Tataren nicht in die Hände zu fallen. Eben gedachte er Nikolaus vorzuschlagen, die Straße zu verlassen und erst nach Umgehung von Nishny-Udinsk nach derselben zurückzukehren, als von der rechten Seite her ein Schuß krachte. Eine Kugel pfiff herüber, und zu Tode getroffen stürzte das Pferd der Kibitka zusammen.

Gleichzeitig sprengten wohl ein Dutzend Reiter auf die Straße und umringten die Kibitka. Michael Strogoff, Nadia und Nikolaus waren, ehe sie recht zur Besinnung kommen konnten, gefangen und wurden eiligst nach Nishny-Udinsk abgeführt.

Auch bei diesem unerwarteten Angriff verlor Michael Strogoff seine Kaltblütigkeit nicht. An der Sprache erkannte er, daß diese Soldaten Tataren waren, und an ihren Worten, daß sie der Armee der Feinde vorausschwärmten.

Aus den kurzen Reden, welche jene jetzt führten, und aus einigen Brocken ihrer späteren Unterhaltung erfuhr Michael Strogoff folgendes: Diese Soldaten standen nicht unter dem direkten Befehl des Emirs, der noch immer hinter dem Jenissei zurückgehalten war. Sie bildeten eine Abteilung einer dritten Kolonne, zusammengesetzt aus Tataren der Khanate von Khokhand und Kunduz, mit welcher sich die Armee Feofar-Khans nächstens in der Nähe von Irkutsk zu vereinigen gedachte.

So lagen die Dinge zu jener Zeit —, gewiß eine gefährliche Lage für den vollständig isolierten Teil des östlichen Sibiriens und für die verhältnismäßig wenigen Verteidiger seiner Hauptstadt.

Michael Strogoff erfuhr also von der Ankunft einer dritten Kolonne der Tataren vor Irkutsk sowie von der bevorstehenden Vereinigung des Emirs und Iwan Ogareffs mit der Hauptmacht ihrer Truppen. Ein Angriff auf Irkutsk und die Eroberung der Stadt erschien hiernach nur noch als eine Frage der Zeit.

Welche Gedanken bestürmten hiebei Michael Strogoff! Wer würde erstaunen, wenn er in dieser Lage endlich allen Mut, alle Hoffnung verlor? Und doch war das nicht der Fall, denn seine Lippen murmelten immer und immer die Worte: „Ich werde dennoch ankommen!"

Eine halbe Stunde nach jenem Überfall durch die Reiter betraten Michael Strogoff, Nikolaus und Nadia Nishny-Udinsk. In einiger Entfernung folgte der treue Hund ihnen nach. In dieser ringsum brennenden Stadt, welche eben die letzten Marodeure verließen, sollten sie nicht bleiben.

Die Gefangenen wurden auf Pferde geworfen und eiligst weitergeschleppt. Nikolaus verhielt sich resigniert, wie immer, Nadia unerschüttert in ihrem Glauben an Michael Strogoff, und dieser zwar äußerlich gleichgültig, aber immer bereit zu entfliehen, sobald sich eine Gelegenheit böte.

Den Tataren entging es keineswegs, daß einer ihrer

Gefangenen blind war, und ihre natürliche Rohheit benutzte diesen Umstand, um mit dem armen Unglücklichen noch ihr Spiel zu treiben. Man ritt in schnellem Schritte. Michael Strogoffs Pferd, das nur von ihm geleitet wurde, machte öfters Seitensprünge, welche den Zug in Unordnung setzten. Dann regnete es Beleidigungen und Rohheiten, die das Herz des jungen Mädchens brachen und Nikolaus empörten. Aber was vermochten sie dagegen? Die Sprache der Tataren war ihnen nicht geläufig und ihr Dazwischentreten wurde barsch zurückgewiesen.

Um ihrer Bosheit die Krone aufzusetzen, kamen die Soldaten auf den Gedanken, Michael Strogoffs Pferd zu wechseln und ihm auch noch ein blindes Tier zu geben. Die Ursache hierzu gab die Vermutung eines der Reiter, den Michael Strogoff sagen hörte: „Vielleicht kann der verdammte Russe da aber doch sehen!"

Dieses geschah etwa sechzig Werst von Nishny-Udinsk, zwischen den Dörfern Tatan und Chibarlinskoë. Michael Strogoff wurde also auf dieses Pferd gesetzt, dessen Zügel man ihm in die Hand gab. Dann trieb man es durch Peitschenschläge, Steinwürfe und lautes Schreien in Galopp.

Das blinde Pferd stieß, da es von seinem ebenfalls blinden Reiter nicht in gerader Richtung erhalten werden konnte, einmal gegen einen Baum, das andere Mal kam es ganz vom Wege ab. Dann jagten sie es mit Hieben und Stöcken wieder zurück.

Michael Strogoff widersprach nicht. Er ließ keine Klage hören. Stürzte sein Pferd, so wartete er, bis man es wieder auf die Füße brachte. Das geschah dann auch, und das grausame Spiel begann von neuem.

Gewiß hätte dieses Spiel noch lange Zeit zum größten Ergötzen der Tataren fortgedauert, als ihm ein ernster Zwischenfall ein Ende machte. Im Laufe des 10. Septembers brach das blinde Pferd auch wieder aus und lief geraden Wegs auf eine etwa vierzig Fuß tiefe Schlucht neben der Straße zu. Nikolaus wollte ihm nach —, man hielt ihn zurück. Das führerlose blinde Pferd stürzte mit seinem Reiter in die Tiefe.

Nadia und Nikolaus schrien voll Entsetzen auf; sie mußten glauben, daß ihr unglücklicher Gefährte bei diesem Fall zerschmettert sei. Als endlich nachgesehen wurde, traf man Michael außer dem Sattel und unverwundet, während das Pferd zwei Füße gebrochen hatte und völlig dienstuntauglich geworden war. Man ließ es an der Stelle verenden, ohne ihm den Gnadenstoß zu geben, und band Michael Strogoff an den Sattel eines Tataren fest, so daß er dem Detachement zu Fuße folgen mußte.

Ihm entlockte es keine Klage, keinen Widerspruch! Er wanderte schnellen Schrittes, so daß sich der Strick, der ihn mit dem Reiter verband, kaum anspannte.

Am nächsten Tage, dem 11. September, erreichte der kleine Zug den Flecken Chibarlinskoë. Hier trug sich ein Ereignis zu, das von sehr ernsten Folgen werden sollte. Die Nacht war gekommen. Während einer Stunde der Rast hatten die tatarischen Reiter sich mehr oder weniger betrunken. Sie wollten jetzt wieder aufbrechen.

Da wurde Nadia, welche bis jetzt wie durch ein Wunder von den Soldaten achtungsvoll behandelt worden war, von einem derselben insultiert. Michael Strogoff zwar sah weder die Beleidigung, noch den Beleidiger, aber Nikolaus hatte diesen für ihn gesehen. Ganz ruhig, ohne es sich weiter zu überlegen und ohne sich von seiner Tat Rechenschaft zu geben, schritt Nikolaus gerade auf den frechen Burschen zu, und bevor dieser eine Bewegung machen konnte, ihn aufzuhalten, ergriff jener eine in der Satteltasche steckende Pistole und schoß sie dem Tataren mitten auf die Brust ab.

Der die Abteilung kommandierende Offizier kam auf den Knall des Schusses herzugelaufen. Die Reiter wollten den unglücklichen Nikolaus erwürgen, doch auf ein Zeichen des Offiziers begnügte man sich, ihn zu fesseln, band ihn quer auf ein Pferd, und fort ging es wieder in tollem Galopp.

Der Strick, mit dem Michael Strogoff angebunden war, und der schon halb durchnagt sein mochte, riß bei der unerwartet heftigen Bewegung des Pferdes, und sein halb betrunkener Reiter sprengte in wildem Laufe hinaus, ohne es nur gewahr zu werden. Michael Strogoff und Nadia befanden sich allein auf der Landstraße.

In der Steppe

Noch einmal also waren Michael Strogoff und Nadia frei, so wie während ihrer Reise von Perm bis nach den Ufern des Irtysch. Wie sehr hatte sich aber alles verändert! Damals gewährleisteten ihnen ein bequemer Tarantaß, eine häufig gewechselte Bespannung und mit allem Notwendigen ausgestattete Poststationen eine gewisse Schnelligkeit der Fahrt. Jetzt zogen sie zu Fuß dahin, ohne die Möglichkeit, sich eine Beförderungsmittel zu verschaffen, ohne alle Hilfsmittel, ohne zu wissen, auf welche Weise sie nur die dringendsten Lebensbedürfnisse befriedigen würden — und dabei trennten sie noch 400 Werst von ihrem endlichen Ziele.

Den Freund, den ihnen ein glücklicher Zufall zuführte, hatten sie unter den traurigsten Umständen wieder verloren.

Michael Strogoff lagerte auf der Böschung der Straße; Nadia stand daneben und wartete auf ein Wort von ihm, um den Weg wieder fortzusetzen. Es war zehn Uhr abends. Vor drei und einer halben Stunde schon verschwand die Sonne unter dem Horizonte. Kein Haus, keine Hütte zeigte sich. In der Ferne verschwanden die letzten Tataren. Michael Strogoff und Nadia standen ganz, ganz allein.

„Was werden sie mit unserem Freunde anfangen?“ rief Nadia „Armer Nikolaus! Das Zusammentreffen mit uns mußte dir so verhängnisvoll werden!“ Michael Strogoff erwiderte nichts. „Michael“, fuhr Nadia fort, „weißt du es nicht, daß er dich zu schützen suchte, als du ein Spielball der Tataren warst, daß er sein Leben für dich wagte?"

Michael Strogoff schwieg noch immer. Regungslos, den Kopf in die Hand gestützt, hing er seinen Gedanken nach. Hörte er überhaupt, da er keine Antwort gab, was das junge Mädchen zu ihm sprach? Gewiß, denn als Nadia hinzufügte: „Wohin soll ich dich führen, Michael?" antwortete er: — „Nach Irkutsk." — „Auf der großen Landstraße?" — „Nein, Nadia."

Nadia faßte Michael Strogoff an der Hand und beide brachen auf. Am folgenden Morgen, dem 12. September, gönnten sie sich nach einem Marsche von zwanzig Werst in dem Flecken Tulunowskoë eine kurze Rast. Die ganze Nacht hindurch hatte Nadia aufmerksam nachgesehen, ob Nikolaus' Leichnam vielleicht an der Straße liegen geblieben sei; doch vergeblich durchsuchte sie die Ruinen und musterte die da und dort angetroffenen Toten. Bis jetzt schien Nikolaus verschont geblieben zu sein. Gewiß sparte man ihn für eine grausame Hinrichtung nach Erreichung des Lagers bei Irkutsk auf.

Erschöpft vom Hunger, der ihren Gefährten ebenso schrecklich quälte, war Nadia so glücklich, in einem Hause des halb abgebrannten Fleckens etwas trockenes Fleisch und mehrere „Sukharis", das sind Brote, welche durch Verdunstung ausgetrocknet ihre Nährfähigkeit auf unbegrenzte Zeit bewahren, aufzufinden. Michael Strogoff und Nadia beluden sich mit einem so großen Vorrat hiervon, als sie eben zu tragen vermochten. Ihre Nahrung war also für mehrere Tage gesichert, und Wasser konnte ja in einer Gegend, welche tausend kleine Zuflüsse zur Angara durchrieselten, nicht leicht fehlen.

Sie begaben sich wieder auf den Weg. Michael Strogoff ging sicheren Schrittes weiter und verlangsamte diesen höchstens ein wenig mit Rücksicht auf seine Begleiterin, während diese sich eifrig bemühte, nicht zurückzubleiben. Glücklicherweise konnte ihr Gefährte ja nicht sehen, in welch beklagenswerten Zustand die Anstrengung sie versetzt hatte. Michael Strogoff schien es jedoch zu fühlen.

„Deine Kräfte gehen zu Ende, armes Kind“, sagte er manchmal. — „O nein“, antwortete sie. — „Wenn du nicht mehr gehen kannst, werde ich dich tragen, Nadia.“ — „Ja, Michael.“

Im Laufe dieses Tages mußten sie einen kleinen Fluß, die Oka, überschreiten. Dieser bot aber eine passierbare Furt, so daß sie ohne Schwierigkeiten ans andere Ufer kamen.

Der Himmel war bedeckt, die Temperatur erträglich; freilich drohte die Witterung mit Regen, der die Beschwerden der Fußreise sicher nur vermehrte. Einige Regenschauer stellten sich auch schon ein, gingen aber ziemlich schnell vorüber.

So zogen sie rastlos weiter, treulich Hand in Hand, ohne viele Worte zu wechseln, wobei Nadia stets nach vor- und nach rückwärts sorgsam auslugte. Zweimal des Tages machten sie halt und ruhten sechs Stunden lang während der Nacht. In einigen Hütten entdeckte Nadia auch noch einiges Schaffleisch, welches hier so gewöhnlich ist, daß ein Pfund desselben nur zwei und eine halbe Kopeke kostet.

Aber ganz wider Michael Strogoffs noch immer genährte Hoffnung fand sich kein Zug- oder Saumtier in in der ganzen Umgegend. Pferde und Kamele waren alle getötet oder geraubt. Zu Fuß mußten sie die Reise durch die grenzenlose Steppe fortsetzen.

Spuren von jener dritten tatarischen Heeresabteilung, welche schon auf Irkutsk zu marschierte, fehlten nirgends. Hier lag ein totes Pferd, dort stand ein verlassener Wagen. Die Körper der unglücklichen Sibirier bezeichneten die Straße und häuften sich in der Nähe der Dörfer. Nadia kämpfte ihren Widerwillen nieder und musterte alle diese Leichen.

Alles in allem drohte ihnen Gefahr nicht von vorn, sondern vom Rücken her. Die von Iwan Ogareff geführte Avantgarde der Hauptarmee des Emirs konnte jeden Augenblick erscheinen.

Bei jedem Ruhepunkte bestieg Nadia auch stets eine höher gelegene Stelle und blickte aufmerksam über die Gegend nach Westen hin, doch bis jetzt verriet keine Staubwolke die Ankunft eines Reiterschwarms. Dann nahmen beide ihren Weg wieder auf, und wenn Michael Strogoff bemerkte, daß er die arme Nadia zog, so verzögerte er seine Schritte. Sie sprachen nur wenig, und dann nur von Nikolaus. Das junge Mädchen erinnerte an alles, was ihnen jener Begleiter während weniger Tage gewesen war.

Michael Strogoff suchte dem jungen Mädchen durch seine Antworten immer einige Hoffnung einzuflößen, obwohl er selbst keine mehr hatte, denn er wußte recht gut, daß der Arme dem Tode gewiß nicht entgehen würde.

Eines Tages wandte sich Michael Strogoff an seine Begleiterin: „Du sprichst mir niemals von meiner Mutter, Nadia?“ Von seiner Mutter! Nadia hatte das ängstlich vermieden. Warum sollte sie seine Schmerzen erneuern? War die alte Sibirierin nicht tot? Drückte der Sohn damals nicht den letzten Kuß auf die stummen Lippen, als ihre Leiche auf dem Plateau bei Tomsk lag?

„Rede von ihr, Nadia“, bat Michael Strogoff, „rede nur! Du bereitest mir dadurch ein Vergnügen.“ Dann wagte Nadia, was sie bis jetzt unterlassen hatte. Sie erzählte alles, was zwischen Marfa und ihr selbst seit dem zufälligen Zusammentreffen in Omsk geschehen war, als sie sich gegenseitig zum ersten Male sahen. Sie gestand, wie ein unerklärlicher Instinkt sie zu der unbekannten, bejahrten Gefangenen hingezogen und wie gern sie für jene gesorgt, aber auch, wie sehr sie selbst dadurch an Mut und Vertrauen gewonnen habe. Zu jener Zeit hielt sie Michael Strogoff ja noch für Nikolaus Korpanoff.

„Der ich immer hätte bleiben sollen“, fiel da der Blinde ein, um dessen Stirn sich düstere Wolken lagerten. Nach einer Pause fügte er dann hinzu:

„Ich habe meinen Eid gebrochen, Nadia. Ich hatte geschworen, meine Mutter nicht zu sehen.“ — „Du hast das auch nicht gewollt, Michael“, suchte ihn Nadia zu beruhigen, „der Zufall nur hat dich ihr zugeführt.“ — „Ich hatte geschworen, mich auf keinen Fall zu verraten!“

„Michael, Michael! Konntest du dich bezwingen, als die Geißel über Marfa Strogoff geschwungen ward? Nein, nein! — Es gibt keinen Eid, der einen Sohn hindern konnte, seiner Mutter zu Hilfe zu eilen.“ — „Ich habe meinen Eid verletzt, Nadia“, wiederholte Michael Strogoff traurig. Gott und der Vater mögen es mir vergeben.“

„Michael“, sagte das junge Mädchen, „ich habe eine Frage an dich. Antworte mir nicht, wenn du glaubst, es nicht zu dürfen. Von dir beleidigt mich nichts.“ — „Sprich, Nadia!“ — „Warum eilst du, nachdem dir der Brief des Zaren geraubt wurde, noch immer so dringend nach Irkutsk?“

Michael Strogoff drückte die Hand seiner Führerin wärmer, aber er gab keine weitere Antwort.

„Kanntest du den Inhalt des Briefes schon vor deiner Abreise aus Moskau?“ — „Nein, er war mir unbekannt.“ — „Soll ich annehmen, Michael, daß nur das Verlangen, mich meinem Vater zuzuführen, dich jetzt nach Irkutsk treibt?“

„Nein, Nadia, ich würde dich täuschen, wenn ich diesen Glauben in dir erweckte. Ich gehe nur dahin, wohin meine Pflicht mir befiehlt! Wie kann ich dich nach Irkutsk führen, bist du es nicht, Nadia, die im Gegenteil mich jetzt leitet? Sehe ich nicht durch deine Augen, hält mich nicht deine Hand auf dem Wege? Hast du mir nicht hundertfach die kleinen Dienste vergolten, die ich dir vielleicht vorher leisten konnte? Ich weiß nicht, wann das Unglück müde sein wird, uns zu prüfen, aber ich weiß, daß ich an dem Tage, da du mir danken willst, dich in die Hände Deines Vaters geführt zu haben, dir innig danken werde für deine treue Leitung auf meinem Wege!“

„Armer Michael!“ sagte Nadia tief bewegt. „Sprich nicht solche Worte! Das ist keine Antwort auf meine Frage. Warum, Michael, drängst du jetzt so, in Irkutsk einzutreffen?“ — „Weil ich vor Iwan Ogareff dort sein muß!“ gestand ihr Michael Strogoff. — „Auch jetzt noch?“ — „Auch jetzt, und es wird mir gelingen!“

Drei Tage später, am 15. September, erreichten beide den Flecken Kuitunskoë, siebzig Werst von Tulunowskoë.

Das junge Mädchen hielt sich nur mit äußerster Anstrengung noch aufrecht. Ihre wunden Füße versagten ihr fast den Dienst. Übrigens bot dieser Teil des Weges kein besonderes Hindernis, keine Gefahren mehr, seit die Tataren ihnen vorauszogen; nur die entsetzlichste Erschöpfung fühlten sie.

So ging es wieder drei Tage lang fort. Offenbar gewannen die Tataren nach Osten zu schnell an Terrain. Das bewiesen die Ruinen längs des Weges, die Brandstätten, welche nicht mehr rauchten, die schon in Verwesung übergehenden Leichname an den Seiten der Straße.

Auch im Westen zeigte sich nichts. Der Vortrab des Emirs erschien nicht. Michael Strogoff erschöpfte sich in den unwahrscheinlichsten Vermutungen, diese Verzögerung zu erklären. Bedrohten schon hinreichende russische Streitkräfte unmittelbar Tomsk oder Krasnojarsk? Dann liefe die dritte isolierte Abteilung aber Gefahr, abgeschnitten zu werden. In diesem Falle mußte es dem Großfürsten leicht werden, Irkutsk wirksam zu verteidigen, und jeder Gewinn an Zeit galt diesem feindlichen Einfall gegenüber als ein Fortschritt zu seiner Abwehr.

Manchmal gab sich Michael Strogoff wohl solchen Hoffnungen hin, bald aber trat ihm das Trügerische derselben wieder desto deutlicher vor die Seele, und er rechnete dann nur noch auf sich selbst, als läge die Rettung des Großfürsten nur allein in seinen Händen.

Sechzig Werst trennen Kuitunskoë von Kimilteiskoë,

einem kleinen Flecken unweit der Dinka, welche der Angara zuströmt. Nicht ohne Besorgnis dachte Michael Strogoff an das Hindernis, welches dieser nicht so unbedeutende Wasserlauf ihnen in den Weg legte. Fähren oder Boote zu finden, darauf durfte er gar nicht rechnen, und er erinnerte sich recht gut von seinen Reisen in günstigeren Jahreszeiten, daß dieser Fluß nur mit Gefahr zu durchwaten war. Dafür unterbrach nach Überschreitung desselben kein weiterer Strom oder Fluß die Straße, welche in einer Länge von noch 230 Werst nach Irkutsk führte.

Um Kimilteïskoë zu erreichen, brauchten sie nicht weniger als drei Tage. Nadia schleppte sich nur noch hin. Trotz ihrer moralischen Energie verließen sie die physischen Kräfte. Michael Strogoff wußte das nur zu gut.

Wäre er nicht blind gewesen, Nadia hätte gewiß zu ihm gesagt: „Geh', Michael, laß mich in einer Hütte zurück. Geh' nach Irkutsk! Richte deinen Auftrag aus! Suche meinen Vater auf. Sage ihm, wo ich bin. Sag' ihm, daß ich ihn erwarte, ihr beide werdet mich wieder zu finden wissen! Reise in Gottes Namen weiter! Ich fürchte mich nicht. Vor den Tataren werde ich mich zu verbergen wissen. Ich erhalte mich für ihn, für dich! Geh' du, Michael, — ich kann es nicht mehr! . . .“

Wiederholt war Nadia gezwungen, stehenzubleiben. Dann hob sie Michael Strogoff auf seine Arme, und da er, wenn er sie trug, an die Ermüdung des jungen Mädchens nicht mehr zu denken brauchte, ging er dann um so schneller.

Endlich, am 18. September, abends gegen zehn Uhr, erreichten beide Kimilteïskoë. Von dem Gipfel eines Hügels bemerkte Nadia eine minder dunkle Linie am Horizonte. Das war die Dinka. In ihrem Wasser spiegelten sich einige Blitze, denen kein Donner folgte, die aber doch den Umkreis erhellten.

Nadia führte ihren Begleiter quer durch die verwüstete Ortschaft. Die Asche der Ruinen war kalt. Die letzten Tataren mochten wohl vor fünf bis sechs Tagen hier durchgekommen sein. Bei den letzten Häusern sank Nadia auf eine steinerne Bank.

„Machen wir halt?" fragte sie Michael Strogoff. — „Die Nacht ist gekommen, Michael", antwortete Nadia. „Willst du nicht auch einige Stunden ruhen?" — „Ich wäre gern noch bis über die Dinka gekommen", antwortete jener, „ich hätte den Fluß gern zwischen uns und dem Vortrab des Emirs gewußt. Aber du kannst dich nicht mehr fortschleppen, meine arme Nadia?" — „Komm, Michael!" lautete Nadias Antwort, mit der sie die Hand ihres Gefährten ergriff und ihn weiter führte.

In der Entfernung von zwei bis drei Werst kreuzte die Dinka die Straße nach Irkutsk. Die letzte Anstrengung, welche ihr Begleiter forderte, wollte das junge Mädchen noch auszuhalten versuchen. Beide gingen beim Scheine des Wetterleuchtens weiter. Sie durchschritten nun eine grenzenlose Wüste, in der sich der kleine Fluß verlor. Kein Baum, kein Hügel erhob sich auf dieser ungeheuren Ebene, mit welcher die sibirische Steppe wieder begann.

Plötzlich hielten Michael Strogoff und Nadia inne, als ob ihre Füße in eine Aushöhlung des Bodens gekommen wären. Aus der Steppe her ertönte Gebell. „Hörst du das?" fragte Nadia. Dann folgte ein erbarmenswerter Schrei, wie ein verzweifelter, letzter Ruf eines Menschen, der dem Tode nahe ist.

„Nikolaus! Nikolaus!" rief das junge Mädchen, von einer düsteren Ahnung erfüllt. Michael Strogoff horchte und schüttelte den Kopf. „Komm, Michael, komm!" bat Nadia. Und unter der Herrschaft einer heftigen Aufregung gewann sie, die sich eben noch kaum fortzubewegen vermochte, ihre Kräfte wieder.

„Wir sind von der Straße abgekommen", sagte Michael Strogoff, der nicht mehr den feinsandigen Boden, sondern dürres Gras unter seinen Füßen fühlte. — „Ja, es muß sein!" erwiderte Nadia; „dort von rechts her erklang jener Hilferuf."

Einige Minuten später befanden sich beide nur noch eine halbe Werst vom Flusse entfernt. Ein zweites Bellen ließ sich hören, das zwar schwächer, aber unzweifelhaft näher erscholl. Nadia blieb stehen.

„Ja", sagte Michael, „das war Serskos Bellen. Er ist seinem Herrn gefolgt." — „Nikolaus!" rief das junge Mädchen. Keine Antwort ließ sich vernehmen. Nur einige Raubvögel flatterten auf und verschwanden in den Tiefen des Himmels.

Michael Strogoff lauschte. Nadia suchte die auf Augenblicke erleuchtete Ebene zu überschauen, sah aber nichts. Doch noch einmal erklang eine Stimme in kläglichem Tone. „Michael!" verstanden sie deutlich. Dann sprang ein Hund, über und über blutig, an Nadia heran. Es war Sersko.

Nikolaus konnte nicht ferne sein. Er allein hatte den Namen Michael stammeln können. Wo war er? Nadia fand kaum noch die Kraft, ihm zuzurufen. Michael Strogoff kroch auf der Erde hin und suchte mit den Händen. Da erhob Sersko ein neues Gebell und stürzte auf einen ungeheuren Raubvogel zu, der tief auf der Erde hinstrich.

Es war ein Geier. Als Sersko auf ihn zusprang, flog er ein Stück auf, kehrte aber zurück und stieß auf den Hund. Noch einmal stürzte sich dieser gegen den Geier, da traf ihn der furchtbare Schnabel auf den Kopf und leblos brach das treue Tier zusammen.

Zu gleicher Zeit entfuhr Nadia ein Schrei des Entsetzens. „Da . . . da!" rief sie.

Aus der Erde ragte ein Kopf hervor. Ohne das Leuchten am Himmel, das die Steppe erhellte, hätte sie mit dem Fuße daran gestoßen. Nadia fiel neben diesem Kopfe auf die Knie.

Nikolaus war, nach der schrecklichen Sitte der Tataren, bis an den Hals eingescharrt in der Steppe verlassen worden, um hier elend Hungers zu sterben oder unter dem Zahne der Wölfe oder den Schnäbeln der Raubvögel umzukommen. Eine schreckliche Todesart für das Opfer, welches der Boden gefangen hält, welches die Erde halb erdrückt, die der Verurteilte nicht von sich zu stoßen vermag, da ihm die Arme am Körper befestigt werden, wie die einer Leiche im Sarge. So lebt, so verschmachtet der Verurteilte in der tonigen Erde und kann nur den Tod herbeirufen, der ihm doch so langsam naht!

Hier hatten die Tataren seit drei Tagen ihren Gefangenen eingescharrt! Seit drei martervollen Tagen wartete Nikolaus auf Hilfe, die ihm leider zu spät werden sollte.

Die Geier hatten schon das aus dem Boden hervorstehende Haupt gewittert, und seit mehreren Stunden verteidigte der Hund seinen Herrn gegen die gefräßigen Vögel.

Michael Strogoff brach mit seinem Messer die Erde auf, um den Lebenden aus dem Grabe zu befreien. Nikolaus schon geschlossene Augen öffneten sich noch einmal. Er erkannte Michael und Nadia.

„Lebt wohl, meine Freunde“, flüsterte er. „O wie wohl ist mir, euch noch einmal gesehen zu haben . . . Betet für mich! . . .“ Das waren seine letzten Worte.

Michael Strogoff fuhr fort, die Erde aufzureißen, welche durch festes Zusammentreten fast felsenhart geworden war, und es gelang ihm endlich, den Körper des Armen herauszuziehen. Er horchte, ob sein Herz noch schlüge. — Es schlug nicht mehr.

Er wollte ihn nun noch beerdigen, um die Leiche des Freundes nicht auf der Steppe liegen zu lassen, und erweiterte und vergrößerte das Loch, Nikolaus Pigassofs Sarg bei seinen Lebzeiten, zum Grabe für den Entseelten. Der treue Sersko sollte neben ihm seinen Platz finden.

Da entstand auf der eine halbe Werst entfernten Landstraße ein lauter Tumult. Michael Strogoff horchte.

Aus dem Geräusch erkannte er, daß sich eine Abteilung Berittener nach der Dinka zu bewege.

„Nadia, Nadia!“ sagte er heimlich.

Bei seiner Stimme erhob sich die noch immer im Gebet versunkene junge Livländerin „Dort, sieh dort!" raunte er ihr zu. — „Ah, die Tataren!" flüsterte sie.

Jene Reiter gehörten in der Tat zur Avantgarde des Emirs, welche schnell auf dem Wege nach Irkutsk dahintrabte.

„Sie werden mich nicht abhalten, ihn zu beerdigen", sagte Michael Strogoff. Schweigend setzte er seine Arbeit fort. Bald war der Körper des armen Nikolaus mit über der Brust gekreuzten Händen in die Grube gelegt. Auf die Knie geworfen sprachen Michael Strogoff und Nadia ein letztes Gebet für das harmlose und gute Geschöpf, das die Ergebenheit gegen sie mit seinem Leben bezahlt hatte.

„Und nun", sagte Michael Strogoff, indem er die Leiche mit Erde überdeckte, „nun sollen die Steppenwölfe dich nicht verzehren!" Dann streckte er drohend die Hand aus gegen den vorüberziehenden Reiterschwarm. „Vorwärts, Nadia!" sagte er.

Michael Strogoff durfte nun die von den Tataren betretene Hauptstraße nicht mehr einhalten, sondern mußte sich quer durch die Steppe schlagen, um Irkutsk zu umgehen. Jetzt hatte es demnach mit der Überschreitung der Dinka keine besondere Eile. Nadia konnte nicht weiter wandern, aber sie konnte doch für ihn sehen. Er nahm sie auf die Arme und wandte sich nach dem Südwesten der Provinz.

Mehr als 200 Werst lagen noch vor ihnen. Wie legte er sie zurück? Wie kam es, daß ihn die Anstrengung nicht überwältigte? Wie konnte er sich unterwegs ernähren? Welch übermenschliche Energie half ihm, die ersten Abhänge der Sayanskberge zu überklettern? — Weder Nadia noch er hätten auf diese Fragen die Antwort gewußt.

Und doch — zwölf Tage später, am 2. Oktober, breitete sich eine ungeheure Wasserfläche vor Michael Strogoffs Füßen aus. Er stand am Baikalsee.

An der Südwestspitze des Sees langte Michael Strogoff an, auf den Armen Nadia, deren ganze Lebensenergie sich in ihren Augen konzentrierte. Was konnten die beiden in diesem wilden Teile der Provinz anders erwarten, als hier erschöpft und hilflos zu sterben? Und doch, wie wenig war noch übrig von der 6000 Werst langen Strecke, die der Kurier des Zaren zurücklegen mußte, um sein Ziel zu erreichen? Nur noch sechzig Werst längs der Südküste bis zum Abfluß der Angara und achtzig Werst von diesem Punkte aus bis nach Irkutsk, zusammen einhundertvierzig Werst, das heißt eine Reise von drei Tagen für einen kräftigen, gesunden Mann, wenn er sie auch zu Fuße zurücklegen sollte.

Konnte aber Michael Strogoff noch für einen solchen Mann gelten?

Der Himmel schien ihm diese letzte Prüfung ersparen zu wollen. Das Unglück, sein hartnäckiger Begleiter, verschonte ihn einmal. Dieses Ende des Baikal, dieser Teil der Steppe, welchen er öde und verlassen glaubte und der es auch sonst immer ist —, heute war er es nicht.

Etwa fünfzig Personen standen an dem Winkel, der die südöstliche Spitze des Sees bildet.

Nadia bemerkte diese Gruppe erst, als Michael Strogoff, sie tragend, die letzten Abhänge eines Berges herunterstieg. Einen Augenblick konnte das junge Mädchen wohl fürchten, hier wieder nur eine Abteilung Tataren vor sich zu haben, welche entsendet wäre, an den Ufern des Baikal zu streifen, in welchem Falle ihnen beiden jetzt jedes Entfliehen unmöglich sein mußte.

Aber Nadia ward in dieser Hinsicht sehr bald beruhigt. „Das sind Russen!“ rief sie erfreut. Nach dieser letzten Anstrengung aber fielen ihre Augenlider zu und ihr Haupt sank an die Brust Michael Strogoffs nieder.

Doch auch sie waren bemerkt worden, und einige jener Leute, welche auf sie zukamen, führten den Blinden und das junge Mädchen nach einer Stelle des Ufers, an der ein Floß befestigt lag.

Diese Russen, Leute aus allen Ständen, waren Flüchtlinge, welche die nämliche Absicht hier an der Küste des Baikal vereinigt hatte. Von den tatarischen Plänklern vertrieben, suchten sie nach Irkutsk zu entkommen, und da das zu Lande ziemlich unmöglich war, seitdem die Feinde sich auf beiden Ufern der Angara festgesetzt hatten, so hofften sie ihr Ziel dadurch zu erreichen, daß sie den Weg auf dem Flusse benutzten, der die Stadt durchströmt.

Der Plan der Flüchtlinge war sehr einfach. Nahe dem nördlichen Ufer des Sees zeigte sich eine Strömung bis zum Abfluß der Angara hin, und diese wollten sie zunächst benutzen, um nach jenem Ausgußtore des Baikal zu gelangen. Von hier aus trugen sie die Wellen des Flusses bis Irkutsk mit einer Schnelligkeit von zehn bis zwölf Werst die Stunde dahin. Binnen anderthalb Tagen konnten sie in Sicht der Stadt sein.

Am Seeufer fehlte es natürlich an jedem Schiff oder Boot. Man mußte diese zu ersetzen suchen und zimmerte ein Floß, wie man deren häufig auf den sibirischen Strömen begegnet. Das nötige Holz lieferte ein Tannenwald in der Nähe. Die mittels Weidenzweigen so gut als möglich verbundenen Stämme bildeten eine Plattform, auf der hundert Menschen bequem Platz gefunden hätten.

Auf dieses Floß führte man auch Michael Strogoff und Nadia. Das junge Mädchen war wieder zu sich gekommen. Man reichte ihr sowie ihrem Begleiter etwas Nahrung. Dann ward ihr ein Lager aus Laubwerk zurechtgemacht, auf dem sie bald in tiefen Schlaf verfiel.

Denen, welche ihn ausfragten, sagte Michael Strogoff nichts von den ihm bekannten Ereignissen bei Tomsk. Er gab sich für einen Bewohner von Krasnojarsk aus, dem es nicht gelungen sei, vor dem Eintreffen der Truppen des Emirs auf dem linken Dinka-Ufer zu entkommen, und er fügte nur hinzu, daß die Hauptmacht des

Tatarenheeres wahrscheinlich schon vor der Hauptstadt Sibiriens Stellung genommen haben werde.

Es galt also keinen Augenblick zu verlieren. Übrigens nahm die Kälte empfindlich zu. In der Nacht sank das Thermometer bis unter Null. Auf der Oberfläche des Baikal bildeten sich schon schwache Eisschollen. Fand das Floß auch auf dem See keine besonderen Schwierigkeiten, so drohte sich das doch zwischen den Ufern der Angara mißlicher zu gestalten, wenn sich die Schollen dort in dem engeren Fahrwasser anhäuften.

Um acht Uhr abends löste man die Seile und, von der Strömung geführt, folgte das Floß dem Ufer des Sees. Einige lange, von mehreren Mujiks regierte Stangen reichten hin, dasselbe in bestimmter Richtung zu halten.

Ein alter Schiffer vom Baikal hatte das Kommando übernommen. Es war ein Mann von sechzig Jahren, mit wettergebräuntem Gesicht. Ein dichter weißer Bart fiel auf seine Brust herab. Eine Pelzmütze trug er auf dem Kopfe und zeigte im Ganzen ein ernstes und strenges Aussehen. Der lange, durch einen Gürtel zusammengehaltene Überrock reichte ihm bis zu den Füßen. Schweigend saß er auf dem Hinterteile und erteilte seine Weisungen durch Gesten, ohne binnen zehn Stunden zehn Worte zu sprechen. Übrigens beschränkten sich die ganzen Schiffsmanöver darauf, das Floß in der Strömung zu erhalten, welche dem Ufer folgte, und es an einer Abweichung nach der offenen See zu hindern.

Wir erwähnten schon, daß Russen der verschiedensten Art auf dem Floß Platz gefunden hatten. Neben Landleuten aus der Umgegend, einer Anzahl Männer, Frauen und Kinder, fanden sich zwei oder drei von dem feindlichen Einfalle auf der Reise überraschte Pilger, einige Mönche und ein Pope. Die Pilger trugen den Reisestab, die Kürbisflasche im Gürtel und sangen mit klagender Stimme Psalmen. Der eine kam aus der Ukraine, der andere vom Toten Meere, ein dritter aus den finnischen Provinzen, der eine kleine Sammelbüchse mit Vorlegeschloß trug, wie man sie an den Eingängen der Kirchen trifft. Alles, was er auf seiner langen und anstrengenden Reise einsammelte, gehörte nicht ihm, und er besaß nicht einmal den Schlüssel zu der Büchse.

Die Mönche kamen aus dem hohen Norden. Vor drei Monaten schon hatten sie die Stadt Archangelsk verlassen, hatten die heiligen Inseln nahe der Küste Kareliens besucht, den Konvent von Solowetsk, den von Troitsa, die des heiligen Antonius und des heiligen Theodosius in Kiew, das Kloster des Simeonof in Moskau, das von Kasan sowie die dortige Kirche der Altgläubigen, und begaben sich nun, bekleidet mit einer Kutte mit Capuchon aus Serge, endlich nach Irkutsk.

Der Pope war ein einfacher Dorfpriester, einer der 600.000 Pastoren, welche das russische Reich zählt. Seine Kleidung sah erbärmlicher aus als die der Mujiks, deren gesellschaftliche Stellung die seinige auch wirklich nicht überragte, da er in der Kirche weder Rang noch Macht besitzt und sein Stück Land ebensogut bebaut, wie er tauft, Ehen schließt und Beerdigungen leitet. Sein Weib und seine Kinder hatte er den Gewalttaten der Tataren dadurch zu entziehen gewußt, daß er sie nach den nördlichen Provinzen schaffte, während er in seiner Pfarre bis zum letzten Augenblick aushielt. Dann hatte er jedenfalls fliehen müssen, und da er die Straße nach Irkutsk versperrt fand, den Baikalsee zu erreichen gesucht.

Diese verschiedenen kirchlichen Personen saßen auf dem Vorderteil des Flosses zusammen, beteten in regelmäßigen Zwischenräumen, erhoben ihre Stimmen mitten in der schweigenden Nacht, und am Ende jedes Verses ihres Gebets hörte man ihre Lippen ein „Slava Bogu", das ist „Ehre sei Gott", flüstern.

Kein Zwischenfall unterbrach diese Wasserfahrt. Nadia lag noch immer in tiefer Erschöpfung. Michael Strogoff wachte neben ihr.

Bei Tagesanbruch befand sich das Boot infolge eines steifen Gegenwindes, der die Wirkung der Strömung hemmte, noch vierzig Werst von dem Ausflusse der Angara. Voraussichtlich konnte es dieselbe vor drei oder vier Uhr nachmittags nicht erreichen.

Die einzige Besorgnis des alten Schiffers betraf nur die Bildung von Eisschollen auf dem Wasser, da die Nacht ganz besonders kalt zu werden schien. Getrieben vom Winde, sah man zahlreiche Schollen schon jetzt nach Westen ziehen. Diese waren nicht zu fürchten, da sie in die Angara, deren Mündung sie schon passiert hatten, nicht gelangen konnten. Wohl aber wurden vielleicht diejenigen, welche aus dem Osten des Sees kamen, von der Strömung angezogen und preßten sich zwischen die Flußufer. Das brachte dann wohl Schwierigkeiten, Verzögerungen oder gar unübersteigliche Hindernisse hervor, die das Floß aufzuhalten drohten.

Michael Strogoff war es also vom höchsten Interesse, den Zustand des Sees zu kennen, für den Fall, daß Eisschollen in größerer Anzahl auftreten sollten. Er fragte Nadia nach deren Erwachen wiederholt, und ließ sich von ihr alles mitteilen, was auf der Wasserfläche vorging. Während dieses Dahintreibens der Eisschollen beobachtete man auf dem Baikalsee noch mancherlei eigentümliche Erscheinungen, unter andern das Aufbrodeln siedender Quellen, welche aus mehreren im Bette des Sees gelegenen artesischen Brunnen aufsprangen. Diese Wassersäulen erhoben sich zu beträchtlicher Höhe und zerteilten sich in Dampfwolken, welche einen Augenblick lang in den Strahlen der Sonne irisierten und dann sofort von der Kälte verdichtet wurden. Gewiß hätte dieses Schauspiel das Auge jedes Touristen ergötzt, der in friedlichen Zeiten das sibirische Binnenmeer zum Vergnügen bereiste.

Gegen vier Uhr nachmittags signalisierte der alte Seemann den Abfluß der Angara zwischen den hohen Granitfelsen des Ufers. An der Küste zur Rechten erkannte man den kleinen Hafen Livenitchnaia, dessen Kirche und die wenigen am steilen Strande erbauten Häuser. Leider wälzten sich schon die ersten von Osten gekommenen Eisschollen zwischen die Ufer der Angara und schwammen also nach Irkutsk hinab. Doch erschien ihre Anzahl noch nicht hinreichend, um den Fluß zu verstopfen, sowie die Kälte nicht intensiv genug, um sie wesentlich zu vermehren.

Das Floß erreichte den kleinen Hafen und hielt dort an. Der alte Seemann wollte hier eine Stunde verweilen, um einige unabweisliche Reparaturen vorzunehmen. Die Stämme drohten auseinander zu weichen und mußten notwendig fester verbunden werden, um der sehr schnellen Strömung der Angara sicherer zu widerstehen.

Während der schönen Jahreszeit dient der Hafen von Livenitchnaia als Ein- und Ausschiffungspunkt der Reisenden auf dem Baikalsee, die sich von hier entweder nach Kiachta begeben, nach der letzten Stadt an der russisch-chinesischen Grenze, oder von dort aus kommen. Er ist dann sowohl durch Dampfboote, als auch durch Küstenfahrer aller Art sehr belebt.

Heute war auch Livenitchnaia verlassen. Seine Bewohner entflohen vor den Verwüstungen der Tataren, welche beide Ufer der Angara unsicher machten. Die Flottille von Schiffen und Booten, welche sonst in ihrem Hafen überwinterte, hatte sich nach Irkutsk begeben und sich noch rechtzeitig, reichlich mit allem Notwendigen versorgt, nach der Hauptstadt Ostsibiriens zurückgezogen. Der alte Seemann erwartete also gewiß nicht, hier noch weitere Flüchtlinge aufnehmen zu sollen, und doch kamen, als das Floß nur anlegte, zwei Passagiere mit aller Hast aus einem verödeten Hause herabgelaufen.

Nadia sah von ihrem Platze auf dem Hinterteile nur mit halben Augen hin. Da entfuhr ihr ein leiser Schrei. Sie ergriff die Hand Michael Strogoffs, der verwundert den Kopf emporrichtete.

„Was hast du, Nadia?" fragte er, — „Unsere beiden Reisegefährten, Michael." — „Jener Franzose und jener Engländer, denen wir in dem Engpasse des Ural begegneten?" — „Dieselben."

Michael Strogoff erzitterte, denn jetzt lief das strenge

Inkognito, aus dem er nicht heraustreten wollte, Gefahr, enthüllt zu werden, er kam aber bald zu einem Entschlusse. „Nadia", begann er, „sobald der Franzose und der Engländer sich eingeschifft haben, so bitte sie, zu mir zu kommen."

Jene waren wirklich Harry Blount und Alcide Jolivet, welche nicht der Zufall, sondern die Gewalt der Umstände, ebenso wie Michael Strogoff, nach dem Hafen von Livenitchnaia geführt hatte.

Man erinnert sich, daß sie bei dem Einzuge der Tataren in Tomsk kurz vor der gräßlichen Gerichtsvollstreckung, welche jenes Fest schloß, abreisten. Noch an demselben Abend verließen sie damals, nachdem sie Pferde erhalten, die Stadt, entschlossen, ihre weiteren Berichte über den Feldzug nur aus dem Lager der Russen zu entsenden.

Alcide Jolivet und Harry Blount wandten sich in größter Eile nach Irkutsk. Sie hofften Feofar-Khan zuvorzukommen und hätten das auch unzweifelhaft durchgesetzt, wenn sie nicht die dritte Abteilung des Tatarenheeres, welche durch das Tal des Jenissei ganz unerwartet aus Süden heraufzog, aufhielt. Ebenso wie Michael Strogoff wurden sie vor Überschreitung der Dinka abgeschnitten und mußten infolgedessen nach dem Baikalsee herabziehen.

Bei ihrer Ankunft in Livenitchnaia fanden sie den Hafen schon verlassen. Von einer anderen Seite erwies es sich ihnen unmöglich, nach Irkutsk hinein zu gelangen, da die Stadt schon von der Tatarenarmee belagert wurde. Sie hielten sich hier bereits drei Tage auf, als das Floß ankam.

Alcide Jolivet setzte sich sofort mit dem alten Seemann in Verbindung, um für sich und seinen Begleiter Erlaubnis mitzufahren zu erlangen, und bot ihm als Bezahlung jeden Preis, den er fordern würde, an.

„Hier bezahlt man nicht", erwiderte ihm ernst der alte Seemann, „man wagt nur sein Leben, nichts weiter." Die beiden Journalisten schifften sich ein und Nadia sah sie auf dem Vorderteile des Schiffes Platz nehmen. Harry Blount war noch immer der steife, frostige Engländer, der während der ganzen Fahrt durch den Ural kaum ein Wort an sie gerichtet hatte. Alcide Jolivet erschien etwas ernster als gewöhnlich, was unter den gegebenen Verhältnissen wohl nicht allzusehr wunder nehmen durfte.

Kaum hatte letzterer sich auf dem Vorderteile des Schiffes eingerichtet, als er eine Hand auf seiner Schulter fühlte. Er drehte sich um und erkannte Nadia, die Schwester jenes früheren Nikolaus Korpanoff, jetzt Michael Strogoff, des Kuriers des Zaren. Fast hätte er vor Verwunderung einen Schrei ausgestoßen, als er das junge Mädchen einen Finger an ihre Lippen legen sah.

„Kommen Sie mit mir“, bat Nadia.

Mit gleichgültigem Gesicht und einem Zeichen gegen Harry Blount, ihm nachzufolgen, ging Alcide Jolivet mit ihr.

War das Erstaunen der beiden Journalisten aber schon groß genug, Nadia auf dem Floße zu begegnen, so überschritt es alle Grenzen, als sie auch Michael Strogoffs ansichtig wurden, den sie längst nicht mehr am Leben glaubten.

Michael Strogoff sprach bei ihrer Annäherung nicht. Alcide Jolivet wendete sich an das junge Mädchen.

„Er sieht Sie nicht, meine Herren“, sagte sie. „Die Tataren haben ihm die Augen verbrannt! Mein armer Bruder ist blind!“

Das lebhafte Gefühl des Mitleids malte sich in Alcide Jolivets und seines Gefährten Zügen. Einen Augenblick später saßen beide neben Michael Strogoff, drückten ihm die Hand und erwarteten, was er ihnen zu sagen habe.

„Meine Herren“, begann dieser mit verhaltener Stimme, „Sie dürfen nicht wissen, wer ich bin, noch zu welchem Zwecke ich mich nach Sibirien begeben hatte. Ich ersuche Sie, mein Geheimnis zu bewahren. Versprechen Sie mir das?“ — „Auf Ehre“, antwortete Alcide

Jolivet. — „Auf Gentlemans Wort", fügte Harry Blount hinzu. — „Ich danke, meine Herren." — „Können wir Ihnen nach irgendwelcher Seite nützlich sein?" fragte Harry Blount. „Wünschen Sie, daß wir Sie bei der Ausführung Ihrer Aufträge unterstützen?" — „Ich ziehe es vor, allein zu handeln", erwiderte Michael Strogoff. — „Aber jene Schurken haben Ihre Augen zerstört", sagte Alcide Jolivet. — „Ich habe ja Nadia; ihre Augen sind für mich genug!"

Eine halbe Stunde später trieb das Floß, nachdem es den kleinen Hafen verlassen, in den Fluß hinein. Es war gegen fünf Uhr abends. Schon brach die Nacht herein. Sie versprach sehr dunkel und kalt zu werden, denn die Temperatur sank schon jetzt bis unter Null.

Wenn Alcide Jolivet und Harry Blount sich verpflichtet hatten, Michael Strogoffs Geheimnis zu bewahren, so verließen sie ihn doch nicht. Sie plauderten mit leiser Stimme, und durch ihre Mitteilungen erlangte der Blinde, mit Zuhilfenahme dessen, was er schon wußte, eine vollständige Vorstellung von dem tatsächlichen Zustande der Dinge.

Der Vergangenheit wurde zuerst mit keinem Worte gedacht, bis Alcide Jolivet zu Michael Strogoff folgendermaßen begann: „Wir müssen uns wohl noch entschuldigen, Ihnen bei unserer Trennung auf dem Relais zu Ichim zum Abschiede nicht einmal die Hand geboten zu haben." — „Nein, Sie waren ganz berechtigt, mich für einen Feigling zu halten!" — „Jedenfalls haben Sie", fuhr Alcide Jolivet fort, „das Gesicht jenes Schurken verdientermaßen mit der Knute bearbeitet, so daß er noch lange die Spuren davon tragen wird." — „Nein, nicht mehr lange!" antwortete einfach Michael Strogoff.

Mitten in den dahintreibenden Eisschollen fuhr das Floß ungemein schnell mit der Strömung der Angara hinab. Ein wechselndes Panorama entrollte sich zu beiden Seiten des Flusses, und infolge einer optischen Täuschung schien es, als ruhe der schwimmende Apparat und jene Folge pittoresker Bilder ziehe unaufhörlich an ihm vorüber. Hier zeigten sich sonderbar gestaltete hohe Granitfelsen, dort wilde Schluchten, aus denen ein schäumender Bergstrom hervorsprang, manchmal öffnete sich ein weites Tal vor ihren Blicken, in dem ein zerstörtes Dorf noch rauchte, oder ein dichter Wald von Tannen, aus dem die Flammen emporwirbelten. Hinterließen auch die Tataren überall hinreichend erkennbare Spuren, so sah man sie doch selbst noch nicht, da sie sich besonders in der näheren Umgebung von Irkutsk zusammendrängten.

Indessen unterbrachen die frommen Pilger niemals ihre lauten Gebete, und der alte Seemann hielt das Floß, von dem er die zu nahe herantreibenden Eisschollen mit kräftiger Hand abstieß, immer streng in der Mitte der Strömung der Angara.

Zwischen zwei Ufern

Gegen acht Uhr abends hüllte, wie es der Zustand des Himmels schon voraussehen ließ, eine tiefe Finsternis die ganze Umgebung ein. Da es jetzt Neumond war, stieg auch dieser nicht über den Horizont empor. Von der Mitte des Flusses aus konnte man die Ufer nicht erkennen. Die schroffen Felsen an den Seiten verschwammen in mäßiger Höhe mit den schwarzen, tief herabhängenden Wolken, welche kaum ihre Stelle wechselten. Von Zeit zu Zeit rauschte ein Windstoß von Osten her und schien in dem engen Tale der Angara zu ersterben.

Die Dunkelheit begünstigte nach der einen Seite gewiß das Vorhaben der Flüchtlinge. Patrouillierten auch die Wachposten der Tataren längs der Ufer, so ließ sich doch annehmen, daß das Floß ungesehen von ihnen vorübergleiten werde.

An Bord des Floßes herrschte jetzt das tiefste Schweigen. Als man weiter in den Fluß drang, ließen sich auch die Stimmen der Pilger nicht mehr vernehmen. Sie beteten zwar noch immer, aber nur mit solch leisem Gemurmel, daß dasselbe am Ufer unmöglich gehört werden konnte. Auf der Plattform ausgestreckt, unterbrachen auch die Körper der Flüchtlinge kaum die ebene Fläche des Wassers. Der alte Seemann, der sich jetzt am Vorderteile neben seinen Leuten aufhielt, begnügte sich, nur die Eisschollen zu vermeiden, was ohne Geräusch zu erreichen war.

Nun wurde die Luft aber wirklich empfindlich kalt. Die Flüchtlinge, deren Schutz nur in wenigen Birkenzweigen bestand, litten sehr hart. Sie drängten sich dicht aneinander, um die Erniedrigung der äußeren Temperatur, welche während der Nacht bis 10 Grad unter Null herabging, besser zu ertragen. Der schwache Wind, der über die schneebedeckten Berge im Osten herwehte, stach sie wie mit tausend Nadeln. Michael Strogoff und Nadia ertrugen, auf dem Hinterteil des Floßes gelagert, diesen Zuwachs ihrer Leiden ohne jede Klage. Neben ihnen suchten Alcide Jolivet und Harry Blount dem ersten Angriff des sibirischen Winters nach Kräften Widerstand zu leisten. Weder die einen noch die anderen sprachen ein Wort, nicht einmal heimlich.

Für einen Mann, der nun endlich so nahe daran ist, sein längst erstrebtes Ziel zu erreichen, verhielt sich Michael Strogoff auffallend ruhig. Auch in den schlimmsten Lagen hatte ihn seine Energie ja niemals verlassen. Er sah schon den Augenblick vor sich, wo es ihm endlich gestattet sein würde, an seine Mutter, an Nadia, an sich selbst zu denken!

Nach mehreren Stunden der Ruhe hatte Nadia ihre physischen Kräfte wieder gewonnen, welche das Unglück wohl manchmal brechen konnte, ohne ihr jemals den Mut zu rauben. Je mehr sie sich Irkutsk näherte, desto deutlicher trat ihr auch das Bild ihres Vaters vor das geistige Auge. Sie sah ihn in der belagerten Stadt, fern von denen, die er liebte, jedoch — woran sie niemals zweifelte — mit dem ganzen Feuer seines Patriotismus kämpfend gegen die feindlichen Angreifer. Half ihr jetzt der Himmel, so konnte sie in einigen Stunden in seinen Armen liegen, ihm die letzten Worte ihrer Mutter mitzuteilen, und dann sollte nichts sie wieder von ihm trennen. Endigte die Verbannung Wassili Fedors niemals, so wollte auch sie dieselbe mit ihm teilen. Doch gedachte sie ganz natürlich auch dessen, dem sie es verdankte, ihren Vater überhaupt wiederzusehen, ihres edelmütigen Reisegefährten, ihres „Bruders", der nach Vertreibung der Tataren den Weg nach Moskau wieder einschlagen würde, um sie vielleicht nie wieder zu sehen!

Alcide Jolivet und Harry Blount endlich beschäftigten sich nur mit dem einen Gedanken, daß die Situation höchst dramatisch sei und, gut in Szene gesetzt, einen ungemein interessanten Bericht abgeben müsse. Der Engländer dachte dabei an die Leser des „Daily-Telegraph", der Franzose an die seiner Cousine Madelaine. Übrigens konnten sie sich einer gewissen Erregtheit doch nicht ganz erwehren.

„Nun, desto besser", dachte Alcide Jolivet, „man muß selbst bewegt sein, um andere zu bewegen! Ich glaube, dieser Gedanke ist auch in irgendeinem berühmten Verse ausgesprochen, aber, zum Teufel, ich erinnere mich nicht..." — Dabei suchte er mit seinen berühmten Reporteraugen immer das Dunkel zur Seite des Flusses zu durchdringen.

Dann und wann unterbrach ein greller Lichtschein die Finsternis und zauberte ein phantastisches Bild der dunklen Wälder hervor. Hier stand ein ganzer Wald in Flammen, dort verheerte das Feuer ein Dorf, immer die traurigen Wiederholungen der Schreckensbilder des Tages, nur daß diese gegen das Dunkel der Nacht desto auffallender kontrastierten. Die Angara war dabei von einem Ufer bis zum andern erhellt. Die Eisschollen bildeten ebenso viele Spiegel, welche die Flammen in allen Winkeln und allen Farben wiedergaben, und deren Reflexe je nach der Bewegung der Strömung wechselten.

Unter der Masse dieser schwimmenden Körper zog das Floß unbemerkt dahin.

Hier drohte also keine besondere Gefahr.

Aber eine ganz andere war im Anzuge. Diese konnten sie nicht vorhersehen und vorzüglich auf keine Weise abwenden. Alcide Jolivet erkannte sie ganz zufällig und zwar durch folgenden Umstand: Auf der rechten Seite des Floßes liegend, ließ derselbe einmal seine Hand ins Wasser hängen. Plötzlich erhielt er einen Eindruck, als wenn eine klebrige Substanz, etwa ein Mineralöl, seine Haut benetzte.

Alcide Jolivet nahm auch noch den Geruch zu Hilfe, — er konnte sich nicht täuschen. Das war eine Lage flüssiger Naphta, welche auf der Oberfläche der Angara schwamm und mit der Strömung hinabtrieb.

Schwamm das Floß also wirklich ganz auf dieser Substanz, welche so ungemein leicht entzündlich ist? Woher rührte diese Naphta? Hatte sie ein natürliches Phänomen an die Oberfläche der Angara geführt oder sollte sie als Zerstörungsmittel dienen, durch das die Tataren vielleicht Irkutsk in Brand zu setzen suchten? Eine Art der Kriegführung freilich, welche unter gesitteten Völkern nicht wohl vorkommen könnte.

Das waren die beiden Fragen, die Alcide Jolivet sich vorlegte, doch hielt er es für geraten, von seiner Entdeckung nur Harry Blount Mitteilung zu machen, und beide kamen auch überein, ihre Reisegefährten nicht unnötig durch diese neue Gefahr zu ängstigen.

Bei gewissen religiösen Festen gießen die Eingebornen im Hafen zu Baku, welche Feueranbeter sind, flüssige Naphta auf die Oberfläche des Meeres, die infolge ihres geringeren spezifischen Gewichtes darauf schwimmt. Hat sich die brennbare Schicht dann über das Wasser verbreitet, so zünden sie dieselbe mit Anbruch der Nacht an und bereiten sich auf diese Weise das unvergleichliche Schauspiel eines Ozeans von Feuer, der sich mit dem Winde auf- und niederbewegt. Was aber in Baku eine Festlichkeit ist, das mußte zum Unheil auf den

Wellen der Angara werden. Ob hier nun Feuer aus verbrecherischer Absicht oder aus Unvorsichtigkeit angezündet wurde, jedenfalls hätte es sich in einem Augenblicke bis über Irkutsk hinaus verbreitet.

Auf dem Floße selbst konnte man wohl vor jeder Unvorsichtigkeit sicher sein; desto mehr waren die verschiedenen Feuersbrünste an beiden Ufern der Angara zu fürchten, denn es genügte ja schon ein brennendes Holzstückchen, vielleicht ein bloßer Funke, den Naphtastrom in Flammen zu setzen.

Inzwischen schwamm das Floß schnell zwischen den Eisschollen hinab, die sich immer enger und enger zusammendrängten.

Bisher hatte man an den Uferabhängen der Angara noch nirgends tatarische Abteilungen zu Gesicht bekommen, ein Beweis, daß das Floß deren Vorpostenkette noch nicht erreicht haben konnte. Gegen zehn Uhr abends glaubte Harry Blount jedoch eine Menge dunkler Gestalten wahrzunehmen, die sich auf den Eisschollen bewegten, und indem sie von der einen nach der andern sprangen, schnell näher herankamen.

„Tataren!“ dachte er. Er schlich sich in die Nähe des alten Seemanns auf dem vorderen Teile und lenkte dessen Aufmerksamkeit auf jene verdächtigen Bewegungen. Der Alte richtete seine scharfen Augen darauf.

„Das sind nur Wölfe“, sagte er. „Die sind mir lieber als die Tataren. Doch werden wir uns zu verteidigen suchen müssen, ohne dabei Geräusch zu machen.“

Wirklich mußten die Flüchtlinge nun auch noch einen Kampf aufnehmen gegen die wilden Bestien, welche der Hunger und die Kälte nach diesen Gegenden verschlagen hatte. Die Wölfe witterten das Floß, und bald fielen sie dasselbe an. Die Flüchtlinge mußten sich also, ohne von Feuerwaffen Gebrauch zu machen, zur Wehr setzen. Frauen und Kinder wurden in der Mitte des Floßes untergebracht, die Männer bewaffneten sich mit Stangen, Messern oder einfachen Stöcken und stellten sich bereit, die Angreifer heimzuschicken. Kein Ausruf ließ sich hören, nur das Geheul der Wölfe erschütterte die Luft.

Michael Strogoff hatte nicht untätig bleiben wollen. Er streckte sich an der von den Raubtieren angegriffenen Seite des Floßes nieder, ergriff sein furchtbares Messer, und wußte dieses allemal, wenn ein Wolf in erreichbarer Nähe vorüberkam, demselben in den Hals zu stoßen. Harry Blount und Alcide Jolivet feierten ebensowenig wie ihre übrigen mutigen Begleiter. Das ganze Blutbad ging in tiefstem Schweigen vor sich, obgleich mehrere der Flüchtlinge ernsthafte Bißwunden davontrugen.

Der Kampf schien auch nicht so bald sein Ende zu erreichen. Die Lücken in der Bande der Wölfe füllten sich immer von neuem und jedenfalls war die ganze Uferstrecke durch sie unsicher gemacht. Eine halbe Stunde nach Beginn des Angriffs streiften die Wölfe noch immer in ganzen Banden über das Treibeis.

Die erschöpften Flüchtlinge erlahmten sichtlich. Der Kampf wendete sich zu ihrem Nachteil. Eben stürzten zehn ungeheure, vor Wut und Hunger rasende Wölfe mit feurigen Augen, die in der Dunkelheit wie glühende Kohlen leuchteten, auf die Plattform des Floßes. Ohne Zögern eilten Alcide Jolivet und Harry Blount auf diese zu, während Michael Strogoff sich denselben kriechend zu nähern suchte, als die Szene sich plötzlich veränderte.

Binnen wenigen Sekunden hatten die Wölfe nicht nur das Floß, sondern auch die Eisschollen im Strome eiligst verlassen. Alle die schwarzen Gestalten verschwanden und zerstreuten sich offenbar in der Umgebung des rechten Flußufers.

Das rührte daher, daß Wölfe nur in der Dunkelheit einen Kampf wagen, und jetzt die ganze Fläche der Angara plötzlich in hellem Lichte glänzte.

Es war der Widerschein einer ausgedehnten Feuersbrunst. Der ganze Flecken Poschkafsk stand in hellen Flammen. Hier schwärmten also Tataren umher, die ihr gewohntes Mordbrennerhandwerk trieben, und weiter flußabwärts die beiden Ufer besetzt hielten. Die Flüchtlinge traten jetzt in die gefährliche Zone ihrer nächtlichen Fahrt, und dabei lag die Hauptstadt noch dreißig Werst von ihnen entfernt.

Es war jetzt gegen halb zwölf Uhr nachts. Das Floß glitt wieder versteckt zwischen den Eisschollen, von denen es sich kaum unterschied, dahin. Nur dann und wann flog ein heller Schein über dasselbe hin. Auf der Plattform hingestreckt, wagte keiner der Insassen eine Bewegung zu machen, die sie hätte verraten können.

Die erwähnte Ortschaft brannte außerordentlich schnell nieder. Ihre aus Fichtenholz erbauten Häuser flackerten wie brennendes Harz empor. Gegen fünfzig derselben standen auf einmal in Flammen. In das Knistern und Krachen der Feuersbrunst mischte sich das Gebrüll der Tataren.

Der alte Seemann lenkte, indem er seine Stange an den größeren Eisschollen einsetzte, das Floß mehr nach der rechten Seite, so daß sie eine Entfernung von drei- bis vierhundert Fuß von dem durch den Brand erleuchteten Flußufer trennte.

Nichtsdestoweniger hätten die Flüchtlinge, auf die zuweilen ein greller Lichtschein fiel, wohl bemerkt werden müssen, wenn die Brandstifter nicht allzu eifrig mit der Zerstörung des Ortes beschäftigt gewesen wären. Jeder wird sich aber leicht die Besorgnis Alcide Jolivets und Harry Blounts vorstellen können, wenn diese an den so flüchtigen Brennstoff dachten, auf dem das Floß noch immer schwamm.

Ganze Funkengarben sprühten aus den Häusern auf, welche ebensovielen brennenden Schmelzöfen glichen. Mitten in den Rauchwirbeln stiegen diese Funken fünf- bis sechshundert Fuß hoch in die Luft empor. Am rechten Ufer selbst schienen die Bäume, im Widerscheine des rötlichen Lichtes, selbst in Flammen zu stehen. Nun reichte ja schon ein Funken hin, der auf die Angara niederfiel, die Feuersbrunst auch dem Strome mitzuteilen und Verderben bis zum andern Ufer zu tragen.

Die Zerstörung des Floßes und der Tod seiner Insassen mußte dann die notwendige Folge sein.

Zum Glück wehte der schwache Nachtwind nicht nach dieser Seite. Er blies fortwährend aus Osten und trieb die Flammen von dem linken Ufer ab. Möglicherweise konnten die Flüchtlinge also dieser entsetzlichen Gefahr entgehen.

Wirklich ließen sie die brennende Ortschaft bald hinter sich. Nach und nach erblaßte der Feuerschein, das Knistern und Krachen verstummte, und bald verschwand auch der letzte Schimmer hinter dem hohen Ufer der Angara, welche hier einen scharfen Bogen bildet. So kam die Mitternacht heran. Die tiefe Finsternis schützte wieder das Floß. An beiden Ufern trieben sich da und dort Tataren umher. Man sah sie zwar nicht, hörte sie aber, übrigens glänzten auch die Feuer der äußeren Vorposten hell durch die Nacht.

Inzwischen erwies es sich bei den immer mehr zusammengedrängten Eisschollen als nötig, mit größter Vorsicht weiterzufahren.

Der alte Seemann erhob sich und die Mujiks ergriffen ihre Stangen. Alle waren vollauf beschäftigt, da die Führung des Floßes immer schwieriger und das Bett des Flusses immer enger wurde.

Michael Strogoff war nach dem Vorderteile geschlichen. Alcide Jolivet folgte ihm. Beide vernahmen die zwischen dem alten Seemann und seinen Leuten gewechselten Worte.

„Achtung, dort rechts!“ — „Links drängen ein paar Schollen heran!“ — „Stoß’ ab, fest mit der Stange!“ — „Vor Verlauf einer Stunde sitzen wir fest ...“ — „Wenn Gott das will!“ sagte der alte Seemann. „Gegen seinen Willen ist nichts zu tun.“ — „Hören Sie jene?“ fragte Alcide Jolivet. — „Ja“, erwiderte Michael Strogoff, „aber Gott ist mit uns!“

Michael Strogoff kehrte nach dem Hinterteile, wo Nadia sich aufhielt, zurück. Er näherte sich derselben, faßte ihre Hand und legte ihr die oft wiederholte Frage vor: „Bist du bereit, Nadia?“ — welche sie wie immer mit den Worten: „Ich bin stets und zu allem bereit!“ beantwortete.

Noch einige Werst drängte sich das Floß zwischen dem Schollengewirr dahin. Verengte sich die Angara noch mehr, so mußte sich ein Eisschutz bilden, der die Weiterbenutzung der Wasserstraße so gut wie unmöglich machte. Schon wurde die Bewegung offenbar eine langsamere. Jeden Augenblick fühlte man Stöße und sah, wie das Floß abwich. Hier mußte man sich vor dem vorspringenden Ufer in acht nehmen, dort eine enge Durchfahrt passieren. Immer wiederholten sich unerwünschte Verzögerungen.

Nun dauerte die Nacht ja auch nur noch wenige Stunden. Erreichten die Flüchtlinge Irkutsk nicht vor fünf Uhr morgens, so konnten sie auch alle Hoffnung aufgeben, jemals hineinzugelangen.

Gegen halb zwei Uhr stieß das Floß trotz aller Anstrengungen gegen einen kompakten Eisschutz und blieb hier fest stehen. Die nachrückenden Schollen drängten es noch mehr an jenen an und machten es dadurch so unbeweglich fest, als ob es auf einer Klippe gescheitert wäre.

An dieser Stelle verengte sich die Angara ungemein, so daß die Breite ihres Bettes nur noch die Hälfte der gewöhnlichen betrug. Fünfhundert Schritt weiter unten dehnte sich das Flußbett wieder aus, und hier trieben einzelne Schollen, die sich von Zeit zu Zeit von der Eisbank lösten, in der Richtung nach Irkutsk hin. Gegen den unglücklichen Zufall war aber nicht das geringste zu tun, und die Flüchtlinge mußten eben auf jede Hoffnung verzichten, ihr ersehntes Ziel zu erreichen.

Was nun?

In diesem Augenblicke krachte eine Gewehrsalve am rechten Ufer der Angara. Ein ganzer Kugelregen war auf das Floß gerichtet. Man hatte die Armen also noch entdeckt. Diese Annahme fand dadurch ihre Bestätigung, daß es jetzt auch von dem linken Ufer her aufblitzte.

Zwischen zwei Feuer gestellt, dienten die Flüchtlinge als Zielpunkte der tatarischen Tirailleurs. Einige wurden auch verwundet, obgleich die Kugeln bei der herrschenden Dunkelheit nur durch Zufall trafen.

„Komm, Nadia“, raunte Michael Strogoff dem jungen Mädchen ins Ohr. Ohne den mindesten Einwand ergriff Nadia Michael Strogoffs Hand. „Wir müssen jetzt die Eisbank übersteigen“, flüsterte er, „aber keiner darf gewahr werden, daß wir das Floß verlassen!“ Nadia gehorchte. Michael Strogoff und sie glitten schnell, geschützt von der Finsternis, welche nur da und dort das Feuer der Gewehre unterbrach, auf die Eisfläche. Nadia kroch Michael Strogoff voraus. Wie ein Hagel schlugen die Kugeln rings um sie ein oder prallten an den Schollen ab. Die unebene Eisdecke mit ihren hervorstehenden scharfen Kanten und Spitzen riß ihnen die Hände auf, aber sie kamen doch vorwärts. Zehn Minuten später erreichten sie die untere Grenze der Eiswand. Hier war das Wasser der Angara wieder frei. Einige Schollen rissen sich hier und da von derselben los und schwammen nach der Stadt hinunter.

Nadia verstand Michael Strogoffs Absichten. Sie fand eine Eisscholle, welche nur durch eine schmale Verbindung festhing. „Komm“, sagte Nadia. Beide legten sich auf das Eisstück, das sich nach einigem Schwanken von der Bank ablöste. Jetzt begann es, dahin zu treiben. Das Bett des Flusses erweiterte sich, der Weg stand ihnen offen.

Michael Strogoff und Nadia hörten noch das Knallen der Gewehre, die Ausrufe der Verzweiflung, das Brüllen der Tataren ... Dann verstummten langsam diese Ausbrüche der entsetzlichen Angst und der teuflischen Freude. „Unsre armen Gefährten!“ seufzte Nadia.

Während einer Stunde trug die Strömung jene Eisscholle mit Michael Strogoff und Nadia schnell dahin. Jeden Augenblick hatten diese zu befürchten, daß sie unter ihnen in Stücke gehen könne. Von der stärksten Strömung ward sie nahezu in der Mitte der Wasserfläche erhalten, und doch handelte es sich darum, sie mehr nach der Seite zu leiten, wenn sie an einem der Quais in Irkutsk landen sollte.

Michael Strogoff lauschte, ohne ein Wort zu sprechen, gespannten Ohres. Niemals winkte ihm so nahe das Ziel. Er fühlte jetzt, daß er es erreichen werde! . . .

Um zwei Uhr morgens schimmerte eine doppelte Reihe Lichter an dem dunklen Horizonte neben den beiden Ufern der Angara. Zur Rechten rührte dieser Lichtschein von Irkutsk her, zur Linken von den Wachtfeuern des tatarischen Feldlagers. Michael Strogoff war nur noch eine halbe Werst von der Stadt entfernt. „Endlich!" murmelte er für sich.

Aber plötzlich stieß Nadia einen furchtbaren Schrei aus. Bei diesem Aufschrei erhob sich Michael Strogoff auf der schwankenden Scholle. Seine Hand streckte sich nach der Angara hinauf. Sein von bläulichen Reflexen überstrahltes Gesicht nahm einen furchtbaren Ausdruck an, und dann rief er, als hätten sich seine Augen aufs neue dem Lichte erschlossen: „Ach, also Gott selbst ist doch gegen uns!"

Irkutsk

Irkutsk, die Hauptstadt Ostsibiriens, zählt unter gewöhnlichen Verhältnissen etwa 30.000 Einwohner. Ein ziemlich hohes, steiles Ufer an der rechten Seite der Angara trägt seine von einer hohen Kathedrale überragten Kirchen und die in pittoresker Unordnung daneben verstreuten Häuser.

Zur jetzigen Zeit war Irkutsk, die Zufluchtsstätte der Bewohner einer ganzen Provinz, furchtbar überfüllt. Alle Bedürfnisse fanden hier dennoch reichlichste Befriedigung. Irkutsk bildet die Niederlage jener zahllosen Waren, welche zwischen China, Zentralasien und Europa ausgetauscht werden. Man brauchte also den Zuzug der Landbauern nicht zu fürchten und konnte zwischen den Feinden und der Stadt alles Land verwüsten lassen.

Irkutsk ist der Sitz des Generalgouverneurs von Ostsibirien. Unter ihm fungieren noch ein Zivilgouverneur, in dessen Händen die Verwaltungsgeschäfte der Provinz liegen, ein Polizeidirektor, der in einer Stadt mit so vielen Verbannten nicht allzuwenig zu tun hat, und endlich ein Maire, der Erste der Kaufleute, eine wegen ihres Reichtums und des unerklärlichen Einflusses auf die betreffenden Kreise sehr viel bedeutende Persönlichkeit.

Die Garnison von Irkutsk bestand aus einem Regiment Kosaken zu Fuß, in der Stärke von etwa 2000 Mann, und einem Korps einheimischer Gendarmen mit Helm und blauer, silberbesetzter Uniform.

Außerdem war, wie wir wissen, der Bruder des Zaren infolge eigentümlicher Verhältnisse seit Beginn des Tatareneinfalles in der Stadt eingeschlossen.

Isoliert lag Irkutsk am Ende der Welt.

Dem Großfürsten fiel nun bloß noch die Aufgabe zu, die Verteidigung zu organisieren, was er mit der Festigkeit und Ruhe durchführte, von der er bei anderer Gelegenheit hinlängliche Proben gegeben hat.

Die Nachrichten über die Einnahme von Ichim, Omsk und Tomsk gelangten eine nach der anderen nach Irkutsk. Die Wegnahme dieser Hauptstadt Sibiriens mußte auf jeden Fall verhindert werden. Auf baldige Hilfe durfte man nicht rechnen. Die wenigen in der Amurprovinz und dem Gouvernement Jakutsk zerstreuten Truppen reichten, auch wenn sie heranrückten, nicht aus, den tatarischen Heersäulen Halt zu gebieten. Da nun Irkutsk einem Angriffe offenbar nicht entgehen konnte, so mußte die Stadt vor allen Dingen in den Stand gesetzt werden, eine Belagerung von einiger Dauer auszuhalten.

Die Arbeiten hierzu nahmen an demselben Tage ihren Anfang, als Tomsk in die Hände der Tataren fiel. Gleichzeitig mit dieser Neuigkeit erfuhr der Großfürst, daß der Emir von Bukhara und die verbündeten Khans in Person die Bewegung leiteten; unbekannt blieb ihm aber, daß der zweite Führer dieser Barbarenhäuptlinge, ein früherer russischer Offizier war, den er selbst degradieren hatte lassen, und den er von Person nicht kannte.

Gleich zuerst wurden die Bewohner der Provinz Irkutsk, wie wir wissen, veranlaßt, alle Städte und Dörfer zu verlassen. Wer keine Zuflucht in der Hauptstadt suchte, mußte sich noch weiter hinaus, jenseits des Baikalsees, begeben, bis wohin der Schwarm der Feinde höchstwahrscheinlich nicht gelangen konnte. Die Vorräte an Getreide und Fourrage wurden für die Stadt requiriert und dieses letzte Bollwerk der moskowitischen Herrschaft in den Stand gesetzt, wenigstens eine Zeitlang Widerstand zu leisten.

Irkutsk liegt am Zusammenflusse des Irkut und der Angara, am rechten Ufer der letztgenannten. Zwei auf Pfeilern ruhende Holzbrücken, die sich zum Zwecke der Schiffahrt in der ganzen Breite des Fahrwassers öffnen lassen, verbinden die Stadt mit ihren Vorstädten am linken Stromufer. Nach dieser Seite bot die Verteidigung keine Schwierigkeiten. Die Vorstädte wurden geräumt, die Brücken abgebrochen. Eine Überschreitung der hier sehr breiten Angara wäre unter dem Feuer der Belagerten nicht leicht auszuführen gewesen.

Der Fluß konnte aber auch oberhalb oder unterhalb der Stadt überschritten werden, und folglich drohte Irkutsk auch die Gefahr eines Angriffs von der Ostseite, wo es keine Umfassungsmauer schützte.

Alle kräftigen Arme wurden nun zunächst zu Fortifikationsarbeiten verwendet. Man war Tag und Nacht tätig. Der Großfürst fand eine überaus eifrige Bevölkerung, die sich bei der eigentlichen Verteidigung auch ebenso mutvoll beweisen sollte. Soldaten, Kaufleute, Verbannte, Bauern — alle widmeten sich dem allgemeinen Besten. Acht Tage vor der Ankunft der Tataren im Angaratale hatte man ringsum Erdwälle aufgeworfen. Außerdem war dadurch vor letzteren ein Wallgraben entstanden, den die Angara speiste. Durch einen Handstreich konnte die Stadt also nicht leicht weggenommen werden. Sie mußte belagert und gestürmt werden.

Das dritte tatarische Armeekorps — dasselbe, welches im Tale des Jenissei hinaufgezogen war — erschien am 24. September vor Irkutsk. Es besetzte sofort die verlassenen Vorstädte, deren Häuser übrigens meist niedergelegt waren, um der leider unzureichenden Artillerie des Großfürsten keine Hindernisse zu bieten.

Die Tataren suchten sich einzurichten und erwarteten die beiden anderen von dem Emir und seinen Verbündeten geführten Heerhaufen.

Die Verbindung dieser verschiedenen Korps ward am 25. September durch das Lager an der Angara bewerkstelligt und die ganze Armee mit Ausnahme der in den größeren Städten zurückgelassenen Besatzungen unter dem Befehle Feofar-Khans vereinigt.

Da Iwan Ogareff eine Überschreitung der Angara in Irkutsk selbst für unausführbar erklärte, so setzte eine starke Heeresabteilung einige Werst stromabwärts mittels Schiffbrücken über den Fluß. Der Großfürst griff hiergegen nicht ein, da er dieses Vorhaben wohl etwas stören, aus Mangel an hinreichender Feldartillerie aber doch nicht verhindern konnte, und so blieb er, gewiß mit vollem Rechte, ruhig in Irkutsk.

Die Tataren besetzten also auch die rechte Flußseite; dann marschierten sie gegen die Stadt heran, brannten unterwegs die Sommerwohnung des Generalgouverneurs in einem den Lauf der Angara beherrschenden Wäldchen nieder, und begannen nach völliger Einschließung der Stadt die regelrechte Belagerung.

Iwan Ogareff bemühte sich als geschickter Ingenieur diese bestens zu leiten, nur gingen ihm die nötigen Hilfsmittel ab, um rasche Erfolge zu erzielen. Übrigens hatte er darauf gerechnet, Irkutsk, das Ziel seines Verlangens, im ersten Anlauf zu nehmen.

Wie sich nun zeigte, hatte sich die Sachlage unerwartet geändert. Einesteils hielt die Schlacht bei Tomsk die tatarische Armee in ihrem Marsche auf, andernteils die Schnelligkeit, mit welcher der Großfürst die jetzigen Verteidigungswerke herzustellen wußte. An diesen beiden Ursachen scheiterte seine ursprüngliche Absicht und er sah sich zu einer regelrechten Belagerung genötigt.

Dennoch versuchte der Emir auf sein Anraten zweimal, ohne Rücksicht auf die zahlreichen Opfer an Mannschaften, die Stadt zu stürmen. Er warf seine Truppen auf die scheinbar schwächsten Punkte der Schanzen; beide Angriffe wurden aber mutig abgeschlagen. Der Großfürst und seine Offiziere setzten sich bei dieser Gelegenheit rücksichtslos jeder Gefahr aus. Sie traten mit ihrer eigenen Person ein und führten die Zivilbevölkerung mit auf die Wälle. Bürger und Mujiks erfüllten opferfreudig ihre Pflicht. Bei dem zweiten Sturmangriff war es den Tataren gelungen, eines der Tore in den Wällen zu erobern. An dem einen Ende der großen, zwei Werst langen und oben und unten an der Angara ausmündenden Straße von Bolchaia kam es zu einem Kampfe. Aber Kosaken, Gendarmen und Bürger setzten den Tataren einen so hartnäckigen Widerstand entgegen, daß sich diese zuletzt in ihre früheren Stellungen zurückziehen mußten.

Nun gedachte Iwan Ogareff durch Verrat zu erreichen, was er durch Gewalt nicht erlangen konnte. Wir wissen, daß seine Absicht dahin ging, in die Stadt einzudringen, sich dem Großfürsten zu nähern, dessen Vertrauen zu erschleichen und bei Gelegenheit eines der Tore den Belagerern zu überliefern. Dann wollte er seinen eigenen Rachedurst an dem Bruder des Zaren stillen.

Eines Abends, am 2. Oktober, wurde in dem großen Salon des Gouverneurspalastes, in dem der Großfürst residierte, ein Kriegsrat abgehalten.

Dieses Gebäude beherrscht weithin den Lauf des Flusses. Gegenüber den Fenstern seiner Hauptfassade sah man das Lager der Tataren; hätten letztere weitertragende Belagerungsgeschütze besessen, so wäre dieses Gebäude ganz unhaltbar gewesen.

Der Großfürst, der General Voranzoff, der Gouverneur der Stadt, der Chef der Kaufleute und eine Anzahl höherer Offiziere besprachen eben verschiedene notwendige Maßregeln.

„Meine Herren“, begann der Großfürst, „unsere dermalige Lage ist Ihnen hinlänglich bekannt. Ich habe die feste Überzeugung, daß wir Irkutsk bis zum Eintreffen von Ersatztruppen halten können. Dann werden wir leicht imstande sein, die Barbarenhorden in die Flucht zu jagen, und an mir soll es gewiß nicht liegen, wenn sie diesen frechen Einfall in unser Gebiet nicht sehr teuer bezahlen.“ — „Eure kaiserliche Hoheit wissen“, erwiderte der General Voranzoff, „daß Sie auf die Bevölkerung von Irkutsk zählen können.“ — „Gewiß, General“, antwortete der Großfürst, „und ich erkenne diesen eifrigen Patriotismus gern und unumwunden an. Gott sei Dank ist die Einwohnerschaft noch von den Schrecken einer Epidemie oder der Hungersnot verschont geblieben, und ich hoffe, das soll nicht anders werden; auf den Wällen aber habe ich nur ihren Heldenmut bewundern können. Sie hören meine Worte, Herr Vorsteher der Kaufmannsgilde, und ich bitte Sie, dieselben weiter zu verbreiten.“

„Ich danke Eurer Hoheit im Namen der Stadt“, erwiderte der Angeredete. „Darf ich wohl auch fragen, nach welchem längsten Zeitraume auf das Eintreffen von Ersatztruppen zu rechnen ist?“ — „Höchstens nach sechs Tagen“, erklärte der Großfürst. „Erst heute morgen ist ein gewandter und kühner Emissär in die Stadt gekommen, der mir mitteilt, daß fünfzigtausend Mann russische Truppen unter Führung des Generals Kissilef im Anmarsch sind. Vor zwei Tagen befanden sie sich in Kironsk, am Ufer der Lena, und jetzt werden weder Schnee noch Kälte ihren Zug aufzuhalten vermögen. Fünfzigtausend Mann Kerntruppen, welche die Tataren in der Flanke fassen, werden uns vielleicht von denselben befreien.“

„Ich erlaube mir hinzuzufügen, daß wir sofort, wenn

Eure kaiserliche Hoheit einen Ausfall befehlen sollten, bereit sind, diesem Befehle zu folgen." — „Ich danke, mein Herr", sagte der Großfürst. „Warten wir es ab, bis die Spitzen unserer Kolonnen auf den nächsten Höhen erscheinen, dann wollen wir die Feinde zerschmettern."

Dann wandte er sich wieder an den General Voranzoff. „Wir werden morgen", sagte er, „die Arbeiten am rechten Ufer besichtigen. Die Angara bringt schon Eisschollen mit, sie wird bald eine feste Decke erhalten und den Tataren den Übergang ermöglichen."

„Würden mir Eure Hoheit eine Bemerkung gestatten?" fragte der Chef der Kaufleute. — „Sprechen Sie." — „Ich habe die Temperatur wiederholt bis dreißig und vierzig Grade unter Null herabgehen sehen, immer aber bedeckte sich die Angara nur mit losen Schollen, ohne je ganz zuzufrieren, woran ihre rasche Strömung schuld zu sein scheint. Besitzen die Tataren also keine anderen Hilfsmittel, den Fluß zu passieren, so garantiere ich Eurer Hoheit, daß sie auf diesem Wege nie nach Irkutsk hinein gelangen werden." Der Gouverneur bestätigte die Bemerkung des Chefs der Kaufmannschaft.

„Das ist gewiß ein recht glücklicher Umstand", äußerte der Großfürst. „Nichtsdestoweniger werden wir gut tun, jede Eventualität ins Auge zu fassen." Er wandte sich dann an den Direktor der Polizei. „Sie haben mir nichts Neues mitzuteilen?" fragte er. — „Ich habe Ihnen zu melden, kaiserliche Hoheit", erwiderte der Polizeidirektor, „daß mir durch meine Unterbeamten eine Bittschrift übergeben wurde..." — „Ausgehend von...?" — „Von sibirischen Verbannten, Sire, deren Anzahl, wie Sie wissen, sich hier auf fünfhundert beläuft."

Die politischen Verbannten, welche sonst über die ganze Provinz verbreitet sind, waren seit Beginn der Invasion in Irkutsk konzentriert. Sie waren dem Befehle nachgekommen, in der Stadt einzutreffen, und hatten die Ortschaften verlassen, wo sie ihren verschiedenen Berufsgeschäften oblagen, hier als Ärzte, dort als Lehrer entweder an einem Gymnasium, der japanischen oder einer Schiffahrtsschule. Von Anfang an hatte sie der Großfürst, im Vertrauen auf ihren Patriotismus, mit Waffen versehen und sie als tüchtige Verteidiger erkannt.

„Was wünschen die Verbannten?“ fragte der Großfürst. — „Sie ersuchen Eure kaiserliche Hoheit um die Erlaubnis, ein besonderes Korps bilden und beim ersten Ausfall an der Spitze marschieren zu dürfen.“ — „O“, erwiderte der Großfürst, ohne seine freudige Erregung zu verbergen, „ich wußte es ja, das sind Russen; ihr Patriotismus erwirbt ihnen das Recht, sich für ihr Vaterland zu schlagen.“ — „Ich glaube Eurer kaiserlichen Hoheit versichern zu können“, sagte der Generalgouverneur, „daß Sie keine besseren Soldaten zu finden vermögen.“ — „Doch sie brauchen dann einen Führer“, bemerkte der Großfürst. „Wer soll das sein?“ — „Sie wünschten, Eurer Hoheit einen aus ihrer Mitte vorzuschlagen“, antwortete der Polizeidirektor, „der sich schon bei mehreren Gelegenheiten ausgezeichnet hat.“ — „Ist es ein Russe?“ — „Ja, ein Russe aus den baltischen Provinzen.“ — „Sein Name...?“ — „Wassili Fedor.“

Der Verbannte war der Vater Nadias. Wassili Fedor lebte, wie uns bekannt ist, in Irkutsk seinem Berufe als Arzt. Ein kenntnisreicher und im Umgange liebenswürdiger Mann, war er gleichzeitig von hohem Mute und warmer Vaterlandsliebe beseelt. Jede Stunde, in der er nicht von Kranken in Anspruch genommen war, widmete er den Verteidigungsarbeiten. Er war es auch, der seine Schicksalsgenossen zu gemeinsamem Auftreten verbunden hatte. Als der Polizeidirektor diesen Namen genannt hatte, bemerkte der Großfürst, daß ihm derselbe nicht unbekannt sei.

„In der Tat“, bestätigte General Voranzoff, „Wassili Fedor ist ein mutiger, geeigneter Mann. Stets erwies sich sein Einfluß auf die anderen Verbannten von großer Bedeutung.“ — „Seit wann ist er in Irkutsk?“ fragte der Großfürst. — „Seit zwei Jahren.“ — „Und seine Aufführung ...?" — „Er fügt sich", antwortete der Polizeidirektor, „als verständiger Mann den Vorschriften, wie sie die Verbannung eben mit sich bringt." — „General", antwortete der Großfürst, „lassen Sie mir denselben ohne Zögern zuführen."

Der Befehl des Großfürsten ward ausgeführt, und noch vor Ablauf einer halben Stunde trat Wassili Fedor in den Saal ein.

Es war ein Mann von etwa vierzig Jahren, von hohem Wuchs und mit ernster, gewinnender Physiognomie. Man sah es ihm an, daß er gekämpft, aber auch gelitten hatte. Seine Züge erinnerten lebhaft an die seiner Tochter Nadia.

Mehr als jeden andern hatte ihn der Tatareneinfall auch persönlich schmerzlich berührt und die liebste Hoffnung eines Vaters vernichtet, der achttausend Werst von seiner Heimat in der Verbannung lebte. Ein Brief hatte ihm den Tod der geliebten Gattin gemeldet zugleich mit der Abreise seiner Tochter, welche von der Regierung die Erlaubnis ausgewirkt hatte, ihm in Irkutsk Gesellschaft zu leisten. Nadia hatte Riga am 10. Juli verlassen. Die Invasion begann am 15. Juli. Wenn Nadia zu dieser Zeit schon die Grenze überschritten hatte, was war aus ihr mitten in dem Schwarme der Feinde geworden? Von welcher Unruhe mußte der unglückliche Vater verzehrt werden, da er seit dieser Zeit keine Nachrichten von seiner Tochter erhalten hatte!

Wassili Fedor verneigte sich in Gegenwart des Großfürsten und erwartete von diesem angesprochen zu werden.

„Wassili Fedor", begann der Großfürst, deine Genossen in der Verbannung haben sich erboten, ein Elitekorps zu bilden. Sie vergessen doch nicht, daß in einer solchen Schar jeder bis zum letzten Mann zu sterben bereit sein muß?" — „Sie sind sich dessen bewußt", erwiderte Wassili Fedor. — „Sie wünschen dich als Anführer?" — „Ja, kaiserliche Hoheit." — „Und hast du die Absicht, dich an ihre Spitze zu stellen?" — „Wenn das Heil Rußlands es erheischt, gewiß." — „Kommandant Fedor", sagte der Großfürst, „du bist nicht mehr verbannt." — „Ich danke, Hoheit, aber kann ich dann über solche den Befehl führen, die es noch sind?" — „Sie sind es nicht mehr." In seine Hand legte der Bruder des Zaren die Begnadigung seiner verbannten Genossen, jetzt seiner Waffengefährten. Tief bewegt drückte Wassili Fedor die ihm dargebotene Hand des Großfürsten und verließ das Gemach.

Der Letztere wendete sich an seine Offiziere.

„Der Zar wird den Gnadenbrief anerkennen, den ich hier in seinem Namen ausstelle", sagte er lächelnd. „Wir brauchen Helden, um die Hauptstadt Sibiriens zu verteidigen, ich habe solche jetzt geschaffen." Diese den Verbannten von Irkutsk gewährte Gnade entsprach in der Tat ebenso einer großherzigen Justiz wie einer klugen Politik.

Die Nacht brach herein. Durch die Fenster des Palastes leuchteten die Feuer des tatarischen Lagers, die sich da und dort in der Angara widerspiegelten. In dem Flusse trieben zahlreiche Eisschollen, von denen einige an den alten Pfeilern der früheren hölzernen Brücke hängenblieben. Die meisten flossen aber mit erstaunlicher Schnelligkeit dahin. Offenbar konnte die Angara, wie es der Vorsteher der Kaufmannschaft schon gesagt hatte, nur schwer an der ganzen Oberfläche zufrieren. Die Gefahr eines Angriffs von der Wasserseite brauchten die Verteidiger von Irkutsk also nicht sonderlich zu fürchten.

Eben schlug es zehn Uhr. Der Großfürst verabschiedete seine Offiziere und wollte sich gerade in seine Gemächer zurückziehen, als vor dem Palaste ein auffallender Tumult entstand.

Fast gleichzeitig öffnete sich die Tür des Salons, ein Feldjäger trat ein und ging auf den Großfürsten zu.

„Kaiserliche Hoheit", meldete er, „ein Kurier des Zaren!"

Eine unwillkürliche Bewegung führte alle Teilnehmer der Beratung nach der halb offenen Tür zurück. Ein Kurier des Zaren, in Irkutsk angekommen! Wenn die Offiziere nur einen Augenblick über die Wahrscheinlichkeit dieser Tatsache nachgedacht hätten, mußten sie dieselbe für unmöglich ansehen.

Der Großfürst war lebhaft auf seinen Feldjäger zugeschritten. „Laß den Kurier eintreten!“ sagte er.

An der Schwelle erschien ein Mann. Seine äußere Erscheinung zeugte von großer Erschöpfung. Er trug die abgenutzte, halb zerrissene Kleidung eines sibirischen Bauern, an der sogar einige Löcher von Kugeln sichtbar waren. Seinen Kopf bedeckte eine moskowitische Mütze. Auf der Wange sah man eine kaum verharschte Schramme. Offenbar hatte dieser Mann einen langen und beschwerlichen Weg hinter sich. Seine in schlechtem Stande befindliche Fußbekleidung verriet auch, daß er einen Teil seiner Reise zu Fuß zurückgelegt haben mußte.

„Seine kaiserliche Hoheit der Großfürst?“ fragte er eintretend. Der Großfürst ging auf ihn zu. „Du bist Kurier des Zaren?“ fragte er. — „Ja, Hoheit.“ — „Und kommst . . . ?“ — „Aus Moskau.“ — „Und hast Moskau verlassen?“ — „Am 15. Juli.“ — „Dein Name . . . ?“ — „Michael Strogoff.“

Es war Iwan Ogareff. Er hatte den Namen und Charakter desjenigen angenommen, den er unschädlich gemacht zu haben glaubte. In Irkutsk kannte ihn weder der Großfürst noch irgend jemand anderer, so daß er sein Gesicht nicht einmal zu entstellen brauchte. Da er in der Lage war, seine etwa angezweifelte Identität zu beweisen, hatte er keine Entdeckung zu fürchten. Er schickte sich jetzt also an, nachdem er das Ziel durch seinen eisernen Willen erreicht hatte, durch Verrat und Meuchelmord das Drama des feindlichen Einfalles zu krönen.

Nach der Antwort Iwan Ogareffs gab der Großfürst seinen Offizieren ein Zeichen mit der Hand, worauf sich diese aus dem Raum zurückzogen. Der falsche Michael Strogoff und er blieben allein in dem Salon zurück.

Der Großfürst betrachtete Iwan Ogareff einige Augenblicke mit scharfer Aufmerksamkeit. Dann begann er: „Du hast Moskau am 15. Juli verlassen?" — „Ja, Hoheit, und habe Seine Majestät den Zaren in der Nacht vom 14. zum 15. Juli im Neuen Palais gesprochen." — „Du hast einen Brief des Zaren?" — „Ja, hier ist er." Iwan Ogareff übergab dem Großfürsten das kaiserliche Schreiben, das er auf das kleinste Format zusammengebrochen hatte.

„Dieser Brief ist dir in diesem Zustande übergeben worden?" — „Nein, Hoheit, doch mußte ich das Kuvert zerstören, um ihn vor den Soldaten des Emirs besser verbergen zu können." — „Warst du Gefangener der Tataren?" — „Ja, kaiserliche Hoheit, wenigstens einige Tage lang. Daher kommt es auch, daß ich trotz meiner Abreise am 15. Juli von Moskau, wie sie dieser Brief auch angibt, erst am 2. Oktober in Irkutsk eingetroffen bin, also nach einer Reise von neunundsiebzig Tagen."

Der Großfürst nahm den Brief. Er faltete ihn auseinander, erkannte die Signatur des Zaren nebst der von dessen eigener Hand geschriebenen Eingangsformel. An der Authenzität dieses Schreibens wie an der Identität des Überbringers konnte also kein Zweifel sein. Hatte sein wildes Antlitz auch erst einiges Mißtrauen in dem Großfürsten erweckt, so schwand dieses doch jetzt vollständig.

Einige Augenblicke verhielt sich der Großfürst schweigend. Er durchlas langsam den Brief, wie um seinen Sinn recht scharf zu fassen. Endlich nahm er wieder das Wort. „Michael Strogoff", sagte er, „du kennst den Inhalt dieses Schreibens?" — „Ja, Hoheit, ich konnte in die Lage kommen, dasselbe vernichten zu müssen, um es nicht den Tataren in die Hände fallen zu lassen, und war für diesen Fall bedacht, dessen Text Eurer kaiserlichen Hoheit möglichst genau mitteilen zu können."

„Du weißt also, daß dieser Brief uns auferlegt, eher in Irkutsk zu sterben, als die Stadt auszuliefern?" — „Ich weiß es." — „Und weißt auch, daß er mir die Bewegungen der Truppen mitteilt, welche aufgeboten worden sind, den Einfall zu bekämpfen?" — „Ja, Hoheit, aber diese Bewegungen sind verunglückt." — „Wieso?" — „Nun Ichim, Omsk, Tomsk, um nur von den bedeutendsten Städten Sibiriens zu sprechen, sind den Soldaten Feofar-Khans nach und nach in die Hände gefallen." — „Ohne daß es zu Gefechten gekommen wäre? Sollten unsere Kosaken nicht auf die Tataren getroffen sein?" — „Mehrmals, kaiserliche Hoheit." — „Und sie sind zurückgeschlagen worden?" — „Sie verfügten nur über ungenügende Kräfte."

„Wo haben die Treffen, von denen du sprichst, stattgefunden?" — „Bei Kolywan, Tomsk . . ." Bis hierher hatte Iwan Ogareff nur die Wahrheit gesagt, um aber die Verteidiger von Irkutsk zu entmutigen, übertrieb er die durch die Truppen des Emirs erlangten Vorteile und fügte hinzu: „Und ein drittes Mal vor Krasnojarsk." — „Und das letzte Treffen?" ... fragte der Großfürst, über dessen Lippen kaum die Worte kamen. — „Das war mehr als ein Treffen, Hoheit, das war eine Schlacht." — „Eine Schlacht?" — „Zwanzigtausend Russen, die aus den Grenzprovinzen und dem Gouvernement Tobolsk heranzogen, stürzten sich 150.000 Tataren entgegen und wurden trotz ihres verzweifelten Mutes fast aufgerieben."

„Du lügst", rief der Großfürst, der vergeblich seinen Zorn zu bemeistern suchte. — „Ich spreche die Wahrheit, Hoheit", antwortete frostig Iwan Ogareff. „Ich war selbst bei der Schlacht von Krasnojarsk gegenwärtig und geriet eben da in Gefangenschaft!"

Der Großfürst ward wieder ruhiger und gab Iwan

Ogareff durch ein Zeichen zu erkennen, daß er nicht an seiner Aufrichtigkeit zweifle.

„An welchem Tage fand die Schlacht von Krasnojarsk statt?“ fragte er. — „Am 2. September.“ — „Und jetzt sind alle tatarischen Truppen um Irkutsk konzentriert?“ — „Alle.“ — „Und du schätzest diese . . .?“ — „Auf 400.000 Mann.“

Diese Angabe beruhte wiederum auf einer zu demselben Zwecke vorgebrachten Übertreibung Iwan Ogareffs.

„Und aus den westlichen Provinzen habe ich keinen Entsatz zu erwarten?“ fragte der Großfürst. — „Nein, kaiserliche Hoheit, mindestens nicht vor Ausgang des Winters.“ — „Nun wohl, so höre, Michael Strogoff. Sollte ich auch weder von Osten noch von Westen her Unterstützung bekommen, und zählten die Barbaren 600.000 Mann, ich werde Irkutsk niemals übergeben!“

Das boshafte Auge Iwan Ogareffs bedeckte sich ein wenig. Der Verräter schien sagen zu wollen, daß der Bruder des Zaren seine Rechnung ohne Rücksicht auf Verräterei machte.

Der Großfürst hatte bei seinem nervösen Temperament alle Mühe, bei diesen Unglücksbotschaften seine Ruhe zu bewahren. Er ging im Salon auf und ab vor den Augen Iwan Ogareffs, die ihm wie einer schon seiner Rache verfallenen Beute folgten. Er blieb an den Fenstern stehen und blickte nach den Wachtfeuern der Tataren. Eine Viertelstunde verging, ohne daß er eine weitere Frage stellte. Dann nahm er den Brief nochmals zur Hand und durchlas eine besondere Stelle desselben.

„Du weißt, Michael Strogoff, daß hierin von einem Verräter die Rede ist, vor dem ich mich hüten soll?“ — „Ja, Hoheit.“ — „Er soll unter irgend einer Verkleidung nach Irkutsk einzudringen suchen und sich um mein Vertrauen bewerben, um zur gegebenen Zeit die Stadt den Tataren zu überliefern.“

„Ich kenne das alles, kaiserliche Hoheit, und weiß

auch, daß Iwan Ogareff geschworen hat, persönlich an dem Bruder des Zaren seine Rache zu nehmen." — „Warum?" — „Man sagt, dieser Offizier sei von dem Großfürsten zu einer entehrenden Degradation verurteilt worden."

„Ja, richtig, ... ich entsinne mich ... doch er verdiente es, dieser Elende, der später gegen sein Vaterland diente, um einen Einfall der Barbaren zu organisieren." — „Seiner Majestät dem Zaren", fuhr Iwan Ogareff fort, „kam es vor allem darauf an, Sie, kaiserliche Hoheit, von den verbrecherischen Absichten gegen Ihre Person in Kenntnis zu setzen." — „Ja, der Brief enthält die nötigen Aufschlüsse ..." — „Und Seine Majestät haben das mir auch selbst mitgeteilt und mir vorzüglich eingeschärft, mich bei meiner Reise durch Sibirien ja vor diesem Verräter zu hüten."

„Bist du ihm begegnet?" — „Ja, Hoheit, nach der Schlacht von Krasnojarsk. Hätte er vermuten können, daß ich der Träger eines an Eure kaiserliche Hoheit gerichteten Schreibens war, das seine abscheulichen Pläne enthüllte, so würde er mir keine Gnade gewährt haben." — „Gewiß, dann wärst du verloren gewesen", antwortete der Großfürst. „Doch wie bist du überhaupt entkommen?" — „Dadurch, daß ich mich in den Irtysch stürzte." — „Und wie kamst du nach Irkutsk herein?" — „Bei Gelegenheit eines an diesem Abende unternommenen Ausfalles, welcher der Vertreibung einer Tatarenabteilung galt. Ich mischte mich unter die Verteidiger der Stadt, es gelang mir, mich zu erkennen zu geben, und so führte man mich sofort vor Eure kaiserliche Hoheit."

„Gut, Michael Strogoff", antwortete der Großfürst. „Du hast bei deiner schwierigen Reise Mut und Eifer gezeigt. Ich werde dich nicht vergessen. Hast du mir einen Wunsch vorzutragen?" — „Nein, außer dem, mich an der Seite Eurer kaiserlichen Hoheit schlagen zu dürfen." — „Es sei, Michael Strogoff, ich nehme dich von heute ab in meinen persönlichen Dienst und du wirst auch in diesem Palaste Wohnung erhalten." — „Und wenn nun Iwan Ogareff sich, wie er die Absicht haben soll, Eurer kaiserlichen Hoheit unter einem falschen Namen vorstellt?" — „So wird er mit deiner Hilfe, da du ihn ja kennst, entlarvt werden, und soll den Tod unter der Knute erleiden. Geh!"

Iwan Ogareff salutierte vor dem Großfürsten militärisch, indem er nicht vergaß, daß er Kapitän bei dem Korps der Kuriere des Zaren sei, und zog sich zurück.

Iwan Ogareff begann seine Rolle also mit unleugbarem Erfolge zu spielen. Das Vertrauen des Großfürsten hatte er schnell und im vollsten Maße errungen. Er konnte dasselbe mißbrauchen, wo und wann es ihm beliebte. Er sollte ja gar in dem Palaste selbst wohnen, würde in alle Geheimnisse der Verteidigung eingeweiht sein. Er hatte demnach die Situation vollständig in der Hand. Niemand in Irkutsk kannte ihn, niemand konnte ihm seine Maske abreißen. Er beschloß also, ohne Zögern an's Werk zu gehen

Die Zeit drängte in der Tat. Jedenfalls mußte die Auslieferung der Stadt vor Eintreffen der aus dem Norden und Osten erwarteten Russen erfolgen; letzteres konnte sich aber nur um wenige Tage handeln. Waren die Tataren erst Herren von Irkutsk, so wären sie gewiß nur schwer wieder daraus zu vertreiben gewesen. Und wenn sie auch gezwungen würden, es später wieder aufzugeben, so würde das doch nicht geschehen, als bis sie es von Grund aus zerstört und den Kopf des Großfürsten zu Feofar-Khans Füßen gelegt hätten.

Da Iwan Ogareff jetzt nichts hinderte, zu sehen, zu beobachten und zu handeln, so beschäftigte er sich schon vom andern Tage an damit, die Wälle zu besichtigen. Überall ward er von den Glückwünschen der Offiziere, Soldaten und Bürger begrüßt. Dieser Kurier des Zaren erschien ihnen wie ein Band, welches sie auf's neue mit dem Kaiserreiche verknüpfte. Iwan Ogareff erzählte bei dieser Gelegenheit mit einer Sicherheit, welche ihn niemals im Stiche ließ, von den Drangsalen seiner Reise. Dann sprach er, ohne das zu Anfang zu sehr zu betonen, von dem Ernste der Lage, wobei er, ebenso wie vor dem Großfürsten, die Erfolge der Tataren und die Kräfte, über welche sie verfügten, absichtlich übertrieb. Seiner Darstellung nach waren die bevorstehenden Zuzüge, selbst wenn sie rechtzeitig eintrafen, gewiß unzureichend, und es stand zu befürchten, daß eine Schlacht unter den Mauern von Irkutsk ebenso verderblich ausfallen würde wie die Treffen bei Kolywan, Tomsk und Krasnojarsk.

Mit solchen Hiobsposten ging Iwan Ogareff aber keineswegs verschwenderisch um. Er ließ diese mit kluger Berechnung nur nach und nach hören. Er schien nur zu antworten, wenn man ihn fragte, und dann scheinbar nur mit Widerwillen. Allemal aber fügte er hinzu, daß man sich bis auf den letzten Mann verteidigen und die Stadt eher in die Luft sprengen müsse, bevor man sie übergebe.

Auf jede Weise suchte er die üble Lage schlimmer darzustellen. Die Garnison und die Bevölkerung von Irkutsk waren glücklicherweise aber viel zu patriotisch, um sich einschüchtern zu lassen. Von allen diesen Soldaten und Bürgern einer am Ende der asiatischen Welt isolierten Stadt dachte auch kein einziger nur entfernt an eine Übergabe. Die Verachtung der Russen gegen jene Barbaren kannte eben keine Grenzen.

Dagegen argwöhnte auch keiner die häßliche Rolle, welche Iwan Ogareff spielte, keiner konnte vermuten, daß dieser scheinbare Kurier des Zaren ein erbärmlicher Verräter war.

Die Nacht vom 5. zum 6. Oktober

Iwan Ogareffs Plan war mit größter Sorgfalt vorbereitet und mußte, im Falle daß nicht ganz unvorhergesehene Ereignisse dazwischen traten, gewiß gelingen, wenn er nur dafür sorgen konnte, das Tor von Bolchaia zur Zeit, wo er es ausliefern wollte, von Verteidigern entblößt zu halten. Gleichzeitig sollte die Aufmerksamkeit der Belagerten nach einer andern Seite der Stadt abgelenkt werden. So hatte er mit dem Emir verabredet.

Ein Scheinangriff flußauf- und flußabwärts auf dem rechten Ufer der Angara sollte an beiden Stellen mit möglichster Kraftanwendung ausgeführt und auch eine Überschreitung des Stromes nach dem linken Ufer versucht werden. Dabei durfte man voraussetzen, daß das Tor von Bolchaia ziemlich verlassen werden würde, zumal da die tatarischen Vorposten vor demselben weiter zurückgezogen werden sollten, um bei den Belagerten den Glauben zu erwecken, sie wären an anderen Stellen verwendet worden.

Der 5. Oktober war herangekommen. Vor Ablauf von vierundzwanzig Stunden sollte die Hauptstadt von Sibirien in den Händen des Emirs, der Großfürst in der Gewalt Iwan Ogareffs sein.

Im Laufe dieses Tages entstand in dem Tale der Angara eine ganz ungewöhnliche Bewegung. Von den Fenstern des Palastes und der Häuser am Ufer erkannte man deutlich, daß daselbst sehr umfassende Vorbereitungen betrieben wurden. Viele tatarische Abteilungen marschierten nach einem Punkte zusammen und verstärkten die Truppenmacht, welche der Emir persönlich befehligte. Alles das gehörte zu der verabredeten Diversion und wurde möglichst auffällig in's Werk gesetzt.

Iwan Ogareff verhehlte auch dem Großfürsten nicht, daß von jener Seite ein Angriff zu befürchten sei. Er glaube annehmen zu müssen, sagte er, daß von beiden Seiten der Stadt ein Sturmangriff geplant werde, und riet dem Großfürsten, die bedrohten Punkte möglichst zu verstärken.

Alles, was man sehen konnte, bestätigte Iwan Ogareffs Ansicht, der man sich bald Rechnung zu tragen entschloß. Nach einem im Palais abgehaltenen Kriegsrate erging der Befehl, die verfügbare Hauptmacht an beiden Enden der Stadt, wo sich deren Wälle auf den Strom stützten, zu konzentrieren.

Das war es, was Iwan Ogareff vor allem wünschte. Er rechnete zwar bestimmt nicht darauf, daß das Tor von Bolchaia ganz von Mannschaften entblößt würde, aber diese konnten doch nur in geringer Stärke daselbst verbleiben. Iwan Ogareff suchte der Diversion der Tataren eine solche Bedeutung zu geben, daß der Großfürst sich genötigt sehen sollte, alle disponiblen Kräfte gegen dieselbe aufzubieten.

An diesem Tage ging die Sonne um sechs Uhr zwanzig Minuten auf und um fünf Uhr vierzig Minuten unter, nach Beschreibung eines Tagesbogens von elf Stunden. Zwei Stunden noch kämpfte die Dämmerung gegen das Dunkel der Nacht. Dann hüllte sich alles in Finsternis, und auch auf das Erscheinen des Mondes, der sich gerade in Konjunktion befand, war ja nicht zu rechnen. Die tiefe Dunkelheit mußte offenbar Iwan Ogareffs Pläne begünstigen.

Schon seit mehreren Tagen leitete eine ziemlich heftige Kälte auf die bevorstehende Strenge des sibirischen Winters über und an eben diesem Abend war sie doppelt fühlbar. Die auf der rechten Seite der Angara aufgestellten Truppen, welche ihre Anwesenheit nicht verraten sollten, hatten deshalb kein Wachtfeuer angezündet. Sie litten unter der auffälligen Erniedrigung der Temperatur ganz entsetzlich. Wenige Schritte unter ihnen schwammen die Eisschollen hin, welche der Strom mit herantrieb. Den ganzen Tag über sah man sie in gedrängten Massen in breitem Zuge zwischen beiden Ufern. Dieser von dem Großfürsten und seinen Offizieren beobachtete Umstand ward für besonders glücklich angesehen. Es lag auf der Hand, daß an eine Überschreitung der Angara gar nicht zu denken sei, solange dieses Gewirr von Eisstücken das Bett derselben bedeckte. Die Tataren konnten weder Boote noch Flöße benutzen. Dabei brauchte man nicht zu fürchten, daß sie einen Übergang auf dem etwa frisch aneinandergefrorenen Eise versuchen würden, da dieses für die Passage einer starken Kolonne offenbar zu wenig haltbar war.

Wenn diese Verhältnisse auch den Verteidigern von Irkutsk ganz vorteilhaft erschienen, so hätte Iwan Ogareff sie doch bedauern müssen. Doch im Gegenteil! Der Verräter wußte je' recht gut, daß die Tataren gar nicht ernstlich daran dachten, die Angara zu passieren, und daß alle ihre hierauf abzielenden Bewegungen nur eine Kriegslist seien.

Gegen zehn Uhr abends veränderte sich die Oberfläche des Flusses zum größten Erstaunen und auch zum Nachteile der Belagerten ganz wunderbar. Der bisher unpassierbare Übergang wurde frei. Das ganze Bett des Stromes reinigte sich. Die Eisschollen, die seit einigen Tagen schon in großer Menge dahinjagten, verschwanden plötzlich stromabwärts, und nur fünf bis sechs schwankten noch vereinzelt zwischen den beiden Ufern. Sogar ihre Struktur veränderte sich gegenüber denjenigen, welche man zu sehen gewohnt war, ganz auffallend. Sie erschienen nur als einzelne von einem größeren Eisfelde mit glatten Rändern abgelöste Splitter.

Die russischen Offiziere meldeten, als sie die Veränderungen am Flusse wahrnahmen, dieselben dem Großfürsten. Sie erklärten sich übrigens dadurch, daß das Eis sich an einer engeren Stelle der Angara gestaut hatte und einen festen Schutz bildete. Diese Passage der Angara mußte also jetzt leichter zu überwinden sein, was die Russen nun zu noch größerer Vorsicht nach dieser Seite nötigte.

Bis Mitternacht blieb alles ruhig. Gerade an der Ostseite, vor dem Tore von Bolchaia, konnte man nicht die geringste Bewegung wahrnehmen. Kein Feuerschein glühte in dem Walde, der in der Entfernung mit den niedrigen Wolken des Horizontes verschmolz. Im Tale der Angara verriet dagegen ein vielfacher Wechsel der Feuer eine allgemeine Bewegung des Heeres.

Es war fast zwei Uhr, und auch nicht eine ernsthafte Bewegung der Belagerer deutete auf weitere feindliche Absichten.

Der Großfürst und seine Offiziere fragten sich, ob sie nicht in einer Täuschung befangen wären, zu glauben, daß die Tataren einen Versuch zur Überrumpelung der Stadt wagen wollten. Fast in keiner der vorhergehenden Nächte ging es so ruhig zu. Immer blitzten sonst in der Vorpostenkette einzelne Flintenschüsse auf und brausten einige gröbere Geschosse durch die Luft — heute blieb alles still.

Dennoch verweilten der Großfürst, der General Voranzoff und deren Adjutanten jeder auf seinem Posten, bereit je nach den Umständen die nötigen Befehle zu geben.

Wir wissen, daß Iwan Ogareff ein Zimmer des Palastes bewohnte. Eigentlich war dasselbe ein geräumiger Saal im Erdgeschoß, dessen Fenster nach einer Seitenterrasse zu lagen. Mit nur wenigen Schritten über diese Terrasse gewann man einen Standpunkt, von welchem aus die Angara weithin zu übersehen war.

In jenem Saale herrschte eben tiefe Finsternis. Der Entscheidungsstunde ungeduldig entgegensehend, stand Iwan Ogareff darin an einem Fenster. Offenbar sollte das Signal zum Losbrechen von ihm ausgehen. Hatte er dasselbe einmal gegeben und die meisten Verteidiger von Irkutsk nach den offen angegriffenen Stellen gelockt, so wollte er das Palais verlassen, um sein Bubenstück zu vollenden. Er wartete also im Dunklen, lauernd wie ein Raubtier, das sich auf seine Beute stürzen will.

Einige Minuten vor zwei Uhr verlangte der Großfürst, daß Michael Strogoff — denn nur dieser Name war ihm ja bekannt — vor ihn geführt werde. Ein Adjutant begab sich nach dessen Wohnung, fand aber die Tür geschlossen. Er rief ... Iwan Ogareff stand unbeweglich und im Dunklen nicht sichtbar am Fenster, hütete sich aber zu antworten. Man meldete dem Großfürsten, daß der Kurier des Zaren augenblicklich im Palais nicht anwesend sei.

Da schlug es zwei Uhr. Das war der Zeitpunkt für die mit den Tataren verabredete Diversion, zu welcher letztere schon fertig aufmarschiert waren.

Iwan Ogareff öffnete das Fenster seines Zimmers und begab sich nach dem nördlichen Ende der Seitenterrasse. Im Dunklen unter ihm rauschten die Fluten der Angara, die sich hörbar an den Pfeilern der früheren Brücke brachen. Iwan Ogareff zog ein Feuerzeug aus der Tasche, entzündete dadurch ein Stückchen mit Pulver imprägnierten Schwamm und warf diesen in den Fluß ...

Auf Iwan Ogareffs Befehl waren jene Ströme Mineralöls auf die Oberfläche der Angara geleitet worden.

Auf dem rechten Ufer des Flusses befanden sich oberhalb Irkutsk, zwischen dem Dorfe Poschkafsk und der Stadt, ergiebige Naphtaquellen. Iwan Ogareff verdankte man den teuflischen Gedanken, mittels derselben Irkutsk in Brand zu stecken. Er brachte also die ungeheuren Reservoirs, welche den vorrätigen Brennstoff enthielten, in seine Gewalt. Die Durchbrechung eines Stücks der Umfassungsmauer reichte hin, um jenen in starkem Strome ausfließen zu lassen.

Das war eben in dieser Nacht einige Stunden vorher geschehen, und war die Ursache, weshalb das Floß mit dem wirklichen Kurier des Zaren, mit Nadia und den übrigen Flüchtlingen in einem Strome von Mineralöl schwamm. Durch die Öffnungen jener Millionen von Kubikmetern enthaltenden Reservoirs hatte sich die flüssige Naphta wie ein Sturzbach ergossen und sich, der natürlichen Bodenneigung folgend, auf dem Wasser der Angara verbreitet, auf dem sie ja infolge ihres geringeren spezifischen Gewichtes obenauf schwimmen mußte.

So führte Iwan Ogareff Krieg! Mit den Tataren im Bunde, handelte er wie ein Tatar auch gegen seine eigenen Landsleute.

Der brennende Schwamm fiel in die Wellen der Angara. In einem Augenblick, so als ob der Strom aus Alkohol bestände, flammte die ganze Fläche desselben fast mit elektrischer Geschwindigkeit auf. Zwischen den beiden Ufern wälzten sich bläuliche Feuerwogen. Darüber wirbelten dicke Rauchwolken empor. Die wenigen noch in der Strömung vorhandenen Eisschollen wurden von der Glut ergriffen, schmolzen wie Wachs am Ofen und mit Zischen und Pfeifen schoß das verdampfende Wasser in die Höhe.

Gleichzeitig knatterte am südlichen und nördlichen Ende der Stadt das Kleingewehrfeuer. Die Batterien im Tale der Angara öffneten ihren groben Mund. Mehrere tausend Tataren stürzten sich stürmend auf die Erdwerke. Die hölzernen Gebäude am Flusse und dem Abhange daneben fingen an allen Enden Feuer. Eine entsetzliche Helligkeit besiegte das Dunkel der Nacht.

„Endlich!“ sagte Iwan Ogareff für sich. Er konnte sich mit vollem Rechte Glück wünschen. Sein Angriffsplan ging fürchterlich in Erfüllung. Die Verteidiger von Irkutsk standen plötzlich zwischen dem Sturmangriff der Tataren und den Schrecken des Brandes. Die Glocken heulten und alles, was in der Bevölkerung noch kräftige Glieder hatte, eilte herbei nach den bedrohten Punkten und den von dem Feuer zerstörten Häusern, um wenigstens die übrige Stadt zu retten.

Das Tor von Bolchaia entbehrte nun fast jeder Bedeckung. Nur wenige Mann sah man an demselben. Iwan Ogareff ging nach seinem jetzt von der brennenden Angara hell erleuchteten Zimmer zurück. Dann machte er sich bereit, auszugehen.

Doch kaum öffnete er die Tür, als sich ein Weib mit durchnäßter Kleidung und wild herabhängendem Haar in das Zimmer stürzte.

„Sangarre!“ rief Iwan Ogareff im ersten Schrecken, da er kein anderes weibliches Wesen als die Zigeunerin vermuten konnte.

Aber nicht Sangarre war es, sondern Nadia.

In dem Augenblicke, als das junge Mädchen auf der Eisscholle, dem letzten Zufluchtsorte, bei dem Aufleuchten des Feuers einen Schreckensruf ausstieß, hatte Michael Strogoff sie mit den Armen umschlungen und sich mit ihr in das Wasser gestürzt, um unter demselben einen Schutz gegen die Flammen zu finden. Wie erwähnt befand sich die Scholle, welche sie trug, nur noch etwa dreißig Klafter oberhalb des ersten Quais von Irkutsk.

Nachdem er unter dem Wasser hingeschwommen, gelang es Michael Strogoff, daselbst mit Nadia an das Land zu kommen. Endlich winkte Michael Strogoff sein heißersehntes Ziel. Er war in Irkutsk!

„Zum Palaste des Gouverneurs!“ rief er Nadia zu. Kaum zehn Minuten später erreichten beide den Eingang des Palais, um dessen Grundmauern das Feuer gierig, aber unschädlich emporzüngelte. Weiterhin standen die Häuser am Ufer alle in Flammen.

Michael Strogoff und Nadia traten ohne Hindernisse in das jetzt überall offene Gebäude. Mitten in der allgemeinen Verwirrung bemerkte sie, trotz ihrer triefenden Kleidung, niemand.

In dem großen Parterresaale drängte sich eine Anzahl Offiziere, um sich Befehle einzuholen, neben Soldaten, um letztere auszuführen. Hier wurden Michael Strogoff und Nadia durch das Stoßen und Drängen der erregten Menge von einander getrennt. Ratlos durchirrte Nadia die Säle des Erdgeschosses mit lautem Rufen nach ihrem Begleiter und verlangte, vor den Großfürsten geführt zu werden.

Da öffnete sich vor ihr die Tür zu einem vom Feuerscheine hell erleuchteten Zimmer. Sie trat ein und stand unerwartet vor dem Manne, den sie in Ichim, wie in Tomsk gesehen hatte, gegenüber demjenigen, dessen ruchlose Hand in der nächsten Stunde die Stadt ausliefern sollte.

„Iwan Ogareff!“ rief sie entsetzt.

Der Elende zitterte, als er seinen Namen hörte. Sein

ganzer Plan mußte ja scheitern, wenn dieser Name laut wurde. Ihm blieb nur eines übrig: das lebende Wesen, wer das auch sei, umzubringen, weil es seinen wahren Namen kannte. Iwan Ogareff drang auf Nadia ein; aber in der Hand des jungen Mädchens, das sich durch eine Mauer im Rücken zu decken suchte, blitzte schon ein Messer, um sich zu verteidigen.

„Iwan Ogareff!" rief sie nochmals lauter und im Bewußtsein, daß dieser verabscheute Name ihr Hilfe herbeirufen werde. — „Ah, du wirst schweigen lernen!" versetzte der Verräter. — „Iwan Ogareff!" rief das unerschrockene Mädchen zum dritten Male mit einer Stimme, deren Stärke ihr tödlicher Haß nur verdoppelte. In wahnsinniger Wut riß Iwan Ogareff einen Dolch aus seinem Gürtel, sprang auf Nadia zu und drängte sie nach einer Ecke des Raumes.

Jetzt wäre es um sie geschehen gewesen, als eine unwiderstehliche Hand den Schurken von ihr wegriß und zur Erde schleuderte. „Michael!" rief Nadia. Es war Michael Strogoff. Die Ausrufe Nadias hatten ihm den Weg gewiesen; durch sie war er zu dem Zimmer Iwan Ogareffs gelangt und durch die halb offengebliebene Tür eingetreten.

„Sei ohne Furcht, Nadia", sagte er, sich zwischen diese und Iwan Ogareff stellend. — „Nimm dich in acht, nimm dich in acht, Bruder! ... Der Verräter ist bewaffnet ... Er kann auch sehen, und du ..."

Iwan Ogareff war wieder aufgestanden, und da er mit dem Blinden leichtes Spiel zu haben wähnte, rannte er auf Michael Strogoff zu. Dieser packte ihn aber mit der einen Hand am Arme, lenkte mit der andern seine Waffe ab und warf ihn wieder zu Boden.

Totenbleich vor Wut und Scham erinnerte sich Iwan Ogareff, daß er ja einen Degen habe. Er riß diesen aus der Scheide und stellte sich wieder zum Angriff bereit. Auch hatte er Michael Strogoff erkannt. Einen Blinden! Er hatte es ja nur mit einem Blinden zu tun. Die Partie stand offenbar gut für ihn.

Erschreckt durch die Gefahr, welche ihrem Freunde in einem so ungleichen Kampfe drohte, eilte Nadia zur Tür, um nach Hilfe zu rufen.

„Schließe die Tür, Nadia!“ sagte Michael Strogoff. „Rufe niemand, laß die Rache mir allein! Jetzt braucht der Kurier des Zaren diesen Schurken nicht mehr zu fürchten. Er mag heran kommen, wenn er es wagt. Ich erwarte ihn!“

Iwan Ogareff kauerte sich, ohne ein Wort zu sagen, wie ein Tier zusammen. Er suchte das Geräusch seines Trittes, selbst das Hauchen seines Atems dem Ohre des Blinden zu verbergen. Er wollte ihn tödlich treffen, bevor er seine Annäherung gewahr würde. Der Schuft dachte nicht daran, sich ehrlich zu schlagen, er wollte den, dessen Namen er gestohlen hatte, einfach ermorden.

Voll Entsetzen und doch voll Vertrauen betrachtete Nadia diese fürchterliche Szene mit einer Art Bewunderung. Michael Strogoffs unerschütterliche Ruhe schien auch über sie gekommen zu sein. Als Waffe besaß Michael Strogoff nur sein sibirisches Jägermesser, und seinen mit dem Degen bewehrten Gegner sah er ja nicht einmal. Aber durch welche Gnade des Himmels vertraute er so sicher seiner Überlegenheit über jenen? Wie konnte er, ohne daß ein Wort fiel, immer in der Lage sein, der Degenspitze des Feindes zu begegnen?

Iwan Ogareff starrte mit sichtlicher Angst auf seinen Gegner. Diese übermenschliche Ruhe erdrückte ihn. Doch wenn er dann seinen Verstand zu Rate zog, sagte er sich wieder, daß ja der Vorteil ganz auf seiner Seite sei. Diese Unbeweglichkeit des Blinden aber machte ihn erstarren. Er suchte sich die Stelle aus, wo er sein Opfer treffen wollte ... Er glaubte sie gefunden zu haben ... Was hielt denn seinen Arm zurück?

Endlich sprang er auf und führte einen heftigen Stoß gegen Michael Strogoffs Brust. Eine geschickte und unerklärliche Bewegung des Messers Michael Strogoffs lenkte den Stahl ab. Der Blinde war nicht getroffen, und kaltblütig schien er, ohne von der Stelle zu weichen, einen zweiten Angriff zu erwarten.

Auf Iwan Ogareffs Stirn perlte ein eiskalter Schweiß. Er trat erst einen Schritt zurück und drang dann auf's neue vor. Aber der Todesstreich mißlang ihm ebenso wie das erste Mal. Eine einfache Parade des breiten Messers drängte den nutzlosen Degen zur Seite.

Rasend vor Wut und Schrecken gegenüber dieser lebenden Bildsäule heftete der Verräter seinen Blick auf die weit geöffneten Augen des Geblendeten. Diese Augen, welche in dem tiefsten Abgrund seiner Seele zu lesen schienen und doch unmöglich sehen konnten, sie wirkten auf ihn mit einer Art entsetzlicher Zauberkraft.

Plötzlich stieß Iwan Ogareff einen Schrei aus. In seinem Inneren ward es unerwartet klar.

„Er sieht“, rief er, „er kann sehen! . . .“ Und wie ein Raubtier scheu seine Höhle zu gewinnen sucht, wich er in den Hintergrund des Saales zurück.

Da belebte sich die Statue, der Blinde ging sicheren Schrittes auf Iwan Ogareff zu und sagte: „Jawohl, er kann sehen! Ich sehe noch den Knutenhieb, mit dem ich dich elenden Verräter gebrandmarkt habe. Ich sehe auch die Stelle, an der mein Messer dich treffen soll. Auf, wehre dich deines Lebens. Ich erweise dir noch die unverdiente Ehre eines Zweikampfes! Mein Messer genügt mir gegen deinen Degen!“

„Er sieht!“ rief freudig erschreckt Nadia. „Gütiger, gerechter Gott, ist das möglich?“

Iwan Ogareff fühlte sich verloren. Noch einmal aber raffte er den letzten Mut zusammen und stürzte sich mit dem Degen auf seinen unerschütterlichen Gegner. Die beiden Klingen kreuzten sich, aber ein Messerhieb Michael Strogoffs, geführt von der geübten Hand des sibirischen Jägers, sprengte die Klinge in Stücke und durch das Herz getroffen sank der Elende leblos zu Boden.

In diesem Augenblick wurde die Zimmertür von außen aufgestoßen. Begleitet von einigen Offizieren erschien der Großfürst auf der Schwelle.

Letzterer trat vor. Auf dem Fußboden erkannte er die Leiche desjenigen, den er für den Kurier des Zaren gehalten hatte.

Mit drohender Stimme fragte er: „Wer hat diesen Mann getötet?“ — „Ich tat es“, antwortete Michael Strogoff. Einer der Offiziere setzte einen Revolver an dessen Schläfe.

„Dein Name?“ fragte der Großfürst.

„Kaiserliche Hoheit“, erwiderte Michael Strogoff, „fragen Sie mich lieber zuerst nach dem Namen dessen, der vor Ihren Füßen liegt.“ — „Diesen Mann erkenne ich. Es ist ein Diener meines Bruders, ein Kurier des Zaren.“

„Dieser Mann, Hoheit, ist kein Kurier des Zaren! Das ist Iwan Ogareff!“ — „Iwan Ogareff?“ rief der Großfürst.

„Ja, Iwan, der Verräter seines Vaterlandes.“ — „Aber du, wer bist du denn?“ — „Ich bin Michael Strogoff.“

Schluß

Michael Strogoff war in der Tat weder jetzt blind, noch war er es jemals gewesen. Eine rein menschliche, gleichzeitig moralische und physikalische Ursache hatte die Wirkung der glühenden Säbelklinge vereitelt, die der Scharfrichter Iwan Ogareffs damals vor seinen Augen vorbeiführte.

Der Leser erinnert sich, daß bei Vollziehung des grausamen Urteils die alte Marfa verzweifelt und mit erhobenen Armen unweit ihres Sohnes stand. Michael Strogoff sah sie an, wie ein Sohn eben seine Mutter ansehen wird, wenn er weiß, daß es zum letzten Male sein soll. Aus seinem Herzen quollen ihm die Tränen in die Augen, die sein Stolz vergeblich zurückzudrängen suchte. Diese sammelten sich unter den Augenlidern, und ihre Verdampfung auf der Hornhaut rettete ihm die Sehkraft. Da sich die aus den Tränen gebildete Dampfschicht zwischen der glühenden Klinge und den Augäpfeln befand, vermochte sie die Wirkung der Hitze unschädlich zu machen. Es ist derselbe Vorgang, als wenn ein Gießer nach Anfeuchtung seiner Hand mit Wasser diese ungestraft durch einen Strahl flüssigen Eisens führt.

Michael Strogoff hatte die Gefahr schnell erkannt, welche ihm daraus erwachsen könne, wenn er sein Geheimnis gegen irgend jemand offenbarte. Ebenso durchschaute er auch den Nutzen, den er aus diesem Umstande bezüglich der Durchführung seiner Aufgabe ziehen könne. Nur daß er für blind galt, schien seine persönliche Freiheit einigermaßen sicherzustellen. Er mußte also blind scheinen, er mußte es für alle sein, selbst für Nadia, und niemals durfte eine unbewachte Bewegung seinerseits an der Wahrheit seiner Rolle einen Zweifel erregen. Sein Entschluß stand fest. Er mußte selbst sein Leben wagen, um einen Beweis von seiner Erblindung zu geben, und wir wissen, wie unbedenklich er es aufs Spiel setzte.

Nur seine Mutter allein kannte den wahren Sachverhalt, ihr hatte er es damals auf dem Platze vor Tomsk ins Ohr geflüstert, als er in der Dunkelheit über jene gebeugt sie mit seinen heißen Küssen bedeckte.

Man entsinnt sich auch, daß, als Iwan Ogareff in herzlosem Spotte das kaiserliche Schreiben vor Michael Strogoffs geblendeten Augen hielt, dieser dasselbe lesen konnte, und natürlich alles gelesen hatte, was die verruchten Pläne des Verräters enthüllte. Hieraus erklärt sich auch sein verdoppeltes Drängen, in Irkutsk anzukommen und sich daselbst seiner Mission wenigstens mündlich zu entledigen. Er wußte, daß die Stadt verraten werden solle, daß des Großfürsten Leben in der ernstesten Gefahr schwebe. Die Rettung des Bruders seines Zaren, ja das Heil ganz Sibiriens ruhte also in seiner Hand.

Mit wenigen Worten wurden dem Großfürsten alle die früheren Vorkommnisse mitgeteilt, wobei Michael Strogoff mit Wärme den Anteil hervorhob, der Nadia bei der Überwindung der zahlreichen Hindernisse gebührte.

„Wer ist das junge Mädchen?“ fragte der Großfürst. — „Die Tochter Wassili Fedors, eines Verbannten.“ — „Die Tochter des Kommandanten Fedor“, fuhr aber der Großfürst fort, „ist nicht mehr die Tochter eines Verbannten. In Irkutsk gibt es jetzt keine Verbannten mehr!“

Nadia fiel, überwältigt von der Freude, der sie leichter erlag als den harten Schlägen des Schicksals, dem Großfürsten zu Füßen, der sie jedoch mit der einen Hand wieder aufzog und die andere Michael Strogoff darbot.

Eine Stunde später lag Nadia in den Armen ihres Vaters. Michael Strogoff, Nadia und Wassili Fedor waren vereinigt und hoch schlugen ihre Herzen im Übermaß des Glückes.

Der Angriff der Tataren auf die Stadt schlug gänzlich fehl. Wassili Fedor hatte mit seiner kleinen Truppe die ersten Anstürmenden niedergemacht, die vor dem Tore von Bolchaia in der Meinung, dasselbe schon offen zu finden, erschienen, während jener mit instinktivem Vorgefühl darauf drang, hier zur Verteidigung zurückzubleiben.

Gleichzeitig mit der Zurückweisung der Tataren gelang es den Belagerten auch, die Feuersbrunst zu bewältigen. Die Naphta auf der Oberfläche der Angara war bald verbrannt, und die auf die Häuser längs des Flusses konzentrierten Flammen verschonten die übrigen Teile der Stadt.

Noch vor Tagesanbruch zogen sich die Truppen Feofar-Khans, unter Zurücklassung einer großen Anzahl auf den Wällen umherliegender Toter, in ihr Lager zurück. Zu den Gefallenen gehörte auch die Zigeunerin Sangarre, welche sich vergeblich mit Iwan Ogareff in Verbindung zu setzen versucht hatte.

Die beiden folgenden Tage wagten die Belagerer keinen erneuten Angriff. Iwan Ogareffs Tod hatte sie entmutigt. Dieser Mann war die Seele des ganzen Kriegszuges, und er allein besaß durch seine unausgesetzten Agitationen Einfluß genug auf die Khans und deren Heerhaufen, um sie zu dem Versuch einer Eroberung des asiatischen Rußlands zu verleiten.

Inzwischen blieben die Einwohner und die Besatzung von Irkutsk, angesichts der noch andauernden Einschließung, stets gleichmäßig wachsam und kampfbereit.

Am 7. Oktober aber donnerte beim ersten Tagesgrauen der eherne Mund von Geschützen auf den umgebenden Höhen der Stadt.

Es war der Gruß der Hilfsarmee, die unter der Führung des Generals Kisselef heranrückte und dem Großfürsten ihr Eintreffen anmeldete.

Die Tataren bedachten sich nicht lange. Sie wollten nicht Gefahr laufen, unter den Mauern von Irkutsk eine Schlacht annehmen zu müssen, und hoben daher das Lager im Tale der Angara eiligst auf. Endlich konnte Irkutsk befreit wieder aufatmen.

Mit den ersten russischen Truppen waren aber auch zwei Freunde Michael Strogoffs in die Stadt eingezogen — die unzertrennlichen Kollegen Harry Blount und Alcide Jolivet. Es war ihnen gelungen, über den Eisschutz das rechte Ufer der Angara zu erreichen und mit den übrigen Flüchtlingen zu entkommen, bevor die brennende Angara das Floß ergriffen hatte. In Alcide Jolivets Notizbuch fand sich hierüber die lakonische Bemerkung: „Beinahe umgekommen wie eine Zitrone in der Punschbowle!"

Sie freuten sich herzlich, Nadia und Michael Strogoff heil und gesund wieder zu treffen, vorzüglich als sie erfuhren, daß ihr mutiger Gefährte nicht blind sei. Harry Blount fühlte sich veranlaßt, als eigene Beobachtung zu notieren: „Rotglühendes Eisen scheint unzureichend zu sein, die Sensibilität des Sehnerven zu zerstören. Das Verfahren bedarf der Modifikation."

Nachdem sie in Irkutsk ein behagliches Unterkommen gefunden, gingen sie ans Werk, ihre Reiseerlebnisse in Ordnung niederzuschreiben. Nach London und Paris flogen dann zwei hochinteressante Berichte über den Einfall der Tataren, welche sich wunderbarer Weise kaum in den untergeordnetsten Punkten widersprachen.

Der ganze Feldzug verlief übrigens höchst unglücklich für den Emir und seine Verbündeten. Dieser ebenso nutzlose Einfall, wie alle anderen gegen den russischen Koloß gerichteten Angriffe, sollte ihnen sehr verderblich werden. Bald sahen sie sich von den kaiserlichen Truppen abgeschnitten, welche in rascher Folge alle eroberten Städte wieder in ihre Gewalt brachten. Dazu trat der Winter mit ungewöhnlicher Strenge auf, so daß von den durch die Kälte dezimierten Horden nur ein schwacher Bruchteil die Steppen der Tatarei wieder erreichte.

Die Straße von Irkutsk nach dem Uralgebirge war wieder frei. Den Großfürsten drängte es, nach Moskau zurückzukehren, doch er verschob seine Abreise, um einer rührenden Zeremonie beizuwohnen, die sich wenige Tage nach dem Einzuge der russischen Truppen vollzog.

Michael Strogoff befand sich an Nadias Seite und sagte zu ihr in Gegenwart ihres Vaters: „Nadia, noch immer meine Schwester, hast du bei deiner Abreise von Riga nach Irkutsk einen andern Kummer zurückgelassen als die Trauer um deine Mutter?" — „Nein", antwortete Nadia, „gar keinen andern." — „Kein Stückchen deines Herzens ist dort zurückgeblieben?" — „Keines, Bruder." — „Dann, Nadia, glaube ich nichts anderes, als daß es Gottes Absicht war, uns nicht nur zur vereinten Überwindung so schwerer Prüfungen, sondern wohl für immer zusammenzuführen." Mit beseligter Freude sank Nadia in Michael Strogoffs Arme.

Dann wendete sich dieser zu Wassili Fedor. „Mein Vater!" sagte er leicht errötend. — „Nadia", antwortete Wassili Fedor, „mir wird es alle Zeit nur eine Freude sein, euch beide meine Kinder zu nennen!"

Die Vermählungsfeier ging in der Kathedrale von Irkutsk vor sich. Sie war nur einfach hinsichtlich des äußeren Pomps, aber erhebend durch die ungeheure Teilnahme der ganzen Bevölkerung, welche ihrer tiefen Dankbarkeit gegen die beiden jungen Leute Ausdruck verleihen wollte, deren Irrfahrten schon in aller Munde lebten. Selbstverständlich fehlten auch Alcide Jolivet und Harry Blount nicht bei dieser Hochzeit, über die sie ihren Lesern doch Bericht erstatten wollten.

„Nun, und das macht Ihnen noch keine Lust, das gleiche zu tun?" fragte Alcide Jolivet seinen Kollegen. — „Pah", erwiderte Harry Blount, „hätte ich freilich eine Cousine so wie Sie ..." — „Meine Cousine ist nicht mehr zu haben!" unterbrach ihn lachend Alcide Jolivet. — „Desto besser", meinte Harry Blount, „denn man spricht unter der Hand von Schwierigkeiten zwischen London und Peking." — „Hätten Sie keine Lust zuzusehen, was dort vorgeht?" — „Alle Wetter, liebster Blount", rief Alcide Jolivet, „eben wollte ich Ihnen diesen Vorschlag machen!" Stehenden Fußes brachen die beiden Unzertrennlichen auf nach dem Himmlischen Reiche.

Einige Tage nach der Hochzeit begaben sich auch Michael Strogoff und Nadia, natürlich begleitet von Wassili Fedor, auf die Rückreise nach Europa. Diese Schmerzensstraße auf dem Herweg wurde zum Glückspfade für den Rückweg. Sie eilten in größter Schnelligkeit dahin auf einem jener prächtigen Schlitten, welche wie ein Eilzug über Sibiriens eisbedeckte Steppen fliegen.

Nur am Ufer der Dinka gönnten sie sich einen einzigen Rasttag. Michael Strogoff fand die Stelle wieder auf, an der er den armen Nikolaus begraben hatte. Dort ward ein Kreuz aufgestellt, und Nadia verrichtete ein letztes Gebet an der Ruhestätte des ergebenen, heldenmütigen Freundes, den beide niemals vergessen konnten.

In Omsk empfing sie die alte Marfa in dem kleinen Häuschen der Strogoffs. Mit inniger Liebe umarmte sie die, welche sie im Herzen schon tausendmal ihre Tochter genannt hatte. Heute durfte die alte Sibirierin ihren Sohn erkennen und ihrem mütterlichen Stolze genug tun.

Nach einigen Tagen Aufenthalt in Omsk reisten Michael und Nadia Strogoff nach Europa weiter. Wassili Fedor ließ sich in Petersburg nieder, und weder sein Sohn noch seine Tochter verließen ihn jemals, außer wenn sie der bejahrten Mutter in der Ferne einen Besuch abstatteten.

Der junge Kurier wurde vom Zaren empfangen, der ihm eine Stellung in seiner unmittelbaren Umgebung anwies und ihm das Ritterkreuz des heiligen Georg aushändigte.

Michael Strogoff gelangte später zu hohen Ehren im Reiche. Aber nicht die Geschichte seiner Erfolge wollten wir hier berichten, sondern nur die seiner männlich überwundenen Prüfungen und Leiden.

Inhalt